河南省卫生健康委员会立项资助项目

褚玉霞

妇科临证 传薪录

褚玉霞 著

河南科学技术出版社

·郑州·

图书在版编目（CIP）数据

褚玉霞妇科临证传薪录 / 褚玉霞著.—郑州：河南科学技术出版社，2023.11
ISBN 978-7-5725-1238-4

Ⅰ.①褚… Ⅱ.①褚… Ⅲ.①中医妇科学–中医临床–经验–中国–现代 Ⅳ.①R271.1

中国国家版本馆CIP数据核字（2023）第146321号

出版发行：河南科学技术出版社
　　　　　地址：郑州市郑东新区祥盛街27号　　　邮编：450016
　　　　　电话：（0371）65788628
　　　　　网址：www.hnstp.cn
策划编辑：高　杨
责任编辑：高　杨
责任校对：王晓红
整体设计：薛　莲
责任印制：朱　飞
印　　刷：河南新华印刷集团有限公司
经　　销：全国新华书店
开　　本：720 mm×1020 mm　1/16　　印张：22.5　　字数：330千字
版　　次：2023年11月第1版　　2023年11月第1次印刷
定　　价：75.00元

如发现印、装质量问题，影响阅读，请与出版社联系并调换。

作者简介

褚玉霞（1943—）女，河南信阳人。河南省中医院（河南中医药大学第二附属医院）主任医师。教授，硕士研究生导师，传承博士导师，中国中医科学院传承博士后合作导师。第五批全国老中医药专家学术经验继承工作指导老师。全国名老中医药专家传承工作室指导老师。河南省首届名中医。第二批全国中医妇科名师。全国优秀中医临床人才研修项目指导老师。河南省中医药青苗人才培养项目指导老师。曾任河南中医药大学妇科教研室主任兼二附院妇产科主任，中华中医药学会妇科专业委员会第二届、第三届副主任委员，中国中医药研究促进会妇科流派分会首届副会长，中华中医药学会河南分会妇科委员会第二届、第三届主任委员，河南省中医院"名师传承研究室"终身导师。全国卫生系统先进工作者。全国首届"最美中医"。

从医执教近 60 载，在长期的临床和教学生涯中，潜心于妇科疾病的研究。擅长中医妇科经、带、胎、产及各种疑难杂病的治疗，治学严谨，医术精湛，医德高尚，教书育人，为人师表，桃李满天，求医者踵接，弟子盈门。主编、参编出版《女科新书》《褚玉霞妇科脉案良方》等著作 10 余部，发表专业学术论文 60 余篇。

◀ 弟子献礼教师节

与工作室部分弟子合影 ▶

▲ 病案探讨

▲ 指导青年医师

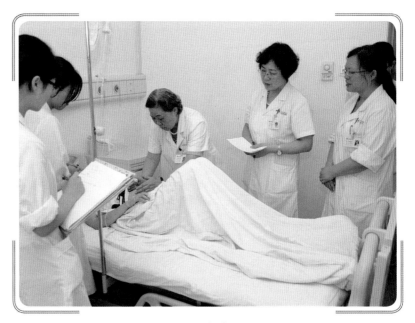

▲ 查房

▲ 日常诊疗

▲ 门诊带教

▲ 与弟子合影

前 言

  中国医药学历史悠久，是中华民族原创的医学科学，是中华文明的杰出代表，是我国之瑰宝。她凝聚着深邃的哲学智慧和数千年来对生命的认知和健康养生理念及实践经验，为我中华民族的繁衍昌盛做出了巨大贡献，同时也对世界文明进步产生了积极影响。如果说中国医药学是个宝库的话，余以为中医妇科学便是这个宝库中的一颗璀璨的明珠。中医药学对于妇科诸病历有专长，古今医家皆立专科，古代称为妇人科，代有发展。时至今日，中医妇科对许多疾病的治疗仍处于领先地位。

  余幼承庭训，求知若渴，童年时亲历家父遭病痛之苦，即誓志习医。1961~1967 年就读于河南中医学院中医系，寒暑六易。后随师侍诊 1 年，专事妇科。自步入杏坛医林，冬去春来，已逾半个世纪矣。余生性敦厚而不敏，诚恐辜负先人遗训及吾之初心，故数十年来读书临证，兢兢业业，勤求古训，博采众长，未曾懈怠。至晚年，《黄帝内经》《难经》《伤寒杂病论》《神农本草经》及《妇人大全良方》《傅青主女科》《景岳全书·妇人规》《医宗金鉴·妇科心法要诀》《医学衷中参西录》等专著仍手不释卷，可谓"焚膏油以继晷，恒兀兀以穷年"。不仅精研古籍，亦广览近现代各家之临床经验，拓展思路，幸有所获——有成功的经验，也有失败的教训。于妇科经、带、胎、产及各种疑难杂症的诊治体会笃深，收效显著，求医者踵接，弟子盈门。余久有著述之志，有一定经验积累，因终日疲于诊务，疏于文墨，自惭学养不深，建树无多，但又窃思愚者千虑必有一得，若能诉诸文字，也属医者之本分。今欣逢盛世，当前坚定中医药文化自信，传承发扬中医药的发声，迎来了中医药发展的春天，认真传承，方可创新。受同道、挚友、弟子敦促，不揣浅陋，将历年所撰之医论、医话、医案、方剂、药物荟萃成册，名曰《褚玉霞妇科临证传薪录》。

本书内容包括坤壶杂谈、脉案实录、方药心悟三个部分。坤壶杂谈中，多数文章在国内出版物发表过，其中涵盖中医基础理论、临证经验、读书心得、中医文化、生殖健康等的个人见解，实属以管窥豹。脉案实录中，从历年存档的典型医案中辑录百余例，每案分别从主诉、病史、证候、治法、方药、诊疗过程、按语进行陈述。彰显中医思维，突出个人临证思辨之过程、遣方用药之特色。方药心悟中的方剂部分，辑录验方20首，是在学习领悟经方、时方的基础上，结合个人长期临证应用，摸索锤炼出的经验方，有用无用，有待后人评说；药物部分以药对的形式撰写，撷取对药90余对，按经、带、胎、产、杂病的顺序分述，阐释本人用药相辅相成、生克制化、灵活运用的心悟。

余穷其毕生心血，历时数载，稿凡数易，始得完成，甘苦自知。

"将升岱岳，非径奚为，欲诣扶桑，无舟莫适"。本书以提高中医妇科工作者的诊疗技术为宗旨，论述突出中医特色，体现出本人的学术思想和治学理念，既有较深新颖的理论，又有浅显的一病一方，涉古鉴今，立足临床，坚持实用。适合中医、中西医结合妇产科医生、医科院校师生学习参考。

由于个人水平有限，舛漏之处，恳请读者批评指正。

本书的出版承蒙河南科学技术出版社副编审高杨同志鼎力相助，弟子孙红、李晖、王占利协助整理，特致衷心的感谢。

褚玉霞

2022年10月于郑州

目　录

坤壶杂谈

第一节　妇科临证知要 …………………………………002

一、运用中医思维 ……………………………………002

二、坚持辨证论治 ……………………………………003

三、借用他山之石 ……………………………………004

四、切勿过度医疗 ……………………………………006

五、注重医德修养 ……………………………………007

第二节　妇科病的特殊治疗原则及用药规律 ……………008

一、经、带、胎、产病的治疗 …………………………008

二、妇科病对症用药的选择 ……………………………016

第三节　闭经论治八法 …………………………………019

一、补肾法 ……………………………………………019

二、养血法 ……………………………………………020

三、补土法 …………………………………… 021

四、疏肝法 …………………………………… 021

五、泻火法 …………………………………… 022

六、温经法 …………………………………… 023

七、活血法 …………………………………… 023

八、祛痰法 …………………………………… 024

第四节　多囊卵巢综合征诊治经验 ………… 025

一、对病因病机的认识 ……………………… 025

二、辨证分型 ………………………………… 026

三、治疗方法 ………………………………… 027

第五节　对崩漏治疗的思考 ………………… 030

一、通因通用，祛瘀止血 …………………… 030

二、治崩三法，相兼使用 …………………… 031

三、周期治疗，藏泻有度 …………………… 032

四、复旧固本，治有侧重 …………………… 033

第六节　对更年期综合征的认识和辨治 …… 035

一、滋阴清热，养血润燥 …………………… 035

二、滋肾填精，调补冲任 …………………… 036

三、滋肾养肝，平肝潜阳 …………………… 036

四、活血化瘀，安神除烦 …………………… 036

五、祛湿化痰，健脾和胃 …………………… 037

六、温肾扶阳，健脾止泻 …………………… 037

第七节　先兆流产与习惯性流产诊治经验 … 038

一、病机种种，皆因肾虚……………………038

二、明确诊断，注重鉴别……………………039

三、谨守病机，确立治则……………………039

四、辨证论治，对症用药……………………040

五、防重于治，预培其损……………………041

第八节 排卵障碍性不孕症诊治心得……………043

一、重在治肾，兼调肝脾……………………043

二、循经各期，遣方用药……………………044

三、中西结合，病症相参……………………046

第九节 《傅青主女科》的治郁特点………………048

一、补肝兼以开郁……………………………048

二、滋肾寓有疏肝……………………………049

三、健脾佐以解郁……………………………049

第十节 《金匮要略》妊娠病篇学术思想浅析…………051

一、安胎养胎，重视肝脾……………………051

二、同病异治，异病同治……………………052

三、有故无殒，亦无殒也……………………053

四、未病先防，有病早治……………………054

五、重视优生，择优除劣……………………055

第十一节 从"天人相应"谈中药人工周期疗法…………056

一、《内经》的天人相应观…………………056

二、月经周期的调节与月相的关系…………058

三、中药人工周期疗法在临床的运用…………059

第十二节　纵论中医优生观 ……………………………… 063

　　一、择偶种子 ……………………………………… 063

　　二、妊期胎教 ……………………………………… 066

　　三、分娩调护 ……………………………………… 070

　　四、节育除劣 ……………………………………… 070

第十三节　中原文化与中原中医 ………………………… 071

　　一、中原文化 ……………………………………… 071

　　二、中原中医 ……………………………………… 075

第十四节　从中谷有蓷话茺蔚 …………………………… 080

第十五节　大黄以通为补说 ……………………………… 083

第十六节　通因通用治崩漏 ……………………………… 086

第十七节　重症崩漏治验感悟 …………………………… 088

第十八节　产后发热证治一得 …………………………… 091

脉案实录

第一节　月经病 …………………………………………… 094

　　一、月经先期案 …………………………………… 094

　　二、月经后期案 …………………………………… 099

　　三、月经先后不定期案 …………………………… 106

　　四、月经过多案 …………………………………… 107

五、月经过少案 …………………………………………… 110

六、经期延长案 …………………………………………… 116

七、经间期出血案 ………………………………………… 120

八、崩漏案 ………………………………………………… 123

九、闭经案 ………………………………………………… 129

十、痛经案 ………………………………………………… 136

十一、经行乳房胀痛案 …………………………………… 141

十二、经行头痛案 ………………………………………… 142

十三、经行感冒案 ………………………………………… 144

十四、经行身痛案 ………………………………………… 145

十五、经行口糜案 ………………………………………… 147

十六、经行泄泻案 ………………………………………… 148

十七、经行浮肿案 ………………………………………… 149

十八、经行风疹块案 ……………………………………… 151

十九、经行吐衄案 ………………………………………… 153

二十、经行情志异常案 …………………………………… 155

二十一、绝经前后诸证案 ………………………………… 157

二十二、经断复来案 ……………………………………… 162

第二节 带下病 …………………………………………… 164

一、带下过多案 …………………………………………… 164

二、带下过少案 …………………………………………… 168

第三节 妊娠病 …………………………………………… 170

一、妊娠恶阻案 …………………………………………… 170

二、异位妊娠案······173

三、胎漏、胎动不安案······178

四、滑胎案······183

五、堕胎不全案······188

六、子肿案······191

七、子晕案······193

八、子满（羊水过多）案······194

九、羊水过少案······195

十、子烦案······197

十一、妊娠便秘案······200

十二、子嗽案······202

十三、妊娠合并再生障碍性贫血案······204

十四、妊娠合并阑尾炎案······207

第四节　产后病······209

一、产后发热案······209

二、产后腹痛案······211

三、产后身痛案······212

四、产后恶露不绝案······214

五、产后汗证案······217

六、产后缺乳案······219

七、乳汁自出案······221

八、乳痈案······222

九、产后大便难案······223

十、产后癃闭案······224

十一、产后抑郁案 ························ 225

十二、产后毛发脱落案 ···················· 227

第五节　妇科杂病 ·························· 229

一、不孕症案 ···························· 229

二、盆腔炎案 ···························· 238

三、癥瘕案 ······························ 243

四、阴痒案 ······························ 246

五、阴疮案 ······························ 251

六、阴挺案 ······························ 253

七、妇人脏躁案 ·························· 254

八、梦交案 ······························ 255

九、虚劳案 ······························ 257

方药心悟

第一节　经验方选 ·························· 262

一、二紫方 ······························ 262

二、橘黄汤 ······························ 264

三、潮舒煎剂 ···························· 265

四、逐瘀清宫方 ·························· 267

五、宫血立停方 ·························· 268

六、化瘀清窍汤 ……………………………………………… 269

七、调经抑乳方 ……………………………………………… 271

八、洗阴煎 …………………………………………………… 272

九、褚氏安胎方 ……………………………………………… 273

十、香砂苏梗黄芩汤 ………………………………………… 274

十一、褚氏消癥杀胚方 ……………………………………… 276

十二、褚氏生化汤 …………………………………………… 277

十三、褚氏通乳饮 …………………………………………… 278

十四、通经回乳方 …………………………………………… 279

十五、变通三痹汤 …………………………………………… 280

十六、消癥饮 ………………………………………………… 282

十七、丹桂化癥方 …………………………………………… 284

十八、化瘀祛斑方 …………………………………………… 286

十九、清热通淋方 …………………………………………… 287

二十、消疣方 ………………………………………………… 288

第二节　常用药对 ………………………………………………… 290

一、月经病之常用药对 ……………………………………… 290

二、带下病之常用药对 ……………………………………… 304

三、妊娠病之常用药对 ……………………………………… 311

四、产后病之常用药对 ……………………………………… 319

五、杂病之常用药对 ………………………………………… 328

参考文献 …………………………………………………………… 339

坤壶杂谈

妇科临证知要

"纸上得来终觉浅，绝知此事要躬行"。中医脱离了临床，任何理论都是空洞的，中医的生命力在疗效，疗效的优劣是评价一位医者水平高低的标准。笔者业医近60载，关于如何临证以提高疗效，有如下几点体会，供参考。

一、运用中医思维

中医思维涵盖"司外揣内""谨守病机、各司其职""天人合一"观，"整体观念与治病求本""辨证论治"（"同病异治、异病同治""方证对应、病证结合"），"内外合治，针药并用""身心调理"，治未病和三因制宜等，这种思维模式数千年来为维护国人健康，为中华民族的繁衍昌盛做出了卓越的贡献。中医受到中国古代哲学思想的影响，她是以自然科学知识为主体，与人文社会科学等多学科知识相交融的医学科学。不谙中医之道者，临证时不按中医的思维去诊治，见炎症就用金银花、蒲公英、连翘、紫花地丁，见高血压就用夏枯草、菊花、钩藤、天麻之属，从而忽视了中医理论，甚至不相信中医理论，此类医者则是近代医家秦伯未先生所批判的那些"出主入奴之见"者，"君子务本，本立而道生"（《论语·学而篇》）。要想谋中医自身的生存与发展，必把前贤的理论和经验先继承下来，才能卓然自立。临证时一定不要"种着他人的地，荒了自家的田"，必须用中医的思维去识病、认证、遣方、用药，方能取得良好的疗效。

二、坚持辨证论治

中医妇科的诊断和其他各科一样，仍应以传统的望、闻、问、切四诊收集临证资料，《素问·阴阳应象大论》云："视喘息，听声音，而知所苦；观权衡规矩，而知病所主；按尺寸，观沉浮滑涩，而知病所生。以治无过，以诊则不失矣。"临证时必须四诊合参，不可偏废。张介宾云：问诊"乃诊治之要领，临证之首务也"。临床上很多证候是患者的自觉症状，只有通过详细的问诊才能洞察病情。对某些"靠诊脉报病"的医生，笔者以为是"为高其身价而故弄玄虚"。然妇科因其自身专科的特点，于四诊之中，应在中医诊断学的基础上有所侧重。为此，笔者仿张景岳的"十问歌"，结合妇科特点编写了笔者的"妇科十问歌"："一问年龄二婚育，三问经候四带下，五问饮食六问便，七问寒热八问眠，九问旧病十问因，再加治疗参机变，物理生化和免疫，为我所用详审辨。"按此十问口诀，询问病情，书写病历，有条不紊，井然有序，颇为实用。此外，望、闻、问、切也要依妇科的特点进行，如望诊应注重望月经，带下，恶露之量、色、质地情况；闻诊应闻其气味；切诊应知经、带、胎、产的常脉和病脉等，这些均为妇科诊断的重点。临证时应用四诊及必要的辅助检查收集资料仅仅是第一步，尚需进行认真细致辨病辨证相结合的过程，才能做出较为符合患者实际病情的诊断。所谓"病"是对疾病发展过程中出现的与其他疾病表现有所不同特点，以及病情发展独特规律所做出的概括，所反映的是贯穿于病变过程始终的基本矛盾。

笔者接诊的大部分是女性患者，也有部分男性患者，当先辨其系妇科、内科、外科或其他科。若属妇科病，又有经、带、胎、产、杂病之分，也应予以鉴别。就月经病而言，有月经不调，月经先期、后期、先后不定期、过多、过少，经期延长，经间期出血，痛经，闭经，崩漏，月经前后诸症（经行乳房胀痛、吐衄、泄泻、口糜、头痛、眩晕、浮肿、风疹块、情志异常），绝经前后诸证等诸多名目又要详加甄别，此为辨病。当病名确立后还要进行辨证，证是根据四诊所获得的资料对病因、病位、病性、病机、病势、患者体质、患病时季节与气候，以及所处地域、环境等的概括。如闭经一病，笔者写有《闭经论治八法》一文，将其临证所见归纳为肾虚证（肾阳虚、肾阴虚）、血虚证、脾胃虚弱证、肝郁证、阴虚血燥证、寒客胞脉证、冲任瘀阻证、痰湿阻滞证八种证候，分别施以补肾法、养血法、补土法、疏肝法、泻火法、温经法、活血法、化痰法，可用于治疗闭经这一难治之病，能达到殊途同归之效，此为同病异治。如用补中益气汤治疗月经先期、经行发热；补中益气汤加续断、杜仲治疗胎盘低置；补中益气汤加冬葵子、车前子、白茅根治疗产后尿潴留（癃闭）；补中益气汤加附子治疗癔病性震颤等，皆取得良好疗效，此即异病同治。

辨证是治疗的依据，是实施中医基本理论于临证的思维过程，是中医诊治的特色。临床病变的发生发展是动态的，可谓纷繁复杂，千变万化，往往寒热错杂，虚实并见，真假异似，难以明晰。清代林佩琴在其《类证治裁》中发出"治病之难，在于识病，而识病之难，在于辨证"的感慨。要想把病证辨得清楚，除认真审慎外，必须有扎实的理论基础，除掌握八纲辨证外，对脏腑辨证、六经辨证、经络辨证、气血津液辨证、卫气营血辨证、三焦辨证及近年来提及的体质辨证等，均应了然于胸，方能灵活运用。只有诊断明确，治法的确立才能有的放矢，继而遣方用药不至失误，才能取得较好的临床疗效。临床中，明理、识病、辨证、论治、遣方、用药环环相扣，缺一不可。

三、借用他山之石

当今社会发展一日千里，科学技术的进步日新月异。疾病谱也发生了很大的改变，所谓"人之所病病疾多"，就妇科疾病而言，多囊卵巢综合征（PCOS）、子宫内膜异位症、卵巢早衰等这些患者经常提及的病名，我们不可不知。一些常见的辅助检查如女性内分泌激素测定，外阴、阴道、宫颈活组织检查，诊断性刮宫，输卵管通畅检查（含输卵管造影），相关肿瘤标志物检查，超声检查，计算机断层扫描（CT），磁共振成像（MRI）等，均应掌握其检查方法，解读其临床意义，以上涉及的检查方法是随现代科学技术的发展将物理学、化学、生物学乃至免疫学的知识扩展到医学领域的应用，我们应该拿过来为己所用，作为我们望、闻、问、切四诊的延续和补充。要秉承"中医要强，西医不弱"的理念，在不断温习中医经典著作的基础上，随时关注西医发展的新动向，以跟上时代的步伐。"他山之石可以攻玉"（《诗经·小雅》），笔者通过参加科研奖励评审会、高级专业技术职称评审会、学术交流会等结交了好多西医朋友，如高年资的妇产科高贤郑州大学第二附属医院耿正惠教授、郑州大学第三附属医院任芬若教授；中年才俊有河南省人民医院优生与遗传专家廖世秀教授和生殖医学专家李杭生教授、郑州大学第三附属医院生殖医学中心孙丽君教授等，我们在处事上以诚相待、相互尊重，学业上相互学习、共同切磋，摒弃了门户的屏障，给众多患者带来了福音。

在数十年的临证中，笔者除阅读古今医学文献外，还经常问道于同道、弟子，乃至患者言及的土单验方也记录下来加以验证，以丰富、提高自己。1981年，河南科学技术出版社交笔者审定，河南大学医学院张茂珍教授撰写的《妇科病方歌》一书，由此笔者和张教授结识，在审定书稿的过程中，得知张茂珍祖传七世业医，其父张文甫先生嗜经典、纳百家，道术精良，张茂珍得其真传。笔者当时虽已从教多年，临证中也小有名气，对于妇科一些稀发疾病，只能是按照教材辨证治疗，无异于按图索骥，疗效不佳。如某女，32岁，每遇行经时遍身关节疼痛，得热痛减，伴乳房胀痛，月经量偏少、色暗，舌暗红、苔薄白，脉沉紧。辨以寒凝血瘀之经行身痛，施以养血祛风、散寒止痛之法，方用《妇人大全良方》之趁痛汤加减，于月经第16日开始用药，连续服药10剂，如此续贯，服用两个周期病情不减。遂就此病求教于张茂珍教授，张教授释：妇人

二 坤壶杂谈

005

经行之时，胞宫由满盈而溢泻，气血变化急骤，此时因风邪淫于经络，攻注全身而致。处以家传乌药顺气汤，药用：乌药12 g、僵蚕6 g、陈皮12 g、白芷10 g、枳壳12 g、炙麻黄9 g、川芎10 g、干姜9 g，并赠一歌诀："经来遍身痛，乌药与僵虫，陈皮白芷壳，麻黄配川芎，干姜煎热服，出汗就见轻。"依此方让患者于经前10日开始服用，每日1剂，服后患者微汗出，月经量增多，色正常，身痛愈。之后凡遇经行身痛之实证（寒凝血瘀或气滞血瘀），服用此方加减皆获良效。其他如治疗月经过多的益母草，治疗乳腺增生、卵巢囊肿的巴蜡丸，治疗子宫肌瘤的消积核桃仁，治疗过敏性鼻炎的苍耳子油等，这些土单验方在关键时刻往往可以起到意想不到的效果。"三人行，必有我师焉"，正是因为这种敏而好学的治学精神使笔者在医学的道路上不断地丰富、完善自己，使理论和临床水平得以升华。

四、切勿过度医疗

我们不能故步自封，应掌握现代妇科诊疗手段，更应恪守"能中不西，先中后西，衷中参西，中西结合"的原则。笔者常说："我是一名中医，思想比较保守，所有的检查结果只能作为我们诊断的参考。再者，人的器官是很娇嫩、很脆弱的，最好不要去动它，能无创就无创，能微创就别大创，千万不能过度医疗。"所以，对多囊卵巢综合征的患者从来不推荐去做双侧卵巢打孔术，对输卵管不通的患者很少推荐去做腹腔镜手术，有时看似双侧输卵管有很严重问题的患者笔者保守治疗很快受孕者屡见不鲜，避免了有创治疗的痛苦和后遗症。如某女，20岁，婚后一年未孕，月经、带下正常，无腹痛，在多家医院做了性激素六项、抗米勒管激素、甲状腺功能三项、优生、免疫、支原体、衣原体及彩超、核磁共振等诸多检查，更令人费解的是该患者在未行输卵管造影检查的前提下就做了宫腹腔镜检查和治疗，最终出现了双侧输卵管粘连，通而不畅。千金散尽且不说，本来无病的青年女性，经此无良医生一番折腾后反而造成了双侧输卵管不通之坏病,这正如班固曰:"有病不治,常得中(zhòng)医。"意为有病与其被庸医误治,不如不治,反而更能符合医理。

五、注重医德修养

"方技者,皆生生之具"(《汉书·艺文志》),此句话的意思是说:医生的技艺,是使生命生长不息的工具。医生服务的对象是人,生命攸关,对于妇科医生,面对胎前、产时疾病,则关乎两个生命的问题,其责任之大,不言而喻。所以为医者,不仅要医术好,医德修养更为重要。仲景先圣批评的那些不顾患者安危,为了名利,贪图钱财,孜孜汲汲,唯名利是务,一切向钱看,或沽名钓誉的庸医,我们应该引以为戒。应怀着"感往昔之沦丧,伤横夭之莫救"的恻隐之心,以医德为上,严格要求自己。将古今贤哲救死扶伤,道济天下的情怀传递下去,坚持敬佑生命,甘于奉献,不矜名、不计利,让行业永保正气清风,为中医药学的传承、振兴和发展做出贡献。

妇科病的特殊治疗原则及用药规律

人体脏腑、经络、气血的活动规律基本相同，但因妇女有特殊的生殖器官，所以在生理上就有月经、带下、妊娠、分娩、哺乳等特点，在病种上就有别于男性疾病。病种不同，治法有异。诚如《医宗金鉴·妇科心法要诀》云："男妇两科同一治，所异调经崩带癥，嗣育胎前并产后，前阴乳疾不相同。"

笔者从事中医妇科教学与临床数十载，今不揣浅陋，温习典籍，结合个人临床体会，将经、带、胎、产病的特殊治疗原则及用药规律归纳陈述于下。

一、经、带、胎、产病的治疗

（一）月经病的调治

经病不调，当以调经为主。调经之法，当遵《黄帝内经》（以下简称《内经》）"谨守病机"及"谨察阴阳所在而调之，以平为期"的宗旨。此外，又应宗"治病必求其本"之训，以调经治本为治疗原则。所谓调经治本，首当辨明致病之根本所在。

1.治病求本，分清经病与他病的关系　萧慎斋在《女科经纶》中说：

"妇人有先病而致经不调者，有因经不调而后生诸病者，如先因病而后经不调，当先治病，病去则经自调；若因经不调而后生病者，当先调经，经调则病自除。"这就是分清标本、治病求本的原则在治疗月经病时的具体阐述。例如，虫疾内伤阴血之闭经、痨瘵所致之闭经，当先治病，病愈则经自调。又如因月经不调而致之不孕症，当先调经，经调则不孕可愈，即所谓"种子必先调经"。

经病之本求得之后，常采用补肾、疏肝、健脾、调理气血诸法以调治。因肾为先天之本，天癸之源，是人体生长发育和生殖的根本。肾中精气盛实，封藏有职而经水如常。故《傅青主女科》谓"经水出诸肾"。反之，若肾气虚衰、精血未实则经候不调，治当补肾气、填精血，使肾中阴平阳秘则月经自调。于补肾之时，当重视其藏元阴而寓元阳之特点，分清阴阳而补之。同时，应本阴阳互根的观点，注意体会和运用张景岳"善补阳者，必于阴中求阳，则阳得阴助而生化无穷；善补阴者，必于阳中求阴，则阴得阳升而源泉不竭"的方法。

肝藏血，主疏泄而司血海。肝气条达则经脉流畅、血海静谧而蓄溢有常，月事以时下。若肝气郁结或逆乱则气血运行失常、血海蓄溢无度而经病不调，治当疏肝、柔肝、养肝、缓肝。故前人有"调经肝为先，疏肝经自调"及"调经不先理气，非其治也"之说。然妇人有余于气，不足于血，故不宜过用辛香燥烈之品，以免劫津伤阴，耗损肝血。

脾为后天之本，气血生化之源，主中气而统血，冲脉又隶属于阳明，谷气盛，则血海满，中气统而血运有常，经候如期。若脾虚则失其生化统摄之职，月水因之不调，治当健脾益气，是以景岳有"调经之要，贵在补脾胃以资血之源"的经验总结。但脾为湿土，胃属燥土，故用药不宜过于辛燥或甘润，以免耗伤脾阴，困阻脾阳。

血为产生月经的物质基础。气为血之帅，血为气之母。气血相互资生，相互为用。故血病多累及于气，气病亦多累及于血，以致气血失调。如气血失调影响冲任为病，则可产生月经诸疾。于此之时，应明辨病之在气在血，分清虚实，或补或消或温或清或行或散或降或抑，贵在使气血调顺，则五脏安和，经脉通畅而经自调矣。

此外，五脏之于人身，彼此关系至为密切。如肾藏精，肝藏血，精血相生，乙癸同源；肾寓元阳，脾胃同居中土赖命门火以温煦之；肾又藏元阴，心之君火有赖真阴以互济；脾主中气而统血，为气血生化之源，心主血，胞脉者属心而络于胞中，心脾平和则经候如期。因此，在运用上述诸法以调经治病之时，尚要注意脏腑之间，肝肾、心肾、脾肾、心脾的相互关系，不可拘于一脏一腑，一经一络，一方一法也。

2. 明辨标本缓急，"急则治其标，缓则治其本" "急则治其标，缓则治其本"为中医辨证施治的重要原则之一，在妇科领域月经病的治疗中亦常崇用。如痛经，疼痛剧烈难忍之时，多以止痛为先。血崩暴下之时，常以塞流止血为首务，继而澄源复旧。如此依照标本缓急确立治则，主次分明地遣方用药，有利于获得较好的疗效。

3. 阶段性调治

（1）女性一生的各个阶段 女性一生历经青春期、生育期、绝经期、老年期等不同的生理阶段，在不同的阶段常依据不同的生理特点而分别重视肾、肝、脾诸脏的作用。刘完素在《素问·病机气宜保命集·妇人胎产论》中提出："妇人童幼天癸未行之间，皆属少阴；天癸既行，皆从厥阴论之；天癸已绝，乃属太阴经也。"实为明论，颇具指导意义，是我们在调治月经病时应尊崇的一大法则。如崩漏的复旧治疗阶段，青春期少女及育龄期妇女应以治肾为主，以调整肾-天癸-冲任-胞宫生殖轴，恢复正常的月经周期。围绝经期妇女则以治脾为主，意在纠正贫血、恢复健康，鹿茸、鹿角胶、紫河车、巴戟天、肉苁蓉等补冲任之品，尽量避免使用，以免使更年期延长。

（2）经期与非经期的不同阶段 月经病的临床表现常有一个伴随月经周期出现的规律性发作的特点，因此它常存在着一个经期与非经期的不同阶段，所以在治疗月经病时应有"经期"与"非经期"处理不同侧重的考虑。

1）经期的治疗：在行经期一般采用活血通经、乘势利导的方法，以促进经血的排出，如用当归、川芎、桃仁、红花之类。苦寒辛散之品最好不用。赵之弼说："经水之行，常用热而不用寒，寒则止留其血，使秽浊不尽，带淋瘕满，所由作矣。"薛立斋亦说："经行之际，禁用苦寒辛散之药。"这是一般规律。若病情需要，应用苦寒的，仍可用苦寒；应用辛散的，仍宜用辛散。决不能墨守教条，胶柱鼓瑟。

在经后，因行经造成的暂时性的津液不足，应以滋养肝肾为主，多用白芍、熟地黄、山茱萸、枸杞子之类。所谓"经前勿乱补，经后勿乱攻"，实为具有一定指导意义的经验之谈，可供参考。

2）在非经期的治疗：月经先期宜清（先期多热证，宜清热固冲）；后期宜促（后期多虚多寒，宜温宜补）；闭经病定时而攻（采用周期疗法，定时用活血化瘀、理气通经之品）；崩漏以塞流（止血以治标）、澄源（审证求因，辨证施治以治本）、复旧（扶脾健胃，滋肾补肾，以恢复机体自身的功能）三法在辨证的基础上乘时而用；痛经属功能性者应滋肾补肾，属器质性者按癥瘕施治，止痛用药必在经前。

（二）带下病的治疗

1. 治疗多法，祛湿为先 带下病的病因多端，总以湿邪为主。《傅青主女科》谓："夫带下俱是湿证，而以带名者，因带脉不能约束而有此病，故以名之。"故其治法当以祛湿为先。一般来说，湿在上在外者，宜微汗以解之；湿在下在内者，则以温肾健脾以利之，亦即《素问·阴阳应象大论》所说"其在皮者，汗而发之""其在下者，引而竭之"。具体而言，祛湿之法，根据病因有健脾、温阳、清热、利湿之不同。若阴虚而兼湿火者，又当养阴清热，佐以除湿；带下清冷，滑脱不禁，宜补肾涩精，固任止带。

2. 治带尤重脾肾 带下是一种阴液，由脾所统摄，肾所闭藏，任带二脉所司约。当肾气旺盛脾气健运之时，肾脏所藏之精在天癸的作用下，通过任脉到达胞中，布露于阴窍，而成为生理性带下。此即《沈氏女科辑要笺正》引王孟英所说："带下，女子生而即有，津津常润，本非病也。"当脾失运化，肾失闭藏，湿邪内侵伤及任带二脉，使任脉失固，带脉失约之时，则带下由生。由此可知，带下病的病因以湿邪为主，脏腑中尤重脾肾，其病位在于任带二脉。在重脾肾原则的指导下，治脾宜升宜燥，多用党参、山药、苍术、白术之属；治肾宜补宜涩，多选覆盆子、桑螵蛸、莲须、白果之类。

3. 内外合治，祛邪除秽　带浊渍遏，可成毒、成虫，故在内治服药的同时，尚可配合各种外治法，采用熏洗、冲洗、阴道纳药、物理治疗等方法以祛邪除秽。

4. 经带同病，先治带下　当月经不调兼有带下病者，应先治带下，后调月经，因带证易治，经病难调。若癥瘕兼有带下病者，应以治癥瘕为主，兼治带下。癥瘕的治疗应根据正气虚实的情况或先攻后补，或先补后攻，或攻补兼施。

（三）妊娠病的治疗

1. 治病与安胎并举　妊娠期，胎元未殒者，当治病与安胎并举。安胎的原则，宜补肾培脾、养阴清热。补肾为固胎之本，培脾乃益血之源。本固血充，则胎可安。妊娠早期以清热理脾安胎为主，多用黄芩、白术、栀子；中晚期以滋阴安胎为主，多用白芍、熟地黄、山茱萸、枸杞子。止血时忌用贯众炭、三七等逐瘀止血之品；当归、川芎其气辛温，走而不守，系血中之气药，能活血、行血，故欲其静者，当避之；理气时忌用枳壳、枳实、降香等破气、降气之品，若用之，多会造成流产。

2. 祛胎益母，急以下胎　若胎元已殒，胎堕难留或胎死腹中者，安之无益，宜从速下胎，以保母体健康。可用祛瘀下胎之品，如三棱、莪术、水蛭、红花、车前子、肉桂等，或以刮宫、引产术以祛胎。

3. 用药禁忌

（1）中药禁忌。中药禁忌中，禁用的一般是毒性比较强、药性比较猛烈的药物，如巴豆、牵牛、大戟、斑蝥、商陆、麝香、三棱、莪术、水蛭、虻虫等；慎用的包括通经祛瘀、行气破气及辛热滑利之品，如桃仁、红花、大黄、枳实、附子、干姜、肉桂、车前子等。归纳如下：

1）峻下滑利药：大黄、芒硝、巴豆、牵牛子、商陆、干漆、车前子等。

2）祛瘀破血药：桃仁、红花、三棱、莪术、水蛭、虻虫、川牛膝等。

3）燥热耗气药：乌头、附子、干姜、肉桂、枳实、天雄、麝香等。

4）有毒药：马钱子、生南星、雄黄、轻粉、砒霜、斑蝥、蟾蜍等。

妊娠期间，凡峻下、滑利、破血、耗气散气及一切有毒药品，都应慎用或禁用。诚如《素问·六元正纪大论》云："黄帝问曰：妇人重身，毒之何如？岐伯曰：有故无殒，亦无殒也。帝曰：愿闻其故，何谓也？岐伯曰：大积大聚，其可犯也，衰其大半而止，过者死。"由此可见，妊娠期如无大病，凡妊娠禁忌药，当禁用或慎用，但在病情严重，病邪胶固，必须应用时亦尽可能地对症用药，所谓有病则病当之，病减即停用。如妊娠恶阻之用半夏，子满之大量利水皆此道理。

（2）西药禁忌。西药对胎儿发育的影响：着床前期孕妇用药对其影响不大，但若药物对囊胚的毒性极强，可造成极早期流产。晚期囊胚着床后至 12 周左右，是药物致畸最敏感的时期。此时是胚胎、胎儿各器官处于高度分化、迅速发育、不断形成的阶段，此时孕妇用药，其毒性能干扰胚胎、胎儿组织细胞的正常分化，任何部位的细胞受到药物毒性的影响，均可造成某一部位的组织或器官发生畸形。妊娠 16 周以后，对有些尚未分化的器官，如生殖系统仍有可能受到不同的影响，神经系统在整个妊娠期间持续分化发育，故药物对神经系统的影响可以一直存在。分娩期用药还要考虑对即将出生的新生儿有无影响。因此，孕妇在妊娠中、晚期和产妇在分娩前用药，亦应持谨慎态度。

美国食品和药物管理局（FDA）关于药物对胎儿危害程度的分级：FDA 根据药物对胎儿致畸的情况，将药物对胎儿的危害等级分为 A、B、C、D、X 等五个级别。①A 级药物：对孕妇安全，对胚胎、胎儿无危害，如适量的维生素 B$_1$、维生素 B$_2$、维生素 C、维生素 D、维生素 E 等。②B 级药物：对孕妇比较安全，对胎儿基本无危害，如青霉素、红霉素、地高辛、胰岛素等。③C 级药物：仅在动物实验研究时证明对胎儿致畸或可杀死胚胎，未在人类研究证实，孕妇用药应权衡利弊，确认利大于弊时方能应用。如庆大霉素、异丙嗪、异烟肼等。④D 级药物：对胎儿危害有确切证据，除非孕妇用药后有绝对效果，否则不考虑应用。如硫酸链霉素（使胎儿第 8 对脑神经受损，听力减退等）、盐酸四环素（使胎儿发生腭裂、无脑儿）万不得已时，方能使用。⑤X 级药物：可使胎儿异常，在妊娠期禁止使用。如甲氨蝶吟（可致胎儿唇裂、腭裂、无脑、脑积水、脑膜膨出等）、己烯雌酚（可致阴道腺病、阴道透明细胞癌等）。

在妊娠前 12 周以不用 C、D、X 级药物为好，孕产妇出现紧急情况必须用药时，也应尽量选用经临床验证确无致畸作用的 A、B 级药物。

（四）产后病的治疗

1. 勿拘于产后，勿忘于产后　产后病的治疗，应根据亡血伤津、瘀血内阻、多虚多瘀的生理特点，本着"勿拘于产后，亦勿忘于产后"的原则进行治疗。《丹溪心法》云："产后无得令虚，当大补气血为先，虽有杂证，以末治疗。"张子和曰："产后慎不可作诸虚不足治之。"两家一主补虚，一主攻邪，各有所偏。治疗产后病，既要重视其气血亏损、百脉空虚的特点，亦不可忽视产后病多有实证，不可因强调虚证而徒用补法，也不能为治疗实证而滥用攻伐。《景岳全书·妇人规》云："凡产后气血俱去，诚多虚证。然有虚者，有不虚者，有全实者。凡此三者，但当随证、随人，辨其虚实，以常法治疗，不得执有诚心，概行大补，以致助邪。"此论较为中肯，可作借鉴。

2. 用药慎戒　刘河间《素问·病机气宜保命集》云："治胎产之病，从厥阴经者，是祖生化之源地。厥阴与少阳为表里，故治法，无犯胃气及上二焦，是为三禁，不可汗、不可下、不可利小便。"因产后气血俱虚，过汗则亡阳伤气，过下则亡阴伤血，利小便则重伤津液，故当慎用，但也非绝对。《金匮要略·妇人产后病脉证治第二十一》："产后七八日，无太阳证，少腹坚痛，此恶露不尽，不大便，烦躁发热，切脉微实，再倍发热，日晡时烦躁甚，不食，食则谵语，至夜即愈，宜大承气汤主之。热在里，结在膀胱也。"《傅青主女科》也有用药十误之说。这些均提示：产后气血俱虚，恶露、乳汁、饮食、汗出、二便等方面的情况，处方用药应当审慎。

具体而言，新产后（产妇分娩7日内），为了促进瘀血早祛，加速新生，故以祛瘀为主，辅以生新之药，常用生化汤。产后子宫已复旧，恶露已净，补益气血为要，故以生新为主，辅用祛瘀之药，常用人参、黄芪、当归、丹参、益母草等。此外，妇人产后气血尚未调和，因此治疗产后病无论虚实，总以调和气血为要，用药不宜过偏，宜恰当治疗。例如：不宜单补，补甚则瘀血内停，影响子宫复旧，如未服生化汤而先用人参、黄芪、白术等。不宜单破，破甚可至气血益虚，如子宫已复旧，不用桃仁、红花、牛膝等破瘀之品。热证不宜过用寒凉，凉则瘀血内停，如黄芩、黄连、栀子、黄柏等。寒证不宜过用温燥，过用则耗伤津液，如附子、肉桂、花椒、良姜、草果、荜茇等。重用消导易伤胃气，而使乳汁减少，三棱、莪术、麦芽、神曲当慎用。过用发汗或泻下易重伤津液，麻黄、浮萍、大黄、芒硝亦在慎用之列。

3. 产后第一方，当推生化汤　生化汤出自《景岳全书》。在其《妇人规》中介绍"钱氏生化汤"说："此方钱氏世传治妇人者，当归五钱，川芎二钱，甘草（炙）五分，焦姜三分，桃仁十粒去尖，熟地三钱（一方无熟地）。"今用方无熟地黄。生化汤源自钱氏，然经傅山的推广应用，因此得以流传。该方功能活血化瘀、温经止痛，用于产后血虚受寒而致瘀滞者。笔者以为，生化汤能改善产后百节空虚、腠理疏松、营卫不和、多虚多瘀的生理特点，达到有病治病、无病防病的目的。故产后第一方，当推生化汤。

二、妇科病对症用药的选择

临床上，经常根据疾病的辨证属性，选择相应的药物配伍于主方中，以取得更好的疗效。

（一）血证止血药的选择

1.血热出血　可用清热止血药、凉血止血药。

（1）清热止血药，如贯众炭、黄芩炭、黄柏炭、焦栀子、莲房炭、荷叶炭。

（2）凉血止血药，如大蓟、小蓟、槐花炭、生地榆、侧柏炭、白茅根、苎麻根、紫草、生地黄、牡丹皮、犀角、墨旱莲。

2.血寒出血　可用温经止血药，如炒艾叶、川续断、炮姜炭。

3.气虚出血　可用益气止血药，如人参、党参、黄芪、白术炭、山药、升麻、大枣。

4.血瘀出血　可用祛瘀止血药，如益母草、贯众炭、茜草、生山楂、炒红花、灵脂炭、蒲黄炭。

5.血虚出血　可用养血止血药、收涩止血药。

（1）养血止血药，如阿胶、鹿角胶、龟板胶、牛角胶、白芍炭、熟地黄。

以上用药又常与固涩收敛药配伍于主方中，共奏止血之效。

（2）收涩止血药，如仙鹤草、棕榈炭、藕节、乌梅炭、山茱萸、五味子、阿胶珠、煅龙骨、煅牡蛎、乌贼骨等。

（二）痛证止痛药的选择

1.寒痛　可用温经止痛药，如艾叶、小茴香、炮姜、肉桂、乌药、吴茱萸、高良姜、细辛、白芷、秦艽。

2.滞痛　可用理气止痛药，如香附、川楝子、元胡、川芎、郁金、木香、青皮、陈皮、沉香。

3.瘀痛　可用活血止痛药，如川芎、元胡、三七、当归、没药、乳香、五灵脂、王不留行。

4. 热痛　可用清热止痛药，如川楝子、牡丹皮、赤芍、金银花、蒲公英、紫花地丁、败酱草。

（三）带证止带用药的选择

1. 除湿止带　可用茯苓、车前子、苍术、白芷。

2. 健脾止带　可用山药、炒白术、薏苡仁、白扁豆、莲子、大枣。

3. 收涩止带　可用金樱子、桑螵蛸、乌贼骨、龙骨、牡蛎、白果、芡实、莲须。

（四）胎前病安胎药的选择

1. 固肾　可用续断、桑寄生、菟丝子、杜仲、覆盆子。

2. 健脾　可用山药、白术、莲子肉、白扁豆、大枣。

3. 益气　可用党参（人参、太子参）、黄芪、升麻、炙甘草。

4. 养阴（补血）　可用白芍、熟地黄、枸杞子、何首乌、山茱萸、阿胶。

5. 清热　可用黄芩、金银花、栀子、茵陈、龙胆草。

6. 止血　可用黄芩炭、焦栀子、生地榆、墨旱莲、白芍炭、藕节、仙鹤草、杜仲炭、苎麻根、阿胶。

7. 理气止痛　可用苏梗、陈皮、白芍、甘草、香附。

8. 和胃降逆　可用砂仁、肉豆蔻、陈皮、生姜、姜竹茹、姜半夏、苏叶、灶心土。

9. 清热解毒　可用金银花、蒲公英。

10. 镇心安神　可用炒酸枣仁、知母、远志。

11. 润肠通便　可用炒决明子、生首乌、肉苁蓉。

（五）妇科炎症及肿瘤用药的选择

1. 清热解毒　可用白芷、白蔹、金银花、蒲公英、败酱草、红藤、黄柏、紫花地丁、野菊花、土茯苓等。

2.活血化瘀　可用牡丹皮、桃仁、红花、赤芍、丹参、泽兰、益母草等。

3.软坚消癥　可用三棱、莪术、土鳖虫、水蛭、浙贝母、僵蚕、穿山甲、鳖甲、昆布、海藻、生牡蛎、鸡内金。

4.淡渗利湿　可用猪苓、茯苓、泽泻、汉防己、车前子。

5.抗肿瘤　可用苦参、土茯苓、半枝莲、半边莲、莪术、紫草根、长春花、喜树、山慈菇、露蜂房、龙葵、白花蛇舌草。

（六）乳房疾病用药的选择

1.催乳　可用穿山甲、王不留行、通草、漏芦、麦冬、鹿角霜、紫河车、天花粉、路路通。

2.敛乳　用于乳汁自出，可用五味子、芡实、煅牡蛎、夏枯草。

3.回乳　可用炒麦芽、薄荷、芒硝（外用）。

4.消痰核、用于乳癖　可用僵蚕、浙贝母、白芥子、夏枯草、橘核、连翘。

5.乳头排液　可用炒麦芽、薄荷、芡实、金樱子、海螵蛸。

6.乳头出血　可用墨旱莲、黑荆芥、仙鹤草、白及、龙胆、川牛膝。

7.乳痈初起　可用金银花、蒲公英、连翘、瓜蒌、青皮、郁金、当归、白芷、丹参、赤芍、穿山甲、黄芩、栀子、皂角刺、制乳香、制没药。

以上是个人对妇科经、带、胎、产病治疗原则及用药特点的粗浅归纳，管窥之见，点滴之得，谬误之处在所难免，恳望同道批评指正。中医之博大精深，非一代人精研所能渠成，须接力传承并发扬之，愿与同道共勉。

第三节

闭经论治八法

闭经为妇科常见病、疑难病之一，其病因繁多、病机复杂，治之较为棘手。闭经对女性健康影响较大，青春期少女会产生心理障碍，育龄期可致不孕，过早月事不来则导致骨质疏松、生殖器萎缩。传统医学认为，闭经属于妇人三十六病中的痼疾。笔者对本病的论治有些许体会，兹将其归纳为八法，介绍于下。

一、补肾法

《素问·上古天真论》曰："女子七岁，肾气盛，齿更发长；二七而天癸至，任脉通，太冲脉盛，月事以时下，故有子……七七任脉虚，太冲脉衰少，天癸竭，地道不通，故形坏而无子也。"《傅青主女科》曰："经水出诸肾。"又曰："经原非血也，乃天一之水，出自肾中。"均明示肾气旺盛，天癸充盈，任脉充盛，血海满盈，则月事依时；反之，若肾气不足或受损，冲任失调，胞宫蓄溢失常，则月经不能应时而下，导致闭经。

症见： 年逾13周岁第二性征尚未发育；或年逾15周岁第二性征已发育，尚未行经；或月经已潮，由后期量少渐至闭经；或伴体质虚弱，腰膝酸软，头晕耳鸣，神疲乏力，目眶暗黑，舌淡苔薄，脉沉弱。

治宜： 补肾滋肾、调补冲任，给予自拟二紫方。

药物组成： 紫石英30g，紫河车2g，菟丝子30g，淫羊藿15g，山茱萸 15 g，枸杞子 15 g，熟地黄 18 g，丹参 30 g，醋香附 15 g，缩砂仁 6 g，川牛膝 15 g。

加减应用：偏肾阴虚者，加女贞子、黄精；偏肾阳虚者，加巴戟天、肉苁蓉、鹿角胶。令肾气盛，精血足，任通冲盛，而经血可下。

此法为调经治本之法，临证常用，当今之中药周期疗法也以补肾为基础。

二、养血法

妇人以血为本，以血用事。《妇人大全良方》有"大率治病，先论其所主。男子调其气，女子调其血……然妇人以血为基本……"之后，李时珍《本草纲目·妇人月水》曰："女子，阴类也，以血为主，其血上应太阴，下应海潮，月有盈亏，潮有朝夕，月事一月一行，与之相符，故谓之月水、月信、月经。"此说从天人相应之理，阐明了妇人以血为本之论。该论对后世的影响较大，张介宾也主此论，曰："女子以血为主，血旺则经调而子嗣。身体之盛衰，无不肇端于此。"血是产生月经的物质基础，血旺则血海充盈，胞宫得以濡养，则月事如常。若素体血虚，或数伤于血，或产多乳众，大病久病，营阴暗耗，阴虚血少，冲任失养，无以化为经血，乃至经闭不行。

症见：月经初潮来迟或由后期量少渐至闭经，伴面色萎黄，肌肤不泽，毛发焦枯，头晕眼花、心悸怔忡，舌淡少苔，脉细弱。

治宜：补血和营、通补冲任，给予四物汤加减。

药物组成：当归 15 g，川芎 10 g，白芍 20 g，熟地黄 18 g，制首乌 10 g，枸杞子 15 g，阿胶（烊化）15 g，黄精 12 g，龙眼肉 10 g。然血与气互相资生，互相依存，血损及气，气血俱虚之闭经，分别用八珍汤、十全大补汤、人参养荣汤以补益气血，温补气血，养血安神。

加减应用：若因产后大出血导致的血枯经闭（希恩综合征），除见气血虚弱证象外，更见表情淡漠，阴道干涩，毛发脱落，生殖器官萎缩，尚可于上述补益气血的方剂中加入鹿角胶、龟板胶、阿胶、紫河车等血肉有情之品；若心脾两虚见乏力少寐，心悸怔忡者治宜归脾汤。

三、补土法

补土法即补益脾胃之法。《灵枢·决气》曰："何谓血。岐伯曰：'中焦受气，取汁变化而赤，是谓血。'"《素问·灵兰秘典论》曰："脾胃者，仓廪之官，五味出焉。"上论示脾胃为后天之本，气血生化之源，五脏六腑，四肢百骸，均赖之以濡养。又"冲脉隶于阳明"，且阳明胃经乃多气多血之府，脾胃健旺，精微充足，则气血旺盛，任通冲盛，月事依时。若脾胃虚弱，化源不足，则经闭不行。先贤以脾胃虚弱立论者多矣，如李杲《兰室秘藏·妇人门》曰："妇人脾胃久虚，或形羸气血俱衰，而致经水断绝不行。"《陈素庵妇科补解》曰："经血应期三旬以下，皆由脾胃之旺，能易生血。若脾胃虚，水谷减少，血无由生，始则血来少而色淡，后且闭绝不通。"

症见：经量由月经后期量少渐至不行，伴面色萎黄，形体瘦弱，神疲倦怠，脘腹胀满，纳谷不香，大便溏薄，舌淡、苔薄白，脉细弱。

治宜：健脾和胃、补益冲任，给予自拟方补土饮。

药物组成：太子参 15 g，炒白术 10 g，茯苓 15 g，陈皮 12 g，厚朴花 15 g，焦山楂 15 g，山药 30 g，炙甘草 6 g。加大枣为引，以健中焦之荣气，补气血生化之源，则经自通。

加减应用：若胃失和降，致胀满呕逆者，加砂仁、姜半夏、竹茹、干姜；脾虚而兼食滞者，加三棱、莪术、山楂、神曲、麦芽；脾虚夹湿者，加苍术、藿香；泄泻者，加白扁豆、炒薏苡仁、莲子肉；气短神疲者，加黄芪、升麻。临证中，即使病邪未伤及脾胃，也应在滋补剂中加入陈皮、焦山楂之属，以防补药碍胃。张景岳云"调经之要，贵在补脾胃以滋血之源……"此之谓也。

四、疏肝法

肝藏血，主疏泄，喜条达而恶抑郁。妇人以血为本，以气为用，气血通调，则经候如常。若忧思恚怒，肝气郁结，血行失畅，气机不通，血滞不行，冲任胞脉阻隔，而月水不通。《素问·阴阳别论》曰："二阳之病发心脾，有不得隐曲，女子不月。"《万氏妇人科》曰："忧愁思虑，恼怒怨恨，气郁血滞而经不行者，法当开郁气，行血滞而经自行。"即肝郁经闭。

症见： 月经数月一行，伴情志抑郁，烦躁易怒，乳房胀痛，胸闷少食，舌正常或偏暗、苔白燥，脉弦。

治宜："木郁达之"治当疏肝解郁、理气调冲，给予自拟方达郁饮。

药物组成： 柴胡 12 g，香附 15 g，青皮 12 g，当归 15 g，白芍 20 g，炒白术 10 g，炙甘草 5 g。

加减应用： 溢乳闭经者，重用白芍加炒麦芽、薄荷。因肝体阴而用阳，临证中疏肝不可徒用香燥行气之品，应加养血培土之味，使阴血足，肝得养，则肝木畅茂。

五、泻火法

《女科秘诀大全》曰："女子月事不来者，先泻心火，血自下也。"李东垣云："或因劳心，心火上行，月事不来，胞脉闭也……宜安心补血泻火，则经自行矣。"《素问·六微旨大论》曰："亢则害，承乃制。"若因抑郁多疑，或劳心过度，心阴亏损，火热亢盛于上，瘀血阻滞于下，则月事不行。

症见： 月经由后期涩少渐至闭经，伴形体消瘦、郁郁寡欢、面部色素沉着、胸闷心悸、舌尖灼热而痛、夜寐不宁、五心烦热，舌暗红、少苔，脉细数。

治宜： 宁心降火、清热调经，给予自拟方清热宁心汤。

药物组成： 柏子仁 15 g，莲子心 6 g，麦冬 15 g，生地黄 18 g，生栀子 12 g，卷柏 10 g，川牛膝 15 g。

加减应用： 若性情急躁、肝火过旺者，加黄芩、黄连、香附、柴胡；胃火过盛、大便燥结者，加大黄或以调胃承气汤加减。虽言"热则流通，寒则凝滞"，但若证属实热，也不可惧用寒凉，因苦寒可坚阴也。

六、温经法

《金匮要略·妇人杂病脉证并治第二十二》曰："妇人之病，因虚、积冷、结气，为诸经水断绝，至有历年，血寒积结，胞门寒伤，经络凝坚。"《诸病源候论》曰："妇人月事不通者，由劳损血气，致令体虚受风冷，风冷客于胞内，伤损冲任之脉……致胞络内绝，内气不通故也。"产时或产后血室正开之时，风冷寒邪客于胞中，或经行之时冒雨涉水，受寒饮冷，寒气客于胞门，结于冲任，阻其经络，故经闭不行。

症见： 闭经而小腹冷痛拒按，得热痛减，面色青白，形寒肢冷，大便不实，舌淡暗、苔白，脉沉紧。

治宜： 温经散寒、养血调经，给予自拟方温胞饮。

药物组成： 黄芪 30 g，当归 15 g，白芍 20 g，丹参 30 g，肉桂 6 g，吴茱萸 5 g，艾叶 10 g，香附 15 g，川牛膝 15 g。

加减应用： 若寒湿凝滞者，加苍术、茯苓；虚寒重而致瘀者，加人参、阿胶。

七、活血法

楼全善《医学纲目》曰："妇人经闭，有污血凝滞胞门，少腹疼痛，有热有寒。"《医宗金鉴·妇科心法要诀》曰："血滞经闭，石瘕生于胞中，寒气客于子门，子门闭塞，气不得通，恶血当泻不泻。"由于情志所伤，肝失疏泄，气滞则血瘀；或经行之际，感寒饮冷，寒凝则血滞，血滞不行，瘀血阻于冲任、胞脉，遂致闭经。

症见： 经闭兼情志抑郁易怒，乳房胀痛，胸闷少食或少腹胀痛拒按，舌暗红或有瘀点，脉沉涩或沉弦。

治宜： 活血化瘀、理气调冲，给予自拟方潮舒煎。

药物组成： 当归 15 g，川芎 10 g，红花 15 g，丹参 30 g，泽兰 15 g，香附 15 g，乌药 12 g，川牛膝 15 g。

加减应用： 血瘀较重者，加三棱、莪术、土鳖虫、水蛭；气滞较重者，加郁金、柴胡、佛手；兼气虚者，加党参、黄芪。《素问·至真要大论》曰："必先五胜，疏其血气，令其条达，而致和平。"《素问·阴阳应象大论》曰："审其阴阳……定其气血，各守其乡，血实宜决之。"为活血化瘀法之起源与绳墨。活血化瘀法是治疗闭经常用的方法之一。本法适用于气滞血瘀的实证，闭经虚者多而实者少，因而本法仅为权宜之计，或用于"定时而攻"之时，不可久用，以免犯虚虚之戒。临证贵在掌握时机，灵活变通。

八、祛痰法

《丹溪心法·妇人八十八》曰："肥胖饮食过度之人，而经水不调，乃是湿痰。"《女科切要·调经门》曰："肥白妇人，经闭不通者，必是痰湿与脂膜壅塞之故也。"素体肥胖之人多痰多湿，或嗜食肥甘厚味，或肾阳亏虚，温煦失职，令脾虚失运，水湿内停，聚而成痰，痰湿之邪阻滞于冲任，胞脉闭塞，经血不得下行而经闭。

症见：经闭不行，形体肥胖，面色㿠白，胸闷纳呆，呕恶痰多，头重眩晕；或带下过多，大便不实或秘结；舌淡胖、苔白腻或舌暗红、苔黄腻。

治宜：燥湿化痰、活血调经，给予自拟方橘黄汤。

药物组成：化橘红 15 g，天竺黄 12 g，姜半夏 10 g，胆南星 10 g，苍术 10 g，茯苓 15 g，香附 15 g，枳实 12 g，丹参 30 g，炙甘草 6 g。

加减应用：肾虚腰酸者，加淫羊藿、巴戟天、续断；形体肥胖，小便短少者，加大腹皮、冬瓜皮、玉米须、车前子；多囊卵巢综合征，卵巢增大者，加鳖甲、浙贝母、白芥子、水蛭；乳房胀痛者，加柴胡、郁金；大便秘结者，加大黄、炒决明子。

以上八法仅针对其病机典型者而立，临证中病情典型者少，症情复杂者多，据病情可单用，可合用或交替用，遵张仲景"观其脉证，知犯何逆，随证治之"之训，贵在一个"活"字。临证只有辨证准确，立法恰切，遣方用药精当，方能取得较好的临床疗效。

多囊卵巢综合征诊治经验

　　多囊卵巢综合征是一种生殖功能障碍与糖代谢异常并存的内分泌紊乱综合征。持续性无排卵、雄激素过多和胰岛素抵抗是其重要特征，是生育期妇女月经紊乱最常见的原因，也是当今妇科生殖内分泌领域研究的热点和疑难性疾病之一。PCOS 引起的月经不调、不孕症及其远期并发症严重影响着患者的身心健康。根据其临床表现，中医将该病归属于"月经后期""月经过少""闭经""崩漏""不孕症"的范畴，其双侧卵巢增大及多囊样改变又可归属于"癥瘕"的范畴。笔者长期致力于 PCOS 的临床研究，现将对该病的认识及诊治经验总结如下。

一、对病因病机的认识

　　《素问·上古天真论》曰："女子七岁，肾气盛，齿更发长；二七而天癸至，任脉通，太冲脉盛，月事以时下，故有子。"即言月经的产生是脏腑、天癸、气血、经络协调作用于胞宫的生理现象，肾在月经的产生中起主导作用。PCOS 的病理表现主要是肾 - 天癸 - 冲任 - 胞宫轴的功能失调，其病因病机较为复杂，病变涉及多个脏腑及气血、经络，但总不外乎肾、肝、脾的功能失调，气血运行失常及冲任二脉损伤，其中肾的阴阳失调为致病的关键。若肾气虚，天癸乏源，冲任亏损，血海空虚或脾胃素弱，饮食不节，劳倦过度；或因肾阳虚，火不暖土，脾失健运，水湿内停，聚液成痰，痰湿之邪阻滞于胞脉；或肝气郁结，郁而化火，疏泄无度，冲任失调，皆可致月经不调、闭经、不孕，血瘀、痰凝而为癥瘕；尚有气虚运血无力，使瘀血停留，阻滞于冲任胞宫，新血难安而为崩漏、不孕。总之，本病的主要病机是肾脾气虚为本，气滞湿阻、痰瘀互结为标，临床多表现为本虚标实，虚实夹杂之证。

二、辨证分型

（一）肾虚型

症见： 月经后期，量少、色淡质稀，甚或月事不来，不孕，腰膝酸软，头晕目眩，神疲乏力，目眶暗黑，舌淡红、苔薄白，脉细弱。偏于阳虚者，则形寒肢冷，尿频便溏，舌淡、苔薄白，脉沉细。偏于阴虚者，则兼咽干口燥，五心烦热，耳鸣便秘，舌红，苔薄或少苔，脉细数。

（二）痰湿阻滞型

症见： 月经后期，量少，闭经，不孕，形体肥胖，多毛，面色㿠白，胸闷纳呆，呕恶痰多，头重眩晕，或带下过多，大便不实或秘结，舌淡胖、苔白腻，或舌暗红、苔黄腻，脉滑或沉涩。

（三）肝郁化火型

症见： 月经先后不定期，或闭经，或经血非时而下，久不受孕，面部痤疮，毛发浓密，胸胁乳房胀痛，或有溢乳，口苦咽干，小便黄，大便秘结，舌红、苔黄，脉弦数。

（四）气虚血瘀型

症见： 经血非时而下，量多或淋漓日久不尽，或停闭数月又突然大量出血，继之漏下，血色淡、质稀或暗红有血块，面色无华，神疲乏力，心悸怔忡，舌淡、苔薄或淡暗有瘀点，脉虚细或沉涩。

临证中以上四型并非孤立出现，一些兼夹证型，如痰湿肾虚型、肾虚肝郁型、肝肾阴虚型、脾肾阳虚型、气滞血瘀型等也屡见不鲜。因肾虚为致病之关键，总以肾虚型或肾虚兼夹证型最为常见，应因人因证详加审辨。

三、治疗方法

（一）中医辨证治疗

1. 肾虚型以二紫方（自拟方）加减

（1）药物组成：紫石英 30 g，紫河车 2 g（另包），菟丝子 30 g，淫羊藿 15 g，山茱萸 15 g，枸杞子 15 g，熟地黄 18 g，丹参 30 g，醋香附 15 g，缩砂仁 6 g，川牛膝 15 g。

（2）加减应用：偏肾阴虚者，加女贞子、黄精；偏肾阳虚者，加巴戟天、肉苁蓉、鹿角胶；兼气虚者，加黄芪、党参；兼血虚者，加当归、川芎、白芍、阿胶；脘腹胀满者，加枳壳、木香；肢冷便溏者，加附子、山药；小便频数者，加覆盆子、益智仁；眩晕耳鸣者，加蝉蜕、菊花。

2. 痰湿阻滞型以橘黄汤（自拟方）加减

（1）药物组成：化橘红 12 g，天竺黄 12 g，姜半夏 10 g，胆南星 10 g，苍术 10 g，茯苓 15 g，香附 15 g，枳实 12 g，丹参 30 g，炙甘草 6 g。

（2）加减应用：肾虚腰酸者，加淫羊藿、巴戟天、续断；形寒畏冷者，加制附片、肉桂、鹿角胶；形体肥胖、小便短少者，加大腹皮、冬瓜皮、玉米须、车前子；双侧卵巢增大者，加鳖甲、生牡蛎、浙贝母、白芥子、土鳖虫、水蛭；嗜睡乏力者，加党参、石菖蒲；夹瘀者，加川芎、三棱、莪术；烦躁易怒、乳房胀痛者，加柴胡、郁金、栀子、牡丹皮；大便秘结者，加大黄、炒决明子。

3. 肝郁化火型以丹栀逍遥散加减

（1）药物组成：牡丹皮 15 g，栀子 12 g，当归 15 g，白芍 20 g，柴胡 12 g，炒白术 10 g，茯苓 15 g，煨姜 6 g，薄荷 10 g，炙甘草 6 g。

（2）加减应用：胸胁乳房胀痛者，加郁金、青皮、佛手；溢乳者，加炒麦芽，重用白芍、薄荷；多毛者，加玉竹、黄精；面部痤疮者，加石膏、桑白皮、龙胆、黄芩；小便短黄者，加黄柏、泽泻、车前子；大便秘结者，加大黄、炒决明子。

4.气虚血瘀型以宫血立停方加减

（1）药物组成：黄芪30g，党参10g，白术炭10g，升麻3g，茜草12g，益母草30g，炒红花10g，墨旱莲30g，三七粉3g（冲服），炙甘草6g。

（2）加减应用：气虚者，易党参为人参；阴损及阳见血崩如注、神昏泛呕、肢冷汗出、脉芤或脉微欲绝者，急投参附汤（《伤寒论》），必要时中西医结合救治；兼血热者，加黄芩炭、黑栀子、生地榆、莲房炭；血虚者，加阿胶、山茱萸、熟地黄；心悸怔忡者，加五味子、炙远志、炒酸枣仁。

（二）中医周期治疗

诚如前述，肾的阴阳失调为导致本病的关键，因此调理肾之阴阳贯穿于周期治疗的全过程。根据月经周期中不同时期阴阳消长、气血盈亏的变化规律，以自拟二紫方加减。行经后津液耗伤，血海空虚渐复，子宫藏而不泻，呈现阴长的动态变化，加入女贞子、墨旱莲、白芍等滋阴养血之品，与方中紫石英、紫河车等同用，以期收到"阳中求阴"之效。排卵期是重阴转阳、阴盛阳动之际，应在重阴的前提下，推动阴阳的消长转化，可加三棱、莪术、茺蔚子、路路通、皂角刺、穿山甲等活血破瘀、理气通络之味，以促进卵子的排出。经前期，阴盛阳生，渐至重阳，此期阴阳俱盛，可加续断、菟丝子、盐杜仲、巴戟天、山茱萸等阴阳并补，水火并调，以期达到"阴中求阳，水中补火"之效。行经期，血海由满而溢，子宫泻而不藏，应活血化瘀，理气通经，乘势利导，促使经血排出，多用当归、川芎、赤芍、桃仁、红花、川牛膝之属。调整月经周期除补肾外，上述各型也当在主方的基础上循期加减运用。

（三）西药辅助治疗

临证以中医为主，调理脏腑、气血、冲任、胞宫之阴阳失衡状态，结合西药治疗本病。西药以炔雌醇环丙孕酮片（达英-35）为首选，根据患者不同的临床表现选择用药。对雄激素过高者，除用炔雌醇环丙孕酮片外，选加螺内酯；对于体型肥胖兼有胰岛素抵抗且有生育要求者，给予胰岛素增敏剂二甲双胍。PCOS合并催乳素升高的患者，首先应排除垂体及乳腺病变引起的泌乳，再根据患者的症状、体征及实验室检查结果结合中医对症治疗。此外，应区分青春期和育龄期不同的年龄阶段分别选用药物。青春期重在调经，多数患者拒用西药，仅用黄体酮辅助调周即可；育龄期患者调经意在促进排卵，除上述药物的运用外，促排卵可用中药配以氯米芬或来曲唑。鉴于西药的副作用，其辅助治疗为3~6个月经周期，切勿过度用药。如此中西医结合，制订个体化方案施治，较之于纯中医或纯西药治疗疗效更佳。

（四）生活调理，身心同治

多囊卵巢综合征确切的病因尚不清楚，有研究表明：可能是由某些遗传基因与环境因素相互作用引起的。随着人们日趋激烈的竞争环境和愈加紧张、快节奏的生活方式，生活压力不断增大，心理因素也是发病的主要原因之一。本病由于青春期即发生月经不调，甚至闭经、多毛、痤疮、肥胖等体征，继之婚后不孕，多数患者均有多方求医而效果不佳的经历，使精神、心理承受着巨大的压力；心理的变化影响大脑皮层，继而引起下丘脑－垂体－卵巢（HPO）轴的改变，进一步加重原有的生殖内分泌病变。所以，在本病治疗过程中，更应重视对患者进行心理疏导，让患者了解自己的病情，保持心情舒畅，树立治愈疾病的信心。恰当的心理疏导，胜似无药之良方；再结合患者的病情进行中西医结合治疗，往往能取得事半功倍的效果。此外，调整生活方式也不容忽视，告诫患者要"饮食有节，起居有常，不妄作劳"。如对肥胖患者，嘱其清淡饮食，适当运动，减轻体重，增强体质，将有利于疾病的转归。

对崩漏治疗的思考

崇漏为妇科常见的出血性疾病，也是疑难重症，相当于西医的"无排卵型功能失调性子宫出血"，多发生于青春期少女和绝经前期妇女。其所以疑，疑在对病名概念的认识中医学术界尚未达成共识；其所以难，难在止血难获速效，固本难获良效；其所以急，急在耗伤阴血，损及健康。诚如明代医家徐春甫《古今医统》谓："妇女崩漏，最为大病。"因而本病至今仍为重点研究课题之一。兹将个人临证心得阐述如下。

一、通因通用，祛瘀止血

笔者数十年来潜心于"血证"之学，对李梴"人知百病生于气，而不知血为百病之胎也"之说，颇为心折。尤赞赏王清任之谈"治病之要诀在于明白气血""气通血活何患不除"，试以活血化瘀法治疗一些疑难杂症，获得满意的疗效。《女科经纶·月经门》引《产宝方》云："大率治病，先论其所主。男子调其气，女子调其血。"妇女以血为用，其经、孕、产、乳无不与血的盛衰或畅滞密切相关。妇女由于月经与产褥的关系，形成血瘀的病理变化较多，故血瘀成为妇科常见病因之一。《景岳全书·妇人规》曰："崩漏不止，经乱之甚者也。"崩漏是因肾-天癸-冲任-胞宫生殖轴的紊乱，导致月经周期、经期、经量严重失调的一种月经疾病。其病因病机较为复杂，病本在肾，病位在冲任，变化在气血，表现为子宫非时下血。主要机制为肾虚，肾气不固，固摄无权，肾精失守，冲任不能制约精血，而致胞宫藏泻无度所致。其病因不离"虚、瘀、热"。笔者在崩漏止血阶段，较为重视瘀血的存在。认为瘀血阻于冲任，理应"祛瘀止血、通因通用"。《内经》云："血实者宜决之。" 然在其他证型的出血阶段，适当伍以活血化瘀之品，可起到祛瘀生新的作用。补而兼通则无滞，清而兼行则不凝。基于"久崩多虚，久漏多瘀"的认识，以"益气升提、祛瘀止血"和"活血破瘀、祛瘀止血"立法，创制宫血立停方，药用黄芪、党参、白术炭、升麻、益母草、茜草、炒红花、生山楂、生地榆、墨旱莲、三七粉、炙甘草等，治疗崩漏出血较多者，可起到祛邪不伤正，瘀祛血止的良好效果。拟逐瘀清宫方，药用当归、川芎、红花、三棱、莪术、水蛭、益母草、枳壳、肉桂、川牛膝、人参等为基本方，随症加减，用于久漏不止者，疗效肯定。

二、治崩三法，相兼使用

明代医家方约之在《丹溪心法附余》中说："血属阴，静则循经荣内，动则错经妄行。故七情过极，则五志亢盛，经血暴下，久而不止，谓之崩中。治法初用止血以塞其流；中用清热凉血以澄其源；末用补血以还其旧。"对于"治崩三法"的理解和运用，古今医家，见仁见智，各有阐发。笔者以为"治崩三法"在运用的过程中，应灵活掌握，相兼使用，不能截然分开。塞流即是止血，是治疗崩漏的首要措施，特别在暴崩出血时尤为重要。塞流之时应当正本清源，辨证论治（即澄源），若血崩大下之时，急当救急止血，以防虚脱，可视病情施以补气摄血或温阳固脱之法，笔者常用独参汤、参附姜炭汤配合西药炔诺酮能迅速止血，挽救患者于危急之际。病情缓和者，宜分别寒、热、虚、实进行施治，不宜专事止涩。

临床常用的止血法分为以下几类：①清热止血法：药用黄芩炭、黑栀子、黄柏炭、墨旱莲、生地榆、莲房炭、荷叶炭、贯众炭等；②温经止血法：选艾叶炭、炮姜炭等；③益气止血法：用人参（或党参、太子参）、黄芪、山药、白术炭、升麻等；④祛瘀止血法：选益母草、炒红花、生山楂、茜草、炒蒲黄、灵脂炭、三七粉等；⑤破血止血：药用三棱、莪术、水蛭、桃仁、红花等；⑥养血止血法：用阿胶、白芍炭、熟地黄炭、龟板胶、山茱萸等；⑦收涩止血法：选用仙鹤草、藕节、阿胶珠、乌贼骨、莲须、五味子等。以上七法仅做了药物筛选，可根据病情适当选用，收涩止血药多用于出血减少或将止之时，一般不和祛瘀药同时应用。值得注意的是对于生育期和绝经过渡期的女性，药物治疗无效或存在子宫内膜癌高危因素的患者，务必进行诊断性刮宫以排除恶性病变，以免贻误病情。

对于崩漏的治疗，血止并不是目的，只是"急则治其标"之举，血止之后恢复健康，恢复正常的月经周期，防止复发乃是治疗的关键。所以血止之后应予以复旧治疗，复旧即是固本，为调理善后之法，是巩固治疗的重要阶段。复旧之时，仍当审证求因，辨证施治，因而复旧仍应和澄源并施。

三、周期治疗，藏泻有度

《素问·五脏别论》云："脑、髓、骨、脉、胆、女子胞，此六者皆地气所生也，皆藏于阴而象于地，故藏而不泻，名曰奇恒之腑。"女子胞功能似脏，其形中空似腑，既具有脏藏精气而不泻的功能，又具备腑传化物而不藏的功能。在非经期藏精气而不泻，似脏；行经期又行使腑的功能：传化物而不藏。因而，作为奇恒之腑之一的胞宫，似脏亦腑，亦藏亦泻，藏泻有度。李时珍《本草纲目·妇人月水》中提出："女子，阴类也，以血为主，其血上应太阴，下应海潮，月有盈亏，潮有朝夕，月事一月一行，与之相符，故谓之月水、月信、月经。经者，常也，有常规也。"此文指出月经是有规律的、周期性的子宫出血。月月如期，经常不变，此即胞宫藏泻有度的正常体现。然而，崩漏患者胞宫功能处于藏泻失衡状态，所以治疗该病应进行周期调治，令其藏泻有度。崩漏血止后6日内（相当于月经周期第6～11日），因出血伤阴，血海空虚，应为阴长阳消期，宜用女贞子、墨旱莲、白芍药、熟地黄等滋阴养血药，伍以紫石英、淫羊藿等补阳之品，以期收到"阳中求阴"之效。《黄帝内经》云："月生无泻。"血止后第7~11日（相当于月经周期第12~16日），即真机期，主要是在重阴的前提下，推动阴阳的消长转化，以利氤氲期的到来（即卵子的排出），方中酌加三棱、莪术、泽兰、茺蔚子、香附、路路通等活血化瘀、理气通络之味。血止后第12~24日（相当于月经周期第17~28日）为经前期，此时阴血由生至化，机体由阴转阳，"重阴必阳"，为阳长阴消期，为了维持重阳转化，可酌用续断、淫羊藿、菟丝子、巴戟天、紫石英、紫河车、山茱萸、枸杞子等，组方为阴阳并补，水火并调之剂，以期达到"阴中求阳、水中补火"之效，待再次月经将至之时（相当于月经周期第1~5日），阴阳气血俱盛，胞脉充盈，血海由满而溢，治宜活血化瘀、理气通经，促进经血顺利排出。《内经》云："月满无补。"药用当归、川芎、桃仁、红花、香附、川牛膝等，偏于血寒者酌加吴茱萸、乌药、肉桂等温经活血；偏于血热者酌加赤芍、生地黄、牡丹皮等凉血活血。如此根据1个月经周期中阴阳消长变化的规律，序贯治疗3个月经周期以上，定能取得满意的疗效，此顺应胞宫生理藏泻的有序治疗，符合"道法自然，分期调治"之理。对于"依据B超检查子宫内膜厚薄来揣测胞宫之藏泻，而行补或泻治疗之法"的观点，笔者并不完全认同。中医诊病，必当机因脉证合参，以定治法、遣方用药，才不失中医的规矩绳墨。

四、复旧固本，治有侧重

刘完素在《素问·病机气宜保命集·妇人胎产论》中指出："妇人童幼天癸未行之间，皆属少阴；天癸既行，皆从厥阴论之；天癸已绝，乃属太阴经也。"实为明论，在崩漏的复旧治疗阶段颇具指导意义。青春期少女，肾气方盛，天癸将至，肾-天癸-冲任-胞宫轴的功能尚未臻稳定，而绝经前期妇女肾气渐衰，天癸将竭，此性腺轴的功能亦将退化，因此崩漏多发。生育年龄的妇女由于各种致病因素导致冲任不固，不能制约经血，而使胞宫藏泻无度者，也可导致崩漏。在本病的复旧治疗阶段，根据妇女不同年龄的生理特点，治疗各有侧重。青春期少女和育龄期妇女应以治肾为主，以期调整肾－天癸－冲任－胞宫轴，恢复正常的月经周期。笔者拟有二紫方，药用紫河车、紫石英、菟丝子、淫羊藿、山茱萸、枸杞子、熟地黄、丹参、香附、砂仁、川牛膝，用以补肾填精，理气活血，调理冲任。所不同者，对于青春期少女的治疗仅限于对症止血后恢复健康，建立正常的月经周期，不刻意促排卵，在最佳生育年龄前，不动用储备的始基卵泡，可用二紫方或中药人工周期疗法调整月经。育龄期患者，是生育的最佳时期，多因崩漏导致不孕，故复旧时，在治肾为主的前提下，养肝疏肝，肝肾同治，积极调整和建立正常的月经周期，尽快恢复排卵功能，达到调经种子的目的。绝经过渡期妇女则以治脾为主。李东垣曰"凡下血证，须用四君子汤以收功"，益可信也。因脾胃乃后天之本，生血之源，中焦健运，生化之源正常，则虽不补血，而血亦自充，此即取其补后天以养先天之意。笔者常用四君子汤、归脾汤之类，意在纠正贫血，恢复健康。鹿茸、鹿角胶、紫河车、巴戟天、淫羊藿、肉苁蓉等补益奇经之品，尽量避免使用，以免使更年期延长。《灵枢·五音五味》篇云："今妇人之生，有余于气，不足于血，以其数脱血也。"绝经过渡期患者历经经、孕、产、乳，数伤于血，机体处于肾阴亏损，阴虚火旺的生理状态，虚火扰动血海，冲任统摄无权，致胞宫藏泻失常，笔者常以知柏地黄汤加减滋阴降火，以期达到肾中阴阳的重新平衡，顺应生理常态，促其早日绝经，使疾病向愈，但临床效果并不理想。所以，绝经过渡期患者促使早日绝经的方法和有效药物需要进一步探讨。

对更年期综合征的认识和辨治

　　妇女进入更年期，肾气渐衰，天癸将竭，冲任二脉虚衰，月经渐少而至绝经，生殖能力减退而至消失，这是妇女的正常生理衰退过程，多数妇女可以顺利度过，部分妇女则由于体质、产育、疾病、营养、劳逸、社会环境、精神因素等方面的差异，不能适应和调节这一生理变化，阴阳失调而导致本病。另外，肾为五脏六腑之本，内藏元阴而寓元阳。肾之阴阳失调常涉及其他脏腑，其中尤以心、肝、脾为主。生理上，心肾水火相济，若肾阴不足，不能上济心火，常使心火独亢，出现心火亢盛证候；肝肾乙癸同源，肾阴不足，精亏不能化血，导致肝肾阴虚，肝失柔养，肝阳上亢，出现肝火旺盛证候；肾为先天之本，脾为后天之本，先后天互相充养。脾赖肾阳以温煦，先天之精靠后天水谷之精以滋养。肾虚阳衰，火不暖土，又导致脾肾阳虚证候。

　　综上所述，本病以肾虚为本，肾的阴阳平衡失调，影响到心、肝、脾脏及冲、任二脉，从而产生一系列的病理变化，出现诸多证候。但因妇女一生经、孕、产、乳，屡伤于血，处于"阴常不足，阳常有余"的状态，所以临床以肾阴虚致病者居多。笔者辨治此证，常用下述六法。

一、滋阴清热，养血润燥

　　若阴虚内热者，症见腰膝酸软，头晕耳鸣，烘热汗出，潮热面红或手足心热，或尿少便干，月经紊乱，先期量少，或漏下淋漓，舌红少苔，脉细数。治宜养阴清热，方用知柏地黄汤（《脉因证治》）加减。药用生地黄、熟地黄、山茱萸、山药、盐知母、盐黄柏、炙百合、牡丹皮、地骨皮、茯苓、炙甘草。若烘热汗出明显者，加生龙骨、牡蛎、五味子、淮小麦；月经先期或漏下者，加墨旱莲、生地榆；阴虚血燥，肌肤瘙痒者，选加当归、赤芍、生首乌、荆芥、蝉蜕等；大便秘结者，加炒决明子、肉苁蓉、生首乌；小便涩赤不爽者，加焦柳叶、白茅根、冬葵子。

二、滋肾填精，调补冲任

若精亏血枯者，症见腰膝酸软，骨节酸痛，头晕健忘，耳鸣耳聋，甚者齿摇发脱，月经后期量少，甚或过早停闭，舌淡苔薄，脉细弱。治宜滋肾填精；方选《景岳全书》之左归丸加减。药用熟地黄、山茱萸、枸杞子、山药、菟丝子、川牛膝、龟板胶、阿胶、制首乌等。若腰膝酸软，骨节酸痛明显者，加续断、桑寄生、狗脊；耳鸣重者，加磁石、菊花；月经过少、闭经者，加紫河车、人参、当归。

三、滋肾养肝，平肝潜阳

若阴虚肝旺者，症见腰膝酸软，头晕头痛，烦躁易怒，烘热汗出，双目干涩，舌红少苔，脉弦细数。治宜滋肾养肝、平肝潜阳，方选《医级》之杞菊地黄汤加减。药用熟地黄、山药、山茱萸、枸杞子、牡丹皮、茯苓、菊花、白芍、夏枯草、石决明、制鳖甲、生龙骨、牡蛎。若头痛、眩晕较重者，加天麻、钩藤；烦躁易怒情志异常者，加柴胡、佛手、青皮、川楝子。

四、活血化瘀，安神除烦

气滞血瘀者，症见心烦易怒，胸胁胀痛或周身刺痛，潮热汗出，心悸失眠，夜梦易惊，心中烦热，焦虑抑郁，记忆力减退，舌暗红或有瘀点，脉弦或涩。治宜活血化瘀，安神除烦，方用《医林改错》之血府逐瘀汤加减。药用当归、川芎、赤芍、生地黄、桃仁、红花、柴胡、枳壳、甘草、川牛膝。失眠者，加琥珀、炒酸枣仁；焦虑抑郁重者，加夜交藤、何首乌；心烦者，加栀子、淡豆豉；心悸者，加丹参、远志。

五、祛湿化痰，健脾和胃

若痰湿内阻者，症见头重如裹，面部虚浮，四肢浮肿，汗出潮热，心悸纳呆胸闷，坐卧不宁，虚烦不眠，大便溏薄，惊悸多梦，舌苔厚腻，脉濡缓。治宜祛湿化痰，健脾和胃，用《外台秘要》之温胆汤加减。药用陈皮、茯苓、半夏、甘草、枳壳、竹茹、砂仁、合欢花、厚朴花、淫羊藿。腹胀者，加大腹皮、莱菔子；心悸者，加远志、柏子仁；痰迷清窍者，加胆南星、石菖蒲、广郁金。

六、温肾扶阳，健脾止泻

若脾肾阳虚者，症见形寒肢冷，精神萎靡，腰背冷痛，倦怠无力，纳呆便溏，小便清长，夜尿频数，甚或五更泄泻，面浮肢肿，或经行量多，崩中漏下，舌淡苔白，脉沉细弱。治宜温肾扶阳，健脾止泻，方选《景岳全书》之右归丸合《伤寒论》之理中丸加减。药用山茱萸、枸杞子、山药、菟丝子、杜仲、仙茅、淫羊藿、覆盆子、党参、白术、干姜、陈皮、炙甘草。若腰背冷痛明显者，加花椒、制附子、肉桂；月经量多、崩中漏下者，加赤石脂、补骨脂、炮姜炭、艾叶炭等。

先兆流产与习惯性流产诊治经验

先兆流产与习惯性流产归属于中医的"胎漏""胎动不安""妊娠腹痛"及"滑胎"的范畴，是妇科常见病、疑难病之一。中医对本病的认识由来已久，现将笔者学习典籍结合临证所得略陈管见于下。

一、病机种种，皆因肾虚

中医对孕育机制的记载可追溯到《内经》，《素问·上古天真论》曰："女子七岁，肾气盛，齿更发长；二七而天癸至，任脉通，太冲脉盛，月事以时下，故有子。"《灵枢·决气》又云："两神相搏，合而成形，常先身生，是谓精。"指胚胎本男精女血相结而成，有赖先天肾精之滋养及肾气之温煦。肾气旺盛，脏腑协调，胞宫安和，胎者泰然蓬生。若先天禀赋不足，房劳多产，久病惊恐伤及肾气，使肾气匮乏，封藏失职，冲任不固，胞胎难系，必致"先兆流产"，甚或屡孕屡堕而成"滑胎"。肾气不足致脾气怯弱，脾（胃）乃后天之本，气血生化之源，脾虚气血乏源，或因孕后摄食不足，饮食劳倦所伤，而致气血不足，难以养胎、载胎而致胎气不固。若肾水不足，阴虚则生内热，妊娠以后，阴血聚于冲任以养胎元，阴血更虚，加之过食辛辣助阳之品，肝郁化热，外感邪热、邪毒，致热扰冲任，胎亦必不安。而跌仆闪挫，登高持重，劳力过度者致气血紊乱，胞络受损，《素问·奇病论》言"胞络者系于肾"，今胞络受损，肾气亦伤。由是可知，本病的基本病机为肾脾亏虚，热扰胎动，其病位在冲任、胞宫，病性为本虚之证。然不论病变涉及何脏何腑，在气在血，皆由肾虚而起，不论何因，必始于肾虚而后发。此皆应"肾藏精以系胞""肾以载胎"之古训。

二、明确诊断，注重鉴别

在诊治流产的过程中，首先要和异位妊娠、葡萄胎、功能失调性子宫出血、子宫肌瘤进行鉴别。除此之外，对于流产的类型也应予以甄别。系难免流产、不全流产、稽留流产等胎元已殒者，安之徒劳，急需下胎益母。若为先兆流产或习惯性流产胎元正常者，则可行安胎治疗，在整个治疗的过程中，除认真诊察阴道出血、小腹疼痛、腰酸下坠等主症，结合兼症、舌脉进行辨证论治外，尚需进行血人绒毛膜促性腺激素 β 亚单位（β-HCG）定量检查及孕酮（P）、B 超等动态辅助检查，以明确安胎的效果和预后，随时调整治疗方案。

三、谨守病机，确立治则

肾藏精，主生殖，为封藏之本。《素问·六节藏象论》指出："肾者主蛰，封藏之本，精之处也。"肾所藏之精包括"先天之精"和"后天之精"。"先天之精"是禀受于父母的生殖之精，它与生俱来，是构成胚胎发育的原始物质，故谓"肾为先天之本"。"后天之精"是指出生以后来源于脾胃化生的水谷之精气，正如《素问·上古天真论》曰："肾者主水，受五脏六腑之精而藏之。"肾对于生殖的重要作用是基于肾藏精的功能，所以，安胎应以补肾为主。《傅青主女科》言："夫妇人受妊，本于肾气之旺也。""夫胎也者，本精与血之相结而成……故肾水足而胎安，肾水亏而胎动。"因而，安胎重在补肾以固胎元，是以固摄之法制动以静，使之行使其封藏之功。胎孕之形成，胎元之坚固主要在于先天之肾气，而滋养胎儿又赖母体后天脾胃化生之气血。脾胃居于中州，为后天之本，气血生化之源，脾气健运，气血充沛，胎有所养，胎元自固。若脾胃虚弱，气血乏源，必致胎元失养，胞胎难固，《邯郸遗稿》中说："胎茎之系于脾，犹钟之系于梁也，若栋柱不固，栋梁必挠。"所以安胎之法又当培脾。妇女以血为主、为用，妊娠以后，阴血聚于冲任以养胎元，机体相对处于阴血偏虚，阳气偏旺的特殊生理状态，故此期易致热扰胎动而出现各种流产先兆。基于"肾脾亏虚，热扰胎动"的基本病机，确立"补肾培脾，养阴清热"为安胎的基本原则。

四、辨证论治，对症用药

在"补肾培脾，养阴清热"为安胎基本原则的指导下，临证具体运用时，又当本"治病必求于本"之训，明辨寒热虚实，分清标本缓急，遵循张仲景谓"观其脉证，知犯何逆，随证治之"的精神，进行辨证论治。临证常以褚氏安胎方（自拟方）。药用：续断、杜仲、菟丝子、太子参、白术、黄芩、白芍、墨旱莲、炙甘草等为基本方，随症加减。笔者将常用的保胎药物分为以下十类。

1. 补肾安胎类　续断、炒杜仲、菟丝子、桑寄生等。

2. 健脾安胎类　山药、炒白术、莲子、白扁豆、大枣等。

3. 益气安胎类　人参（或党参、太子参）、黄芪、升麻等。

4. 养阴安胎类　白芍、熟地黄、枸杞子、山茱萸、女贞子、阿胶等。

5. 清热安胎类　黄芩、栀子、黄柏、茵陈、龙胆、金银花、蒲公英等。

6. 止血安胎类　黄芩炭、黑栀子、墨旱莲、藕节、仙鹤草、苎麻根、阿胶等。

7. 理气止痛类　苏梗、陈皮、香附、白芍、甘草等。

8. 和胃降逆类　砂仁、豆蔻、陈皮、生姜、姜竹茹等。

9. 宁心安神类　酸枣仁、远志、知母等。保胎方配以宁心安神之品，一则可以缓解患者的紧张情绪，二则心肾交济与胞宫的藏泻功能密切相关，《内经》云"胞脉者属心而络于胞中""胞络者系于肾"，故安胎方药多用之。

10. 润肠通便类　炒决明子、生白术、麻子仁、肉苁蓉等。大便不畅易致气机失调而令胎动不安，并可加重先兆流产的症状，故大便不畅则多用此类药物。

妊娠早期以清热理脾安胎为主，多用黄芩、白术、栀子；中晚期以滋阴安胎为主，用白芍、熟地黄、枸杞子、山茱萸。止血时忌用贯众炭、三七等逐瘀止血之品；当归、川芎其气辛温，走而不守，系血中之气药，能活血、行血，故欲其静者，当避之；理气时忌用枳壳、枳实、降香等破气、降气之品，若用之，多会造成流产。对于活血化瘀安胎法，笔者认为可以作为安胎的变法，慎重选用，在妊娠早期多不采用。孕妇患有子宫肌瘤者，仅重安胎，不治癥积。至于妊娠药禁，虽言："有故无殒，亦无殒也。"从对患者负责的角度考虑，凡妊娠禁忌的药物多不采用。

五、防重于治，预培其损

《素问·四气调神大论》曰："是故圣人不治已病治未病，不治已乱治未乱，此之谓也。夫病已成而后药之，乱已成而后治之，譬犹渴而穿井，斗而铸锥，不亦晚乎。"防重于治，是《内经》贯穿始终的指导思想，在先兆流产，尤其是习惯性流产的治疗中一定要恪守此"治未病"的理念。对于复发性自然流产者，孕前应系统筛查流产的原因，如行夫妇双方的染色体检查，若有异常，应予孕前进行遗传咨询，确定可否妊娠；还可行夫妇双方血型鉴定及丈夫精液分析检查。女方做优生四项（TORCH）、支原体、衣原体（UU、CT）等感染因素的检查；抗精子抗体（AsAb）、抗磷脂抗体（APA）、抗子宫内膜抗体（EmAb）、抗卵巢抗体（AoAb）、抗透明带抗体（ZP）、抗绒毛膜促性腺激素抗体（HCGAb）、封闭抗体（BA）等免疫因素的检查，女性性激素六项测定 [卵泡刺激素（FSH）、黄体生成素（LH）、催乳素（PRL）、雌二醇（E_2）、孕酮（P）、睾酮（T）]、甲状腺功能测定。行 B 超、子宫输卵管造影、宫腔镜等检查以明确女方有无子宫畸形、肿瘤、宫腔粘连、子宫颈内口松弛等。

治疗分为两步：第一步，在未孕之前，针对所检查出的原因，积极治疗。如抗精子抗体、抗磷脂抗体、抗子宫内膜抗体等阳性或封闭抗体不足系免疫因素导致的流产，笔者拟有二紫方，药用紫石英、紫河车、菟丝子、淫羊藿、山茱萸、枸杞子、熟地黄、丹参、香附、砂仁、川牛膝等配合小剂量肠溶阿司匹林有较好的治疗作用。其他诸如感染因素、宫腔粘连等病因纠正后，也要重视肾气的调养，约调养半年以上方可受孕。第二步，既孕之后，未病先防，用笔者安胎方随症加减，若系母儿血型不合者，重用清热安胎之品，在笔者安胎方的基础上加龙胆、茵陈、栀子、黄柏、金银花等，可明显降低抗体效价；若属胎盘低置者，加黄芪、党参、升麻等补气升提之品；若系宫颈内口松弛孕前未行宫颈内口修补术者，则应于妊娠第 14 ~ 16 周行宫颈内口环扎术，同时配以中药笔者自拟安胎方加山茱萸、覆盆子、升麻等补肾固涩升举之品。滑胎患者除孕前调治外，孕后治疗多超过屡次堕胎的孕周，先兆流产症状控制后，仍需巩固治疗两周以上。此外，稳定心理，调节情志对于防治流产亦不容忽视，许多先兆流产患者前来就诊时情绪都比较紧张，尤其是习惯性流产患者更甚，故应做好患者的思想工作，减轻其心理负担，可预防性口服笔者自拟安胎方同时配以酸枣仁、莲子心、茯神、炙远志等，此即："欲补肾者，须宁心，使心得降，肾始实。"故宁心安神之品在保胎方中必不可少。此外尚需忌辛辣，禁房事，绝对卧床休息。

中医治疗先兆流产与习惯性流产有一定的优势，安胎成功率高。虽然对子代的安全性有学者做过一些有益于优生的报道，但仍需进行多中心、大样本及循证医学的研究。

排卵障碍性不孕症诊治心得

　　不孕症是妇科常见病、疑难病之一，该病在已婚夫妇中占8%～10%，是世界范围内的医学和社会学问题。引起不孕症的原因相当复杂，女性因素约占60%，男性因素占30%，男女双方因素占10%。导致女性不孕的原因以排卵障碍和输卵管不通为多见，免疫性不孕近年来有增多的趋势，其中排卵障碍性不孕占女性不孕的20%～40%，西药对于排卵障碍的治疗存在着高促排卵、低妊娠率、毒副作用及并发症多、药品昂贵、用法及剂量难以掌握等弊端，中医药对于该病的治疗则具有独特的优势。兹对此病诊治的心得略陈管见。

一、重在治肾，兼调肝脾

　　中医学对生殖生理的认识在《素问·上古天真论》中早有记载："女子七岁，肾气盛，齿更发长；二七而天癸至，任脉通，太冲脉盛，月事以时下，故有子……七七任脉虚，太冲脉衰少，天癸竭，地道不通，故形坏而无子也。"《素问·六节藏象论》也指出："肾者主蛰，封藏之本，精之处也。"说明了月经的行止以及孕育赖于肾气、天癸及冲任。肾气旺盛，天癸始能泌至，注于冲任，促进冲任二脉通盛，生殖之精成熟，女精乃能降至，阴阳合，两精相搏，生命由是开始。故谓"经水出诸肾""肾主生殖"。如禀赋不足，多产房劳，手术损伤，大病久病致肾气亏损，肾精不足，冲任脉虚，皆可致经血失调，孕育无能。西医认为女性的生殖功能是靠下丘脑－垂体－卵巢－子宫轴维持的。在这一轴线的调节下，各种性激素协调分泌，导致周期性的卵泡发育、排卵、黄体形成、萎缩，形成生理性月经周期。如这一生理轴功能失调会引起卵泡发育不良，无排卵或黄体功能低下等，并引发月经紊乱及不孕症。中西医虽从不同的角度认识不孕症，但这两种理论可相互印证。众多的临床观察及实验研究表明，补肾药可调节卵巢的功能，肾－天癸－冲任－胞宫轴与下丘脑－垂体－卵巢轴有类似之处，这对治疗排卵障碍性不孕有重要的指导意义。

笔者注重传统的中医理论与西医理论相结合，强调肾在生殖功能中的重要地位，认为治疗排卵障碍性不孕应着重从肾入手。临证处方中常以生地黄、熟地黄、何首乌、枸杞子、山茱萸、桑葚子、龟板胶、菟丝子、巴戟天、续断、淫羊藿、炒杜仲、覆盆子、紫石英等为主药。月事依时是生殖功能正常的体现。《丹溪心法》云："经水不调，不能成胎。"又云："求子之道，莫先调经。"调经种子虽不可离乎肾，也不可忽视肝脾的作用。肝藏血，主疏泄，调气机，体阴而用阳，且冲脉附于肝，与女子月经密切相关，故叶天士在《临证指南医案》中提出"女子以肝为先天"之说。若情志不畅，肝气郁结，气血失调，冲任不能相资而不孕。月经的主要成分是血，脾为气血生化之源，脾之生化赖肾阳之温煦，若脾虚血少，或脾虚聚湿成痰，或脾肾阳虚，可致胞宫失于温养或胞宫、胞脉受阻而不孕。故在治疗排卵障碍性不孕时，除重治肾外，尚需调理肝脾。故在临证中常以香附、柴胡、枳壳、木香、青皮、陈皮、砂仁、焦山楂之属伍于补肾之剂中，以使肝气畅达，脾气健运，而达肾、肝、脾功能相互协调，共同作用于胞宫，尽快地完善其主月经和孕育之功能。

二、循经各期，遣方用药

调经种子应以治肾为主，兼顾肝脾，但在具体应用时还要根据月经周期中阴阳消长的规律，掌握月经各期的特点，循经用药。中医对月经周期一般分为：经前期、行经期、经后期。部分文献将月经周期中间的时期（相当于排卵期）称为真机期、氤氲期、的候，故月经周期有行经期、经后期、真机期及经前期四期之分。西医将月经周期分为经期、卵泡期、排卵期、黄体期。

1. 卵泡期　即经后期（月经周期第 5～12 日）。由于月经的来潮，精血耗伤，血海空虚，当阴血溢泻之时，阳气也随之外泄，此时气血阴阳俱虚，而以阴血虚为主。肾阴为精血之源，肾阴为月经来潮的物质基础，肾中真阴充实，才能促使"真机期"的来临，使"天癸至"而"月事以时下"。故此时当以滋肾补肾，佐以益脾疏肝，以利先天精血的转化及后天水谷的不断化生，使阴血渐生，促使卵泡发育：雌激素水平升高，子宫内膜渐厚，为排卵奠定物质基础。

2. 真机期　相当于排卵期（月经周期第 12～16 日）。此时经前期的阴生阳长，至此时阴长至"重阴阶段"，阴长至极，重阴必阳，便开始了月经周期中的第一次转化，转化的结果导致排卵。为了适应阴阳消长，由阴转阳突变的需要，治宜养血活血、理气温通，以促进卵子突破、排出。

3. 经前期　相当于黄体期，子宫内膜分泌期（月经周期第 14～28 日），此时阴血由生至化，机体由阴转阳，阳气渐长，月经将至，也即黄体形成，孕激素水平渐增，增厚的子宫内膜变为分泌期内膜，为受精卵着床做好准备，故此期为"阳长阶段"。治疗原则要考虑以温补肾阳为主的特点，以维持基础体温的高相水平。肾为水火之脏，"静则藏，动则泄"，治疗着重于阳，但宜水中补火、阴中求阳，才能使阴阳达到正常水平的平衡，黄体发育良好而功能健全，宜温肾调肝，以补冲任。如未受孕，则雌孕激素下降，子宫内膜失于激素支持而剥脱，此时月经来潮而为经期（月经周期第 1~5 日）。

4. 经期　中医认为此期气血阴阳俱虚，故血海由满而溢，月经来潮，只是阳长至"重阳"而已，阳长至极，重阳必阴，实现了月经周期中阴阳的第二次转化，为"阴化阶段"，治宜活血化瘀、理气通经、因势利导，促进月经畅通，旧血得去，新血遂生，而后开始新的周期。由是中西相参，循月经各期的特点，以治肾为主，兼顾肝脾，形成了"补肾（补肾阴为主）-补肾活血-补肾（补肾阳为主）-活血行气"的周期治疗模式。遵循这一公式，平素以当归、白芍、熟地黄、山茱萸、淫羊藿、香附、砂仁为基本方。经后期选加枸杞子、五味子、制首乌、女贞子、龟板胶、黄精等；真机期于经后期方酌加牡丹皮、丹参、茺蔚子、川牛膝等；经前期以基本方加紫石英、巴戟天、肉苁蓉、鹿角霜、淫羊藿、仙茅、黄芪等。行经期以活血通经汤（当归、川芎、赤芍、熟地黄、桃仁、红花、泽兰、丹参、香附、川牛膝）加减，若偏寒者加乌药、小茴香、干姜、肉桂；偏热者基本方中熟地黄易生地黄，加牡丹皮、大黄、郁金、川楝子等。

基本方中当归、白芍、熟地黄、山茱萸养血补肾填精；淫羊藿温补肾阳，正所谓："善补阳者，必于阴中求阳，则阳得阴助而生化无穷；善补阴者，必于阳中求阴，则阴得阳生而源泉不竭。"香附理气疏肝，使静中有动，气行血行；砂仁健脾和胃以防滋补之品伤脾碍胃。经后期选加枸杞子、何首乌、女贞子、墨旱莲等加强滋肾填精之能；经间期以牡丹皮、丹参、茺蔚子、川牛膝等活血化瘀之品以助卵子突破；经前期选用紫石英、肉苁蓉、鹿角霜等加强温补肾阳之力。行经期用活血通经汤加减，以活血理气通经，促使子宫内膜剥脱。实验研究表明，助阳补肾中药巴戟天、肉苁蓉、仙茅、淫羊藿可增强下丘脑－垂体－卵巢轴促黄体的功能，并进一步证明这种作用并不是由于它们直接刺激垂体促黄体激素的分泌，而是提高垂体对促性腺激素释放激素（GnRH）的反应性及卵巢对黄体生成素（LH）的反应性，从而改善下丘脑－垂体－卵巢轴的调节功能。这不仅为本方治疗排卵障碍性不孕提供了科学依据，而且体现了中药治疗该病的关键在于改善机体内的调节机制，是通过机体本身阴阳的相对平衡，内在功能恢复而起积极治疗作用的，并且中药治疗不会出现副反应。

三、中西结合，病症相参

为指导治疗，要对患者进行必要而系统的辅助检查，如妇科常规检查（内诊）、基础体温（BBT）测定、B超动态监测排卵、内分泌功能测定、诊断性刮宫及子宫内膜活检、子宫输卵管造影、腹腔镜检查、宫腔镜检查、蝶鞍摄片或CT检查等。如子宫发育不良者，可于补肾之剂中重用鹿角胶、紫河车等血肉有情之品。若为多囊卵巢综合征，常表现为肥胖、多毛、双侧卵巢增大、卵巢包膜增厚而无排卵 LH/FSH 比值大于 2.5，多为肾虚气化失调，津液在下焦凝聚成痰而致，可在补肾的同时酌加化痰之品，如浙贝母、僵蚕、天竺黄、橘红、白芥子、胆南星之属；西药可配服氯米芬。高泌乳血症，常有闭经、溢乳、乳房胀痛，为肝失疏泄，肝血不能下注胞宫而为经血，反上逆为乳，应肝肾同治，拟补肾疏肝之法，常于补肾药中加夏枯草、柴胡、枳壳、青皮、麦芽、薄荷等；西药可酌加服溴隐亭、维生素 B_6。若为席汉综合征，常见形体消瘦、面色无华、肌肤不泽、毛发脱落、畏冷倦怠、生殖器官萎缩，多因产后大出血，血去精亏，冲任失养，以人参养荣汤加紫河车、淫羊藿、鹿角胶、阿胶等大补精血；西药可酌情补充雌孕激素、睾丸素、强的松、甲状腺素等。若卵巢早衰，除闭经外，尚见烘热汗出、烦躁失眠、阴道干涩、生殖器官萎缩等围绝经期综合征的表现。中医治疗除补肾调冲之外，应辨证施以滋阴降火、调和营卫、补益心脾、甘润滋补之法，方用知柏地黄汤、百合地黄汤、桂枝汤、归脾汤、甘麦大枣汤等；西药可用超大剂量外源性促性腺激素刺激卵泡发育，然后再用 HCG 诱发排卵，对免疫性早衰者可加用强的松。此外，仍可用雌孕激素替代治疗。排卵障碍不孕病因复杂，中医药治疗收效缓慢，但无副作用，西药治疗有时虽立竿见影，但也可能带来一些令人担忧的副作用，因此使用激素替代治疗不应盲目，在综合评估、全面监护之下的应用才更加安全。

辨证论治是中医的基本观点，周期疗法也应以辨证论治为原则，故在应用时要病、症、舌脉相参，有是证用是药，不可胶柱鼓瑟。如兼气虚者加补气之品；有热象者应予清热之药。循常达变，方是治病之本。此外，合理适当的膳食，保持心情舒畅，适当的体育锻炼，择氤氲期交合对不孕的治疗也至关重要。

《傅青主女科》的治郁特点

　　《傅青主女科》是明末清初著名医家傅山的代表著作，凝聚着傅山一生从事妇科临床的经验。虽然成书于 300 多年前，但至今仍不失为中医妇科临床的重要参考书。

　　郁证在妇科较为常见，历代医家治疗妇女郁证，不外疏肝理气、化痰解郁之法，其用药亦多辛燥芳香之品。傅山在实践的基础上，充分运用脏腑学说，阐明肝、脾、肾三者在妇女生理上和病理上的作用，并从肝、脾、肾三方面对于妇女郁证辨证论治，疏方遣药恒能匠心独运，灵活配伍，在中医妇科史上可谓独树一帜。今就其治郁特点略加阐释。

一、补肝兼以开郁

　　肝主藏血，体阴而用阳。傅山在女子以血为本的指导思想下，认为肝郁证与肝阴亏损有关，尤其是长期肝郁关系更大。关于郁结血崩证，傅山指出"妇人有怀抱甚郁……而血下崩者""为肝气之郁结也"。治法上虽言以开郁为主，然又特别强调"若徒开其郁而不知平肝，则肝气大开，肝火更炽，而血亦不能止矣"。从其所立平肝开郁止血汤的组成来看，开郁之药不过柴胡一钱（3 g），而补肝之药则重用白芍、当归各一两（30 g），可见傅山主张对郁证的治疗，首先着眼于肝血的滋养。体阴的亏损，一方面引起肝郁证的形成和发展，另一方面也造成了郁逆化火的条件。如宣郁通经汤治疗经水未来腹先疼，证属肝郁化火内逼经出所致，方药中首选白芍、当归为主药，而开郁之药仅柴胡、香附、郁金各一钱（3g）。对此，傅山指出："此方补肝之血，而解肝之郁，利肝之气，而降肝之火。"足见傅山慎用芳香升燥而侧重滋养阴血，补肝之中兼以开郁，是其治郁特点之一。

二、滋肾寓有疏肝

傅山治疗郁证，重视培补真阴滋养肾水。对经水先后无定期一证，他认为"夫经水出诸肾，而肝为肾之子，肝郁则肾亦郁矣""殊不知子母关切，子病而母必有顾复之情，肝郁而肾不无缱绻之谊，肝气之或开或闭，即肾气之或去或留"，形象地描述了肝肾母子相因的关系在郁证中的病机表现。方药上首选菟丝子，重用至一两（30g），轻用疏肝之柴胡五分（2g）。"不治之治，正妙于治也"。又如对妇人行经后少腹疼痛一证，傅山秉子母相生，乙癸同源之意，善用巴戟天、山茱萸之类，"补精以生血。"傅山认为："肾水一虚则水不能生木……则气必逆故尔作疼。"其病机是"肾水之涸"，治法必须以疏肝气为主，而益之以补肾之味，则水足而肝气益安，肝气安而逆气自顺"。虽言"调肝汤"而无一味疏利之药，反用山茱萸、巴戟天、阿胶一派滋肾之品，酸甘配伍，以柔制刚，养肝之体，制肝之用。由此可见，傅山主张滋肾养血即寓有调肝疏肝之意。

三、健脾佐以解郁

肝郁一病常克犯脾土。《难经·七十七难》中曾有"见肝之病，知肝传脾，当先实脾"之训。肝以血为藏，脾以气为用，二者具有密切的联系，脾虚患者，每多肝木不舒或太旺，故调肝解郁是治脾的关键一招。傅山对此颇为重视，在《傅青主女科·经前大便下血》后批注道："若大便下血过多，精神短少，人愈消瘦，必系肝气不舒，久郁伤脾。"方用补血汤，重用黄芪二两（60 g），白术五钱（15 g），益气健脾，而用当归解肝之郁，补肝之体，一举两得。

傅山在完带汤的组方上，更具有独到见解，指出其"治法宜大补脾胃之气，稍佐以疏肝之品"，重用山药、白术、人参以健脾，轻用柴胡、陈皮、荆芥疏理肝气，意在"使风木不闭塞于地中，则地气自升腾于天上"，务求土木相安。并谓："此方脾、胃、肝三经同治之法，寓补于散之中，寄消于升之内，开提肝木之气，则肝血不燥，何至下克脾土。"此论颇能启迪后学，令人耳目一新。此为治郁特点之三。

纵观傅山全书，可以看出，傅山对妇女郁证的治疗，首重肝、脾、肾三脏。药物的选用以当归、白芍、熟地黄为最多，人参、白术、山药一类健脾益气之品次之，而理气之品再次之，其中以柴胡为常用。在药物的用量上，重用养血滋肾健脾之品，如当归、白芍、熟地黄、白术、山药、菟丝子等大都用至一两（30 g）；轻用辛燥芳香之品，如柴胡多则一钱（3 g），少则五分（2 g），在解郁汤中砂仁仅用三粒。这种以补为主，少佐疏泄之法，贯彻傅山诸篇。诚如傅山所言："妙在补以通之，散以开之，倘徒补则郁不开而生火，徒散则气益衰而耗精。"此论可谓真知灼见，对后世治郁具有重要的启示。傅山用方多自拟制，师古而不泥古，配伍用量上也甚有独创，常出奇制胜。《傅青主女科》中很多著名的方剂脍炙人口，在临床中屡用屡验，值得我们深入研究，加以继承和发扬。

《金匮要略》妊娠病篇学术思想浅析

　　《金匮要略》中妇人病三篇最早对中医妇科病做出了具体而系统的记载和专题论述,至今该书中妇人病三篇的基本理论与治疗方法仍有效地指导着临床实践,篇中记载的妇科专方大多仍为现在所常用。其中妊娠病篇专论妇女妊娠期间常见疾病的证治,内容有妊娠的诊断,妊娠与癥病的鉴别,以及妊娠呕吐、腹痛、下血、小便难、水气等病症的诊断和治疗,现就《金匮要略·妇人妊娠病脉证并治第二十》论治特点浅析如下。

一、安胎养胎,重视肝脾

　　张仲景对妊娠病的治疗,着重安胎养胎,安胎养胎是妊娠病总的治疗原则。所谓养胎,即指固护胎元,母体无病,胎儿方能正常生长发育。妇人妊娠,肝脾两脏甚为重要,肝主藏血,血以养胎;脾主运化,而输送精微。妊娠之后,阴血聚于冲任以养胎元,致使阴血相对偏虚,血虚则生内热。脾不健运,则水湿停滞,血虚湿热内阻,影响冲任则胎动不安。这些理论,在 2 000 多年前医圣张仲景的言辞中显而易见,如篇中云:"妇人妊娠,宜常服当归散主之。"方中当归、芍药补肝养血,合川芎能舒气血之滞,白术健脾除湿,黄芩清热益阴,诸药合用,肝血得藏,脾气健运，湿祛热除，邪祛正安，而达养胎、安胎之效。以和气血，调肝脾之法主治，体现了张仲景重视调理肝脾两脏的思想。后世把黄芩、白术视为安胎圣药，其源盖出于此。妊娠病篇中当归散、白术散两方是安胎养胎之常用方，"妊娠养胎，白术散主之"，白术散健脾温中，除湿安胎，方中白术健脾燥湿并主安胎，川芎活血行气，蜀椒温中散寒，牡蛎收敛固涩，诸药合用，共奏健脾除湿，温中安胎之功。其无不体现张仲景重视肝脾的思想。

二、同病异治，异病同治

同病异治及异病同治，是《金匮要略》治则中的一大特色。张仲景强调针对疾病过程中出现的具体矛盾采取相应的方法予以解决，既有原则性，又有灵活性，是张仲景论治思想的精髓。在妊娠病的论治中亦体现了这一点。详辨疾病之病因病机，同病异治及异病同治，不忘妊娠，不拘于妊娠，方药病证相切。

《金匮要略·妇人妊娠病脉证并治第二十》有："妇人有漏下者，有半产后因续下血都不绝者，有妊娠下血者，假令妊娠腹中痛，为胞阻，胶艾汤主之。"胞阻是指妊娠期间血液漏下不能养胎，阻碍胎儿正常发育，气血虚弱，胞脉阻滞而导致的妊娠腹痛。此条为三种出血和胞阻之证治。其出血之病因虽不同，但病机相同，皆为冲任虚损，阴血不能内守之故。冲为血海，任主胞胎。冲脉虚损，阴血不能内守，故崩中漏下，月经过多或半产下血不止；冲任不固，胎失所系，故妊娠下血，胎动不安，腹中疼痛，治当调补冲任，固经养血，可以胶艾汤一方治之。充分体现了其异病同治的思想。另有"妇人得平脉，阴脉小弱，其人渴，不能食，无寒热，名妊娠，桂枝汤主之"。桂枝汤本为太阳中风证而设："太阳中风，阳浮而阴弱，阳浮者，热自发，阴弱者，汗自出，啬啬恶寒，淅淅恶风，翕翕发热，鼻鸣干呕者，桂枝汤主之。"如若妇人素来脾胃虚弱，阴血不足，孕后冲脉之气挟胎气上逆犯胃，胃失和降，而出现恶心、呕吐、不欲食之症，以桂枝汤调理脾胃，使脾胃调和，胃气得降，则诸症悉去。

另对于脾胃虚寒，寒饮内盛之恶阻证治，"干姜人参半夏丸主之"，温中补虚，化饮降逆。但因为干姜、半夏均为妊娠禁忌药，所以干姜人参半夏丸更多地用于脾胃虚寒的胃脘痛、呕吐等内科病证，同样是遵循异病同治的原则。张仲景治疗同为孕后下腹痛的妊娠腹痛，一为"妇人怀娠六七月，脉弦发热，其胎愈胀，腹痛恶寒者，少腹如扇"，此为阳虚寒盛，"子脏开故也"，故"当以附子汤温其脏"；而"妇人怀妊，腹中绞痛"者，则是因肝脾不和、气血郁滞所致，治宜当归芍药散养血疏肝，健脾利湿。同为妊娠腹痛，一因阳虚失于温煦，少腹冷痛，方用附子汤温其脏；一因血虚失于濡养，少腹拘急，绵绵作痛，方用当归芍药散以养其血。一阳一阴，一气一血，同病异治。

三、有故无殒，亦无殒也

《素问·六元正纪大论》篇云："妇人重身，毒之何如？岐伯曰：有故无殒，亦无殒也。帝曰：愿闻其故，何谓也？岐伯曰：大积大聚，其可犯也，衰其大半而止，过者死。"也就是说，妊娠病积聚邪实，非峻烈之品不足以去其邪，非邪去不足安其胎者，虽用之亦无妨母体胎儿，但需掌握"衰其大半而止"的尺度，适可而止。说明妊娠用药的禁忌并非绝对，如孕妇罹患"大积大聚"一类疾病，邪气肆虐，不予荡除，则足以损气血、耗正气，母血不保，何以安胎？治病即所以保气血，也即安胎。只要审证准确，虽属峻烈之品，迳投无妨，即所谓"有故无殒，亦无殒也"。张仲景将《内经》理论灵活运用于实践，在《金匮要略·妇人妊娠病脉证并治第二十》篇中所载桂枝茯苓丸、附子汤、干姜人参半夏丸、葵子茯苓散四方中均有所谓有毒或碍胎之品，但其辨证准确，用药中病即止，配合扶正，故而用之有效且无妨孕妇及胎儿。桂枝茯苓丸，症见经停未到3个月，忽又漏下不止，脐上胎动，为癥病妨害胞胎，故治疗"当下其癥"。病不去则漏下不止，胎自不安，故以桂枝茯苓丸破癥行瘀，瘀去则新血自能养胎。本方用丸药以缓图，且剂量甚小，可达到消癥化瘀而不伤胎的目的。（但是对于本方，历代医家颇多异议，多数医家认为是胎癥互见之症，即素有癥病又兼妊娠，且因癥病而使孕后下血不止。从临床实践来看，此种情况毕竟少见，理解为胎癥的鉴别，以及癥病的治疗似乎更为合理。）附子汤证，为妊娠六七月时，忽见脉弦发热，腹痛恶寒，并自觉胎愈胀大，少腹阵阵作冷，有如被扇之状，这是阳虚寒甚，阴寒侵犯所致，治宜温阳祛寒，暖宫安胎，方用附子汤。方中附子有毒，不利于妊娠，张仲景用之以扶阳祛寒，是祛邪安胎之法，辨证精确，方可用之。此亦"有故无殒"之意。《张氏医通》对张仲景在该处使用附子予以高度评价："世人皆以附子为堕胎百药长，仲景独用以为安胎圣药，非神而明之，莫敢轻试也。"干姜半夏人参丸，主治"妊娠呕吐不止"，干姜、半夏二药均不利于妊娠，但胃虚寒饮所致之恶阻，又非此不除，张仲景用之，亦仿"有故无殒"之意。葵子茯苓散，主治妊娠有水气，症见身重小便不利，洒淅恶寒，起即头眩。此妊娠有水气乃由于胎气的影响，脾虚肝郁，疏泄失职，气化受阻，水湿停滞所致。故治用葵子茯苓散通窍利水，使水气下泄而小便得利，湿去则周身之阳气通畅，而诸症皆愈。方中葵子滑利，不利于妊娠，今与茯苓同用于水气，而不虑其滑胎，亦取其"有故无殒"之理。张仲景在治疗妊娠病时不避味辛大热有毒之附子，辛热之干姜，辛温有毒之半夏，寒润滑利之葵子，所谓"有是病用是药，有病则病当之"，则"衰其大半而止"。此治妊娠病不拘于其有身孕的思路和方法，对后世临床颇具指导意义。

四、未病先防，有病早治

张仲景在《金匮要略·脏腑经络先后病脉证第一》中说："夫治未病者，见肝之病，知肝传脾，当先实脾。"治未病是仲景的学术思想之一，科学地反映了中医防治疾病的规律，贯穿于《伤寒杂病论》的始终，此在其论治妊娠病时亦有体现。"妇人妊娠，宜常服当归散主之"，本条未出治证，仅言"妇人常服"，故一般按妊娠养胎解释，谓其为安胎而设。孕妇素体虚弱多病，或屡有半产滑胎病史，或合并其他疾病，恐其有碍胎孕，或已见腹痛，胎动不安，需积极调治，以安胎养胎，有病早治。当归芍药散方用当归、芍药、川芎可使肝脉、冲任、胞宫之脉络气血流畅；白术健脾益气，既能使脾胃健运，气血化生，又能祛除湿浊；黄芩清化湿热。以方测证，孕妇应为素体亏虚，或既往有堕胎滑胎病史，故致肝失所养、脾失健运、营血不足、湿热内停，故张仲景先其时而治之。以当归散使气血充沛，湿热不易蕴结，湿热得化，则胎自能安。若直至有胎动不安的症状出现甚，欲作堕胎小产之时，才予方药，则于事无补矣。其下一条"妊娠养胎，白术散主之"，为治孕妇证属脾气虚弱、寒湿内蕴而设。用于妊娠寒湿中阻，或妊娠宫中寒湿，常服能使脾气健旺，寒湿得除，胎得其养，胎气得固。吴谦亦云："妊娠妇人肥白有寒，恐伤其胎，宜常服此。"由此二条可以充分体现出张仲景治疗妊娠病"预防为主，防治结合"的思想。

五、重视优生，择优除劣

《金匮要略·妊娠病脉证并治第二十》篇提出去除劣质胎儿以达优生的观点。"妇人得平脉，阴脉小弱，其人渴，不能食，无寒热，名妊娠，桂枝汤主之。于法六十日当有此证，设有医治逆者，却一月加吐下者，则绝之"。妊娠恶阻，大多2个月左右出现，若被庸医误治，病情加重，叠出吐下者，即当从顾护孕妇健康及优生学的角度考虑以"绝之"。虽然历代医家对"则绝之"三字认识不同，但对于妊娠病误治后的处理原则，不外乎三种看法：一是断绝病根，治病不可拘泥于安胎，因母病致胎不安者，重在治病，病去则胎自安；二是禁绝其医药，立即停止错误的治疗，以免加重病情；三是终止妊娠。

《金匮要略·妇人妊娠病脉证并治第二十》篇共载方10首，这些方剂数千年来大部分仍在临床上广泛应用，除桂枝汤、附子汤等互见于《伤寒论》之方外，具有明显妇科特点的常用名方，如桂枝茯苓丸、当归芍药散、胶艾汤等，临床上多化裁应用于各科，有很大的实用价值。因此，《金匮要略》妇人病三篇，无论在理论上或临床上，在中医兴旺发达的今天，仍具有其重要的学术价值和指导意义。

第十一节

从"天人相应"谈中药人工周期疗法

近年来，随着自然科学的发展，形成了一门新的边缘学科，称为"时间生物学"。中药人工周期疗法，是"时间生物学"在中医的具体运用，它是 20 世纪 60 年代以来形成的一种治疗月经病的新方法。目前，正在被临床应用于治疗女性内分泌紊乱所致的各种月经失调性疾病，并取得了可喜的疗效，它创立的理论基础应追溯到《内经》。

一、《内经》的天人相应观

《内经》认为，人产生于自然界，因此人和天地不言而喻有着统一的本原和属性，人的生命活动规律，必然受自然界的制约和影响。《素问·生气通天论》曰："夫自古通天者，生之本，本于阴阳……"肯定了凡有生命的东西都与天气相通，都和天地一样，以阴阳二气为生存的根本，以阴阳的相互作用为运动变化的根据。基于此，《内经》建立了一套"人与天地相参"的理论。

《内经》中的"天人相应观"，强调了人与外界环境的统一性。这里的外界环境不仅指地球，而且还指太阳和月球，指整个宇宙。故《灵枢·岁露》说："人与天地相参也，与日月相应也。"这种天人相应观，一者认为人体的生理病理过程随自然界的运动和自然条件的变更而发生相应的变化，二者认为人体和自然界有共同的规律。人与自然不仅共同受阴阳五行法则的制约，而且在许多具体的运动规律上，也有相通应的关系。在这一理论的前提下，《灵枢·逆顺肥瘦》篇指出："圣人之为道者，上合于天，下合于地，中合于人事……"《素问·举痛论》也指出"善言天者，必有验于人"。它主张把探讨自然界和研究人体统一起来，根据自然界的变化规律来理解人体的生理、病理机制，并把这当作认识人体的一条重要方法论原则。当前，现代科学明显地显示出的综合发展趋向，从某种意义上讲，是在更高阶段上，对体现了朴素系统观点的古代科学的回复。《内经》所表现的古代科学的整体性、综合性特点，是现代科学综合发展过程的原始形态。《内经》的"天人相应观"与神秘主义的"天人感应论"有原则性区别，无异它是很科学的。

人体生存于自然界之中，与天地万物有着持续不断的信息交换与联系，因此每一个个体，又是宇宙大系统中的一个子系统。人体的形态和功能受到自然界的制约和影响；同时，人体又利用自身的功能，在一定范围内影响和改变自然。人与自然界的相互联系使得人体适应于自然，并在其中得以生存，故人体的一些生理节律具有与环境同步的效应。人类所处的环境包括多方面的因素，如日、月、时令、季节和地域等，人体对环境信息的反应产生了相应的生理功能和习性。《素问·生气通天论》说："阳气者，一日而主外，平旦人气生，日中而阳气隆，日西而阳气已虚，气门乃闭。"这是人体对太阳日周期的适应，属阳气之节律。与之相对应的人体阴血的消长，则与太阴月周期相适应，呈现 28 ～ 30 日为一周期的近似月节律变化。人体的月节律以妇女的月经周期表现得最显著，它的形成，是人类在漫长的进化过程中，受日月的引力、光照和其他地球物理因素的影响，并与其本身的生物学特性有关的一种适应性反应。

二、月经周期的调节与月相的关系

月经周期的形成，是肾－天癸－冲任－胞宫轴协调作用的结果，其整个过程与脏腑、气血、经络有密切关系。月经周期的调节以肾为主导，"肾藏精"，而"胞络者系于肾"，肾之藏泻有度，则胞宫之蓄溢如常。《素问·上古天真论》："肾者主水，受五脏六腑之精而藏之，故五脏盛，乃能泻。"全身各脏腑之精气血盛满，乃能充养肾中之精气，使之臻于充盛而排泄阴精，亦即天癸。天癸充盛，下盈冲任，使血海充盛而输注于胞宫，此时，胞宫行使"脏"的功能，藏精血而不泻，若此时阴阳相合，两精相搏于胞中而成胎孕，则肾气闭藏以聚血养胎。否则，血海由满而溢，肾关不能闭固，胞宫乃以腑为用，泻而不藏，使经血得以导下，一个月经周期便告终结，继而开始下一个周期的藏与泻。胞宫的蓄溢受肾气的控制与调节，而肾之"泻"是以"藏"为基础的。

肾脏与胞宫的藏泻受阴精、血气盛衰的影响，而精血之化生，除与脏腑关系密切外，还和外界环境有联系。张介宾在《类经》中说："月属阴，水之精也，故潮汐之消长应月。人之形体属阴，血脉属水，故其虚实浮沉，亦应于月。"即认为阴血之消长与月之盈亏相应。从新月至满月阶段，阴阳气血由虚而渐盛，阴血渐生，阳气始行，至月廓满盈之时，血气旺盛，形体之肌肉、皮肤、腠理皆形充实。在此期间，脏腑之精渐满，肾气盛，天癸至，是"氤氲乐育"之"的候"阶段，相当于现代医学之"排卵期"。月满以后阴血盛极，阴精长之极期，乃转化为阳，阴消而阳长。历时半个月左右，阴精得不到进一步补充，形体、腠理皆不充，阳根于阴，肾精衰，肾气乃不能闭藏，血海决而溢下，胞宫以通为用，排出经血，此即一个月经周期中气血盛衰及阴阳消长的变化。

月经的节律约为一个太阴月。健康妇女的月经周期平均为28日左右，这与"恒星月"周期的27日7小时43分11.5秒和"朔望月"周期的29日12小时44分2.8秒很接近，介乎两者之间，因有月经之称。明代李时珍指出："女子，阴类也，以血为主。其血上应太阴，下应海潮，月有盈亏，潮有朝夕。月事一月一行，与之相符，故谓之月水、月信、月经。"张景岳也说："女体属阴，其气应月。月以三旬而一虚，经以三旬而一至，月月如期，经常不变，故谓之月经，又谓之月信。"皆认为月经的节律与月相的朔望变化相对应。《素问·八正神明论》说："月始生则血气始精，卫气始行；月廓满，则血气实，肌肉坚；月廓空，则肌肉减，经络虚，卫气去，形独居。"说明了人体的生理活动随月节律变化而变化。

为了证实月节律与月经周期的关系，国内外学者均进行过研究，德国的妇科医师调查了 10 400 名妇女的月经周期，发现望月夜晚经量成倍地增加，而其他月相情况下正相反。广州中医学院（现广州中医药大学）罗颂平教授于 1982 年对广州、北京两地部分大专院校女学生 922 人月经情况进行了调查，发现月经周期较多开始于朔望月的朔日附近，而排卵期多发生在望日附近，说明月经周期始终在时间分布上有一定的规律，月经的节律与朔望月的变化呈现同步效应。这些报道使《内经》中的"月廓满，则血气实，肌肉坚"，的理论得到了科学的印证。但月经周期的调节是一个复杂的生理过程，许多因素均可对它产生影响，因此，月经周期可因人而异，个体特异性较大，月相只是与月经周期调节有关的因素之一，而不是唯一的因素。

三、中药人工周期疗法在临床的运用

中药人工周期疗法，是在月经周期的各个不同阶段，针对其不同的生理变化特点，选用不同的治疗原则，按周期、按阶段给药的一种治疗方法，它模拟了现代医学的"己黄周期"，所以称之为"中药人工周期疗法"。

（一）制方原则、方药及其运用

月经周期的变化，是女性生殖生理的反应，月经的异常是肾－天癸－冲任－胞宫轴的功能失调、稳态破坏的表现。治疗原则莫不以恢复正常月经周期为根本。由于月经有明显的周期性，故调经之法也应注重适时用药。中药人工周期疗法，各地组方用法颇不一致，一个月经周期中又分两个阶段、三个阶段、四个阶段用药的不等，笔者在《内经》天人相应及月经周期调节理论的指导下，拟定的人工周期疗法如下。

1. 经后期　相当于卵泡发育，子宫内膜增生期。由于月经来潮，精血耗伤，血海空虚，同时，阴血外泄，阳也必外泄，此时气血阴阳俱虚，而以阴血虚为主，"经本于肾""经水出诸肾"，肾为经水之源，肾阴为月经来潮的物质基础，肾中真阴充实，才能促使"的候"的来临，使"天癸至"而"月事以时下"。因此，经后期应采用滋肾补肾，佐以疏肝和胃的治则，以利先天精血的转化及后天水谷的不断化生，使阴血渐生，为排卵奠定物质基础。方用"调周1号"：黄芪30g，当归15g，熟地黄20g，山茱萸15g，枸杞子15g，女贞子10g，制首乌30g，菟丝子30g，香附15g，砂仁6g，陈皮12g。于月经周期的第5～12日服用，每日1剂，水煎服，连服8日。

2. 经间期　相当于"排卵期"，古人又称"真机期"和"的候"。经上期的阴生阴长，至此期阴长至"重阴阶段"阴长至极，重阴必阳，便开始了月经周期中的第一次转化，转化的结果导致排卵。为了适应阴阳消长，由阴转阳突变的需要，治宜养血活血，理气温通。方用"调周2号"：当归15g，川芎10g，赤芍15g，丹参30g，泽兰15g，益母草20g，香附15g，乌药12g，川牛膝15g。于月经周期的第13～16日服用，每日1剂，水煎服，连服4日。

3. 经前期　相当于黄体期，子宫内膜分泌期。此期阴血由生至化，机体由阴转阳，阳气渐长，月经将至，故此期为"阳长阶段"，治疗原则要考虑以阳为主的特点，以维持基础体温的高相水平，肾为水火之脏，"静则藏，动则泻"，治应着重于阳，但宜水中补火，阴中求阳，才能使阴阳达到正常水平的平衡，黄体发育良好而功能健全。宜温肾调肝，以补冲任。方用"调周3号"：黄芪30g，当归15g，白芍15g，熟地黄 20 g，菟丝子 30 g，巴戟天 10 g，紫石英 30 g，淫羊藿 30 g，香附 15 g，砂仁 6 g，柴胡 12 g，川牛膝 15 g。于月经周期的第 17～28 日服用，每日 1 剂，水煎服，连服 12 日。

4. 月经期　此期气血阴阳俱盛，故血海由满而溢，月经来潮，只是阳长至"重阳"而已，阳长至极，重阳必阴，实现了月经周期中阴阳的第二次转化，为"阴化阶段"，治宜活血化瘀，理气通经，以因势利导，促使月经畅行。方用"调周 4 号"：当归 15 g，川芎 10 g，赤芍 15 g，红花 15 g，丹参 30 g，泽兰 15 g，香附 15 g，乌药 12 g，肉桂 10 g，川牛膝 15 g，红糖引。于月经周期的第 1～4 日服用，每日 1 剂，水煎服，连服 4 日。

（二）适应证及疗程

本疗法适用于辨证属肾虚的功能性闭经、月经后期、月经过少，以及闭经泌乳综合征，青春期崩漏的复旧治疗，功能性痛经、逆经的非经期治疗，排卵障碍所引起的不孕症等。

关于本法的使用，以 3 个月经周期为 1 个疗程。临床需序贯进行 1～2 个疗程的治疗，方能巩固疗效，提高治愈率。

（三）临证心悟

（1）中药人工周期疗法，仅是治疗女性内分泌功能紊乱所致月经病的一般规律，临床应用时尚不可忽视中医"辨证论治"的基本原则。例如，经后期，因行经造成暂时性的阴血不足，按人体阴阳消长过程，本属"阴长阶段"，理应以滋补肾阴为主，但若辨证为肾阳虚者，也不可拘泥于滋补，法当取其阳中有阴，治阳顾阴，使阳生阴长。又如，一闭经患者，形体肥胖，体重 75 kg，因失恋患精神分裂症，长期服用氯丙嗪等镇静药，继发闭经 2 年，笔者以豁痰利湿、理气化瘀之法 2 剂而月经来潮，以后仍守此法而恢复排卵。又一患者，人流后继发不孕 3 年，月经先期及经前烦躁、乳房胀痛、不能触衣，笔者用丹栀逍遥散 6 剂而促其受孕，正常产一子。

这些取效甚捷的病例，是中医辨证论治、同病异治、因人而异优越性的佐证。所以在应用中药人工周期疗法时，必须灵活变通，切不可墨守成规，方可应对错综复杂之病机变化。

（2）月经周期的调节是一个复杂的生理过程，许多因素均可对它发生影响，如体质、情志、地理、气候、环境等，当这些因素的影响超过了机体所能适应的限度，就会使节律紊乱，出现月经异常，因而月经周期可因人而异，个体特异性较大，月相只是与月经周期调节有关的因素之一，而不是唯一的因素。所以本人拟定的周期疗法只注重了月经周期中人体阴阳消长、气血运行的节律及肾脏胞宫之藏泻规律，尚未按月之盈亏给药，但并不否认按月之盈亏给药是一种值得探讨的治疗方法。

纵论中医优生观

优生学又称人类育种学。它旨在运用人类的知识和才能，全面地研究和改善人类后代的遗传素质，从而使后代在智能和体力上都得到不断的改善，以提高人口的素质，造福于人类，同时优生学又是遗传学、医学、心理学、社会学互相渗透而发展起来的应用学科。1883年，英国科学家哥尔登在达尔文进化论及孟德尔遗传定律的影响下创立了优生学，迄今为止只有近百年的历史。然而，优生学思想在我国却萌发较早，内容也较丰富，为进一步形成系统的理论奠定了丰厚的基础，为中华民族的繁衍昌盛做出了贡献。

一、择偶种子

（一）适龄婚育

适龄婚育，有利优生。早在西周时期，先民已注意到婚育年龄与优生优育的关系，并明确规定了适宜的婚龄，如《周礼》记载："令男子三十而娶，女子二十而嫁。"《褚氏遗书》云："合男女必当其年，男虽十六而精通，必三十而娶，女虽十四而天癸至，必二十而嫁，皆欲阴阳完实而交合，则交而孕，孕而育，育而为子，坚壮强寿。"其在说明适龄婚配优越性的同时，也充分认识到了早婚的危害性。如《褚氏遗书》云："今未笄之女，天癸始至，已近男色，阴气早泄，未完而伤，未实而动。是以交而不孕，孕而不育，育而子脆不寿。”男十八精始通，女十四经始至，但由于肾气未实，精血待盛，生殖功能仍不稳定，当此之时嫁娶，不仅易耗精血，而且不易孕育，即或受孕生子，后代身体素质多低劣，影响心理及智力上的合理教育或开发。美国计划生育联合会副主席泰勒宣称，青春期孕妇的死亡率可高达 60%；所生孩子死于 1 岁以内的占 6%，为非青春期孕妇所生婴儿死亡率的 24 倍。因青春期女孩，身体发育不成熟，不足以负起孕育的重担，因此怀孕后就百病丛生，到临产及分娩又易出现多种并发症，对母子皆有严重的危害性。过晚婚孕同样不利于优生，《内经》云："五七……阳明脉衰，而始焦，发始堕。"说明女子 35 岁以后，先后天开始衰退、生殖功能也开始降低；男子到一定年龄后精气也渐虚衰，而影响孕育。现代研究表明，年龄越大，卵子在卵巢中积存的时间越长，有些卵子的染色体发生"老化"，出现衰退；而且年龄越大，人体接触各种有害物质和放射性污染越多，体内卵巢等器官遭受的危害越大，这就增加了遗传基因发生突变的概率，会导致痴呆和畸形儿的产生。总之，适龄婚育，有利优生。过早、过晚都是违背优生宗旨的。按《中华人民共和国婚姻法》规定：男子 22 周岁，女子 20 周岁，可以结婚。这不仅具有一定的社会意义，而且具有一定的科学性，至于生育的最佳年龄，有资料表明为 20～30 岁，这是值得参考的数据。

（二）近亲不婚　择优配偶

古代聚族而居，同姓往往是同一家族，有血缘关系，近亲通婚而形成后代不昌很早就已认识，并给予重视，如《左传·僖公二十三年》记载："男女同姓，其生不蕃。"周代时，象征国家法律的周礼曾明确规定同姓禁止通婚。"现《中华人民共和国婚姻法》也规定直系、旁系血亲间不得婚配。有关资料表明：先天畸形和遗传性疾病在近亲婚配后代中的发病率比一般婚配的后代高 5 倍，近亲婚配者后代的死亡率是一般婚配的 3 倍多。因近亲结婚，隐性致病基因碰在一起的机会较多，可使隐性遗传性疾病的发病率增加，产生严重的遗传性疾病和先天性缺陷，古人虽未从遗传角度探明"其生不蕃"之缘由，但能较早地肯定近亲婚配的危害性，并予以积极防止，这是难能可贵的。不仅如此，男女双方的身体状况与后代的优劣也有密切的关系，明代万全《幼幼发挥·胎疾》云："父母强者，生子亦强；父母弱者，生子亦弱，儿受父母精血以生，所以肥瘦长短，大小妍媸，皆肖父母也。"《大戴礼记》指出："女有五不取……世有恶疾不取……世有恶疾者莘为其弃于天也。"由此可见，古人注重婚前查疾、愈疾，减免不适当的婚配而造成的劣生，同时也注意到有些疾病的遗传性。当今已将婚前检查、调查家族健康史，以发现遗传等方面的疾病作为优生工作中不可缺少的内容，这对防止遗传性疾病及先天性疾病的患儿产生，提高民族素质具有积极意义。

（三）聚精养血　适时交合

《灵枢·经脉》篇云"人始生，先成精"，说明精血是胎儿的物质基础。《广嗣纪要》亦云："故种子者，男则清心寡欲以养其精，女则平心静气以养其血。"《证治准绳》引曰："取精之道一曰寡欲，二曰节劳，三曰息怒，四曰戒酒，五曰慎味。"详细说明了父母精血的旺盛与否直接影响胎儿先天的强弱，要求男女要从精神、劳欲，饮食、生活习惯等方面调养，使精血充盛，生子健壮。选择适当时机交合，是受孕成胎的又一要诀。《证治准绳》引曰："凡妇女一月经行一度，必有一日氤氲之候……于此时……顺而施之则成胎矣。"其指出了交合成胎要在氤氲之候，又为"真机期"，这与现代医学所谓的"排卵期"是相符的。同时，还对受孕的环境、身体状况、精神状况等方面提出了一定的要求《万氏妇人科》云"男女无疾，交合有期"，当避"三虚""四忌"、反对"醉以入房"；《景岳全书》认为"唯天日晴朗，无风霁月，时和气爽及情思清宁，精神闲裕之况……得子非唯少疾，而且必聪慧贤明，胎元禀赋实基于此"。古人这些看法，不无科学道理。"星期天婴儿"就是人们在饮酒后交合受孕的结果，因酒精损害生殖细胞，使受精卵发育不健全，影响了胎儿的正常发育，导致畸形、低能儿的出生。

二、妊期胎教

养胎护胎主要涉及妊娠期间胎教的问题。胎教是指在妊娠期间，为有利于胎儿的生长发育而对母亲的精神、饮食、生活起居等方面采取的有利措施，以使母子身心都得到健康的发展。它包括两方面的内容：一是重视孕妇的身心健康，特别是精神方面的调养；二是重视对胎儿生长发育如精神情操等方面的护理和教育，实际上是婴儿最早期教育的开始。"胎教"一词首见于《史记》，宋代《妇人大全良方》等书中已有胎教之说。胎教的理论根据是我国古代哲学思想"慎胎"的原则。胎儿是人生之起始，已具备接收信息的能力；故可通过母体的思想、言行、生活环境等方面而给以相应的影响。其机制是胎儿"禀质未定，逐物变化"，通过外象而内感的关系，可给予胎儿以影响，使胎儿健康发育，茁壮成长。近代研究证实了胎教的科学性，从解剖生理学上找到了胎教对胎儿影响的物质根据。瑞士医生舒蒂尔曼博士的研究认为，母子之间的感通萌芽于胎内。还有学者研究认为母子感通有三条不同的途径，即生理信息的传递、行为信息的传递和感通信息的传递。这三条途径可对等地由胎儿向母亲或者由母亲向胎儿传递信息。 中医有关胎教的内容较为丰富，有着重要的参考价值。

（一）调精神

调精神、定情绪，重视道德修养，对胎儿有着重大的影响，是胎教的主要内容之一。史传周文王的母亲太任就是一位最早懂得胎教的良母。汉代刘向《列女传》载："太任之性，端一诚庄，唯德之行，及其有娠，目不视恶色，耳不听淫声，口不出敖言，能以胎教……文王生而明圣，太任教之，以一而识百。君子谓太任为能胎教。"《育婴家秘》曰："自妊娠以后，则须行坐端严，性情和悦，常处静室，多听美言，令人诵诗书，陈说礼乐。"可见古人对胎教非常注重怡情悦志、情绪稳定及高尚道德情操的培养。现代研究表明：母体情绪激动时，分泌的乙酰胆碱、甲状腺素、肾上腺素均可释放进入胎儿；母儿之间的血液循环沟通，汇合成内分泌的交流池，达成了神经体液的联系，有学者曾经统计过，孕妇在妊娠期失去丈夫，所生婴儿长大后患精神病的比例较高，他们认为是孕妇的应激反应对胎儿下丘脑造成影响所致。母体神经激素大量分泌，会使自主神经系统过于敏感，即使所生孩子日后幸免患精神病，但经常会发现这些孩子食欲不振，精神欠佳，易哭闹、易腹泻、心神不宁、坐立不安、好动，体重往往低于正常标准，可见，母体精神状态与情绪变化均将影响胎儿，故胎教首重精神调摄。

（二）慎饮食

饮食营养是母儿生存的物质基础，母体摄入的多少好坏对胎儿的生长发育有直接影响，故古人对孕妇的饮食也有一定要求。北宋徐之才《逐月养胎方》首重食养，认为妊娠初期的饮食以清淡适口为宜，禁忌腥荤，3个月以后主张用动物类食物，妊娠7个月至分娩宜食甘淡，稻谷食物，饮甜美泉水。这种根据孕期特点，选用食物以养胎的方法，不无科学道理。《古今医统》指出"妇人妊子要饮食清淡，饥饱适中"，则有利胎养。如过食肥甘厚味、辛辣燥热或偏寒凉之品，则至胎热、胎动不安，甚至堕胎小产或生子多病瘠弱。有资料表明：饮食营养不足不仅影响胎儿体重，增加早产概率，还会由于缺少一些必要的营养如维生素，阻碍了胎儿器官的形成时机和质量，使胎儿一些重要的生命功能低下或发育不正常、畸形，甚至不能继续生存以致流产或死于宫内。因此，孕妇的饮食调养是不可忽视的。

（三）节房事

胎系于肾，孕后房事可伤肾损胎，故孕妇应抑情欲节房事，《胎产心法》云"妇人有孕即居侧室""不与夫接"，要求早孕注意分房静养。《达生篇》载："受孕以后最宜节欲，不可妄动致扰子宫，怀孕以后尚不知戒，即幸不坠，生子亦必愚鲁而多疾患矣。"其说明孕期节房事，有利胎儿生长发育；否则，致精伤不养胎，发生胎漏、堕胎、小产。尤其是孕期前3个月及孕期后3个月，应禁房事，当此之时，如不禁欲，最易致堕胎或早产发生。

（四）重居处

《淮南子·坠形训》云："土地各以其类生，是故山气多男，泽气多女，障气多喑，风气多聋，林气多癃，木气多伛。"其说明孕妇所居的地域环境及气候条件也影响着胎儿的发育。现在的环境优生学也说明在人类的发育缺陷中，大约5%是由于环境因素造成的。目前环境污染日益严重，许多物理化学因素影响胎儿，使胎儿畸形发生率日益增加，如日本广岛和长崎的原子弹爆炸，由于电离辐射使许多日本孕妇生出小头畸形、智力迟钝的孩子。孕妇长期遭受噪声的刺激，可诱发胎儿先天性缺陷，使胎儿体重低，发育不良甚至死亡。某山区水土缺碘，地方性甲状腺肿的发病率高，这种患者妊娠后若继续缺碘，将会生出身材矮小、智力低下的克汀病患儿。故孕妇宜居地肥水美，空气清新，环境幽雅、安静之处，以防不利因素的影响。

（五）适劳逸

前人主张："胎孕须频步行，宽缓行千步。"且"作劳不妄"，以调气血，使诸邪不得干忤。因此，孕妇要起居有规律，劳逸适中，不可太逸，逸则气滞；不可过劳，劳则气衰。由于各孕期的特殊性，古人提出5个月以前宜逸，5个月以后宜劳。孕前期多休息，少劳作；孕晚期，适当活动，使气血流畅，则胎易转动而易产。如不寻常法，劳累过度。致使气血耗伤，胎失载养，则去而难保；安逸过度则气血运行不畅，脾胃功能呆滞，抵抗力下降，不利胎养，或导致难产。

（六）避外邪

《女科集略》云："受妊之后，宜令冷静，须：内远七情，外搏六淫，大冷大热之物，皆在所禁，使雾露风邪不得投间而入。"《诸病源候论》亦曰："妇人妊娠伤寒，时气、温病等外感病证，寒热之气，迫伤于胎，皆可致损动。"故应注意冷暖，抵御时气的侵入，防止伤胎。如母患流感，引起高热，会致胎儿宫内死亡，或流产。现代研究认为：母亲怀孕初期感染风疹，会致新生儿白内障及其他畸形，如耳聋、智力不全、肝脾肿大、各种心脏缺陷等。因此，孕妇应谨避四时，调宜寒温，抵御外邪侵入。

（七）忌药饵

古人十分注意孕期用药，几乎所有妇科医书中均提及妊娠忌药问题。大多妊娠忌药的性能主要为活血、破气、沉降、大寒、大热有毒之品。如猛烈破血的三棱、莪术、水蛭、虻虫等；剧毒之品有水银、红砒霜、白砒霜、马前子、斑蝥等；泻下的有巴豆、芫花、大戟等；活血之品可使血液妄行，破气药则使气乱不摄血，沉降药使气虚下陷，大热药迫血妄行，大寒药使胎寒不长，有毒之品有伤胎之弊。但并非古人所载禁忌药绝对不能应用，《内经》云：“妇人重身，毒之何如？……有故无殒，亦无殒也……大积大聚，其可犯也，衰其大半而止，过者死。”其说明孕妇如出现了癥瘕积聚，即使是有毒性的药物也可服用。不过，用药剂量要严格控制，恰中病情，既无损于孕妇，又无伤胎儿，否则，用药过量，就会贻害母子，孕期用中药虽相对安全，但应选择安全有效，必用的药物，“勿乱用药”，以防对胎儿造成不良影响。

（八）戒烟酒

烟酒对胎儿的危害已为人们所共知，古人对此也有一定的认识，如《便产须知》载孕妇“勿乱服药，勿过饮酒……”现代研究认为：吸烟不仅使孕期缩短，早产，自然流产率升高，而且使婴儿体重减轻，围产儿死亡率与先天畸形发生率增高。其子女表现为生长迟缓，精神行为异常，智力生活能力低下，甚至认为是小儿多动症的原因。酒精对胎儿的毒害也被科学证实。胎儿肝脏功能弱，对通过的酒精不能解毒，所以母亲饮酒胎儿醉。孕妇酗酒使胎儿患“胎儿酒精综合征”，表现为产前产后生长迟缓智力低下和各种畸形，如颅面畸形、心脏缺损、四肢缺陷等。因此，孕妇应绝对戒烟酒，确保胎儿正常的发育成长。

三、分娩调护

分娩的顺利与否，影响后代的智力发育、孕妇精神状况、产室环境条件都将影响分娩过程，故《妇人大全良方》云："凡至临产，安神定虑……早于坐草，慎之。"《备急千金要方》曰："凡予产时，特忌多人瞻视……若人众看之，无不难产耳……"要求孕妇临产要注意饮食、精神的调护与环境的安静，以保证婴儿顺利分娩。

四、节育除劣

在长期的医疗实践中，古人认识到多产带来的劣生问题，提出了许多有价值的节育观点，东汉王充《论衡·气寿》篇云：妇人疏字者子活，数乳者子死。何则？疏则气渥，子坚强；数而气薄，子软弱也。"提出了节育则胎儿禀赋先天之气较厚，子坚强，频产则胎儿禀赋先天之气较薄，而子软弱；并认为频产之子即使"成人形体"但心理素质发育不全，这种孩子抵抗力极低下，不仅易患病，而且一旦患病便难医治。可见节育也是保证优生的前提。《诸病源候论》云："妊娠之人羸瘦，或挟疾病，既不能养胎；兼害妊妇，故去之。"这些观点与现代预防优生学的认识一致。妊期如不注意养胎、护胎，受外界不良影响，致胎儿发育异常，采用"人工流产术"去劣胎，保证优生，这是人类主动淘汰不良个体的一项积极措施。

中原文化与中原中医

一、中原文化

（一）厚重的中原文化

在中国古代文献中，"中原"一词最初是平原、原野之意。"中"，即中间。"原"为广阔平坦之地。《尔雅·释地》曰："广平曰原。"西周时期的《诗经》中《小雅·南有嘉鱼之什·吉日》有"瞻彼中原，其祁孔有"之说，是"中原"一词最早的记载。从现有文献可知，至少从春秋开始，汉代之后，沿至三国至明清期间，"中原"主要为地域之名。

地域的"中原"，有狭义和广义之分。狭义的中原，主要指河南省境域。《明实录·永乐十四年》载："伏维北京，南俯中原。"河南位于古"豫州"，故简称"豫"。广义的中原泛指黄河中下游广大地区，包括今天的河南全省、山东省中西部、河北省中南部、山西省中南部、陕西省关中平原、皖北、苏北、甘肃省部分地区，以及豫、鄂两省相邻的地带等。

中原文化是中国文化的重要组成部分，其内涵丰富，博大精深，源远流长。从表层看，她是一种地域文化，从深层看，她又不是一般的地域文化，而是中华民族传统文化的根源和主干，在中华文化发展史上占有突出的地位。从夏朝到宋代 3000 年间，河南一直是我国政治、经济和文化的中心，先后有两个朝代建都或迁都于此，几度形成政治文明的巅峰与辉煌。中国八大古都中，河南就占有开封、洛阳、安阳、郑州4个古都，中国自古所谓"逐鹿中原""得中原者得天下"即由此而来。南宋之后，虽然中原失去了帝都的威风，但王气犹存，四五千年的帝都文化在中原产生了深远的影响。作为中华文化重要发祥地的中原，涌现出许多文化圣人，而且名气很大。如谋圣鬼谷子、道圣老子、墨圣墨翟、商圣范蠡、医圣张仲景、字圣许慎、诗圣杜甫、画圣吴道子、律圣朱载堉、文圣韩愈、圣僧玄奘等，他们不仅以其伟岸的人格为人们所敬仰，而且以自己丰富的知识和深邃的思维，留下一大批经典著作和科学发明，成为中华文化发展史上不朽的丰碑。最早的农耕技术、商业文化，最早的国家政权，最早最发达的青铜冶铸技术，最早的文字，著名的活字印刷术，玄妙幽深的道教文化以及对东亚地区影响深远的汉语佛教文化等，均发生在古老的中原大地。中华民族的主体是汉族，汉族的前身是华夏族。缔造华夏族的是中原的炎黄二帝族团，于是炎黄二帝就成为亿万华人尊崇的中华人文始祖。中国的姓氏数以千计，绝大多数都能追溯到炎黄二帝。在依人口数量排列的100个大姓中，有78个姓氏的源头与部分源头在河南，无论是李、王、张、刘为代表的中华四大姓，还是林、陈、郑、黄为代表的南方四大姓，其根均在河南。中国人的祖先从河南走出，散落到世界各地，故河南是中国人的故乡。由此可见厚重的中原文化，就是华夏文明史的缩影。中国文化正是有了中原文化这个主体，才得以一脉相承，走向辉煌，长期屹立于世界文明之林。

（二）中原文化的特征

1. 具有原创性 中原文化在整个中华文明体系中具有发端和母体的地位。无论是人类记载的史前文明，还是有文字记载以来的文明肇造，都充分体现了这一点。从"盘古开天""女娲造人""三皇五帝""河图洛书"等神话传说，到早期的裴李岗文化、仰韶文化等考古学文化，都发生在河南。夏、商、周三代，被视为中华文明的根源，同样发端于河南。作为东方文明轴心时代标志的儒、道、墨、法等诸子思想，也正是在研究总结三代文明的基础上而生成于河南的。中原文化对构建整个中华文明体系发挥了筚路蓝缕的开创作用。无论是元典思想和政治制度的建构，还是汉文字和商业文明的肇造，乃至重大科技的发明与中医药的重大成就，都烙下了中原文化的印记。《易经》《道德经》对宇宙、社会、人生的独特发现，极大地影响了中国人的民族性格和民族文化心理。皇帝置百官和李斯提出的郡县制，确立了中国几千年封建社会的基本制度模式。张仲景的《伤寒杂病论》、张衡的浑天仪，在中国历史乃至世界历史上都占据着举足轻重的地位。

2. 具有悠久性和连续性　由于地理的、政治的、经济的以及文化本身的原因，中原文化成为华夏文明的重要发祥地，无论是属于文明起源及孕育阶段的黄帝时代文化，还是属于文明阶段的尧舜禹时代文化和夏商时代文化，中原地区皆扮演着十分重要的角色。秦国从建国开始，就把入主中原作为努力的目的，把不能与中原诸侯会盟视为"丑莫大焉"（《史记·秦本记》）的事情。汉唐时代，中原地区政治、经济地位一直很重要，文化随之有了近千年的不断接力与传承，并最终演化成一种无可替代的最进步、最强势文化，这一文化奠定了中华文化的基本构架。正是由于文化本身的进步与强大，在外族入侵中原时，中原文化也不曾断绝。北魏时期，来自北方的鲜卑族拓跋氏入主中原，在洛阳建立了封建政权，他们不仅没有毁弃中原文化，反而主动汉化，进行"禁胡服、断北语、改姓氏、定族姓"等改革。此后女真人、蒙古人和满族人也先后入主中原，但最终都接受了中原文化。元代和清代的统治者终未能将中原厚重的文明和文化取代。因此，中原文化在长达2000年的历史中一直延续下来。

3. 具有包容性　中原文化具有兼容众善，合而成体的特点。它通过经济、战争、宗教、人口迁徙等众多渠道，吸纳了周边多种文化中的优秀成分，实现了物质文化、制度和思想观念的全面融合与不断升华。如中原地区大汶口文化就是东夷集团的海岱民族和中原民族交往、融合的结果。古代中原汉族有先进的农耕技术，但在畜牧、兽医和制革等方面不如北方草原地区生活的少数民族。随着其中大部分移民被汉族同化，他们的生产、生活技术，民族乐器、音乐、舞蹈等文化，亦同时融入了中原文化之中。如北方民族的音乐雄浑激扬，进入中原后，不仅为普通民众所喜爱，也为士大夫所欣赏，以至于范成大发出"虏乐悉变中华"（《范石湖诗集·卷十二·真定舞诗序》）的感叹。契丹、女真民族的绘画艺术和衣着、发式也为不少中原人喜爱和仿效，所以苏辙说："汉人何年被流徙，衣服渐变存语言。"（《栾城集·卷十六·出山》）从而，胡服、胡乐、胡舞、胡人食品在汉唐间传入中原，均融入中原文化之中。世界其他地区的宗教基本都具有排他性，但是作为外来宗教的佛教传入后，却被本土的儒道文化所接纳，成为中原文化和中华文化的重要组成部分。

4.具有开放性　中原文化有着很强的辐射力和影响力。集中体现在：一是辐射各地。如岭南文化、闽台文化及客家文化，其核心思想都来源于中原的河洛文化，唐代的思想家、文学家韩愈则极大地影响了潮汕文化。二是化民成俗。中原文化中的一些基本礼仪规范常被统治者编成统一的范本，推广到社会及家庭教育的逐个环节，从而实现了"万里同风"的社会效果。三是远播异域。秦汉以来，中原文化通过陆路交通向东、西广泛传播，不仅影响了朝鲜、日本的古代文明，而且开辟了延续千年的丝绸之路。班超出使西域、玄奘西天取经、鉴真东渡扶桑等历史记载，均书写了中原文明传播的壮丽画卷。从北宋开始，中原文化凭借当时最发达的航海技术，远播南亚、非洲各国，开辟了世界文明海路传播的新纪元。

5.具有正统性　所谓"正统"，就是说中原文化是中国传统文化的代表和历史文化追求的标志。在传统文献和后世的研究著作里，对于这一地区高度文明持续不断的记载使中国文化的"中原中心论"成为中国人头脑中一个根深蒂固的观念。中原文化无论是物质生产文化、制度行为文化或是精神心理文化，在华夏文化系统中均处于正统的地位。其核心思想如"大同""和合"成了中华文化的核心思想；其核心价值观，如礼义廉耻、仁爱忠信，成为中华民族的核心价值观；其重大民俗活动，如婚丧嫁娶、岁时节日等，也都成为中华民族的民俗活动。在封建社会的发展中，就正统论下的文化发展而言，虽然一方面它保持了文化的连续性，但同时也促成了封建文化惰性的产生，阻碍了文化的更新和进步。

总的来看，中原文化传达着刚健有为、自强不息、中庸尚和的生活哲学，不仅蕴涵着"日新"的变革进取精神而且也体现了天人合一的理念境界，尊道贵德的理性气质，大德曰生的人文情怀，天下大同的文化气度。这种文化塑造了中华民族的基本文化形态和性格，不仅对中国，并对世界文化产生了很大的影响。正是中原文化的上述特点，决定了它对历史进程的推动，对中华文明的形成，对民族精神的传承，对社会经济的发展，都发挥了独特而重要的作用。

二、中原中医

（一）中原中医发展简史

河南医学是中华医药文化的根基和主体。中州的先民们在漫长的生活和劳动实践中，逐步认识自然，从而产生了药物知识，有了医药活动，后来又发明了针法、灸法和外治法，留下了诸如伏羲"制九针"，神农"尝百草，制医药""以疗民疾"，黄帝和岐伯、雷公讨论医道，伊尹创汤液等有关医药起源的传说，这足以说明中医药的源头在中原。

《内经》《伤寒杂病论》和《神农本草经》等医学经典的相继问世，标志着中医药理论的形成，而这三部中医药学巨著主要是在中原地区完成的。唐代医家孙思邈，也曾长期在中原行医，他著有《备急千金要方》《千金翼方》，集方剂之大成，并收录了张仲景有关《伤寒论》的部分病证，从而使医圣文化得以广泛传播。可以说中医药理论在中原形成，中医药经典在中原诞生。中原大地人才荟萃，名医辈出，是对中医药学发展贡献最大的地区之一。据不完全统计，春秋战国至明末，史传中有籍可考的全国5000多位名医中，河南就有912人，除被尊为医圣的东汉时期南阳人张仲景外，还有南齐的褚澄，隋唐之际的医家甄权、孟诜、崔知悌、张文仲，均在国内享有盛誉。宋金元时期，王怀隐、郭雍、王贶、张从正、滑寿等，对推动中医的发展起到了很大的作用。明清时期，由于全国经济中心南移，我国医学在南方得到了突飞猛进的发展，但河南仍然涌现出众多的著名医家，如杨栗山、李濂、吴其浚、李守先、孟津平乐的郭氏正骨等均以其独特的理论和技术，丰富了中医药的文化宝库。其他，如战国时期的神医扁鹊，三国时期外科鼻祖华佗，南北朝时期的针灸学家皇甫谧，唐代著名医药学家孙思邈，都曾在河南行医采药，著书立说。

河南地处南北气候过渡带，四季分明，土地肥沃，山水地貌复杂。生物种类繁多，中草药资源十分丰富，盛产中药2780余种，产于焦作（古代为怀庆府辖区）的山药、地黄、牛膝、菊花"四大怀药"距今已有3000多年的栽培历史。此外，禹白芷、裕丹参、密二花、息半夏、桐桔梗、连翘、冬凌草、柴胡等，药材道地，优质量大。河南又是中药材的集散地之一，历史上有禹州、百泉两大全国性中药材交易会，业内素有"不到百泉药不全""药不过禹不香"之美誉；此外，南阳医圣祠、洛阳龙门药方洞、百泉药王庙、扁鹊墓、十三帮会馆、神农涧等名胜古迹也都见证了中原中医药历史的辉煌。

历史上，中医药文化起源于中原，中医药大师荟萃于中原，中医药文化发达于中原，中医药巨著诞生于中原。

19世纪40年代，中国逐步沦为半殖民地半封建社会。中原地区和全国其他地区一样政局动荡，社会经济状况异常复杂，西方列强入侵，西学东渐，民族危机迫在眉睫。此时，中原医学在极其困难的条件下发展，临床医家不断总结新的经验，但由于战乱和灾荒，传世的医家著作不丰。有史可载者如清代刘鸿恩（河南尉氏人，道光二十六年进士）之《医门八法》，成书于光绪六年（1880年）；清代王燕昌（河南固始人）之《王氏医存》，为综合性医著，其中卷十二为妇儿科，对妇科诊病设"诊妇女雅言"一节，对后世影响颇大。清末生员王合三（1881—1955），满族黄旗人，早年随先祖从东北奉天（现沈阳）迁居河南开封市，"生而颖慧，博学多能，取青紫后，淡视荣禄，以故废儒学习岐黄"，为中州儒医两界之名流，伤寒学派之大家，中医教育家。撰写《伤寒求实》一书，于1930年陆续发表在《上海医报》上，对国内医界中西汇通影响甚大。此外，还著有《温热论中西合注》《内经从新》《中医内科学问答题解》及《伤寒论歌括》《症状歌括》等，多有新论灼见。固始人吴其濬，清嘉庆年间状元，当时虽为封疆大吏，亦博学多才，著有《植物名实图考》《植物名实图考长编》，当代中医药权威工具书《中医大辞典》收其著作中植物药百余种，1997年版《中国药典》也收载其中多种植物药，可以说其著作丰富了本草学的内容。清末贡生，河南太康籍龙子章的《蠢子医》，长葛李守先的《针灸易学》皆为普及启蒙医书。

位于河南登封的少林寺，其历代高僧皆法、武、医兼通，效国利民，闻名于世，渐而形成禅、武、医三位一体密不可分的少林文化。其中少林医药别具特色，以伤科为主，有自己的传承系统，而成为少林伤科学派。医僧们根据中医经络学说、子午流注理论，创立了"血气行走穴位论""致命大穴论"等理论，以此理论为指导，判伤采用脏腑经络、穴道部位理论及相应方法，治伤采用其独特的点穴法、秘传治伤药方、正骨夹缚等，形成了完整的治伤体系。由少林寺住持志隆禅师创办的少林药局，有"中华佛门医宗"之称，数百年来惠及无数百姓。

20世纪20年代，当时的中国政府实行歧视、限制、消灭中医的政策，激起了中医界和广大群众的反抗，虽然迫使当局未能达到消灭中医之目的，但是中医在此时却受到严重摧残。近代中医界有识之士，在困难的环境中兴办学校，建立学术团体，对于维护和发展中医药事业做出了可贵的贡献。

1929年，由儒医王合三先生联合路登云、许公岩、周伟成等名医创办的开封市中医研究会是中原最早的中医社团组织。1925年由河南南阳籍人士胡石青出资，王合三先生与同道在开封市城隍庙创办了第一所私立河南中医学校，迫于经费不足，于1927年停办。后又于1934—1939年开办国医讲习所，1948年创办开封民办中医学校，1953年10月设立中医学义教班，以所注疏之伤寒、温病、内经为主课，传染病学、针灸、药理学、生理解剖等辅之，不避寒暑，耳提面命，口传心授，其诲人不倦、劳瘁不辞之精神，洵为河南医界首创之举。其培养的学生中，不少成为新中国成立后河南中医界早期老一辈之名医、教授。王合三先生为近代的中医教育事业做出了卓越的贡献。

中华人民共和国成立以后，国家十分关怀中医事业的发展，继1956年北京、上海、成都、广州、南京"五大中医院校"成立之后，于1958年成立了河南中医学院（现河南中医药大学），首任院长韩锡瓒，认真贯彻执行党的教育方针和医疗卫生工作方针，以及中央关于中医政策的指示精神，在学校开设了中医学、中药学专业，后又陆续建立了"勤工俭学制药厂""药圃厂""中医药研究所"，开办"西学中班""中医专修班"以及附属医院，使河南中医学院成为河南省中医药教学、医疗和科研的中心。从此，中原医学进入规范性发展的时代，继而名医荟萃、名家辈出。半个多世纪以来，中原医学以其独特的学术思想，鲜明的诊疗特色和突出的医疗实绩赢得了社会的赞誉，实现了中原医学的伟大复兴。

江山有墨千秋画，岁月无弦万古琴。中原医学经历了历史的辉煌，近代的沧桑，迎来了新中国成立以来的振兴。"中原医学"是一个古老的医学学术派别，博大精深的中原文化，源远流长的历史积淀赋予中原医学以厚重的文化底蕴及地域性特色。因而在20世纪60~70年代，中原地区涌现出众多的名医大家，诸如医经经方派石冠卿、武明钦、张磊；伤寒学派秦进修、周宗尧、王现图；温病学派周文川；补土派国医大师李振华，中医教育专家赵清理；温热派代表李雅言、高体三；养阴派代表李景顺；内科杂病大家袁子震，中西汇通派专家吕承金；针灸学专家邵经明；儿科学专家郑颉云、苗丕宪；眼科学专家张望之；喉科专家蔡福养；妇科学专家吴钦堂、庞清治、秦继章；伤科学专家郭维淮、郭春园、娄多峰；本草学专家黄养三、杨毓书等一批名望显赫、个性鲜明的医家群体，他们大多有著述或药物传世，他们的治学态度、学术主张、临证经验不仅名噪中原，而且泽被海内外。国医大师张磊，幼读私塾，受儒学之熏陶笃深，除博极医源，医技高超外，还爱好书法、诗歌、绘画、音乐。除注释《产鉴》、出版《张磊临证心得集》、《张磊医学全书》、《张磊医案医话集》等医学专著外，又出版了《张磊医余诗声》一书，以毛笔楷书书写，看起来给人一种美感，读起来耐人寻味，实乃当代亦医亦儒的代表。正是这些名医大家，赋予了河南中医的"中原"风格和文化特征。如今，他们中的多数已经辞世，但仍若灿烂的群星，在中原中医的上空放射出耀眼的光芒。伴随着历史的进程，中原中医无论在内涵和外延上都仍在发展和变革中，使老一代的学术思想代代相传，日新月异。

纵观中原中医学派和流派发展的历史，可以看出传统特征和近代文明交相辉映，互为补充。如果说厚重的中原传统文化和中医药学为中原中医流派的形成奠定了坚实的基础，那么"西学东渐"的近代文明和中西文化的激荡则为中原中医流派开辟了创新的时代。中原中医为我们展现的多是一种中庸尚和的人文气质，一种兼容众善的文化传统，一种严谨务实的科学态度，一种日新变革的进取精神。

（二）中原中医流派的特色

中原中医流派和其他医学流派相同，既有中医学科的共性，又具有时代和地域的个性。它以根源性、原创性、基础性、包容性、开放性和开拓性展现给世人，名医云集，学派、流派纷呈。理论领先，勤于实践，勇于创新，衷中参西是它的基本特征。在不同学派和流派的医疗实践中，逐渐形成了各具特色的学术经验与技术专长，并汲取了西医元素的各家各派，呈现出以下特点：注重继承，勇于创新；流派纷呈，和谐融通；亦医亦儒，融合佛教；师承为主，家传、师承与学校教育相结合；中医科学与中原文化相结合。

从中谷有蓷话茺蔚

《诗经》是我国最早的一部诗歌总集。至汉代以后被尊为儒家经典，在中国乃至世界文化史上都占有重要的地位。其作品或比或兴或隐或显，意旨深微，乃千古绝唱。《诗经》并非记载中药的专著，但其中所载之中药如：益母草、茜草（藘茹）、芣苢（车前子）、杞（枸杞子）、桑（桑葚、桑树）、蝱（贝母）、卷耳（苍耳子）、葛、艾、蒿、萱草、凌霄花、木瓜等这些古人吟咏之植物，也为我们提供了研究本草起源及药物功用的珍贵文献资料。

"中谷有蓷""暵其乾矣"，出自《诗经·国风·王风·中谷有蓷》一诗中。"中谷"，即山谷之中；"蓷"，即指益母草；"暵"，即指晒；"干"，即指干枯。意思是山谷中的益母草，在太阳的暴晒下都干枯了。这是一首为离弃妇女自哀自叹的怨歌。全诗三章，每章的意思大致相似，每章均用"中谷有蓷"起兴反复吟唱，道出女子遇人不淑，最终痛苦哀伤之情。朱熹《诗集传》解释："凶年饥馑，室家相弃，妇人览物起兴，而自述其悲叹之辞也。"笔者以为用益母草这种中药来理气行滞、活血化瘀，以解除心中的苦闷，取其辛开苦泄，"叹矣""啸矣""泣矣"用来抒发弃妇内心苦楚和慨叹的隐喻不难体悟。

益母草又名坤草，是妇科常用的药物，《神农本草经》称茺蔚，因其生长充盛，蔚密而得名。《本草纲目》云："此草及子皆充盛密蔚，其功宜于妇人及明目益精，故有益母之称。"益母草性辛、苦、微寒，归心、肝、膀胱经。辛能发散，苦可降泄，入主血分，具有活血化瘀、调经解毒之功，为妇科经产之要药。现将本人用于治疗崩漏、产后恶露不绝的心得略作陈述，以广其用。

尝思茺蔚药性，汲取古人经验，仿明张介宾《景岳全书·妇人规》治胎死不下之脱花煎方义，拟逐瘀清宫方。药用益母草30 g，当归15 g，川芎10 g，桃仁6 g，红花15 g，赤芍15 g，肉桂6 g，水蛭6 g，川牛膝15 g。治疗崩漏、经期延长、流产后出血或产后出血等病，见经血非时而下，量或多或少，时出时止，淋漓不断或流产及产后，恶露过期不尽，量或少或多，血色暗、有血块，伴腹痛，疼痛拒按，或素有癥瘕宿疾，平素小腹刺痛，舌暗红，边尖有瘀点瘀斑，脉弦细或沉涩，证属气滞血瘀而体质壮实者。

笔者曾治一38岁女性，月经紊乱，述2年来未有净时，未上环，无子宫肌瘤等器质性病变，曾做过诊断性刮宫，提示：无排卵性功血，无炎症，体质不虚，服上方3剂血止，后以补益肝肾之杞菊地黄丸善后，病愈。患者谓此乃"神方"，给友人传抄使用。曰："不可；病虽相同，人之禀赋不同，证也有别，此霸道之方，不可滥用，需因人、因证、因地、因时制宜矣。"若血崩大下，体质虚弱者，以益母草伍于《景岳全书·妇人规》之举元煎中：生黄芪30 g，党参10 g，白术炭10 g，升麻3 g，益母草30 g，炙甘草6 g。以补气升提，祛瘀止血；若产后，流产后恶露过期不尽者，以生化汤（《傅青主女科》）化裁。药用当归15 g，川芎10 g，桃仁6 g，炮姜6 g，益母草30 g，泽兰15 g，黑荆芥10 g，炙甘草6 g，笔者早年曾治陈某，女，25岁，产后30余日恶露不尽，产时因胎盘滞留行徒手人工剥离术，产后半个月恶露未尽，于缩宫素肌内注射，罔效。刻下：症见阴道出血时多时少，色暗，下腹隐痛；彩超示：子宫略大，宫内斑点样强回声。血HCG阴性。笔者以生化汤加味7剂止血，诸症消退，复查彩超：子宫附件未见异常。又一28岁李姓患者，以米非司酮药物流产后 18 日，阴道出血不止，时多时少；彩超示：宫内有一 10 mm × 4 mm 之强回声光团，疑为宫腔残留，患者惧于清宫手术之苦，前来求治于余。方用炙黄芪 30 g，益母草 30 g，当归 15 g，赤芍 15 g，三棱 30 g，莪术 30 g，泽兰 15 g，枳壳 12 g，黑芥穗 10 g，炙甘草 6 g。服药 10 剂，残留物排出，血止，如期而愈。益母草辛开苦降，活血化瘀，祛瘀生新，诚可信也。凡调经止血，治产后出血，此药量需大，用至 30 g 方能显效，量小无功。虽《内经》云："有故无殒，亦无殒也。"经药理研究证实，本品有收缩子宫的作用，安胎无益，又有伤胎之弊，孕妇忌用。血虚无瘀者慎用。

茺蔚子，乃益母草之果实，味辛甘、微温，归心、肝、肾经。具活血调经之功，似益母草，且能凉肝、明目益精。《神农本草经》将其列为上品，言其"久服轻身"。近代医家谓其有祛瘀导滞之功，用于治疗高血压病，效果明显。笔者受高贤启发，以茺蔚子为主药，拟茺蔚破卵方（茺蔚子 15 g，三棱 15 g，莪术 15 g，酒大黄 10 g，淫羊藿 15 g，香附 15 g，路路通 12 g，桂枝 6 g，茯苓 15 g），治疗未破裂卵泡黄素化综合征，以超声动态监测排卵，当卵泡直径 ≥ 18 ~ 20 mm，清澈透明，边界清楚时，服茺蔚破卵方 2 剂，可促使卵泡破裂排卵，对于卵泡不破而至之不孕症有一定疗效。未破裂卵泡黄素化综合征是妇科疑难病之一，病因病机复杂，有待深入进行理论和临床研究。

大黄以通为补说

大黄为攻下药，苦、寒，归脾、胃、大肠、心包经。《神农本草经》谓其："主下瘀血、血闭、寒热，破癥瘕积聚，留饮宿食，荡涤肠胃，推陈致新，通利水谷道，调中化食，安和五藏。"一名黄良。大黄因有斩关夺隘之功，又有将军之谓，其常被喻为势不可挡之勇夫，医者、患者皆畏而远之。笔者见《伤寒杂病论》中就有 40 首方剂用大黄，张锡纯赞张仲景先圣"真能深悟其推陈出新之旨也"。笔者读金元名家张从正《儒门事亲》，受其祛邪所以扶正学术思想的启发，喜用大黄以疗疾。

早年曾治一雷姓女，35 岁，以月经不调，求子就诊。诉近 2 年来月经不调，或五旬一至，或两月一行，量少且有小血块、色暗红，少腹胀痛、拒按，面色萎黄，肌肤不泽，形体消瘦，腹胀烦躁，纳食不佳，嗜食辛辣，口气嗅秽，患习惯性便秘，大便四五日一行，时有便意，但坚涩难下，需用开塞露才能排便。舌红，苔黄燥、中心厚腻，脉沉实。因过食辛辣，致肠胃燥热，燥热内结，灼伤津液，血海干涸瘀滞，故月经后期，量少。胃肠大便燥结，腑气不通，属阳明腑实证，虽面黄形瘦，乃"大实有羸状"，当峻下热结，拟大承气汤：生大黄 10 g（后下）、芒硝 10 g（溶化）、枳实 12 g、厚朴 12 g。5 剂，每日 1 剂，水煎服。服毕，便秘腹胀、烦躁均明显好转，每日排便 1 次，并未腹泻，效不更方，又进 5 剂。排出宿便，每日 2 次、色黑，腹软，乏力，口干，欲饮食，舌淡红、苔薄黄，脉缓，唯月经已 2 个月未潮。原方加玄参 15 g，麦冬 15 g，生地黄 18 g 以养阴增液，嘱若见腹泻，可减量或停药。服上方 2 剂月经即至，色红、有血块，腹痛好转，舌脉如前，前方再进。经期服血府逐瘀颗粒，每日以大黄 10 g 泡水服。依此方案经 4 个月经周期的治疗，月事如期，诸症尽除。后于第 5 个周期因月经 40 余日未至来诊，经血 HCG 及彩超检查为宫内孕。治不过半年，孕育生子。仲景用大承气汤治疗产后瘀血兼胃实之产后腹痛（《金匮要略·妇人产后病脉证治第二十一》）妙在大黄即可荡涤实热，又可攻逐瘀血，使瘀血随大便而下，可收一攻两得之力。据该患者证候虽主病不同，病机则一，故取仲景法以通便泻下瘀热，急下以存阴，待瘀热祛，腑气通，加增液汤以养阴滋津，脏腑调和，中焦健运，冲任旺盛，血海满溢，故月事依时，经调孕成。

曾治一 78 岁老妪，胃脘胀满疼痛，嗳气、口苦，口腔溃疡经年不愈，脘闷纳呆，烦躁不舒，大便秘结，夜寐欠佳，苔黄微腻，寸关脉弦细，两尺沉弱。有糜烂性胃炎、脂肪肝、胆囊炎、糖尿病、高血压病史，常服用五六种西药，因转氨酶升高，虑及西药之毒副作用，求治于笔者。笔者予大柴胡汤合半夏泻心汤合方化裁，药用太子参 15 g，清半夏 10 g，干姜 9 g，黄芩 12 g，黄连 10 g，柴胡 12 g，白芍 15 g，枳实 12 g，生大黄 10 g（后下），肉桂 5 g，厚朴 10 g，炙甘草 6 g。连服 6 剂，胃满疼痛，脘闷大减，食欲见佳，口糜愈，大便通畅。守原方减肉桂加大枣 5 枚又进 12 剂，诸症悉除。后用保和丸以善后，又予大黄 200 g，嘱其每日以 10 g 泡水，当茶饮。随访六年身体状况良好。

观当今之世，由于生活水平的提高，生活方式的改变及社会竞争的加剧，世人多饮食不节，劳逸无度，起居失常，情志内伤，静坐少动，致使心脑血管疾病、三高（高血压、高血脂、高血糖）、脂肪肝、肥胖症成为内科常见病，妇科之闭经、月经后期、月经过少、多囊卵巢综合征、卵巢早衰等也呈逐年增高的趋势。《汤液本草》云："大黄，阴中之阳药，泄满，推陈致新，去陈垢而安五脏，谓如戡定祸乱以致太平无异，所以有将军之名。"《本草述》："大黄，《本经》首曰下瘀血、血闭，固谓专攻作用于血分矣。阳邪伏于阴中，留而不去，是即血分之热结，唯兹可以逐之。"临证时，无论病家患何疾病，主症如何，凡见实热、实火、实毒、肠胃燥热、宿食积滞而致便秘之兼证者，除处主方外，笔者常给开100ｇ或200ｇ生大黄。让其每日以10ｇ泡水代茶饮，不仅对主症有一定协同治疗作用，无任何不良反应。尤其对腹型肥胖的中老年妇女，仅大黄一味，作为保健常用之品，少量常服，能推陈致新，祛病延年，此遵"六腑以通为用，气血以和为顺之旨"，腑气通，气血和，则百病不生。此不补之补，胜于补也。故曰："大黄以通为补。"

通因通用治崩漏

　　杨某，38岁，环卫工人，有月经不调、崩闭交替病史3年，以阴道不规则出血月余就诊。症见阴道出血量少，色暗红，伴少量血块，小腹刺痛，腰酸。观其面色晦暗，语音高亢。虽出血日久，食欲、精神、二便均无异常，舌暗红、苔白而燥，脉沉涩。彩超未查出器质性病变，宫内无节育环、子宫内膜厚14 mm，尿HCG阴性。半年前曾因子宫内膜过厚阴道出血淋漓不尽在外院行诊断性刮宫，病理结果显示：子宫内膜单纯性增生。脉证合参，证属肾气亏虚、瘀阻胞宫之崩漏，以祛瘀止血，补肾固冲为治。"下笔未完宜复想，用心已到莫迟疑"，即书自拟方逐瘀清宫方加减：三棱30 g，莪术30 g，益母草30 g，当归15 g，川芎10 g，赤芍15 g，红花15 g，泽兰15 g，香附15 g，元胡15 g，枳壳12 g，川牛膝15 g。3剂，每日1剂，水煎服。侍诊弟子质疑："出血时日甚久，三棱、莪术等破瘀之品，当用否？"笔者曰："无妨，且用量宜大。""有瘀血在内，遂淋漓不断，谓之漏下。"（《诸病源候论·妇人杂病诸候·崩中漏下五色候》）"瘀血占据血室，而致血不归经。"（《备急千金要方》）"瘀血内攻，不知解瘀，而用补涩，则反致新血不得出，旧血无以化。"（《傅青主女科》）。先贤垂训，今当借鉴之，勿惧！"三日后患者复诊，言服药后出血量增多，排出大量血块，小腹及腰部疼痛减轻，恐过用行气之品伤及正气，减元胡、枳壳，加黄芪30 g，寓补于攻。又进3剂，血止。本次出血，未受刮宫之苦，患者甚为感谢。后以笔者滋补肝肾之自拟方二紫方（紫石英、紫河车、熟地黄、枸杞子、山茱萸、香附、丹参、砂仁、川牛膝等）增损调周，以善其后。按经期、非经期分期序贯治疗3个月经周期，月事正常，未见复发。

对于崩漏的治疗，应以"急则治其标，缓则治其本"的原则，灵活运用"塞流、澄源、复旧"三法。该患者出血月余淋漓不止，理应急用止血以塞其流，但出血量少、色暗、有血块，伴少腹刺痛，舌暗红，脉沉涩。症状皆为离经之血成瘀，瘀血阻滞冲任胞宫，血不归经之故。《素问·至真要大论》曰"微者逆之，甚者从之"及"逆者正治，从者反治，从多从少，观其事也"。又言："热因热用，寒因寒用，塞因塞用，通因通用，必伏其所主，而先其所因。"其指出通因通用是顺从疾病表象而治疗的一种方法，又称从治法、反治法；即指采用方药的性质顺从疾病的表象相一致而言。究其实质依然是以"治病求本"治疗原则为指导的。按患者病情，恐用固涩止血之法旧血不得祛除，瘀血阻络，新血不循常道，难以中的，故在逐瘀清宫方中以大量三棱、莪术活血破瘀为君，益母草、当归、川芎、赤芍、红花、泽兰活血化瘀，祛瘀生新为臣，香附、元胡、枳壳理气行滞止痛为佐，川牛膝补肝肾，治腰痛，引药下行为使。二诊瘀除大半，减刚燥行气之枳壳、元胡，加黄芪补气以行血，6剂服完，逐瘀荡胞如扫，不止血而血自止，实乃通因通用之妙也。后以补益肝肾之二紫方，复旧善后，效若桴鼓。

第十七节

重症崩漏治验感悟

2018年4月18日晨7点10分，门铃声急，开扉迎来一中年妇女，神色慌张，言小女病，贫血严重，现在医院名医堂候诊厅等候，笔者的号挂不上，求补一号。因系急诊就医，陪其匆匆赶到诊室，开始把脉问诊。

安某，11岁半，郑州市某校学生。半年前月经初潮，周期30～40日，经期8～10日，量多少不一，有少许血块，无痛经。自2018年3月15日月经来潮，至今未尽。曾服用西药（具体不详）治疗无效，阴道出血未止，量时多时少，未予重视。2日前因感冒、发热、咳嗽，就诊于某儿童医院，经治疗热退，查血常规发现血红蛋白（Hb）57.00 g/L，方知月经持续日久，失血之故。遂前往某三甲医院住院治疗，住院期间给予头孢类抗生素及蔗糖铁静脉点滴，益玛欣（黄体酮软胶囊）100 mg，每日2次，口服。今复查Hb50.00 g/L，主管医师建议输血以纠正贫血，患者家长拒绝输血治疗，出院后即来求诊笔者。刻下：患者阴道出血量多，色淡暗有少量血块，观其面色及口唇苍白，语音低微，神疲倦怠，心悸气短，鼻塞、咳嗽、咯白痰，食欲不振，二便如常，夜寐尚可，舌淡、苔薄白偏燥，脉虚数。诊为崩漏之气虚血瘀证，治宜益气升提固冲、祛瘀凉血止血。药用红参30 g（另煎）、黄芪30 g、白术炭10 g、升麻3 g、益母草30 g、墨旱莲30 g、茜草15 g、炒红花10 g、生山楂15 g、山茱萸15 g、炙百部10 g、黄芩12 g、炙甘草5 g。5剂，水煎服，每日服用1.5剂。并告知红参急煎浓汤，徐徐服之。又给予复方氨基酸及维生素C静脉滴注以营养支持（因就诊医院已取消门诊输液，患者又未入院，此方案未使用），嘱停用益玛欣，注意休息，加强营养，避免剧烈运动以防晕厥。服药后若出现月经量多，勿惧怕，继续服用即可，后复诊。

2018 年 4 月 21 日二诊：其母代诉，诚如笔者所言，服药后前 2 日经量增多、色鲜红、有血块，未敢停药，今日剩 1 次未服。头晕、乏力症状减轻，偶有咳嗽，鼻塞愈，食欲较前明显好转，夜寐可，余无异常，舌脉如前。患者感冒症状好转，依首诊方减灸百部，山茱萸增至 20 g。5 剂，每日 1 剂，水煎服。嘱其继服抗贫血药物于饭后。5 日后复诊。

2018 年 4 月 26 日三诊：患者面色好转，现仍有极少量出血，色暗，头晕乏力明显减轻，咳愈，纳眠可，二便正常，舌红、苔白，脉缓弱无力。复查血常规 Hb 升至 97.00 g/L。以益气升提、收涩固冲止血为法，药用红参 30 g（另煎），黄芪 30 g，炒白术 10 g，升麻 3 g，益母草 30 g，仙鹤草 30 g，墨旱莲 30 g，藕节 30 g，山茱萸 20 g，阿胶珠 15 g，续断 20 g，炙甘草 5 g。5 剂，每日 1 剂，水煎服。

2018 年 5 月 3 日四诊：自述服药后于 4 月 28 日阴道出血完全停止，头晕、乏力消失，无其他不适，舌红、苔薄白，脉缓。昨日查血常规 Hb 已升至 120.00 g/L，彩超示：子宫附件未见异常。以益气健脾养血之归脾汤和滋补肝肾之二紫胶囊（自拟方，院内制剂）调理善后，经期以首诊方加减。

周期续贯治疗 3 个月，月经正常。1 年后随访未见复发。

崩漏是妇科常见病、疑难病，也是急危重症之一。多发于青春期少女及绝经期妇女。以肾 - 天癸 - 冲任 - 胞宫轴的严重失调所致。临证时应本着"急则治其标，缓则治其本"的原则，灵活应用"塞流、澄源、复旧"三法。本案为典型的青春期功能性子宫出血，阴道出血日久，量多，其脉证皆是一派气随血脱之象，就诊时 Hb 不足 60.00 g/L 临床已达到输血指标，若不能迅速止血，便会晕厥于顷刻。古人云："有形之血不能速生，无形之气所当急固。"嘱患者以红参急煎浓汤，徐徐服之，和黄芪、白术、升麻、炙甘草以益气升提固冲，然虽出血月余，其量多，有血块，恐尚有瘀滞，以益母草、炒红花、茜草、生山楂祛瘀止血，意在通因通用，因势利导，引血归经，进而达到不止血而血自止的目的。墨旱莲益肝肾之阴，又能凉血止血，血得寒则凝滞，于祛瘀之中少佐此物，非但不碍其功，尚起到相辅相成的作用。患者就诊时伴有外感症状，故给予炙百部、黄芩清宣肺热，化痰止咳，以治兼证。二诊时出血量明显减少，外感症状基本消失，减炙百部，山茱萸增至 20 g，以增强收敛止血之效。三诊时贫血症状明显好转，阴道仅有极少量的出血，遂给予益气升提，收涩固冲之品。人参味甘、微苦，微温，能大补元气，复脉固脱，为拯危救脱之要药。山茱萸酸、涩，微温，补益肝肾，收敛固摄，为防止元气虚脱之要药。仿张锡纯"来复汤"之意，笔者以二药配伍用于血崩大下之出血证，常获良效。故该患者的三诊方剂中均含此对药。

崩漏的治疗，止血不是治愈目的，身体健康的恢复，建立和恢复正常的月经周期才是该病治疗的最终目标。本案患者，年不足二七，肾气方盛，天癸未臻充盛、成熟，典型的青春期功血，故在复旧固本之时，以补益脾肾为主，调理善后。

观本案治疗经过，病房弟子无不赞许，言："没用激素和西药止血剂而血止，类似此等贫血患者每每输两个全血浆（400 mL），血红蛋白还不能上升 1 g/L。老师真大胆，疗效好神奇。"笔者尝思"治急病要有胆有识"（岳美中语），但胆须从识中来，有胆无识，措施往往是盲目的，必至于鲁莽偾事；有识无胆，畏怯不前，必至于贻误病机，但有胆有识，必须具有治疗危急重症的基本功素养和长期临证实践经验的积累方可达成，此孙思邈之"心小，胆大，行方，智圆"者矣。

数十年来。笔者治血崩大下，严重贫血患者不可胜数，不刮宫、不输血、不用激素止血治愈者颇多。所谓"病为本，工为标"，标本相得，邪气乃服。本案病家对医者信任有加，谨遵医嘱，依从性好是其一。再者年少之女童，天真烂漫，不受情志所困，专心治病，心无旁骛。中州健运，虽未输血，血也自生。此二者也是取效之关键。该病患治疗十余日，未受过度医疗之苦，而月余之崩漏止，病告霍然。凡操方技术者必当自律、自信。中医是可以治急症的！中医不是"慢郎中"。

产后发热证治一得

　　张某，34岁，河南杞县人，农民。新产后7日，高热3日（体温39.5℃），于1992年6月28日入笔者医院妇产科病房治疗。经用红霉素静脉点滴，物理降温罔效，邀笔者会诊。观其壮热面赤，通身大汗，口渴唇焦欲饮，食欲尚可，体质壮实。望其舌暗红、苔黄而燥，诊其脉洪数有力。按其少腹，于脐下三指尚可及子宫底，疼痛拒按，恶露下之甚少，无异味。系正常产，会阴侧切处无红肿、渗液。血象正常。证属阳明气分热盛，兼有胞宫余血瘀滞。徐大椿《用药如用兵论》"实邪之伤，攻不可缓"。急以白虎汤合生化汤加减服用，药用生石膏60g（先煎），知母20g，天花粉30g，生山药30g，当归15g，川芎10g，桃仁6g，益母草30g，粳米15g，炙甘草6g。让其徐徐温服，服2剂，体温降至38℃，病去七八。守方再进2剂，热退渴止，恶露畅下，六脉虚缓平和，告愈出院。嘱其食稀粥以调养。

　　《景岳全书·妇人规》云："产后气血俱去，诚多虚证。然有虚者，有不虚者，有全实者。凡此三者，但当随证、随人，辨其虚实，以常法治疗，不得执有诚心，概行大补，以致助邪。"又曰："产后发热，有风寒外感而热者；有邪火内盛而热者；有水分阴虚而热者；有因产劳倦、虚烦而热者；有去血过多，头晕闷乱，烦热者。诸症不同，治当辨察。"其即指出产后发热有虚有实，不可一概从虚论治。

该病为新产恶露不下，败血阻滞于胞宫，又时值仲夏，邪热郁结于阳明气分，故见大热、大渴、大汗出、脉洪大、少腹拒按之证。实为阳明气分热盛而充斥内外，即"邪火内盛而热者"当清热生津，并合活血祛瘀之法，直折火势。以辛甘大寒，入肺、胃二经之生石膏清热泻火，透热出表，除阳明气分之热，防热盛动风，逆传心包之虞。知母、天花粉苦寒质润，一则助生石膏清肺胃之热，一则滋阴润燥救已伤之阴津。佐以生山药、粳米、炙甘草，益气健脾养胃，调和于中宫，且能补土泻火，防寒凉伤胃。生化汤去炮姜，加益母草活血祛瘀，以防热瘀互结缠绵，变生他证。笔者治该病，遵循"勿拘于产后，亦勿忘于产后"的原则，大胆投用白虎汤，但应注意方中之石膏宜碾用生者，打碎先煎。清热不可过于苦寒，中病即止。所谓："谷肉果蔬，食养尽之，无使过之，伤其正也。"（《素问·五常政大论》）治产后不能虑及大寒之品，有是证当用是药，慎不可囿于产后虚焉。经方组方严谨，立意明确，方小效宏。通变化裁，存乎其人，果能息息与病机相应，方证合拍，功效无穷。医圣仲景"观其脉证，知犯何逆，随证治之"之训，乃金科玉律。

脉案实录

月 经 病

一、月经先期案

案 1： <u>王某，女，21 岁，未婚，无性生活史</u>。2010 年 3 月 18 日初诊。

主诉： 月经周期提前伴量少 1 年余。

病史： 患者 13 岁初潮，既往月经正常。近 1 年来，因准备考研而夜以继日地复习，以致月经每 14～16 日一行，末次月经为 2010 年 3 月 6 日，经量少，2 日即净，色红，质黏稠。刻下：形体瘦弱，手足心热，饮食、睡眠可，二便正常，舌红少苔，脉细数。彩超示：子宫附件未见异常。

证候： 阴虚内热证。

治法： 养阴清热，固冲调经。

方药： 两地汤合二至丸加减。生地黄 20 g，地骨皮 30 g，白芍 30 g，麦冬 15 g，阿胶 20 g（烊化），玄参 15 g，墨旱莲 30 g，女贞子 15 g，炙甘草 5 g。7 剂，每日 1 剂，水煎服。

二诊（2010 年 3 月 25 日）：患者服 7 剂后月经未潮，继服原方 8 剂，经水如期而至，量趋正常。

随访半年未复发。

【按语】月经先期每与血热、气虚有关，血热又有阴虚内热、阳盛血热及肝郁血热之分。该患者月经提前10余日，经量少、色红、质稠，形体瘦弱，手足心热，结合舌脉，呈现一派阴虚内热之象，如《傅青主女科》云："先期者火气之冲，多寡者水气之验，故先期而来多者，火热而水有余也；先期而来少者，火热而水不足也。"月经先期多热、虚，月经后期常寒、瘀，故而在治疗上先期宜清、后期宜促。《医学三字经·妇人经产杂病第二十三》曰："妇人病，四物良。月信准，体自康。渐早至，药宜凉。渐迟至，重桂姜。错杂止，气血伤。"其中"渐早至，药宜凉"即"先期宜清"之意。结合傅氏"治之法不必泄火，只专补水，水既足而火自消矣"，治宜养阴清热为法，方选傅青主之两地汤养阴补水、兼以清热，合二至丸加强滋肾养阴固冲之功，以达"水盛而火自平也"。

案2：张某，女，36岁，已婚。2016年7月6日初诊。

主诉：月经周期提前伴经量减少3年余。

病史：患者近3年来无诱因出现月经周期提前10余日伴经量减少，周期19~20日，经期3日，前次月经为2016年6月5日，末次月经为2016年6月25日，经行均3日干净，量少，纸擦即净，色红，经行第1日痛经，喜按，经前乏力，腰部酸困。刻下：夜眠多梦，纳食尚可，大便时干时稀，小便正常，舌红、苔薄少，脉细无力。孕$_3$产$_1$流$_2$（2010年3月足月顺产）。初诊彩超示：子宫、附件未见异常。2016年6月27日性激素六项示：卵泡刺激素（FSH）10.60 mIU/mL，黄体生成素（LH）5.33 mIU/mL，孕酮（P）0.66 ng/mL，雌二醇（E$_2$）67.26 pg/mL，催乳素（PRL）13.26 ng/mL，睾酮（T）1.46 ng/mL。

证候：阴虚血热证。

治法：补肾滋阴，清热调经。

方药：①非经期用六味地黄汤合两地汤加减。生地黄18 g，熟地黄18 g，玄参15 g，麦冬15 g，牡丹皮15 g，地骨皮30 g，白芍30 g，山茱萸20 g，炒山药30 g，茯神15 g，炙甘草6 g。10剂，每日1剂，水煎服。

②经期给予中成药血府逐瘀颗粒，每日 2 次，每次 1 袋，口服。

二诊（2016 年 7 月 20 日）：患者末次月经为 2016 年 7 月 15 日，经行 2 日干净，量极少，有血块、色暗，痛经减轻。服药后胃胀满不适，纳可，眠浅、多梦，二便正常，舌红、苔薄少，脉沉细。追问患者，有慢性浅表性胃炎病史，食油腻辛辣之物后胃部胀满，减滋腻之生地黄、熟地黄用量，守初诊非经期方，其生地黄、熟地黄均减至 12 g，加木香 6 g，砂仁 6 g，以理气畅中、健脾助运。20 剂，用法同前。

三诊（2016 年 8 月 18 日）：末次月经为 2016 年 8 月 8 日，经行 4 日干净，量较前增多，有血块、色红，经行无特殊不适。夜间盗汗，口干欲饮，纳可，多梦，二便正常，舌红、苔薄少，脉弦细。汗血同源，精血同源，"肾者主蛰，封藏之本，精之处也"，肾阴不足，虚热内生，迫津外泄则盗汗。守初诊时非经期方加泽泻 15 g，以"去胞垢而生新水，退阴汗而止虚烦"（《药性赋》），取 15 剂，用法同前。经期给予中成药血府逐瘀颗粒，每日 2 次，每次 1 袋，口服。

四诊（2016 年 9 月 15 日）：末次月经为 2016 年 9 月 3 日，经行 4 日干净，量较前增多，少许血块、色暗，经行无特殊不适，盗汗、口干减轻，大便黏腻，小便正常。继续三诊方案，序贯治疗 1 个周期。

1 个月后电话随访，月经 24～28 日一至，经量增至正常。

【按语】月经如期来潮依赖于肾－天癸－冲任－胞宫轴协同作用，以肾为主导，通过冲任的通盛、天癸的调节，气血的充盛，月经方能如期。患者年方五七，肾气未到生理性衰退之际，但结合本例患者性激素检查，FSH 水平偏高，提示卵巢储备功能减退迹象，月经周期提前伴量少是其症状之一。追其原因，可能多孕、流产等损伤肾气，兼又女性阴常不足，故肾阴不足，虚热内生，热扰冲任，冲任不固而致月经先期，又因阴血不足，故经行量少。因此，治宜补肾滋阴、清热宁血、固冲调经，故选六味地黄汤合两地汤加减。方中生地黄禀甘寒之性，可滋肾阴、清血热，其制熟后减寒之性，增味之厚，补肾精之不足，生地黄、熟地黄并用大滋肾阴，壮水之主，并制阳光；山茱萸酸温滋肾固精，配白芍养肝敛阴；炒山药平补脾肾，合茯神运中渗湿、宁心安神，并防补药滋腻；玄参壮肾水，麦冬润肺以增水之上源，牡丹皮、地骨皮凉血热、清胞火；炙甘草调和诸药。诸药合方以达水盛热除，热去经调之功。

月经先期或月经过少也可能为卵巢储备功能减退的症状之一，临床上应需结合年龄、窦卵泡数、性激素检查、抗米勒管激素水平等早期诊断，早期治疗，以防疾病进一步发展而致早发性卵巢功能不全。另外，诊治月经过少之病，在重视辨证求因、审因论治的同时，还应详询病史，排除器质性病变（如宫腔粘连），以免单纯保守治疗延误病情。

案3：包某，女，36岁。2016年5月14日初诊。

主诉： 月经周期提前1年余。

病史： 患者于2016年2月月经淋漓不断，持续半月方止，而后月经周期提前，15～21日一至，经行3日干净，量偏少、色暗、夹血块，无痛经，末次月经为2016年4月28日。刻下：周身乏力，面色萎黄，胃脘胀满，劳累后时见少量褐色分泌物，持续7日（自服云南白药胶囊），带下量少，阴道干涩，纳眠可，小便正常，大便不成形、每日1次，舌体胖大、边有齿痕，脉细缓。孕$_3$产$_1$流$_2$（2011年5月足月剖宫产1次）。2016年4月30日彩超示：子宫大小正常，右侧卵巢囊肿（31 mm×30 mm）。2016年4月30日性激素六项示：FSH 21.46 mIU/mL，LH 10.89 mIU/mL，PRL 7.34 ng/mL，E_2 11.19 pg/mL，P 0.22 ng/mL，T 0.25 ng/mL。

证候： 脾肾亏虚证。

治法： 补脾益肾，固冲调经。

方药： 参苓白术散加减。党参10 g，炒白术10 g，茯苓12 g，炒山药30 g，白扁豆30 g，陈皮12 g，炒薏苡仁30 g，清半夏10 g，厚朴花10 g，桔梗6 g，砂仁6 g（后下），炙甘草6 g，墨旱莲15 g，女贞子15 g，大枣引。7剂，每日1剂，水煎服。

二诊（2016年5月21日）：患者末次月经为2016年5月16日，经行4日干净，量中、色暗红、有血块，轻微痛经，自觉体力渐增，偶有足心发热，带下仍少，性欲减退，纳眠可，大便正常，小便数，舌尖红，脉沉细。守首诊方加黄连6 g，紫河车粉2 g（另冲），15剂用法同前。

三诊（2016年6月18日）：患者末次月经为2016年6月5日，经行5日干净，量中、色红、血块减少，无痛经，易劳累，经后头部隐痛（双侧太阳穴处），带下仍少，牙龈轻微红肿，纳眠可，眠浅，小便正常，大便稀溏，舌尖红，脉沉细。守非经期方继服14剂。经期给予潮舒煎（自拟方）加减。当归15 g，川芎10 g，赤芍10 g，红花15 g，丹参30 g，泽兰15 g，香附15 g，乌药12 g，肉桂6 g，川牛膝15 g，益母草30 g。5剂，每日1剂，水煎服。

四诊（2016年7月16日）：患者末次月经为2016年6月30日，经行5日干净，量色可、无血块，经行无特殊不适，白带量少，经后头痛减轻，牙龈红肿消，纳眠可，二便正常，舌淡红，脉沉弦。效不更方，治疗方案同三诊。

五诊（2016年8月17日）：患者末次月经为2016年7月29日，经行7日干净，量色可，经行无不适，带下较前增多，纳眠可，食后胃胀减轻，小便正常，偶有大便稀溏，舌脉如前。继守非经期方15剂，配服香砂养胃丸，经期方守三诊。2016年7月30日复查性激素六项示：FSH 9.36 mIU/mL，LH 6.87 mIU/mL，PRL 10.39 ng/mL，E_2 28.08 pg/mL，P 0.60 ng/mL，T 0.45 ng/mL。

随访患者，月经可如时来潮，量、色、质均可，恐旧病复发，嘱将上方制成丸剂，长期服用。治疗期间，要求患者保持心情舒畅、饮食规律及生活调摄，待病情稳定后，可逐渐停药。

【按语】月经先期致病多因气虚及血热，常施予补肾健脾或清热凉血之法。本案患者36岁，正值"五七，阳明脉衰，面始焦，发始堕"之时，加之脾胃素虚，生化不足，致摄经之气虚馁，经血之源匮乏，故而月经先期、经量过少；气血不荣于上则面色萎黄；且脾主四肢肌肉，脾虚则羸弱乏力，肌肉不丰；脾胃虚弱，中焦失运则胃脘痞闷，大便稀溏。《内经》云："谨察阴阳所在而调之，以平为期。"《景岳全书·妇人规》载："调经之要，贵在补脾胃以资血之源，养肾气以安血之室。"脾、肾系人体的先、后二天之本，互生共存，且经之本在肾，故补脾常补肾，调经不忘肾，选参苓白术散加减。参苓白术散方出自《太平惠民和剂局方》，具有益气健脾、和胃渗湿功效，传统上，本方常用来治疗脾虚泄泻或肺虚咳喘等。该方药性温和，温而不燥，补而不滞，渗利湿邪而不伤阴津。汪昂《医方集解》云："此足太阴、阳明药也。"本案方中含党参、白术、茯苓、甘草，为补气组方"四君子汤"，配炒山药、炒薏苡仁、白扁豆补脾渗湿、厚肠胃；合砂仁、陈皮、清半夏、厚朴花芳香醒脾、行气和胃、化痰散结；投以大枣甘缓和中养胃；并墨旱莲、女贞子，参《证治准绳》之二至丸，补益肝肾、滋阴血。此足少阴药，因二者性质寒凉，而该患者具脾虚之证，故量不宜大。后续加配紫河车，为血肉有情之品，大补元气益精血。首诊患者性激素检查显示促卵泡生成素稍升高，表现出卵巢储备功能减退，若继续发展可能出现卵巢早衰，不仅影响患者生育功能，而且导致生活质量下降。西医以雌孕激素序贯治疗为主，不能从根本上逆转卵巢功能不良状态。中医基于辨证论治观念，病症结合，探讨对该病的治疗策略，充分发挥中医药在对生育力保护和生活质量改善中的优势，具有重要意义。

二、月经后期案

案1：丁某，41岁，已婚。2016年11月24日初诊。

主诉：月经后错3年余。

病史：患者近3年月经45～65日一行，6日干净，量少、色淡、有血块，经前乳胀，余无不适。末次月经为2016年9月9日，6日干净，前次月经为2016年8月19日。患者平素烘热汗出，心悸乏力，纳差，食后胃胀、泛酸，多梦，白带量较前减少，二便正常，舌红、苔薄黄而燥，脉沉缓无力。孕$_3$产$_2$流$_1$。血压、心电图正常。彩超示：子宫附件未见异常。性激素六项示：FSH 21.04 mIU/mL，LH 15.12 mIU/mL，PRL 9.56 ng/mL，E$_2$ 25 pg/mL，P 0.50 ng/mL，T 0.30 ng/mL。

证候：脾胃虚弱，阴阳失调证。

治法：健脾和胃，调和阴阳。

方药：四君子汤合桂枝汤加减。桂枝10 g，白芍10 g，太子参15 g，炒白术10 g，厚朴花15 g，茯苓15 g，煅瓦楞子15 g，黄连6 g，莲子心6 g，制大黄6 g，黄芩12 g，合欢皮15 g，炙远志6 g，炙甘草6 g，生姜9 g，大枣15 g。7剂，每日1剂，水煎服。

二诊（2016年12月1日）：患者月经仍未潮，食欲渐佳，纳眠可，二便正常。月经停闭多虚证，但若因虚致实时，需定时而攻，给予血府逐瘀汤加减活血化瘀。投以当归15 g，川芎10 g，赤芍15 g，红花15 g，枳壳12 g，柴胡12 g，炒桃仁6 g，桔梗6 g，川牛膝15 g，煅瓦楞子15 g，制大黄10 g，炙远志6 g，合欢皮15 g。7剂，用法同前，经期不停药。

三诊（2016年12月13日）：患者末次月经为12月9日，经行4日干净，量少，使用护垫即可，无血块，轻微痛经，纳眠可，大便黏滞不爽，小便正常，烘热汗出症状明显减轻，舌尖红，脉沉弱无力。于月经第3日查性激素六项示：FSH 10.34 mIU/mL，LH 7.18 mIU/mL，PRL 8.73 ng/mL，E$_2$ 30 pg/mL，P 0.20 ng/mL，T 0.20 ng/mL。守首次方去大黄，15剂。

经治疗5个月后月经如时来潮，量、色、质均无异常。

【按语】脾胃为后天之本，脾气素虚，运化失司，则胃胀纳呆；中土失运，湿浊内生，从热而化，则泛酸；气血生化不足，心失濡养，则心悸乏力，夜梦多；脾虚生化失司，气血亏虚，冲任、血海不充，则量少或月经后期；气血不足，热邪内扰，阳加于阴，阴阳失调，则烘热汗出；

舌红、苔黄燥，脉沉缓无力亦为虚、热兼夹，阴阳失衡之征。应治宜健脾和胃，化湿清热，调理阴阳之法。补脾胃之虚选四君子汤，该方出自宋代《太平惠民和剂局方》，因其均为补气之药，故称为四君子汤。方中以太子参易党参，并甘草益气健脾，补而不燥；白术苦温，健脾燥湿；茯苓甘淡，健脾渗湿，以复中州之运，去中土之湿。合仲景群方之魁桂枝汤，以滋阴和阳。其中桂枝同生姜辛甘化阳，芍药协大枣酸甘化阴，一开一合于解肌中寓敛汗养阴之功。方中加黄连、黄芩、大黄清化三焦湿热；厚朴花、煅瓦楞子宽胸理气、和胃抑酸；合欢皮、莲子心、远志清心利窍安神。诸药合方，集补益、清热、调和于一体，共奏补益脾胃、燮理阴阳之功。若经闭不行，需排除器质性疾病后，定时而攻，引经下行，但活血化瘀之品，应中病即止，切忌久服，损伤正气。

案2：闫某，女，35岁，已婚。2016年7月1日初诊。

主诉： 月经后错10余年，经行头痛2年。

病史： 患者13岁初潮，35~45日一至，经行6~7日，量少，色暗红，无痛经，腰酸，末次月经为2016年6月23日，经行7日干净，量少（用护垫即可）、色暗红，经行头痛（头部两侧太阳穴及枕部明显）。2015年头颅核磁检查未见异常。刻下：双下肢酸困，怕冷，易出汗，平时胃胀、泛酸，纳眠可，大便干、两日一行，小便色可，但尿痛灼热，舌紫暗、苔白，脉缓弱。糜烂性胃炎半年余。孕$_2$产$_1$流$_1$，带环3年。彩超示：环位正常。4个月前基础性激素六项示：FSH 6.27 mIU/mL，LH 9.72 mIU/mL，PRL 22.32 ng/mL，E_2 35.10 pg/mL，P 0.65 ng/mL，T 0.42 ng/mL。

证候： 脾虚证。

治法： 补脾益气，祛风止痛。

方药： 四君子汤合川芎茶调散加减。太子参15 g，炒白术10 g，茯苓15 g，丹参30 g，乌贼骨10 g，檀香3 g，浙贝母10 g，厚朴花15 g，姜半夏10 g，砂仁6 g（后下），木香6 g，川芎10 g，白芷10 g，细辛

3 g，羌活 10 g，白茅根 30 g，荆芥 6 g，防风 6 g，甘草梢 9 g。10 剂，每日 1 剂，水煎服。

二诊（2016 年 8 月 10 日）：患者服药后怕冷、汗出缓解，胃胀不适，眠可，二便正常，脉缓。末次月经为 2016 年 7 月 30 日，经行 6 日干净，量增多、色鲜红，经行头痛减轻，无腰酸。拟芳香化湿，理气健脾法。守上方加木香 6 g，陈皮 12 g，鸡内金 15 g。15 剂，用法同前。

三诊（2016 年 9 月 7 日）：患者自觉全身有力，步伐矫健，欢喜不已。末次月经为 2016 年 9 月 2 日，现为月经第 5 日，自诉已无头痛。给予补中益气丸长期口服。

【按语】患者平素胃胀不适，月经周期延后，伴经量偏少，皆为后天脾胃亏虚，经血乏源，血海不充所致。《素问·经脉别论》云："食气入胃，散精于肝，淫气于筋。食气入胃，浊气归心，淫精于脉……气归于权衡，权衡以平，气口成寸，以决死生。"其说明了饮食、脾胃、气血决定着生命的存亡。细问病史，由于暑天过于炎热，患者在经期用冷水洗头，此后经行头痛，甚则欲裂，遇风寒后加重。脾虚气血化生不足，加之失血伤精而致精血愈亏，经行时精血下注冲任，血不荣脑，脑络空虚，则贼风乘虚而上犯，清阳之气受阻，气血不畅，阻遏络道，而致经行头痛。四君子汤、川芎茶调散最早均见于《太平惠民和剂局方》，前者功专补气健脾，为"补气第一方"；后者疏风止痛疗风邪头痛，二者合而加减共成一方。太子参、炒白术、茯苓、甘草梢合用，补中土之虚；加檀香、木香、砂仁芳香醒脾，行气和胃；厚朴花、姜半夏、浙贝母、乌贼骨行气消痞，制酸除胀。川芎茶调散去辛凉之薄荷疏风散寒以治标，方中川芎辛温升散，可行血中之气，祛血中之风，上行头目，善治少阳、厥阴头痛，为历代治疗头痛的首选药，古人有"头痛不离川芎"之说，配合丹参养血活血，防辛散太过，伤血耗气；羌活善治太阳经头痛，白芷善治阳明经头痛，均为主药，细辛善治少阴经头痛；荆芥、防风辛散上行，疏散上部风邪，以增强疏风止痛之效。因患者有尿痛灼热、下焦湿热之征，给予白茅根、甘草改用甘草梢以清热祛湿利尿，以求清利下焦湿热之功。

案 3：赵某，女，24 岁，未婚，无性生活史。2018 年 4 月 12 日初诊。

主诉：月经稀发半年余。

病史：患者素月经规律，近半年来学习压力大，月经周期 40～60 日一行，曾服用鹿胎颗粒、八珍益母丸 1 周，因胃中不适停药，故来诊。前次月经为 2018 年 3 月 1 日，末次月经为 2018 年 4 月 11 日。刻下：经期第 2 日，量可、色暗红，少量血块，轻微腹痛，腰酸，烦躁，胃脘部痞满不适，食欲不振，呃逆，手足冰凉，乏力，睡眠欠佳，二便正常，舌淡红、胖大，苔黄，脉沉弦。2018 年 4 月 3 日外院彩超示：子宫附件未见异常。基础性激素检查正常。既往有慢性胃炎病史。

证候：中气虚弱证。

治法：健脾和中，降逆消痞。

方药：非经期药给予半夏泻心汤加减。太子参 15 g，黄芩 12 g，黄连 6 g，姜半夏 10 g，干姜 9 g，枳壳 10 g，合欢皮 15 g，大枣 15 g，炙甘草 6 g。15 剂，每日 1 剂，水煎服。经期以西红花 3 g，等分 4 份，每日 1 份，泡水服。

二诊（2018 年 5 月 4 日）：患者服药诸症较前减轻，大便稍干，腹胀，舌脉如前。守方加厚朴 9 g。15 剂，水煎服。

三诊（2018 年 5 月 25 日）：患者服药后不适症状缓解，月经 5 月 13 日来潮，量中等、色可，无不适，舌淡红、胖大，苔稍黄，脉沉细。初诊方加白术 15 g，山药 30 g，炒鸡内金 15 g。15 剂，每日 1 剂，水煎服。

依上治疗方案为主，调理 3 个月经周期，患者月经恢复正常。

【按语】女子以血为本。月经以血为用，而血由脾胃化生。故脾胃功能正常与否，与女子月经关系密切。萧慎斋《女科经纶》曰："妇人经水与乳，俱由脾胃所生。"脾又主统血，脾气健旺则统摄有力，血循常道而不外溢。月经的产生，还与冲任二脉关系密切。冲为血海而隶于阳明（胃），任主胞胎而联系太阴（脾）。脾胃居人体之中焦，五脏之中央，是脏腑气机升降出入、阴血津液运行上下之枢纽。凡心血的灌注，肺气的宣畅，肝血的归藏，肾精的滋养及元气的输布，无不有赖于脾胃的纳运及升降。故脾胃健运，则生化有源，血循常道，脏安脉通，血海充盈，月事正常。正如李东垣所言："内伤脾胃，百病由生。""夫脾胃不足，皆为血病。""妇人脾胃久虚……而致经水断绝不行。"

该患者素脾胃虚弱，阳气不振，不耐滋补之品，反生郁热，寒热之气互结中焦，致胃脘部痞满不适，食欲不振，呃逆。中气虚弱，寒热互结，痞塞中焦，脾胃升降失和，所生之血日少，无以润泽冲任，是以经血不能如期而至。

张景岳言："调经之要，贵在补脾胃以资血之源。"故调理脾胃是治疗多种月经病的重要法则之一。经水"至期不来"虽首见于张仲景《金匮要略》中的温经汤条文中，但温经汤用于冲任虚寒、瘀血凝滞之证，非本证之方，而仲师之半夏泻心汤则恰中病机。半夏泻心汤辛开苦降，寒热平调，散结除痞，加用枳壳、合欢皮行气解郁；经期则因势利导，予西红花泡服以活血通经。循经周期，分期而治，以复节律之常。

案4：雷某，女，35岁，已婚。2017年6月20日初诊。

主诉： 月经后错1年余。

病史： 患者既往月经基本正常，近1年来偏食辛辣，月经错后，40余日一行，末次月经为2017年5月25日，经行4日干净，量中等、色暗，有大量血块，轻微腹痛，腰酸。刻下：大便干如羊屎状，每3～4日1次，时有便意但排不出，腹胀，烦躁，口有异味，曾多次寻医诊治未见明显好转，饮食欠佳，睡眠正常，小便正常，舌红、苔黄燥，脉滑数。孕$_1$产$_1$，带环3年，暂无孕求。彩超示：子宫附件未见异常。2017年3月11日性激素六项示：FSH 5.47 mIU/mL，LH 4.96 mIU/mL，PRL 23.01 ng/mL，

E_2 40.84 pg/mL，P 0.52 ng/mL，T 0.39 ng/mL。今日尿妊娠试验阴性。

证候：阳明热结证。

治法：通腑泄热，调畅冲任。

方药：枳实12 g，厚朴12 g，芒硝10 g（溶服），大黄10 g（后下），7剂。每日1剂，水煎服。

二诊（2017年6月27日）：患者服药7剂，便秘、腹胀、烦躁较前明显好转。现乏力，口干，月经未潮，舌红、苔黄燥，脉滑。守原方加玄参15 g，麦冬15 g，生地黄15 g，桃仁10 g，川牛膝15 g。7剂，水煎服。嘱其若出现腹泻，可减量或停药。

三诊（2017年7月11日）：2017年6月29日患者月经来潮，经量中、色暗红，有血块，伴轻微下腹疼痛、腰酸，经行5日干净，二便正常，舌稍红、苔薄黄，脉滑细。予麻子仁丸善后。禁食辛辣，不适随诊。

随访3个月，患者月经正常，偶有便秘，服用麻子仁丸或饮食调整即可。

【按语】《黄帝内经太素》言"月事不来，病本于胃也"，唐宗海《血证论》说"冲脉隶于阳明，治阳明即治冲也"。阳明为多气多血之经，若二阳不足，则气血亏虚，血海无以为继，致月经后期、闭经、月经量少等；胃为仓廪之官，大肠为传导之官，受纳、传达功能失常，湿浊积热，壅滞血海，或月经后期甚女子不月或下血无度，因此，月经病治取阳明亦备受重视。如张景岳言："故月经之本，所重在冲脉，所重在胃气，所重在心脾生化之源耳。"病有虚实，治分补泻，或健运脾胃、补养气血、生津滋液，或清泻阳明浊热、通下胃肠热结。患者平素过食辛辣，致燥热内生，胃肠热结，灼烁津血，血海燥涩，干涸瘀滞，故月经不能如期来潮；胃肠热结，腑气不通，致大便燥结数日不下。舌脉亦为阳明热结，冲任不畅之证。治宜通腑泄热法，使瘀热从大便而出。选《伤寒论》大承气汤，药进7剂症有缓解，但燥结未除，经水未至，津液耗伤，故合增液汤（生地、玄参、麦冬）养阴生津润燥，桃仁、川牛膝活血化瘀、引血下行、通调冲任。诸药配伍，腑通热泄，月事来潮。

三、月经先后不定期案

王某，女，29岁，已婚。2005年6月23日初诊。

主诉：月经周期时常提前或错后2年。

病史：患者既往月经正常，2年前剖宫产一女婴，产时大出血，后出现月经先后不定期，时提前10余日，时错后8～9日，色暗淡、量少，末次月经为2015年6月15日，前次月经为2015年5月6日。刻下：遇事急躁易怒、心烦，腰部酸困不适，大便干，舌红、苔薄，脉弦细。2015年6月10日彩超示：子宫附件未见异常。今查 β-HCG 1.2 mIU/mL。

证候：肾虚肝郁证。

治法：疏肝补肾，理气调经。

方药：定经汤加减。柴胡12 g，当归15 g，白芍15 g，茯苓15 g，牡丹皮10 g，栀子12 g，郁金15 g，熟地黄15 g，菟丝子30 g，生山药30 g，炙甘草5 g。20剂，每日1剂，水煎服。

二诊（2005年7月13日）：患者月经于2005年7月11日来潮，量不多，前症明显减轻，脉舌如前。现逢经期改立活血理气通经之法。药用：当归15 g，川芎10 g，赤芍15 g，桃仁6 g，红花15 g，丹参30 g，制香附15 g，乌药12 g，鸡血藤30 g，川牛膝15 g。5剂，每日1剂，水煎服。

三诊（2005年7月17日）：患者服药后月经量增多，经行7日。偶尔心烦急躁，腰酸，二便正常，舌淡红，脉沉细。继用初诊方加紫河车粉2 g，每日分2次冲服，经期守二诊方5剂，并嘱患者加强营养，调畅情志，怡情易性。

以上治疗方案为主调治3个月经周期，患者月经周期及经量均恢复正常。

【按语】月经超前、错后无定时，多责之于肝肾。肝司血海而主疏泄，肝郁则木失条达，疏泄失常，血海藏泻无度而致月经先后无定期，疏泄太过则月经先期而来，疏泄不及则月经后期而至。然经本于肾，肾藏精，肝肾精血同源，若肾精不足，则肝失所养，疏泄功能失常，亦可致经期不定。如《傅青主女科》曰："夫经水出诸肾，而肝为肾之子，肝郁则肾亦郁矣，肾郁而气必不宣，前后之或断或续，正肾之或通或闭耳；或曰肝气郁而肾气不应，未必至于如此。殊不知子母关切，子病而母必有顾复之情，肝郁而肾不无缱绻之谊，肝气之或开或闭，即肾气之或去或留，相因而致，又何疑焉。治法宜疏肝之郁，即开肾之郁也，肝肾之郁既开，而经水自有一定之期矣。"治疗应分清主次。或疏肝为主，佐以补肾；或补肾为主，佐以疏肝理气；二者并重，既疏肝肾之气，又养肝肾之精。该患者因产耗伤精血，肾精亏虚，血不养肝，加之平素性急易怒，肝失疏泄，冲任、胞宫气血乖张，月事先后不定。初诊投当归、白芍、柴胡、茯苓养肝之体，疏肝之气；肝郁化火，以牡丹皮、栀子清热凉肝、散血中瘀热；熟地黄、山药、菟丝子滋补肾阴，佐以温补肾阳以促化阴生精而涵木。待肝气条达，疏泄有度，加紫河车粉大补精血，充盈血海，调补兼施，则月事如常。对此类患者还应身心同治，周期治疗，方获良效。

四、月经过多案

案 1：赵某，女，25 岁，已婚。2015 年 6 月 28 日初诊。

主诉：月经量多 8 月余。

病史：患者平素月经规律，周期 28 ~ 30 日，经期 5 ~ 7 日，量、色、质均可，无痛经。最近 8 个月来月经周期尚准，唯经量逐渐增多，每次经行 6 ~ 7 日，夹有血块，伴经行腰痛及腹痛。末次月经为 2015 年 6 月 18 日。刻下：患者纳眠欠佳，梦多，大便时干时溏，小便热赤，并有头晕，面色不华，久站或低头过久则有恶心或呕吐现象，右下腹部有压痛，舌淡少苔，脉弱。孕$_0$。既往史：慢性胃炎史。辅助检查：妇科检查及超声未见明显异常。血常规：血红蛋白（Hb）98 g/L。

证候： 心脾虚弱证。

治法： 健脾益气，宁心固冲。

方药： 归脾汤加减。黄芪60 g，红参10 g（另炖），当归15 g，炒白术20 g，炙远志6 g，炒酸枣仁15 g，龙眼肉10 g，枸杞子20 g，山茱萸20 g，木香6 g，合欢皮15 g，炙甘草6 g，莲子心10 g，淡竹叶15 g，砂仁15 g，生姜3片，大枣5枚为引。15剂，每日1剂，水煎服。

二诊（2015年7月19日）：患者2015年7月18日月经来潮，量多、色紫暗，有血块，精神欠佳，身乏无力，纳眠可，脉虚细。经期药用：黄芪30 g，党参30 g，白术炭10 g，升麻3 g，山药30 g，益母草30 g，茜草12 g，黄芩炭15 g，砂仁10 g（后下），炒红花10 g，柴胡15 g，生地榆30 g，三七粉3 g（冲服），炙甘草5 g。7剂，用法同前。

三诊（2015年7月29日）：患者用药后经期6日即净，血量减少，唯腿软无力，脉沉弱。宜气血两补，非经期守初诊方15剂，经期守二诊方7剂。

依上法经过4个月的治疗，诸症尽除，后喜获妊娠，足月顺产。

【按语】 妇人以血为主，以血为用，血之生化在脏腑，统摄、运行在气，气血相互资生，相互为用。若经行过多，则已失其常候，若不及时诊治，易变生他证。故临证及时正确的辨证施治非常重要。本案因心脾气虚，冲任不固，血失统摄而致，治宜补益心脾，调补冲任，以固其源。非经期用归脾汤加减，健脾统血，宁心固冲；经期益气升提，祛瘀止血，投以宫血立停煎剂（自拟方）出入。方证合拍经调子种，孕育生子。

案 2：李某，女，33 岁，已婚。2016 年 9 月 22 日初诊。

主诉： 月经量多 10 年余。

病史： 患者月经周期规律，14 岁初潮，24～25 日一至，经行 7 日干净，量偏多，色淡红、质地稀薄，甚则如小便样成股而下，气短懒言，经行小腹下坠不适。半年前曾行宫腔镜检查加诊断性刮宫，病理为增殖期内膜，局部间质水肿。末次月经为 2016 年 8 月 31 日，量多、暗红，伴血块。刻下：患者乏力，偶有头晕，腰酸，精神疲乏，纳眠可，二便正常，舌淡暗、苔薄，脉细弱无力。孕$_1$产$_1$（2013 年顺产 1 女婴）。2016 年 9 月 2 日性激素六项示：FSH 15.81 mIU/mL，LH 6.93 mIU/mL，P 1.07 ng/mL，E$_2$ 61 pg/mL，PRL 12.13 ng/nL，T 0.47 ng/mL。血常规：Hb 96 g/L。当日阴式彩超示：子宫附件未见异常，内膜厚 9 mm。

证候： 气血虚弱证。

治法： 益气养血，调摄冲任。

方药： 非经期以人参养荣汤加减。黄芪 30 g，当归 15 g，红参 10 g（另炖），炒白术 10 g，茯神 15 g，制远志 6 g，木香 6 g，五味子 15 g，生白芍 15 g，熟地黄 18 g，生山药 30 g，山茱萸 20 g，炙甘草 6 g。15 剂，每日 1 剂，水煎早晚温服。经期选举元煎加味。黄芪 30 g，红参 10 g（另炖），白术炭 10 g，升麻 3 g，益母草 30 g，茜草 12 g，贯众炭 15 g，炒红花 10 g，山茱萸 20 g，墨旱莲 30 g，阿胶珠 10 g，三七粉 3 g（冲服），炙甘草 6 g。7 剂，每日 1 剂，水煎服。琥珀酸亚铁片 0.2 g，每日 2 次，口服；维生素 C 片 0.2 g，每日 3 次，口服。

二诊（2016 年 10 月 9 日）：患者末次月经为 2016 年 9 月 25 日。服上药后，月经量较前减少，但仍偏多，经行轻微乏力，腰酸，头晕，纳可，嗜睡，二便正常，苔薄白，脉细弱。守初诊方，取非经期方 20 剂，经期方 7 剂。

三诊（2016 年 10 月 29 日）：患者本次月经来潮量可、色红、无血块。患者表示感谢，自诉 10 余年唯觉本月舒畅，体轻身健，精神振奋，无腰酸，给予非经期药打粉制成胶囊常服，巩固疗效。

【按语】患者素身体虚弱，气虚冲任不固，经血失于统摄，则经行量多，甚则如小便样下注；气虚阳气不足，不能化血为赤，故色淡红、质稀；气虚阳气不振，失于升提，则经行小腹下坠，神疲乏力，脉细弱无力。《傅青主女科·调经》："妇人有经水过多，行后复行，面色萎黄，身体倦怠，而困之者……治法宜大补血而引之归经。"故选《太平惠民和剂局方》中的人参养荣汤加减，意在益气养血，固摄冲任。方中黄芪、红参大补元气，升提固摄；炒白术健脾益气，加强脾土统摄之力；生山药平补三焦，益气滋阴；当归、熟地黄、生白芍滋润多汁，养血育阴；山茱萸、五味子滋补肝肾，酸收固精；木香行气和胃，防补药阻滞中土；炙甘草补气和中，调和诸药。充分体现了《内经》"劳者温之，损者益之"之义。经期给予举元煎加减，益气升提，化瘀固冲，寓攻于补，而达补不留瘀之功。

五、月经过少案

案1：雷某，女，36岁，已婚。2016年9月19日初诊。

主诉： 月经量少2年，停经60余日。

病史： 患者既往月经周期规律，26日一行，经行4～5日，量色可，有血块。近2年月经逐渐减少，末次月经为2016年7月20日，经行2日干净，量少（用护垫即可）、色暗红。经前乳房胀痛，伴性情急躁。自用黄体酮胶囊5日，现停药7日月经未潮。刻下：停经2月余，烦躁易怒，潮热盗汗，眼目干涩，腰酸，纳眠可，二便正常，舌暗红、苔薄，脉沉弦。今日查血 β-HCG < 1.2 mIU/mL。孕$_6$产$_1$流$_5$，宫内节育器放置3年余。2016年9月5日性激素六项示：FSH 38.16 mIU/mL，LH 21.34 mIU/mL，E_2 18.63 pg/mL，PRL 10.84 ng/mL，P 0.27 ng/mL，T 0.06 ng/mL。2016年8月19日彩超示：双侧附件区囊性回声

（22 mm × 14 mm，11 mm × 7 mm）；宫腔积液（7 mm × 2 mm）；盆腔积液 11 mm；宫内节育器位置正常。

证候：肾阴不足证。

治法：补肾滋阴，养血疏肝。

方药：非经期二至丸、逍遥散合桂枝汤加减。女贞子 15 g，墨旱莲 30 g，当归 15 g，生白芍 10 g，桂枝 10 g，柴胡 12 g，茯苓 15 g，炒白术 10 g，薄荷 9 g（后下），续断 30 g，巴戟天 10 g，元胡 15 g，合欢皮 15 g，炙甘草 6 g，生姜 3 片，大枣 5 枚引。15 剂，每日 1 剂，水煎服。经期给予潮舒煎（自拟方），5 剂，用法同前。

二诊（2016 年 10 月 23 日）：患者 2016 年 10 月 7 日月经来潮，经行 4 日干净，量仍少（使用护垫即可），色红，自觉经行不畅，经行症状同前。烦躁易怒、潮热盗汗减轻，眼干，腰酸，带下量少，阴道轻微干涩，伴有性交不适，纳可，失眠，大便秘结，小便正常，舌脉同前。守非经期方加肉苁蓉 15 g，20 剂，用法同前。配合紫河车粉 50 g（装胶囊），每日 3 次，每次 1 粒。经期守初诊经期方。

三诊（2016 年 11 月 28 日）：患者 2016 年 11 月 10 日月经来潮，经量较前明显增多，色转鲜红，无血块，经行不适缓解，白带正常，无阴道干涩，服药诸症减轻。纳眠可，二便正常，舌红、苔薄白，脉弦。2016 年 11 月 11 日（月经第 2 日）复查性激素六项示：FSH 10.37 mIU/mL，LH 8.66 mIU/mL，E$_2$ 45.8 pg/mL，P 0.35 ng/mL，PRL 12.63 ng/mL，T 0.09 ng/mL；抗米勒管激素（AMH）0.17 ng/mL。复查彩超示：盆腔积液 21 mm，内膜厚 9 mm。守初诊非经期方 20 剂。

服药 5 个月后随访，月经规律来潮，量、色、质均无异常。

【**按语**】随着年龄的增加，卵巢产生卵母细胞能力下降，卵母细胞质量下降所致生育能力下降，称卵巢储备能力降低。其发病机制尚未完全阐明，一般认为与精神、免疫、医源性因素有一定的相关性。多采用人工周期序贯疗法治疗，其禁忌证颇多，有远期并发症之虑，且停药后症状多有复发。而中医结合辨证论治，优势明显。该患者为育龄期女性，经、带、胎、产、乳数伤其血，加之房室不节、上环、数次人工流产等因素，每每耗气伤血，致使妇女血常不足。正如《灵枢·五音五味》篇中所说："妇女之生，有余于气，不足于血，以其数脱血也。"此年龄段正为家庭负担之主力，易出现情绪波动。"女子以肝为先天"，肝藏血，主疏泄，性喜条达，恶抑郁，喜柔恶刚，肝血充盈，冲脉满盛，加之气机通畅，血脉流畅，血海按时满溢，月经方可如期而至。吴师机《理瀹骈文》中云："肝为血海，藏血故也。"亦有《血证论》曰："肝属木，木气冲和条达，不致遏郁，则血脉得畅。"肾藏精，主生殖，寓有真阴及真阳，有"阴阳之脏，水火之宅"之称。肾主导月经的产生，《素问·六节藏象论》中曰："肾者主蛰，封藏之本，精之处也。"该患者已过五七之年，阳明脉衰，经水涩少，同时伴有潮热汗出、腰酸等，结合舌脉，辨证为肾虚肝郁，阴阳不和之证，应治宜补肾填精，滋阴养血，疏肝解郁，调和阴阳之法。选二至丸、逍遥散合桂枝汤加减。方中女贞子、墨旱莲滋肾养肝、育阴清热，性味平和，补而不腻；当归、白芍养血柔肝，柴胡疏肝解郁，薄荷少许助柴胡散肝郁所生之热，使药性向外透发，与生白芍相配，一收一散，气机条畅；炒白术、茯苓、甘草健脾补中，气血有源；白芍与桂枝、大枣、生姜组方"桂枝汤"，酸甘化阴，辛甘化阳，平调脏腑阴阳；续断、巴戟天等补益肝肾、填精益阳，温而不燥；元胡、合欢皮调节气血、解郁止痛。全方肝肾同治，寒热并用，以求阴阳平衡。二诊中经量未见明显改善，不是辨证有误，实为病重药轻，加肉苁蓉、紫河车等温补肾阳，以助药力。经期应祛瘀生新，使血海开阖有度，藏泻有常。

案2：张某，女，32岁，已婚。2018年12月7日初诊。

主诉： 月经量少1年。

病史： 患者平素月经规律。近1年来无明显诱因出现月经量少（使用护垫即可），色淡，2～3日干净。近2个月又出现月经后错，末次月经为 2018 年 11 月 1 日，经行 2 日干净，量少，色淡红。素白带少，无明显阴道干涩。刻下：胃脘部痞满，纳差，嘈杂，恶心，乏力，失眠，大便干结，小便正常，舌淡红、苔薄白，脉沉细。孕$_1$产$_0$流$_1$次（2008 年因计划外妊娠行人流术），现有怀孕的需求。2018 年 10 月 6 日查性激素六项示：FSH 14.83 IU/L，LH 6.15 IU/L，E$_2$ 156.30 pmol/L，P 0.27 nmol/L，T 0.93 nmol/L，PRL 11.43 μg/L；AMH 0.65 ng/mL。今阴式彩超示：子宫附件未见异常，内膜厚 6 mm。β-HCG 1.2 mIU/mL。

证候：中焦虚弱证。

治法：调和脾胃，温养冲任。

方药：非经期给予半夏泻心汤加减。太子参 15 g，黄芩 12 g，黄连 6 g，姜半夏 10 g，干姜 9 g，生白术 30 g，肉苁蓉 30 g，大枣 15 g，炙甘草 6 g。15 剂，每日 1 剂，水煎服。经期予少腹逐瘀颗粒，每次 1 袋，每日 3 次，口服；西红花每日 1 g，泡水频服。

二诊（2018 年 12 月 23 日）：患者服药 5 剂后月经来潮，量较前增多，经行 4 日。上述不适症状较前减轻，前方继用。

如此周期循环治疗 3 个月经周期，患者月经正常且备孕，后妊娠足月生子。

【按语】正常规律的子宫出血即月经，规范的月经指标至少包括周期的频率和规律性、经期长度、经期出血量 4 个要素。异常子宫出血（AUB）是妇科常见的症状和体征，作为总的术语，是指与正常月经的周期频率、规律性、经期长度、经期出血量任何一项不符的、源自子宫腔的异常出血。月经过少是 AUB 的一种出血模式，在临床上常见。2014 年《中国异常子宫出血诊断与治疗指南》中介定月经出血量＜5 mL 为月经量少，2018 年国际妇产科联盟（FIGO）定义为女性自我感觉月经量较以往明显减少，即为月经过少。其病因可由于卵巢雌激素分泌不足、无排卵或因手术创伤、炎症、粘连等因素导致子宫内膜对正常量的激素不反应。

中医认为，月经过少是指月经周期正常，月经量明显减少，少于平时正常经量的 1/2，或不足 20 mL，或行经持续时间不足 2 日，甚或点滴即净，连续 2 个周期或以上，又称"经水涩少""经水少""经量过少"。本病的发病机制有虚有实，虚者多为精亏血少，冲任血海亏虚，经血乏源；实者多由瘀血内停，或痰湿内生，痰瘀阻滞冲任血海，血行不畅所致。

该患者以月经量少兼后期就诊，胃脘部痞满、纳差、嘈杂、恶心等脾胃失和、寒热错杂、气机痞塞、升降失序较为突出。脾胃失于受纳、运化，则气血乏源，气血不足，冲任失养，血海不充则经量减少、后期。故当调其寒热、益脾和胃、散结除痞以治中焦，调后天以滋化源为要。化源充、气血旺则经自调。方中辛温之姜半夏为君，散结除痞，又善降逆止呕。辛热之干姜，温中散寒，苦寒之黄芩、黄连以泄热开痞，共为臣；四味相伍，寒热平调，辛开苦降。太子参、炙甘草、大枣甘缓，补气安中，养血生津，为佐使。加生白术增健脾益气之力，肉苁蓉补肾填精、温养冲任、润肠通便。全方寒热互用和阴阳，苦辛并进调升降，补泻兼施顾虚实，体现出"执两用中"的理念。

案 3：袁某，女，28 岁，已婚。2018 年 7 月 3 日初诊。

主诉： 人流后月经量少半年。

病史： 患者平素月经 4～5 日干净、量中，无痛经。分别于 2017 年 5 月、2018 年 1 月孕 40 余日胚胎停育而行人工流产术，第 2 次术后出现月经量少。于 2018 年 4 月行宫腔镜检查，发现宫腔中段膜状粘连，行宫腔粘连分离术，术后给予补佳乐、黄体酮序贯 3 个周期治疗，经量略有增加，但子宫内膜偏薄，故来诊。刻下：下腹凉，腰酸，大便不成形，每日 1 次，纳眠可。末次月经为 2018 年 6 月 13 日，量少，较前经量减少近 1/2，色暗、有块，痛经，舌淡暗、苔薄白，脉沉细。阴式彩超提示：内膜厚 6 mm。2018 年 3 月 15 日性激素六项正常。

证候： 肾虚血瘀证。

治法：温肾填精，活血化瘀。

方药：非经期给予右归丸合桂枝茯苓丸加减。熟地黄 15 g、炒山药 30 g、山茱萸 15 g、黑顺片 5 g、桂枝 10 g、菟丝子 30 g、丹参 30 g、杜仲 20 g、鹿角霜 10 g、枸杞子 20 g、赤芍 15 g、牡丹皮 15 g、茯苓 15 g、桃仁 6 g、川牛膝 15 g。14 剂，每日 1 剂，水煎服。经期给予少腹逐瘀颗粒，每日 3 次，每次 1 袋，口服。

二诊（2018 年 7 月 25 日）：患者末次月经 2018 年 7 月 14 日，经量有所增加，色暗，少许血块，经行 5 日干净，轻微痛经，下腹凉消，带下量多、色黄，大便偶有不成形。舌脉如前。守初诊非经期方加黄柏 9 g，14 剂，每日 1 剂，水煎服。

三诊（2018 年 8 月 20 日）：患者月经未至，查血 β-HCG 178 mIU/mL。改行寿胎丸加减。

患者 10 日后行彩超，示：宫内早孕。继续地屈孕酮、中药保胎至孕 12 周。

【按语】《素问·上古天真论》云："女子七岁，肾气盛，齿更发长；二七而天癸至，任脉通，太冲脉盛，月事以时下，故有子。"《景岳全书·妇人规·经脉类》中载"经血为水谷之精气……施泄于肾。"《傅青主女科》言"经水出诸肾"。《医学正传》曰"月经全借肾水施化"。肾之精气化生天癸，在天癸的作用下，冲任二脉受脏腑气血的资助而通盛，体内气血调和，血海按时满溢，化为经水。肾之精气不足，气血亏虚，冲任胞脉失于充养则月经量少甚或月经停闭。本案患者 2 次受孕，但因肾虚胎元不实，停止生长，被迫堕胎，胞宫被金刃所伤。一则耗伤精血、元阳，使虚者益甚，二则冲任、胞脉瘀血滞留，如《内经》云"人有所堕坠，恶血留内"，《诸病源候论》中载"堕胎损经脉"。二者因果相干，互相影响，使血海不能充盈，冲任经脉不畅而月经量少、内膜不长。治宜温元阳，滋肾阴，化瘀血，通血脉，选《景岳全书》右归丸合《金匮要略》桂枝茯苓丸化裁。方中黑顺片、鹿角霜、菟丝子温肾扶阳、填补精血；熟地黄、枸杞子、山茱萸、山药、茯苓滋阴益肾、养肝补脾；杜仲补益肝肾、强筋壮骨；丹参养血活血，功同四物；赤芍、牡丹皮、桃仁、桂枝活血化瘀、温经通络；川牛膝活血补肾，引血下行，使药达病所。诸药配伍，补不留瘀，攻不伤正，寓攻于补，使虚补瘀祛，经调而孕。因患者有2次胎元殒堕，强肾系胎，防患于未然，以补肾安胎的寿胎丸增损继续调理，以竟全功。

六、经期延长案

案1：李某，女，39岁，已婚。2016年10月28日初诊。

主诉：经行时间延长9月余。

病史：患者平素月经周期规律，12岁初潮，28～33日一至，量、色、质正常。约9个月前人流术后出现经行延长，时常11～14日方净，末次月经为2016年10月9日，经行11日，量偏多、暗红，伴血块，经行下腹凉痛，腰酸，大便溏薄。刻下：面色萎黄，肢倦乏力，腰酸，纳差，梦多，常有便溏，小便正常，舌淡、苔薄白，脉细缓无力。孕$_3$产$_1$流$_2$（2005年剖娩一女活婴，2006年及2016年初均因计划外妊娠，行人流术各1次）。阴式彩超示：子宫前壁下段近宫颈处可见8 mm×7 mm无回声区，与宫腔相通，内膜厚9 mm，考虑子宫憩室。

证候：脾肾亏虚，冲任不固证。

治法：健脾补肾，固冲调经。

方药：归脾汤加减。黄芪30 g，红参10 g（另炖），炒白术10 g，炒山药30 g，茯苓15 g，茯神15 g，续断30 g，杜仲20 g，巴戟天15 g，炙远志6 g，木香6 g，砂仁6 g（后下），炙甘草6 g，生姜3片，大枣5枚。10剂，每日1剂，水煎服，分早、晚温服。

二诊（2016年11月4日）：患者乏力、腰酸、梦多减轻，睡眠改善，口干，二便正常，舌淡、苔薄白，脉沉细。守初诊方，15剂。经期予举元煎加减。黄芪30 g，红参10 g（另炖），白术炭10 g，升麻6 g，炒红花10 g，茜草12 g，益母草30 g，炮姜6 g，艾叶炭10 g，元胡15 g，续断30 g，墨旱莲30 g，三七粉3 g（冲服），炙甘草5 g。7剂，每日1剂，水煎服，分早、晚温服。

三诊（2016年11月29日）：患者月经于2016年11月11日来潮，经行7日干净，量可，经行下腹凉痛、腰酸减轻，时感乏力，纳眠可，舌脉同前。非经期守初诊方红参改为党参15 g，10剂；经期守二诊方，7剂，每日1剂，水煎服。

四诊（2016年12月13日）：患者月经于2016年12月9日来潮，经行7日干净，量、色、质可，伴下腹隐痛，余无不适，舌淡红、苔薄白，脉沉细。非经期守三诊方去茯神，15剂；经期方守二诊方红参改党参15 g，白术炭、艾叶炭改炒白术10 g，艾叶6 g，7剂，每日1剂，水煎服。

随访3个月，患者月经正常。

【按语】行经时间较长，对生活造成不便，甚至影响受孕或发生自然流产，若合并月经过多，或持续半月不净者，有转为崩漏之势，应当重视。《沈氏女科辑要笺正·淋漓不断》云："须知淋漓之延久，即是崩漏之先机。"脾为气血化生之源，主统摄；肾系月经之本，主封藏。脾肾亏虚，则元气不足，冲任失摄，而经行延时。《校注妇人良方》曰："妇人月水不断，淋漓腹痛，或因劳损气血而伤冲任……但调养元气，而病邪自愈。若攻其邪则元气反伤矣。"本案患者呈现一派脾肾虚弱之象，因而以红参、茯苓、白术、甘草合黄芪培补中土，益气扶元；续断、杜仲、巴戟天温补元阳，壮腰健肾；木香、砂仁、生姜、大枣行气和胃，健脾补中；山药平补三焦，远志宁心安神。先后天同补，互生互助，则气旺而经固。经期经血下行之时，投以举元煎防气随血脱，并于活血通经之中加以止血固冲之品。治疗本病应顺应月经节律，循时用药，才可收扶正不留邪，祛邪不伤正之功。

剖宫产术后子宫瘢痕憩室又称剖宫产术后子宫切口缺损，指剖宫产术后子宫切口愈合不良，子宫瘢痕处肌层变薄，形成一与宫腔相通的凹陷或腔隙，导致部分患者出现一系列相关的临床症状。临床发生率为19.4%～88.0%。其常见症状为月经周期正常，经期延长、经间期出血、性交后阴道流血等异常子宫出血，或见继发不孕、慢性盆腔疼痛、经期腹痛等，治疗上常采用短效口服避孕药，虽可改善患者异常子宫出血的症状，但对促进憩室愈合无作用，停药后复发率高；或者采用手术治疗，但术后愈合时有不确定性，仍有再次形成子宫瘢痕憩室的可能。近些年来，中医药治疗子宫瘢痕憩室取得了很好的效果，临床以行经时间延长为主要临床表现者，可参照中医的经期延长进行辨证治疗。

案2：赵某，女，21岁，未婚，无性生活史。2015年1月13日初诊。

主诉：经期延长2年余。

病史：患者13岁初潮，月经周期时而正常，时而先后不定，19～45日一至，近2年多来因学业不顺，情志不畅，经行8～11日方停，末次月经为2014年12月9日，持续9日，量可、色暗红，有血块，经前乳胀，经期下腹坠痛，块下腹痛减轻。刻下：面部痤疮，多数痤疮可见小脓点，纳眠可，二便正常，舌暗，脉弦涩。今彩超示：右侧卵巢多囊样改变，内膜厚6 mm。2014年12月10日性激素六项示：无异常。

证候：瘀热互结证。

治法：清热凉血，祛瘀调经。

方药：血府逐瘀汤加减。生地黄12 g，当归15 g，赤芍15 g，川芎10 g，桃仁6 g，红花15 g，柴胡12 g，枳壳12 g，牡丹皮15 g，金银花15 g，蒲公英15 g，连翘20 g，桔梗6 g，续断15 g，川牛膝15 g。15剂，每日1剂，水煎服。经期，上方去生地黄、桔梗，加蒲黄10 g，五灵脂10 g，茜草15 g，益母草30 g。7剂，每日1剂，水煎服。

二诊（2015 年 2 月 5 日）：患者月经于 2015 年 1 月 17 日来潮，色暗红，下腹坠痛减轻，乳胀消，现面部痤疮较前减少，脓点消失，纳眠可，时有便溏，小便正常，舌淡红、苔薄，脉弦细。非经期方去桃仁，加丹参 30 g，炒白术 10 g，茯苓 15 g，更进 20 剂。经期方去蒲公英、金银花，加茯苓 15 g。7 剂，每日 1 剂，水煎服。

三诊（2015 年 3 月 3 日）：患者面部痤疮基本消退，月经 2015 年 2 月 15 日来潮，经行 6 日，量、色、质可，无明显不适，舌淡红、苔薄白，脉弦细。非经期予丹栀逍遥片、定坤丹，经期服用血府逐瘀颗粒。

患者再行治疗 2 个月经周期，月经规律来潮，经行 6～7 日干净，量色可，经行无特殊不适。

【按语】患者素性格内向，情志不畅，致肝失疏泄，肝气郁结，血行瘀滞，冲任、胞络瘀阻，新血不得归经则月事延长、月经延期；郁久化热，瘀热互结于面，则面生痤疮；瘀热扰动血海，冲任不固，则月经先期或月水不断。治宜疏肝解郁、清热凉血、化瘀调冲，选血府逐瘀汤加减。方中柴胡、枳壳走气分，疏肝解郁，行气调经；当归、赤芍、桃仁、红花、牡丹皮养血活血，凉血散瘀；生地黄甘寒多汁，助当归养阴血，辅牡丹皮、赤芍清血热，并可防苦寒伤阴之弊；川芎辛温，血中之气药，可通上达下，上至头面，下及血海，行气活血；金银花、蒲公英、连翘清热解毒散结，其中连翘为"疮家之圣药"，选二味花药，取其清扬宣散之性；佐以续断苦温，补肾固冲，防祛邪伤正，于大队寒凉之剂中加入温阳之品可防冰伏脉络；桔梗宣肺排脓，载药上行；川牛膝补肾通经，引药下达。经期方去滋腻、上浮之生地黄、桔梗，加祛瘀生新、活血止血之蒲黄、五灵脂、茜草、益母草。本案遣方用药散中有收，寒中有温，上疗痤疮，下调月经，以达经、病同治之功。

七、经间期出血案

案 1： <u>高某，女，23 岁，未婚，无性生活史。2016 年 8 月 11 日初诊</u>。

主诉： 间断性经间期阴道少量出血 4 年余。

病史： 患者月经周期规律，23 日一至，经行 7 日干净，量色可，有血块，但近 4 年多，时常经间期少量出血，色鲜红或紫红，持续 3～4 日可净、质稠，伴有五心烦热。末次月经为 2016 年 8 月 7 日，经行 4 日，量可、色鲜红、无血块，经行喜进冷饮凉食。刻下：带下色黄，偶有异味；纳眠可，大便干结，小便如常，舌红、苔少，脉细数。2016 年 6 月彩超示：子宫附件未见异常。

证候： 阴虚内热，热伤冲任证。

治法： 滋阴清热，固冲止血。

方药： 保阴煎加减。女贞子 20 g，生地黄、熟地黄各 12 g，生山药 30 g，生白芍 15 g，续断 30 g，黄芩 12 g，黄柏 10 g，墨旱莲 30 g，黑荆芥 10 g，炙甘草 6 g。15 剂，每日 1 剂，水煎服。

二诊（2016 年 8 月 26 日）：患者月经中期未再出血，五心烦热症状减轻，带下正常，大便仍秘结不畅，小便如常，舌红、苔薄，脉细数。守初诊方加生大黄 12 g，芒硝 15 g（冲服），炒决明子 15 g，以润肠除宿便，继服 7 剂，每日 1 剂，水煎服。

三诊（2016 年 9 月 3 日）：患者服上药后大便质稀，每日 2～3 次，今日月经来潮，给予血府逐瘀汤以活血通经，经后守初诊方，15 剂，每日 1 剂，水煎服。

经治疗 3 个月后，患者月经间期未再出血，诸症消失。随访半年，未再复发。

【按语】 患者正值青春壮年，常年熬夜、嗜食辛辣，加之课业繁多等诸多诱因耗伤阴血，致肾阴不足，阴虚不能制阳，虚火内生。经间期为阴盛阳动之时，虚火与阳气相搏，热扰冲任，损伤阴络，血溢脉外，以致经间期出血；阴虚阳亢，虚热内生，则经期喜凉，五心烦热。治宜滋阴清热，固冲止血，选用《景岳全书》保阴煎加减。《景岳全书·妇人规》中云："若阴火动血者，宜保阴煎。"方中以生、熟地黄二地同用，滋肾养阴、清热凉血，以"壮水之主以制阳光"；女贞子、墨旱莲、生白芍滋补肝肾、养血敛阴、凉血止血；黄柏清降肾中虚火，且引热下行；黄芩、黑荆芥清热凉血、收敛止血；生山药平补脾肾，续断温补肝肾，以求固本。因本品偏于寒凉，使用时应避开经期，以免邪留体内，前功尽弃。

案 2：宋某，女，42 岁，已婚。2016 年 7 月 12 日初诊。

主诉：两次月经中间阴道少量出血 3 月余。

病史：患者平素月经基本规律，13 岁初潮，35～40 日一行，7 日干净，量偏少，色淡红，有血块，经行乏力、腹泻。近 3 个月来，两次月经之间阴道少量出血，呈褐色，持续半日干净。末次月经为 2016 年 6 月 6 日。刻下：乏力，记忆力减退，纳欠佳，食后腹胀，眠差，多梦，大便不成形、每日 1 次，小便正常。夫妻关系和睦，未避孕半年未孕。舌体大、边有齿痕，舌红、脉细弱。孕$_3$产$_1$流$_2$。彩超示：子宫附件未见异常。血 β-HCG 小于 1.2 mIU/mL。半年前 TCT、HPV 未见异常。

证候：心脾两虚证。

治法：健脾养血，固冲止血。

方药：①非经期给予归脾汤加减。黄芪 30 g，红参 10 g（另炖），炒白术 10 g，当归 15 g，茯神 15 g，炙远志 6 g，炒酸枣仁 15 g，炒山药 30 g，砂仁 6 g（后下），木香 6 g，五味子 15 g，墨旱莲 30 g，黑荆芥 10 g，炙甘草 6 g。15 剂，每日 1 剂，水煎服。②经期给予潮舒煎（自拟方）加黄芪、鸡血藤各 30 g，水煎服。

二诊（2016 年 8 月 2 日）：患者末次月经为 2016 年 7 月 16 日，经行症状减轻，经血亦增多，乏力好转。月经第 14 日见阴道少量褐色分泌物，半日干净，伴下腹部隐痛。纳眠渐佳，二便正常。守初诊方，并指导患者同房。

三诊（2016 年 9 月 13 日）：患者月经于 2016 年 8 月 16 日来潮，经行无不适症状，经后至今无阴道出血，仍感体倦乏力，纳眠、二便正常，舌淡红、苔薄白，脉细滑。2016 年 9 月 12 日查彩超示：右侧附件区无回声（16 mm×13 mm），内膜厚 12 mm。守初诊方加升麻 6 g，15 剂，用法同前。

四诊（2016 年 10 月 28 日）：患者末次月经为 2016 年 9 月 18 日，现停经第 41 日，自测尿 HCG 阳性。轻微腰酸，无腹痛及阴道出血等不适，彩超示：宫内早孕（孕囊大小约 13 mm×9 mm）。胃纳欠佳，眠可，二便正常，舌淡、苔薄白，脉弦滑。给予褚氏安胎方（自拟方）加莲子心 6 g，佩兰 12 g，阿胶 15 g（烊化）。7 剂，每日 1 剂，水煎服。

间断保胎至 12 周，后期随访患者，足月顺产，母子健康。

【按语】患者备孕半年余未孕，且已进入六七之年，三阳脉衰，加之求子心切，思虑过多，劳伤心脾，致心脾不足。《素问·灵兰秘典论》云："脾胃者，仓廪之官，五味出焉。"人以五谷为本，胃主受纳，脾主运化，共为水谷之海，气血生化之源，后天之本。《脾胃论》言："百病皆由脾胃衰而生也。"该患者思虑过度，心脾两虚，气虚无以摄血，冲任不固，以致经间期出血；心主藏神，心血不足，心神失养则健忘、多梦。治宜益气补血、健脾养心、固冲止血，授以归脾汤加减。方中红参、白术、茯苓、甘草合黄芪、当归、炒山药益气养血、健脾补中，既可使气血生化有源，又可恢复其统血摄血之职；炒酸枣仁、炙远志合茯神健脾生血、养心安神；墨旱莲、五味子、黑荆芥滋肾养阴、凉血固冲；木香、砂仁芳香健脾、和胃除胀。经治脾气健运，气血旺盛，则经调而孕。如《内经》云："中焦受气取汁，变化而赤，是谓血。"《妇人规·经脉诸脏病因》曰："女子以血为主，血旺则经调而子嗣，身体之盛衰，无不肇端于此。"

八、崩漏案

案 1：杨某，女，27 岁，未婚，有性生活史。2011 年 1 月 25 日初诊。

主诉：阴道出血淋漓不止 18 日。

病史：患者 15 岁初潮，40～50 日一行，经行 10～20 日，2011 年 1 月 7 日开始阴道出血，至今不止，量或多或少、色暗、有血块，经前乳房胀痛，经行小腹胀痛拒按。刻下：阴道少量出血、色暗，纳眠可，二便正常，舌暗红、有瘀点，苔薄，脉沉涩。2010 年 12 月 26 日阴式彩超示：双侧卵巢多囊样改变。2010 年 8 月性激素六项示：FSH 5.59 mIU/mL，LH 18.17 mIU/mL，LH/FSH > 3，余项正常。血常规正常。

证候：肾虚血瘀证。

治法：活血化瘀止血治其标，补肾调经以治本。

方药：桃红四物汤合失笑散加减。当归 15 g，川芎 10 g，赤芍 15 g，桃仁 6 g，炒红花 10 g，元胡 15 g，枳壳 10 g，蒲黄炭 10 g，黄芩炭 12 g，贯众 12 g，茜草 12 g，五灵脂 10 g，炒牡丹皮 10 g，益母草 30 g，川牛膝 15 g。7 剂，每日 1 剂，水煎服。嘱其服药期间禁辛辣刺激、生冷食物，保持心情舒畅。

二诊（2011 年 1 月 30 日）：患者阴道出血停止 3 日，仍有轻微小腹胀痛，久坐后腰痛，舌暗红、有瘀点，苔薄，脉沉细。给予补肾调经之剂：紫石英 30 g，紫河车粉 2 g（另冲），菟丝子 30 g，枸杞子 20 g，墨旱莲 30 g，熟地黄 20 g，砂仁 6 g，山茱萸 20 g，女贞子 15 g，柴胡 12 g，生白芍 25 g，续断 30 g，炙甘草 5 g。15 剂，每日 1 剂，水煎服。

三诊（2011 年 2 月 15 日）：患者 2011 年 2 月 10 日月经来潮，经量多、色稍暗，轻微腹胀痛，舌脉同前，给予初诊方 7 剂。

患者服药后 4 日血止，非经期继给予二诊方加减，如此周期用药 4 个月，月经正常。随访 3 个月未复发。

【按语】多囊卵巢综合征是临床上常见的一个妇科疾病，是育龄期女性最常见的妇科性激素紊乱疾病，患病率为 5% ~ 10%。临床上常以无排卵、稀发排卵而致的月经稀发、闭经等为主要临床症状，也有因无排卵引起的不规则子宫出血，因此属于无排卵性异常子宫出血，相当于中医中的"崩漏"。

治疗过程中要结合崩漏的治疗原则"塞流、澄源、复旧"，急则治其标，缓则治其本。肾为冲任之本，气血之根，"经之本在肾"，经乱无期本在肾虚。冲为血海，任脉为阴脉之海，冲任胞宫瘀血阻滞，新血不安，故经血淋漓不断；离经之瘀时聚时散，故出血量时多时少，反复难止；瘀血阻滞经脉，影响气机的运行，经脉不利故经前乳胀；瘀阻冲任子宫，不通则痛，故小腹疼痛，舌暗红、有瘀点，苔薄，脉沉细，均为气滞血瘀之征。治疗时，应首先止血治其标，出血系瘀血为患，化瘀止血，以桃红四物汤合失笑散出入，通因通用；血止后调整月经周期治其本，重在补肾。

案 2：杨某，女，26 岁，已婚。2007 年 7 月 9 日初诊。

主诉：月经紊乱 3 年余，阴道出血 1 个月。

病史：患者既往月经规律，近 3 年来无明显诱因出现月经紊乱，周期 16 ~ 30 日，经期 8 ~ 15 日，时有不规则出血月余，量时多时少。结婚 2 年未避孕至今未孕。2007 年 3 月因子宫内膜过厚，出血淋漓不尽在外院行诊断性刮宫，病理回示：子宫内膜单纯性增生。刻下：2007 年 6 月 9 日始阴道出血至今，量少、色暗、有少量血块，小腹刺痛，腰酸，舌红、苔白，脉沉涩。今日彩超示：内膜厚 1.4 cm；β-HCG < 1.2 mIU/mL；血常规：Hb 110 g/L。

证候：肾虚不固，血瘀胞宫证。

治法：出血期治宜活血、止血、调经，血止后治宜补肾、固冲、调经。

方药：桃红四物汤加减。当归 15 g，川芎 10 g，赤芍 15 g，桃仁

6 g，红花 15 g，三棱 30 g，莪术 30 g，醋香附 15 g，枳壳 12 g，乌药 12 g，川牛膝 15 g，益母草 30 g。3 剂，每日 1 剂，水煎服。

二诊（2007 年 7 月 12 日）：患者服药后，阴道出血量多，腰痛症状明显减轻，舌脉同前。治宜益气升提、活血祛瘀、凉血止血。①出血期：黄芪 30 g，党参 10 g，白术炭 10 g，升麻 3 g，益母草 30 g，茜草 12 g，黄芩炭 12 g，炒红花 10 g，贯众炭 15 g，墨旱莲 30 g，生地榆 30 g，三七粉 3 g（冲服），炙甘草 5 g。4 剂，每日 1 剂，水煎服。②血止后：紫石英 30 g，菟丝子 30 g，淫羊藿 15 g，墨旱莲 30 g，黄芪 30 g，生白芍 15 g，女贞子 15 g，醋香附 15 g，砂仁 6 g（后下），炙甘草 5 g。20 剂，每日 1 剂，水煎服。

患者依上方案为主，经期、非经期分段治疗 3 个周期，月经正常，未再复发。2007 年 11 月 20 日因月经过期未至前来就诊，查尿 HCG 阳性。嘱其注意休息，禁房事，忌食辛辣之品，定期围产期保健，不适随诊。次年足月顺产一健康女婴，前来致谢。

【按语】"种子必先调经"。该患者因月经失调而不孕，故当先调经，经调则不孕之症自愈。治疗本病，当以"急则治其标，缓则治其本"为原则，灵活运用"塞流、澄源、复旧"三大治法。久崩多虚，久漏多瘀。患者虽有出血，但淋漓漏下不尽，故应治宜活血破瘀，"通因通用"之法，使瘀血去，新血得以归经，即"祛瘀生新"之义。给予桃红四物汤加三棱、莪术增强活血破瘀之力，使瘀血得行则经水流通，腹痛腹胀自消；醋香附、枳壳、乌药行气解郁，调经止痛。二诊患者出血增多，恐过用活血破瘀之品克伐正气，造成暴崩之势，因而加益气升提、凉血止血之药。方中黄芪、党参、白术炭、升麻益气升提固冲；益母草、炒红花、三七粉活血祛瘀；黄芩炭、贯众炭、墨旱莲、生地榆凉血止血，"塞流"与"澄源"并用。非经期求因治本，施予补肾固冲，调经助孕。"塞流、澄源、复旧"三者密切联系，不可截然分开。应在辨证的基础上，或"塞流、澄源"并用，或"澄源、复旧"并施。经中药周期调治后，月经恢复正常，则胎孕乃成。

案 3：陈某，女，30 岁，已婚。2018 年 7 月 21 日初诊。

主诉：阴道不规则出血 20 日。

病史：患者平素月经周期正常，周期 30 日，经期 5 日，月经量少、色深红，夹有血块，经行伴有小腹冷痛、腰背酸冷。2018 年 7 月 1 日无明显诱因出现阴道出血，量时多时少、暗红色，夹杂小血块，至今尚未干净。刻下：少量阴道出血，畏寒乏力，时觉心烦燥热，偶有口干，纳寐一般，舌淡暗、苔薄白，脉细软无力。彩超示：子宫及附件未见明显异常。血常规：RBC 3.0×10^{12}/L，Hb 80 g/L。

证候：冲任虚寒，瘀阻胞宫证。

治法：温养散寒，化瘀止血。

方药：温经汤合四乌贼骨一芦茹丸加减。党参 15 g，桂枝 10 g，川芎 10 g，当归 10 g，生白芍 10 g，牡丹皮 10 g，炮姜 6 g，姜半夏 10 g，麦冬 10 g，阿胶 10 g（烊化），茜草 12 g，海螵蛸 15 g，益母草 30 g，炙甘草 10 g。7 剂，每日 1 剂，水煎服。琥珀酸亚铁片，每次 0.2 g，每日 2 次，口服；维生素 C 片 0.2 g，每日 3 次，口服。

二诊（2018 年 7 月 29 日）：患者阴道出血停止 2 日，畏寒乏力、心烦燥热减轻，纳寐一般，舌淡暗、苔薄白，脉沉细。守上方去茜草、益母草、海螵蛸、炮姜，加枸杞子 20 g，生姜 3 片，大枣 5 枚。14 剂，每日 1 剂，水煎服。

三诊（2018 年 8 月 13 日）：患者诸症消失，复查血常规血红蛋白 105 g/L。守二诊方再进 14 剂，每日 1 剂，水煎服。

患者月经于 2018 年 8 月 16 日来潮，量中，小腹冷痛、腰背酸冷减轻，经期 5 日。药后复查血常规正常。

【按语】《素问·上古天真论》曰："二七而天癸至，任脉通，太冲脉盛，月事以时下，故有子。"《诸病源候论·卷三十八》曰"漏下之病，由劳伤气血，冲任之脉虚损故也……冲任之脉虚损，不能制约其经血，故血非时而下。"患者数孕多产，气血素虚，寒邪入客，胞宫留瘀，使冲任阻滞，经血不固非时而下；离经之血则为瘀血，瘀血阻滞则新血不得归经，故出血时多时少，加有血块；失血日久，阴损及阳，阳气失于温养则畏寒乏力；阴血亏虚则口干，虚热内生则心烦燥热；舌脉也为冲任虚寒凝、瘀血阻滞之象。治宜温养散寒，化瘀止血，与仲师温经汤证机合拍。方中辛甘温之桂枝暖胞宫化寒凝，温冲任通经络；当归、川芎、白芍类四物，养血活血，配阿胶、麦冬增其养血育阴之力，伍牡丹皮助其活血化瘀之功，柔润多津之阿胶、麦冬即可制桂之燥，合牡丹皮又可清虚火、退郁热。张志聪说"夫荣卫经血，始于下焦之足少阴，生于中焦之足阳明"，故调经者，需养脾胃之气，使血之化源充足。人（党）参、甘草、半夏益气和中，化生气血，充实阳明，颐养冲任，体现出"调经重在调脾胃"之论。生姜改炮姜去辛温走散之性，取其温胞止血之功。加茜草、海螵蛸，系四乌贼骨一芦茹丸的两味主药。四乌贼骨一芦茹丸出自《内经》，为"《内经》十三方"之一，是传世文献中妇科首方，开妇科方剂之先河，为主治血枯经闭之证的第一方，被后世医者广泛运用。但临证之时，也常不拘于此，多被用于崩漏的治疗。海螵蛸，味咸涩，性微温，入肾经，《本经》载其"主治女子漏下赤白经汁"。茜草，入肝经，《景岳全书》言之"其味苦，故能行滞血，其性凉，故能止动血"。二者合益母草增其化瘀止血、祛瘀生新之力。诸药配伍温中有清，补中寓通，使止血不留瘀，通血不妄行。综合各药，该方可温阳散寒、益气养血、化瘀通脉、固摄冲任，而收止血调经之功。

案4：<u>王某，女，26岁，未婚，无性生活史。2017年12月5日初诊。</u>

主诉：<u>阴道出血不止半月余，伴头晕、心慌。</u>

病史：患者近3年月经常紊乱，1～3个月一潮，持续7～30日不等，量多、色红、无血块。2017年9月23日开始阴道出血，持续至10月底方停。半月前阴道出现再次出血，开始时出血量多如崩，继则量渐次减少至今，期间曾服用克龄蒙调周期，效欠佳。刻下：阴道少量出血、色淡、无血块，面色萎黄，眼眶暗黑，头晕、心慌、乏力，舌淡、苔薄，脉细数。彩超示：内膜厚6 mm，子宫附件未见异常。血常规：Hb 102 g/L，RBC 3.2 × 10^{12}/L。

证候：脾气虚证。

治法：益气健脾，固冲调经。

方药：举元煎合半夏汤加减。黄芪30 g，红参30 g（另炖），白术炭10 g，升麻3 g，益母草30 g，山茱萸20 g，五味子10 g，阿胶珠15 g，黄柏炭10 g，栀子炭12 g，生白芍20 g，知母20 g，墨旱莲30 g，煅牡蛎30 g（先煎），煅龙骨30 g（先煎），炙甘草6 g。7剂，每日1剂，水煎服。配合琥珀酸亚铁片、维生素C片口服以纠正贫血。

二诊（2017年12月12日）：患者连服3剂，阴道出血完全停止，精神面色好转，症状改善。继续予以上方增删，非经期益气健脾，经期兼以收敛固冲。

周期调理3个月后，月经周期、经期、血常规均正常，追踪观察半年未复发。

【按语】《万氏女科》中云："妇人崩中之病，皆因中气虚，不能收敛其血所致。"李东垣在《兰室秘藏》有"论崩漏当多由脾胃虚损出发"，《血证论》提出："治崩，必治中州也。"历代医家皆主张止血之要，先治中州。患者中气不足，冲任不固，统摄无权，经血妄行则成崩漏；气裹于血，血失气亦耗，脑窍失养，心阴不足则头晕、乏力、心慌。气血为人身之根本，中州为气血化生之源，"塞流、澄源"重在益气健脾、固脱止血，故选举元煎合来复汤加减。举元煎及来复汤分别出自《景岳全书》及《医学衷中参西录》，二者皆治疗血崩血脱、势危欲脱之急重症。张介宾言："先贤有云：凡下血证，须用四君子辈以收功。"又云："若大吐血后，毋以脉诊，当急用独参汤救之。厥旨深矣，故凡见血脱等证，

褚玉霞妇科临证传薪录

必当用甘药先补脾胃，以益生发之气。盖甘能生血，甘能养营，但使脾胃气强，则阳生阴长，而血自归经矣，故曰脾统血治崩淋经漏之法……若脾气虚陷，不能收摄而脱血者，寿脾煎、归脾汤、四君子加芎、归，再甚者，举元煎。"张锡纯言："（来复汤）治寒温外感诸症大病瘥后不能自复，寒热往来，虚汗淋漓……或势危欲脱……或喘逆，或怔忡，或气虚不足以息，诸症见一端，即宜急服。"方中黄芪、红参、白术炭、升麻大补元气、托举止陷；山茱萸补肝肾、固精血，张锡纯赞其"救脱之功，较参、术、芪更胜……不独补肝也，凡人身之阴阳气血将散者，皆能敛之，故救脱之药当以山茱萸为第一"。阴血亏耗，必然生热，加知母、墨旱莲滋阴生津、清热凉血；黄柏炭、栀子炭清热凉血、收涩固冲；龙骨、牡蛎改生为煅，重镇安神、固摄阴血、收敛元气；生白芍、五味子、阿胶珠养血生津、涩精止血、宁心安神；患者出血日久，离经之血，必成瘀滞，以益母草活血化瘀止血、推陈出新；炙甘草益气补中、调和诸药。诸药配伍共收益气健脾，止血固脱，清热养阴之效。妇女崩漏，最为大病，失治误治均贻害人命，治疗时必须首辨缓急，急则顾标，灵活运用固崩三法，审证求源，治其根本，以复月事。

九、闭经案

案 1： 李某，女，36 岁，已婚。2008 年 4 月 17 日初诊。

主诉： 月经停闭 1 年余。

病史： 患者既往月经规律，于 2003 年孕 7 个月时因胎盘早剥行剖宫产，术中出血偏多，给予输血。术后月经稀发，2～3 个月一行，经期 5 日，末次月经为 2006 年 12 月 26 日，量、色、质正常。刻下：月经停闭 1 年余，纳差，体弱，恶寒喜暖，舌淡、苔白，脉弦细。孕$_3$产$_1$流$_2$。彩超示：子宫附件未见异常，内膜厚 6.8 mm。查血常规示：β-HCG 1.2 mIU/mL。性激素六项示：FSH 7 mIU/mL，LH 6 mIU/mL，E$_2$ 50.73 pg/mL，

P 0.03 nmol/L，PRL、T正常。甲状腺功能三项正常。

证候： 脾肾亏虚证。

治法： 非经期治宜补肾健脾、养血填精、调养冲任；经期治宜活血化瘀、温经散寒。

方药： ①非经期用二紫汤（自拟方）加减。紫石英30g，紫河车粉3g（另冲），菟丝子30g，枸杞子15g，淫羊藿30g，熟地黄20g，山茱萸20g，醋香附15g，木香、砂仁各6g，牡丹皮20g，丹参30g，川牛膝15g，乌梅30g，炒山楂20g，陈皮15g。20剂，每日1剂，水煎服。②经期用潮舒煎剂（自拟方）加减。当归15g，川芎10g，赤芍15g，红花15g，丹参30g，泽兰15g，醋香附15g，乌药12g，肉桂6g，鸡血藤30g，熟地黄15g，川牛膝15g。7剂，每日1剂，水煎服。③黄体酮注射液20mg，肌内注射，每日1次，连续3日。

二诊：患者于2008年4月28日月经来潮，量色可，轻微小腹胀满不适，继续中药周期治疗3个周期，月经周期基本规律。

3个月后电话回访，患者月经正常。

【按语】闭经原因复杂，治之棘手。原发性闭经者多为先天禀赋不足，或因患他病使然，当为虚证。继发性闭经者多为虚或虚实夹杂证。《内经》云："女子七岁，肾气盛，齿更发长；二七而天癸至，任脉通，太冲脉盛，月事以时下，故有子。""经水者出诸肾"，肾司生殖，月经停闭是生殖功能低下或丧失的标志，肾虚乃闭经之本。月经的主要成分是血，脾为气血生化之源，月经赖后天水谷精微以生，与肾先后天互充互养；脾又主统血，脾之中气以统摄经血。肝藏血，主疏泄，调理气机，调畅情志，与肾乙癸同源，精血互化，且冲脉附于肝，"女子以肝为先天"，因此，月经的应时而下离不开肾、肝、脾的参与。由于闭经病程长，无论何种病因病机最终均可出现瘀滞，或因虚致瘀，或因实而瘀，常虚实并见，但虚者多而实者少，虚为本，实为标。故治疗闭经应重在治肾，兼调肝脾，佐以化瘀。临证处方中常以生地黄、熟地黄、何首乌、枸杞子、山茱萸、桑葚子、龟板胶、菟丝子、巴戟天、续断、杜仲、淫羊藿、覆盆子、紫石英等滋肾阴补肾阳之药为主,重在补虚治本,同时以醋香附、柴胡、枳壳、木香、陈皮、砂仁、焦山楂、牡丹皮、丹参、川芎、川牛膝等行滞化瘀之属伍于补肾养血之剂之中以治其标,使肝气畅达、脾气健运、瘀滞得除、冲任通畅、月事依时。

此外,尚须根据月经周期中阴阳消长的规律,掌握周期各阶段的特点,循时用药,定时而攻。若患者体内有一定的雌激素水平,可酌情给予黄体酮,促使子宫内膜的转化、脱落,"月经"到来,起到立竿见影之效,以减轻患者因长期月经停闭的心理压力,治疗此类疾病不应抱有门户之见而放弃不用。本案应首先检查性激素、彩超,排除早孕、席汉综合征及早发性卵巢功能不全等,用孕激素促使"月经"来潮,排除子宫性原因,系性激素失调,无排卵所致。本例综合四诊为肾脾亏虚,治宜温肾健脾、养血填精佐以化瘀。非经期充养冲任,经期则乘势利导,活血通经,以自拟二紫方、桃红四物之辈加减,使任通冲盛,血海满盈,开合有度。

案2:王某,女,28岁。2007年10月15日初诊。

主诉:月经稀发甚至停闭4年余,未避孕未孕2年。

病史:患者14岁初潮,既往月经正常,近4年月经稀发甚至停闭(最长时间8个月),用黄体酮等治疗则经来。结婚2年,未避孕未孕。末次月经为2007年4月13日,量少、色暗红,夹有少量血块,伴腹痛,喜暖喜按。阴式彩超示:双侧卵巢可见20个以上大小不等的卵泡,最大直径0.6 cm。外院诊断为多囊卵巢综合征,经治疗一年效果欠佳,近2年体重明显增加,前来笔者处就诊。刻下:停经半年,面部痤疮明显,体形肥胖,伴有腰部酸痛,白带量多,质稀如水,纳眠尚可,大便干,小便正常,舌淡红、舌体胖大、苔白腻,脉滑。性激素六项示:E_2 48 pg/mL,T 0.52 ng/mL,PRL 26.2 ng/mL,FSH 4.07 mIU/mL,LH 19.3 mIU/mL,P 0.3 ng/mL;β-HCG 1.2 mIU/mL。体重指数:28 kg/m²。

证候：肾虚痰瘀证。

治法：豁痰除湿祛瘀，兼以补肾。

方药：苍附导痰汤加减。苍术 10 g，陈皮 15 g，姜半夏 10 g，天竺黄 12 g，丹参 30 g，醋香附 15 g，茯苓 15 g，冬瓜皮 60 g，紫石英 30 g，淫羊藿 15 g，肉苁蓉 30 g，炙甘草 5 g。20 剂，每日 1 剂，水煎服。嘱经来复诊。

二诊（2007 年 11 月 9 日）：患者服药后月经于 2007 年 11 月 8 日来潮，量少、色暗，伴小腹隐痛，喜暖，舌脉同前。治宜活血化瘀，温经散寒，给予少腹逐瘀汤加减。当归 15 g，川芎 10 g，赤芍 15 g，红花 15 g，丹参 30 g，泽兰 15 g，桃仁 6 g，乌药 12 g，醋香附 15 g，元胡 15 g，肉桂 6 g，川牛膝 15 g。5 剂，每日 1 剂，水煎服。

依上为主，序贯用药 5 个月后，患者月经基本规律，体重减轻 10 kg，于 2008 年 3 月 25 日复查 B 超提示：可见一发育优势卵泡（15 mm × 11 mm），遂嘱患者排卵期同房。

2008 年 4 月 27 日复诊，停经 43 日，B 超提示宫内早孕，嘱其注意休息，定期检查，不适随诊。后随访足月顺产一健康男婴。

【按语】该患者为多囊卵巢综合征所致不孕，辨证属于肾虚痰瘀型。肾虚气化失司，痰湿停聚，阻于胞宫、冲任，月经停闭不行。治宜化痰祛瘀，补肾调经，使湿祛痰除，肾司生殖功能恢复正常，月经规律，则生殖有望。《女科切要》云："肥白妇人，经闭而不通者，必是痰湿与脂膜壅塞之故也。"治用苍附导痰汤加减。方中苍术、陈皮、姜半夏、天竺黄祛湿化痰，丹参、醋香附活血理气祛瘀，"痰瘀同源"，故而痰瘀同治；茯苓、冬瓜皮淡渗利湿，使湿邪得以从小便排出；紫石英、淫羊藿、肉苁蓉温补肾阳；炙甘草调和诸药。经期治宜活血化瘀，温经散寒，给予少腹逐瘀汤加减。经周期治疗 3 个月后，患者体重明显减轻，月经正常，同时结合 B 超检查，了解卵泡发育情况，嘱其择"氤氲期"交合，促使受孕。

案 3：弓某，女，35 岁，已婚。2005 年 3 月 28 日初诊。

主诉：闭经溢乳伴不孕 2 年余。

病史：患者 14 岁初潮，自 22 岁开始月经欠规律，周期 30～60 日，经期 5～7 日。2003 年底外院就诊，检查催乳素增高，头颅核磁正常，曾口服溴隐亭半年余治疗，月经一度规律，但备孕无果自行停药。末次月经为 2003 年下半年（具体日期不详），其间注射黄体酮，月经未来潮。结婚 4 年余，孕$_1$产$_0$流$_1$，2 年来未避孕不孕。刻下：月经停闭 2 年余，心情烦躁易怒，乳房胀痛，挤压乳头少许乳汁溢出，头晕耳鸣，腰酸困，纳眠尚可，二便正常，舌淡暗、苔薄白，脉沉弦。性激素六项示：PRL189.6 ng/mL，余项正常。甲状腺功能三项正常，肝、肾功能正常。彩超示：子宫略小。

证候：肾虚肝郁证。

治法：疏肝理气，通经抑乳，兼以补肾。

方药：调经抑乳方（自拟方）加减。当归 15 g，生白芍 30 g，柴胡 12 g，青皮 15 g，郁金 15 g，醋香附 15 g，薄荷 20 g（后下），佛手 12 g，炒麦芽 60 g，白芷 10 g，炙甘草 5 g。14 剂，每日 1 剂，水煎服。配合调经助孕胶囊（院内制剂，根据自拟方二紫方研制），4 粒，每日 3 次，口服。溴隐亭始 1.25 mg，每日 2 次，后增至 2.5 mg，每日 2 次，口服。

复诊患者服用上药 40 日，月经于 2005 年 5 月 10 日来潮，行经量少、色暗，无腰酸、腹痛，经前乳房轻微胀痛，白带正常。经期给予：当归 15 g，醋川芎 10 g，赤芍 15 g，桃仁 6 g，红花 15 g，丹参 30 g，泽兰 15 g，柴胡 12 g，醋香附 15 g，川牛膝 15 g。5 剂，每日 1 剂，水煎服。

患者经净后继续上述周期治疗 4 月余，PRL 降至正常，患者受孕。2005 年 8 月 20 日 B 超示：宫内早孕。患者于 2008 年 4 月因月经不调再次就诊，告知妊娠足月剖宫产 2 个男婴，现体健。

【按语】本案为闭经溢乳综合征，PRL 值高达 189.6 ng/mL，伴有泌乳、闭经、不孕。患者肝郁气滞，疏泄失常，肝血不能下注血海而反逆上为乳；肾虚精亏，冲任失于充养，血海不盛而种子无能。综合四诊系属肾虚肝郁型，治宜疏肝理气、通经抑乳，兼以补肾之法，投以调经抑乳方加减合调经助孕胶囊，并配合西药溴隐亭抑制催乳素分泌。方中柴胡、薄荷、青皮、郁金疏肝解郁、调畅气机；炒麦芽消乳胀，回乳，具有抑制催乳素分泌的作用；醋香附为疏肝调经之要药；当归、生白芍养血柔肝，尚能助麦芽敛乳；配合调经助孕胶囊补肾填精，温养冲任。经期治宜活血化瘀、理气通经，乘势利导，促进经血的排出。诸药合用，使肾强精充，肝血旺盛，疏泄有序，经乳归于常道，溢乳闭止，任通冲盛，则摄精而孕。

案 4：李某，女，29 岁，未婚，有性生活史。2018 年 10 月 8 日初诊。

主诉：月经稀发甚或停闭 4 年。

病史：患者平素月经规律，经量偏少。4 年前无明显诱因出现月经延后，甚或闭经，服用黄体酮胶囊方可来潮，近 1 年余用黄体酮无效，予雌孕激素人工周期方可行经。2017 年 10 月服用一周期克龄蒙月经来潮后停闭不行，至 2018 年 8 月再用一周期，8 月 25 日月经来潮，行经 3 日，量少、色暗。现月经 43 日未潮，转求中医诊治。刻下：性急烦躁，胸胁苦满，胃脘痞满，纳差，时呃逆，时而恶冷、时而恶热，易汗出，睡眠欠佳，带下量少，阴道干涩，大便干，2 ~ 3 日 1 次，小便正常，舌红、苔黄腻，脉弦数。孕 $_1$ 产 $_0$ 流 $_1$。2018 年 10 月 7 日彩超示：子宫附件未见异常，内膜厚 6 mm。2018 年 7 月 31 日性激素六项示：FSH 3.04 mIU/mL，LH 2.89 mIU/mL，PRL 12.2 ng/mL，E_2 17.874 pg/mL，P 0.053 ng/mL，T 0.097 ng/mL。甲状腺功能三项正常。

证候：肝胆气郁，营卫失和证。

治法：和解少阳，调和营卫。

方药：大柴胡汤合桂枝汤加减。柴胡 12 g，黄芩 12 g，姜半夏

10 g，枳实 12 g，大黄 10 g，桂枝 10 g，白芍 10 g，当归 15 g，炙甘草 6 g，生姜 9 g，大枣 15 g。15 剂，每日 1 剂，水煎服。

二诊（2018 年 10 月 26 日）：患者诸症减轻，口腔溃疡，月经未潮，舌红、苔黄腻，脉弦数。彩超示：内膜厚 9 mm。血 HCG 1.2 mIU/mL。守上方加黄连 6 g。7 剂，每日 1 剂，水煎服。

三诊（2018 年 11 月 2 日）：患者诸症皆消，月经仍未潮，舌红、苔黄，脉弦细。方用血府逐瘀汤加减。当归 15 g，川芎 10 g，赤芍 15 g，红花 15 g，桃仁 10 g，生地黄 12 g，枳壳 12 g，柴胡 12 g，鸡血藤 30 g，丹参 30 g，香附 15 g，川牛膝 15 g。7 剂，每日 1 剂，水煎服。

四诊（2018 年 11 月 16 日）：患者于 2018 年 11 月 7 日月经来潮，持续 2 日，量少（用护垫即可），伴腰酸，带下正常，余无不适，舌淡红、苔白，脉弦细。以温经汤合小柴胡汤加减。太子参 15 g，当归 15 g，川芎 15 g，生白芍 15 g，牡丹皮 12 g，姜半夏 12 g，吴茱萸 3 g，麦冬 20 g，桂枝 5 g，肉桂 3 g，阿胶 10 g（烊化），柴胡 12 g，黄芩 6 g，生姜 9 g，大枣 15 g，川牛膝 15 g，炙甘草 5 g。15 剂，每日 1 剂，水煎服。

周期用药，患者治疗半年余，月经恢复正常。

【按语】闭经既是一种疾病，也是多种妇科疾病的常见症状。根据既往有无月经来潮，可分为原发性闭经和继发性闭经两类。原发性闭经多因性腺发育障碍、米勒管发育不全及下丘脑功能异常等引起；继发性闭经常见于下丘脑功能异常或器质性病变，以及多囊卵巢综合征、高催乳素血症、卵巢功能早衰、宫腔粘连等疾病。该患者无宫腔操作史，性激素中 LH、FSH、E_2 较低，PRL、T 正常，系下丘脑功能失常所致。

中医认为闭经的病机无外虚、实两端，虚者为血海空虚，源断其流，无血可下；实者系血海阻隔，经不得下，临证以本虚标实之复杂证候多见。观本案脉症，从六经辨析，太阳营卫失和，则寒热不定、汗出；少阳胆热阻遏经气，经气不利，则胸胁苦满；胆热扰心则烦躁，胆肝火旺则性急、眠差；胆热犯胃，胃失和降则纳差、痞满，呃逆；阳明热结，气机阻滞则便干；舌脉也为肝胆气郁、胃肠热结之象。月汛的如期而至，有赖于气血充盛、冲任通畅，血海才得以节律性的满盈、开泻。冲任隶属于肝肾，需要肾精肝血的荣养及肝气的条达、疏泄；阳明为多气多血之腑，且隶属于冲脉，气血乃为经血的物质基础。患者三阳同病，影响气血营卫的生成及循行，兼之患者素气血虚馁，从而使冲任受累，月经不得行。本病仍为本虚标实之证，但首诊时标实较著，故而先拟和解少阳、清热通腑、调和营卫之法，以大柴胡汤合桂枝汤加减，以调肝胆，理脾胃、疏气机、和营血，使脏腑、气血各守其位，各司其职。继而以《金匮要略》调经祖方"温经汤"合小柴胡汤治之。调经种子贵在温养，温经汤中吴茱萸、桂枝暖胞宫，温冲任，通经络；当归、川芎、白芍养血活血，配阿胶、麦冬增其养血育阴之力，又可制吴茱萸、桂枝之燥，伍牡丹皮助其活血之功；人参（太子参）、甘草益气和中，合半夏、生姜，补脾胃、调升降、化气血，充阳明；桂枝合白芍、甘草、生姜似桂枝汤，和营卫、调阴阳。因患者时而情志不舒，加之温经汤之温，恐其少阳胆热再生，故而合小柴胡汤和解少阳，条达枢机。两方相合而达养气血、调寒热，促使阴阳消长、转化、平衡，恢复正常的月经生理周期。

十、痛经案

案1：牛某，女，22岁，未婚，有性生活史。2019年4月14日初诊。

主诉：经行腹痛4年。

病史：患者平素月经周期30日，经期3日，无明显诱因于4年前出现经行腹痛。末次月经为2019年3月16日，量中、有血块，痛经，下腹凉，痛甚恶心、呕吐，冷汗出，时经前乳房胀痛。刻下：有月经欲潮感，下腹坠痛不适，面白形瘦，口干唇燥，饮食、睡眠可，二便正常，舌淡红、苔薄白，脉沉细。孕₀。彩超示：子宫附件未见异常。

证候： 冲任虚寒证。

治法： 温阳散寒，通经止痛。

方药： 温经汤加减。太子参 12 g，当归 15 g，制吴茱萸 3 g，桂枝 5 g，肉桂 5 g，白芍 15 g，清半夏 9 g，麦冬 15 g，牡丹皮 12 g，阿胶 15 g（烊化），醋柴胡 12 g，干姜 6 g，炙甘草 5 g。7 剂，每日 1 剂，水煎服。禁食生冷，慎劳累、紧张。

二诊（2019 年 5 月 13 日）：患者末次月经为 2019 年 4 月 19 日，量中，痛经未作。守初诊方 7 剂，每日 1 剂，水煎服。并嘱下次经前 3~5 日开始再进 7 剂。

随访患者，痛经未再发作。

【按语】患者素体阳虚，又饮冷贪凉，不避风寒，致阳气不足，气血亏虚，冲任胞宫失于温养，经脉瘀滞而发痛经。经行之时，经血缺乏阳气的推动，则瘀滞难行，经脉不通故而月经量少、色暗有块；阳气不能温养形体，故怕冷，手脚凉而不温；经前紧张焦虑，致肝郁气机失调，加重经脉瘀滞，上则乳房胀痛，下则下腹疼痛；横克中阳失温之脾胃，则胃气上逆而恶心、呕吐；卫阳不固则冷汗出；舌脉亦为阳虚，失于温养之象。此证乃本虚标实，以虚、寒、瘀较为多见，恰与张仲景之温经汤证相合，选温经汤加减治之。方中吴茱萸、桂枝、肉桂温经散寒、通利血脉，肉桂、桂枝并用守可温胞，走可通经；当归、牡丹皮活血祛瘀；阿胶、麦冬养血生津、滋阴润燥，阴中取阳，并可防温燥之品耗伤阴血；白芍味酸苦，可养血敛阴、柔肝止痛；柴胡疏肝解郁、调畅气机；半夏、干姜温中降逆、和胃止呕；太子参、甘草益气健脾、培补中土。诸药合用扶阳温经、养血益气，活血化瘀、散寒止痛。全方寓通于补、温之中，使补不留瘀，温不伤阴。痛经为周期性发作性疾病，一般需巩固治疗 3 个月经周期，才可防止其复发，尤其是在痛经发作前及发作时，即经前 3 ~ 5 日及经期，用药更不能懈怠。同时告诫患者注意保暖，禁忌生冷，精神放松，方能治愈。

案 2：朴某，女，30 岁，已婚。2016 年 5 月 5 日初诊。

主诉： 经行腹痛 4 年。

病史： 患者每于经前 1 ～ 2 日起小腹胀痛，经行时疼痛加重，得温痛减，腰骶部酸痛，量少有黑血块，血块排出后痛减，经净后疼痛消失。平素月经规律，30 日一行，经行 5 日干净，末次月经为 2016 年 4 月 10 日。刻下：无明显不适，白带正常，纳眠可，二便正常，舌紫暗、边有瘀点，脉弦紧。孕 $_3$ 产 $_1$ 流 $_2$。彩超示：宫体后壁肌层回声不均，考虑子宫腺肌病可能。

证候： 血瘀证。

治法： 理气化瘀，温经止痛。

方药： 桂枝茯苓丸加减。桂枝 10 g，茯苓 15 g，桃仁 10 g，牡丹皮 10 g，赤芍 15 g，黄芪 30 g，丹参 30 g，醋香附 12 g，当归 15 g，川芎 10 g，乌药 12 g，延胡索 15 g。10 剂，每日 1 剂，水煎服。嘱患者忌辛辣寒凉食物，调畅情志。

二诊（2016 年 5 月 16 日）：患者末次月经为 2016 年 5 月 10 日，经行 5 日干净。经前服药 5 剂，患者诉于本次行经前未见小腹胀痛，行经时疼痛明显减轻，月经量略多、色红，服药后大便溏，每日 2 ～ 3 次。现月经已净，舌紫暗、边有瘀点，脉弦细。给予调经助孕胶囊口服。嘱患者于下次月经来潮前 1 周就诊。

三诊（2016 年 6 月 2 日）：患者末次月经为 2016 年 5 月 10 日，经行 5 日干净，服初诊方后大便稀，故加炒山药 30 g 以健脾止泻。12 剂，每日 1 剂，水煎服。嘱经净后复诊。

四诊（2016 年 6 月 15 日）：患者末次月经为 2016 年 6 月 9 日，经行 5 日干净，量中等，较前明显增多，色可、无血块，痛经消失。继续原方案巩固治疗 3 个月经周期，复查彩超子宫腺肌症消失。

后随访患者 3 个月，痛经未见复发。

【按语】 痛经是子宫内膜异位症、子宫腺肌病的主要症状之一，此类疾病与中医中所论"血瘕""血瘀之聚"类似。中医认为该病病机复杂，虚实兼夹，但主因不离血瘀。如《诸病源候论》曰："血瘕令人腰痛，不可以仰俯，横骨下有结气，牢如石，小腹里急苦痛，深达腰腹，下挛阴里……"患者数孕多产损伤冲任、胞脉，兼之经行产后感受寒冷，致使胞宫藏泻功能失职，余血浊液当泻不泻，滞留胞宫，或散溢脉外，离经之血停蓄成为瘀血。瘀血阻滞胞宫、冲任，行经之时瘀血加重，故而经行腹痛。血瘀伴随疾病发生发展的始终，因而治疗应以祛瘀为要。桂枝茯苓丸系仲景化瘀消癥之名方，该方出自《金匮要略·妇人妊娠病脉证并治第二十》，主治"瘀血留阻胞宫证""妇人宿有癥病"者，有温经通络、缓消癥块之功。方中桂枝温通血脉，以行瘀滞；桃仁滑利活血，化瘀消癥；牡丹皮、芍药（赤芍）活血化瘀，清血中伏热，芍药兼有养阴和营，缓急止痛；茯苓利水渗湿，防血水互结，且能健脾益气，以扶正气。该方寓补于攻，寒温并用，祛瘀消癥而无耗气伤阴之弊，经后世演绎，广泛应用于内、外、妇、儿疾病的治疗中。本案方中加入黄芪益气行血，增扶正之力；乌药、延胡索、香附温运行气、活血止痛；当归、丹参、川芎养血活血、化瘀导滞。因本病多见于素体肾虚之人，且数孕多产或经行产后防护不慎也多伤肾，再者病势缠绵，久则及肾。肾寓阴阳二气，肾阳为一身阳气之根。阳气旺盛，瘀血得行得化，则无留滞为患之机；反之阳气不足，失于温化，则瘀血留而不去变生他病。因而，祛瘀不忘顾护气血，止痛不忘调经之本，配合调经助孕胶囊以温肾养血。

案 3：张某，女，36 岁，已婚。2018 年 12 月 15 日初诊。

主诉： 经行腹痛 3 个月，月经提前 1 次。

病史： 患者平素月经周期 25 日，经期 5 日，前次月经为 2018 年 11 月 25 日，末次月经为 2018 年 12 月 13 日，量多、色暗，近 3 个月经行前 1 日及经期第 1 ～ 2 日下腹痛，经前乳房胀痛。刻下：现月经第 4 日，阴道少量出血，胃脘及下腹发凉，下腹胀，时口苦，心烦，多梦，尿频，大便不成形、每日 1 次，舌苔薄黄，脉沉弦。孕 $_3$ 产 $_2$ 流 $_1$，无过敏及特殊病史。彩超示：子宫附件未见异常。

证候：肝郁胆热脾寒证。

治法：疏肝清胆，温脾散寒。

方药：小柴胡汤合理中丸加减。党参 15 g，炒白术 15 g，干姜 10 g，炙甘草 10 g，北柴胡 12 g，炒黄芩 10 g，姜半夏 9 g，炒枳壳 9 g，炒酸枣仁 12 g，大枣 12 g。5 剂，每日 1 剂，水煎服。

二诊（2018 年 12 月 22 日）：患者腹胀消，睡眠好转，心烦减轻，药后感胃凉，自服姜茶后口苦，仍尿频，大便不成形，每日 1 次，舌苔微黄，脉沉弦。守上方柴胡改为 10 g，黄芩改为 6 g，去枳壳，加炒山药 30 g。7 剂，每日 1 剂，水煎服。

三诊（2019 年 1 月 1 日）：患者诸症悉除。以理中丸合丹栀逍遥丸治疗。

四诊（2019 年 1 月 12 日）：患者末次月经为 2019 年 1 月 9 日，量中、色暗，经期乳房略胀，下腹微痛，余无不适。继续月经后半周期服用一诊方，14 剂，用法同前。

连续巩固治疗 2 个月经周期，痛经未作。

【按语】《金匮要略·妇人杂病脉证并治第二十二》言"带下，经水不利，少腹满痛，经一月再见者，土瓜根散主之"。为痛经的最早记载，论述了血瘀所致痛经、经水不畅、下腹疼痛的证治。《诸病源候论》首立"月水来腹痛候"，认为"妇人月水来腹痛者，由劳伤血气，以致体虚，受风冷之气客于胞络，损伤冲任之脉。"与《金匮要略》中所论之"虚、冷、结气"的妇人之病因一致。后世诸家在此基础上加以补充，现其常见病因病机归纳为：气滞血瘀、寒凝血瘀、湿热瘀阻、气血虚弱、肾气亏虚。本案患者为育龄期妇女，新发痛经 3 个月，且伴月经先期，审其症，参舌脉，系少阳枢机不利所致。肝气不舒致乳房胀痛，胆热上扰则口苦、心烦、多梦；太阴脾阳不足，寒邪阻滞，中土不运，则胃脘及下腹发凉，下腹胀，大便不成形；经气不利，寒凝血瘀，则冲任、胞宫阻滞而致痛经；而阳气不足，冲任胞宫失于温养固护则经水非时而下。舌脉亦为少阳枢机不利、胆热上扰、太阴脾虚、阳虚寒凝之象。本证寒热并现，但以脾寒为主。治宜疏肝清胆，温脾散寒。方选理中丸温脾阳，散寒邪，运中土；小柴胡汤疏肝郁，和少阳，清胆热；加枳壳行气除胀，枣仁宁心安神。二诊药尽症减，减疏散、寒凉之柴胡、黄芩用量，重在补中温阳，使温不助热，清不伤阳，才可达阴阳协调的治疗目的。因痛经有周期性发作特点，因而一般以治疗3个月经周期为度，防其反复。因患者病症消退较快，后改为丸药缓调收功。由此案可知，痛经不独见于寒、热、虚、实，常可因寒、热、虚、实兼夹所致，因而要详查细辨，随症治之，不可犯虚虚实实之戒。

十一、经行乳房胀痛案

杜某，女，37岁，已婚。2005年5月30日初诊。

主诉：经前烦躁不安、乳房胀痛1年余。

病史：患者近1年于经期前一周烦躁不宁，坐卧不安，伴经前乳房胀痛，头昏，经后诸症减轻。末次月经为2005年5月12日，本次月经提前5日，量多、色紫红，质稠有血块。刻下：口苦咽干，烦躁易怒，舌红、苔黄燥，脉弦细。2个月前彩超示：乳腺增生样改变。

证候：肝郁肾虚证。

治法：疏肝清热，滋阴补肾。

方药：丹栀逍遥散合二至丸加减。当归15g，白芍30g，柴胡12g，炒白术10g，茯苓15g，牡丹皮15g，栀子12g，青皮12g，佛手12g，女贞子15g，墨旱莲30g，炙甘草5g。10剂，每日1剂，水煎服。

二诊（2005年6月11日）：患者服药后，月经于昨日来潮，经前诸症明显减轻，现自觉心情舒畅，唯觉咽痛不适，舌脉同前。遂立活血化瘀，理气通经法，经期方药：当归 15 g，川芎 10 g，赤芍 15 g，生地黄 15 g，桃仁 6 g，红花 15 g，醋香附 15 g，柴胡 12 g，枳壳 12 g，桔梗 6 g，炙甘草 5 g，川牛膝 15 g。5 剂，每日 1 剂，水煎服。

患者每于月经周期第 15 日复诊，继用初诊方加减，经期以二诊方出入以巩固疗效，连用 3 个月经周期，停药后随访未见复发。

【按语】肝藏血，调情志，肝经之脉循胁肋，过乳头；肾藏精，与肝相须为用，精血互化，乙癸同源，足少阴肾经入乳内。经行情志异常及经行乳房胀痛，大多数与肝肾关系密切。肝郁气滞，郁久化火伤阴，肾水不足是本患者发生的根本原因。治疗上以疏肝解郁为主，佐以补肾。方中当归、白芍养肝之体，柴胡、牡丹皮、栀子、青皮、佛手疏肝、清肝、调肝之用；茯苓、白术健脾和胃，以防肝木乘土；女贞子、墨旱莲滋肾养阴，以涵肝木。本方用药疏而不破，补而不滞，经 3 个月经周期调治，患者肝郁得解，肝火得清，则痛消病愈。

十二、经行头痛案

刘某，女，37 岁，已婚。2012 年 4 月 15 日初诊。

主诉：经前头胀痛或掣痛反复发作 3 年。

病史：患者头痛多在月经前 1 周发作，近 3 个月来头痛时间提前，常在月经前 10 日左右发病，末次月经为 2012 年 3 月 28 日，本次头痛以左侧为主，为掣痛和胀痛，伴头晕，心烦易怒。刻下：时有头痛，睡眠差，多梦，两乳胀痛，工作效率甚差，注意力不集中，善忘事，大便干、2～3 日一行，小便黄，舌红、苔黄，脉弦细涩。彩超示：子宫、双附件未见异常。头部 CT 示：未见明显异常。

证候：气滞血瘀证。

治法：活血化瘀，疏肝理气。

方药：血府逐瘀汤加减。桃仁 6 g，红花 15 g，当归 15 g，川芎

10 g, 赤芍 15 g, 生地黄 18 g, 柴胡 15 g, 枳壳 12 g, 川牛膝 15 g, 桔梗 6 g, 炙甘草 6 g, 合欢皮 15 g, 夜交藤 30 g, 肉苁蓉 30 g。10 剂, 每日 1 剂, 水煎服。

二诊（2012 年 4 月 25 日）：患者头痛明显减轻, 掣痛次数减少, 睡眠转佳。大便正常、每日 1 次, 舌红、苔黄, 脉弦细。效不更方, 守初诊方跟进 10 剂, 经期不停。

三诊（2012 年 5 月 5 日）：患者末次月经为 2012 年 4 月 26 日来潮, 经行 5 日干净, 月经量色可, 无血块, 无痛经, 经行头痛明显减轻, 舌淡红、苔白, 脉弦细。现月经已净, 改服逍遥丸每次 6 g, 每日 3 次, 以疏肝解郁。取初诊方 12 剂, 嘱患者于下次月经来潮前 1 周开始服用。

四诊（2012 年 6 月 4 日）：患者末次月经为 5 月 25 日来潮, 经行 5 日干净, 患者诉头痛基本消失, 睡眠如常, 两乳胀痛改善, 对事物的反应较前敏捷, 工作效率提高。后连续调治 2 个月经周期, 经前头痛未发。

随访半年, 患者安然无恙。

【按语】经行头痛是指每值经期或经行前后, 出现以头痛为主要症状, 经后辄止的一种疾病。该病的临床特点是呈周期性发作, 多受精神因素影响, 每因情绪不稳定而诱发, 严重者影响工作和生活。

女子以血为本, 以肝为用, 肝藏血, 主疏泄, 调畅气血及情志。若七情内伤, 肝气不舒, 气滞血瘀, 则经脉瘀阻。足厥阴肝经上巅入脑, 经行时气血下注胞宫, 冲气挟肝经之瘀血上逆, 阻滞清窍脉络, 出现头痛, 因而, 经行头痛大多由肝气郁结引起。

血府逐瘀汤是清代医家王清任所创"逐瘀汤"系列方中应用最为广泛的方剂。该方气血同治, 升降相因, 具有活血化瘀而不伤正、疏肝理气而不耗阴血的特点, 由于疗效确切, 成为活血化瘀法的基本方。方中桃仁破血行滞而润燥, 红花活血祛瘀以止痛, 共为君药；赤芍、川芎助君药活血祛瘀, 川牛膝活血通经、祛瘀止痛, 引血下行, 共为臣药；生地黄、当归养血活血, 益阴清热；桔梗、枳壳, 一升一降, 宽胸行气；

柴胡疏肝解郁，升达清阳，与桔梗、枳壳同用，尤善理气行滞，使气行则血行，以上均为佐药；甘草调和诸药为使，此外桔梗又可载药上行，川牛膝引血下行兼有使药之用。本案于方中加合欢皮、夜交藤疏肝解郁，养血安神；肉苁蓉补肾润肠通便。诸药配伍，攻中寓补，攻不伤正，共成理气疏肝、活血逐瘀之剂。

现代研究发现：经行头痛与血清中的雌二醇浓度变化有关。月经前后血清中的雌二醇浓度波动，从而引起血管张力的变化，使一部分对此敏感的患者发生头痛。月经后，血清中雌二醇浓度恢复正常，头痛亦可缓解或者消失。面临紧张的生活、学习和工作压力，女性容易精神紧张，产生不良情绪，加之缺少运动、睡眠不足、饮食不慎等不良的生活习惯，都可能会导致内分泌紊乱，使经行头痛的发生日渐增加。因而，现代女性应加强心理、情绪管理，注重生活的调护，未病防病，已病者身心同调，促使疾病的痊愈。

十三、经行感冒案

李某，女，31岁，已婚。2015年1月12日初诊。

主诉：经期感冒伴月经量少半年。

病史：患者半年前顺产一子，产褥期受凉感冒一次，后每逢经期必感冒且月经量少。刻下：末次月经为2015年1月10日，量少、色淡，近3日自感寒热时作，口苦，咽干，不欲饮食，夜寐尚可，二便正常，舌红、苔白，脉弦数。孕$_1$产$_1$。

证候：邪入少阳，肝脾不和证。

治法：和解少阳，调和肝脾。

方药：小柴胡汤合四物汤加减。柴胡10g，黄芩10g，炒白芍15g，生地黄15g，当归10g，川芎10g，甘草6g，姜半夏15g，党参15g，荆芥15g，生姜3片，大枣5枚。3剂，每日1剂，水煎服。嘱下次月经来潮前来复诊。

二诊（2015年2月10日）：患者药后诸症消失，月经量增多。现经期第1日，微恶寒，鼻塞流清涕，无其他不适，舌淡红、苔白，脉浮细。守初诊方继续3剂，用法同前。

患者药后病除，随访此后经行感冒未再复发。

【按语】患者产褥期体虚正气未复，卫外失固，失于调护，邪气乘虚而入，邪客虚处，故留此病根。随后每遇经期阴血下注，气血不足之时，稍有不慎，邪即侵之。邪气居于少阳，枢机不利，邪正交争，故见寒热时作等一派少阳症状，故用小柴胡汤和解少阳，条达枢机。小柴胡汤为汉代张仲景《伤寒论》中的一首名方，主要用于治疗邪入少阳半表半里之证，由柴胡、黄芩、半夏、生姜、人参、炙甘草、大枣组成，此方寒温同用，补泻兼施，升降相因，为和法代表方。方中柴胡入肝胆经，能疏泄肝胆气机之郁滞，黄芩清疏少阳胆热，柴胡之升散得黄芩之苦降，即可和解表里，调畅气机；肝胆之气犯胃，可致胃失和降，故半夏配生姜，即小半夏汤，以和胃降逆止呕；人参、炙甘草、大枣相伍，补脾益气，扶正以防肝病传脾。七药相辅相成，寒热并用，攻补兼施，既能疏利少阳枢机，又能条达气机升降，调和肝脾，更使内外宣通，气血条达，共奏和解少阳、调和肝脾之效。因患者经行之际血海由满则溢，肝血相对不足，出现月经量少色淡，故加四物汤补血活血，加荆芥疏散风寒，方证对应，疗效甚佳。

十四、经行身痛案

刘某，女，42岁，已婚。2016年10月13日初诊。

主诉：经行小腹疼痛及身痛7年余，加重2个月。

病史：患者平素月经周期规律，28日一至，经行7日干净。近7年来经行下腹及肢体疼痛。末次月经为2016年9月28日，量少、色淡、质薄，伴经行小腹坠痛喜按，肢体疼痛麻木，肢软乏力。曾间断服中药治疗（用药不详），无改善，近2个月疼痛加重，故来诊。刻下：乏力，面色萎黄，白带正常，纳眠可，二便正常，舌淡，脉细弱。孕产史：孕5产2流3（2002年自娩一男婴，2010年剖娩一女婴）。既往史：2014年因甲状腺乳头癌行双侧甲状腺切除术，现服用优甲乐，定期复查。双侧乳腺增生10余年。风湿免疫相关检查无阳性发现。

证候： 脾肾亏虚，气血不足证。

治法： 益气养血，柔筋止痛。

方药： 八珍汤加减。黄芪30g，太子参15g，炒白术10g，茯苓15g，当归15g，川芎10g，白芍15g，熟地黄18g，阿胶15g（烊化），枸杞子20g，厚朴花15g，炒山药30g，五味子15g，炙甘草6g。15剂，每日1剂，水煎服。

二诊（2016年10月28日）：患者2日前月经来潮，量少，色淡，伴经行小腹隐痛喜按，肢体疼痛麻木、肢软乏力较前减轻，舌淡，脉细弱。给予益气养血、通络止痛法，予黄芪桂枝五物汤加减：黄芪30g，红参30g（另炖），桂枝10g，当归15g，赤芍15g，丹参30g，鸡血藤30g，姜黄10g，元胡15g，续断30g，熟地黄15g，川芎10g，川牛膝15g。7剂，用法同前。

患者未再就诊，2个月后电话回访，诉服上方后行经时小腹及腰部酸痛等明显减轻，乏力症状消失，效果明显，自行续服上方10剂后，现偶有经行小腹不适，余症消失。

【按语】经行身痛是指伴随月经周期而身体疼痛或肢体痹痛者，多因血虚经脉失养，或寒凝血瘀或气虚血瘀，气血运行不畅所致，以经期或行经前后，周期性出现身体疼痛为主要表现，亦称"经行遍身痛"。在《女科百问》即有"经水欲行，先身体疼痛"的记载，主要责之于阴阳气血之盛衰，谓："外亏卫气之充养，内乏荣血之灌溉，血气不足，经候欲行，身体先痛也。"并以"趁痛饮子"治疗。《陈素庵妇科补解》

提出："此由外邪乘虚而入，或寒邪，或风冷，内伤冲任，外伤皮毛，以致周身疼痛。"《医宗金鉴·妇科心法要诀》根据身痛在经后，经前辨虚实，指出："经来时身体疼痛，若有表证者，酌用麻黄四物、桂枝四物等汤发之；若无表证者，乃血脉壅阻也……若经行后或血去过多者，乃血虚不荣也。"该案患者素体气血亏虚，且多次孕产，损及冲任胞宫，气血亏损，不荣则痛，故经行小腹身体酸痛，且伴有乏力，面色萎黄。非经期以补养气血以治本，方用八珍汤加减；经期益气养血同时配以活血通络止痛之品，标本兼治，投以张仲景之黄芪桂枝五物汤加减。

十五、经行口糜案

白某，女，31 岁，已婚。2015 年 9 月 20 日初诊。

主诉：经期口舌生疮、糜烂疼痛半年余。

病史：患者平素月经周期规律，量可、色淡。末次月经为 2015 年 9 月 5 日。近半年每值经期则口舌生疮，糜烂疼痛。刻下：脸色晦暗，倦怠乏力，口渴，纳可，多汗，眠一般，小便正常，大便滞而不爽，舌淡红、舌苔花剥，脉沉迟而滑。孕₂产₁流₁，2013 年足月顺娩 1 女婴，现体健；2014 年因计划外人工流产术 1 次。

证候：脾肾阳虚，湿滞不化证。

治法：温肾助阳，健脾除湿，佐以滋阴清热。

方药：苍术 15 g，巴戟天 20 g，杜仲 20 g，山茱萸 15 g，生地黄 10 g，麦冬 15 g，赤芍 15 g，炒白术 15 g，生薏苡仁 15 g，土茯苓 15 g，泽兰 15 g，通草 5 g。7 剂，每日 1 剂，水煎服。

二诊（2015 年 9 月 28 日）：患者自述服药后精神变佳，自觉轻快感，汗出减轻，大便较前成形，脸色较前光泽，舌淡红，脉沉迟而略滑。四诊合参，患者阳虚湿滞有所减轻，经期将至，更进 7 剂至月经来潮。

三诊（2015 年 10 月 9 日）：患者末次月经为 2015 年 10 月 6 日，

经色暗红，口舌溃疡未起，大便正常，诸症减轻，甚则消失。嘱其后续就诊巩固治疗。

患者未再就诊，2015 年 11 月 15 日电话随访，自述 2015 年 11 月 4 日起月经期间仍未起口舌溃疡，大便尚可，未再汗出，精力充沛。后再随访 3 个月，恢复正常。

【按语】经行口糜为临床常见热症，多为阴虚火旺或胃火炽盛引起。综合四诊，本案系脾肾阳虚，湿滞不化，阴阳失和所致，当从肾脾论治，兼运水湿，而不应一概从火热论，处以大量滋阴清热解毒之品，需辨证论治，方有奇效。患者肾虚温化无力，脾运失职，气血不能输布四方，水湿停聚，故倦怠乏力，口渴，大便滞而不爽；肾主黑色，肾虚则面色晦暗；卫阳不固，腠理不密，则易汗出。脾肾阳虚，先后天乏源，肾精无继，可继发阴虚，经期阴血下注冲任之时，阴虚益甚，阴虚生热，湿从热化，出现经行口糜，舌苔花剥。拟以温肾助阳，健脾除湿，佐以滋阴清热之法。用药重在温补肾阳，利湿健脾，补泻同施。方中巴戟天、杜仲温而不燥，补肾扶阳；山茱萸味酸性温，益肾固精。《本草求真》言"凡水湿诸邪，靡不因其脾健而自除"，故用苍术、白术健脾益气、行气燥湿，土茯苓解毒除湿，佐以少量麦冬、生地黄阴中求阳，兼防除湿之燥。赤芍凉血活血，泽兰、通草活血利水。二诊患者诸症减轻，考虑到首诊方平和缓调，效不更方，继服至月经来潮。投方得当，阴阳渐平，则达"阴平阳秘，精神乃治"之效。

十六、经行泄泻案

李某，女，40 岁，已婚。2005 年 4 月 9 日初诊。

主诉：经行腹泻 5 个月。

病史：患者近 5 个月来每次行经时大便泄泻，月经周期 25 ～ 26 日，经期 5 日，量多色淡、质清稀，末次月经为 2005 年 4 月 8 日。刻下：月经第 2 日，大便溏薄，体倦神疲，腰酸腿软，形寒肢冷，纳差，舌淡苔薄，脉沉弱无力。

证候：脾肾亏虚证。

方药：参苓白术散合四神丸加减。党参 15 g，炒白术 10 g，茯苓 15 g，山药 30 g，莲子肉 10 g，白扁豆 30 g，炒薏苡仁 30 g，砂仁 6 g（后下），陈皮 15 g，肉豆蔻 15 g，补骨脂 15 g，巴戟天 15 g，炙甘草 5 g。5 剂，每日 1 剂，水煎服。

二诊（2005 年 4 月 13 日）：患者大便正常，仍感食少体倦，心悸气短，睡眠较差，舌脉同前。此为心脾两虚，治拟健脾益气，养心安神，药用归脾汤加减：党参 15 g，炒白术 10 g，茯神 15 g，炒山药 30 g，木香 6 g，炙远志 6 g，炒酸枣仁 30 g，炙甘草 5 g，生姜 3 片，大枣 5 枚。20 剂，每日 1 剂，水煎服。

患者服药后，月经于 2005 年 5 月 8 日来潮，经行泄泻未作，饮食及睡眠均好转。

【按语】患者素体脾肾虚弱，又值经期，经行之际，气血下注冲任，致使脾肾更虚，水湿运化失常，而发生泄泻。《内经》云"湿盛则濡泄"，泄因于湿，湿本于脾虚，脾虚不运，则湿邪不除。又肾阳虚弱，火不暖土，脾阳不足，故治疗常用温肾健脾，渗湿止泻之法。方用参苓白术散合四神丸加减。因脾肾虚弱，气血生化之源，不能荣养机体、心神，则经后仍感食少体倦，心悸气短，睡眠欠佳，继以益气健脾、养心安神的归脾汤加减。由于虚者补之，病未再发。

十七、经行浮肿案

马某，女，26 岁，未婚。2015 年 6 月 4 日初诊。

主诉：经行身体浮肿半年余，加重 2 个月。

病史：患者 12 岁初潮，周期 26～29 日，经期 8 日，量多、色淡，无痛经及血块，末次月经为 2015 年 5 月 10 日。半年来每至月经前则全身浮肿，月经干净后，浮肿渐消。近 2 个月经前浮肿发作较重，尤以面部及双下肢水肿甚，面部浮肿，目窠如卧蚕，下肢浮肿按之凹陷，伴全身困重酸痛，腹胀纳减。患者 20 日前曾感冒发热，经服西药病情得到控制。刻下：恶风低热，无汗，周身浮肿困重酸痛，下肢浮肿较重，咽部不适，咳嗽痰多，舌淡苔白润，脉沉弦。血常规示：白细胞（WBC）10.3×10^9/L，中性粒细胞数（NEUT）0.75×10^9/L，淋巴细胞数（LYMPH）0.25×10^9/L。体格检查：体温 37.3 ℃，咽部有淋巴滤泡增生。

证候：脾肾阳虚，外感风湿证。

治法：温肾健脾，宣肺解表。

方药：越婢加术汤合肾气丸加减。麻黄 9 g，白术 20 g，紫菀 10 g，牛蒡子 10 g，前胡 12 g，金银花 15 g，石膏 15 g，制附子 12 g（先煎），山茱萸 15 g，茯苓 30 g，牡丹皮 15 g，山药 30 g，桂枝 12 g，泽泻 12 g，甘草 6 g。生姜 3 片。3 剂，每日 1 剂，水煎服。

患者服药后，肿消大半，微汗出，小便增多，晚上仍有胸闷和微咳，未再发低热。药已中的，上方减麻黄为 6 g，石膏为 12 g，加牛膝 9 g。继进 2 剂，浮肿全消，其他症状亦均痊愈，月经来潮正常。嘱可继服归脾丸以健脾益气养血固本。

随访患者半年，经行时未再出现浮肿。

【按语】经行浮肿多为浮肿伴随月经周期发生，其发生主要责之脾、肺、肾三脏。肾主水，为水脏，体内水液有赖于肾阳的蒸腾气化作用，才能正常运行输布。《素问·水热穴论》说"肾者，胃之关也，关门不利，故聚水而从其类也"。肾虚则气化失职，水液溢于肌肤为肿。《内经》云："诸湿肿满，皆属于脾。"又："饮入于胃，游溢精气，上输于脾，脾气散精，上归于肺，通调水道，下输膀胱，水精四布，五经并行。"脾主运化水湿，若运化功能失职，则水湿过盛，停于肌肤则为水肿。肺为水上之源，若肺失肃降，则不能通调水道，下输膀胱，水津不布，弥漫三焦则发为水肿。本案实为脾肾阳虚，外感风邪，湿而复风，风水合邪，肺失宣降，玄府闭塞，遂成风水之病。若只着眼于经行浮肿、月经量多色淡、经期长、腹胀纳减、腰膝酸软等症，而忽略其恶风、身热、咳嗽、身痛等外感之象，致辨证偏颇，而但投补肾温阳、化湿利水剂，不易获效，贻误病情。本案应温肾健脾治其本，疏风行水治其标，标本同治、肾脾肺同调，方可奏效。

十八、经行风疹块案

案1：赵某，女，43岁，已婚。2010年5月21日初诊。

主诉：月经量少10余年，经行身发疹块8年余。

病史：患者14岁初潮，平素月经20～27日一行，末次月经为2010年5月17日，10余年来经量少，经期3～5日，色淡、质稀，有少量血块。8年来每于经行前后骶尾骨部出红色皮疹，无瘙痒。刻下：近半年自觉经前发热、乳房胀痛，情志不舒，烘热汗出，手足心热，白带量少，阴部干涩，舌红、苔黄燥，脉弦细。

证候：阴虚肝旺证。

治法：经后期治宜养阴清热疏肝，经前期治宜养血祛风清热。

方药：①两地汤合丹栀逍遥散加减。生地黄、熟地黄各20g，地骨皮30g，玄参15g，麦冬15g，阿胶20g（烊化），生白芍30g，牡丹皮20g，生栀子12g，柴胡12g，当归15g，白术10g，茯苓15g，薄荷20g，炙甘草5g。12剂，每日1剂，水煎服，月经干净始服。②当归饮子加减：当归15g，生地黄20g，川芎10g，桃仁6g，红花15g，牡丹皮20g，赤芍15g，徐长卿30g，蝉蜕6g，制首乌15g，荆芥10g，防风10g，苦参30g，石膏30g，川牛膝15g。8剂，每日1剂，水煎服，经前8日开始服用。③经期用药：血府逐瘀胶囊，每次4粒，每日3次，口服。

二诊：患者于 2010 年 6 月 14 日月经来潮，经量色可，乳房胀痛及经行皮疹消失，余症均减，纳眠可，二便正常，舌淡红、苔薄黄，脉弦细。按上方案加减巩固治疗 3 个月经周期。电话回访至今皮疹未复发，月经正常。

【按语】本案经行风疹块兼月经量少、时而月经先期，伴有经前发热，乳房胀痛，阴部干涩，情志不舒，烘热汗出，手足心热等，结合其舌脉系肾阴不足，相火妄动之候。患者平素阴血不足，加之情志不畅，肝气郁结，郁久化火，更耗阴血，每至经行之时，阴血外泄而愈加虚馁，血虚生风，则发红疹。经后选两地汤合丹栀逍遥散加减。方中地黄生熟同用，合玄参、地骨皮滋阴降火，清热凉血；阿胶、白芍、麦冬养血滋阴，补肝之用；柴胡、生栀子、薄荷疏肝之体，凉肝散热；当归、牡丹皮养血活血，散瘀清热；白术、茯苓健脾渗湿，防伤后天；甘草调和诸药。诸药合用，肝肾同治，兼以理脾，使阴血复，内热清，以求阴阳之平衡。经前用当归饮子加减，方中以四物汤合首乌养血润燥，滋阴清热；"祛风先活血，血活风自灭"，其中白芍易赤芍，合桃仁、红花、牡丹皮、川牛膝行气活血；苦参、石膏清热泻火，荆芥、防风、徐长卿、蝉蜕疏风透疹。诸药共奏养血活血，祛风清热之功。经期活血通经，乘势利导。经周期治疗，阴血渐复，内热渐清，疾病向愈。

案 2：蔡某，女，23 岁，未婚，无性生活史。2009 年 4 月 21 日初诊。

主诉： 经行皮肤痒疹半年。

病史： 患者 13 岁初潮，周期 24 ～ 27 日一行，经期持续 3 ～ 5 日，末次月经为 2009 年 4 月 3 日，经量稍多，色红、质可。近半年来每于经前 1 周开始周身皮肤起红疹、瘙痒，搔抓后增多，以四肢部多见，经净消退，经前再发，影响学习和生活，口服扑尔敏等抗过敏药可暂时缓解。平素嗜食辛辣之品。刻下：肌肤枯燥，咽干口渴，习惯性便秘，舌红、苔薄黄，脉浮数。

证候：血虚生风证。

治法：养血疏风，清热止痒。

方药：消疹方（自拟方）加减。当归15 g，生地黄20 g，赤芍15 g，荆芥10 g，防风10 g，蝉蜕6 g，黑芝麻30 g，苦参30 g，石膏30 g，牛蒡子10 g，牡丹皮15 g，地肤子15 g，白蒺藜30 g，徐长卿30 g，炒决明子30 g，生甘草6 g。10剂，每日1剂，水煎服。嘱：忌食辛辣及海鲜。

患者依上方加减，每次经前10日开始连服10剂，治疗3个月经周期痊愈。追访半年未复发。

【按语】经行风疹块的发作与月经周期密切相关，每值临经或行经期间而发，经净则消失，常反复发作，迁延不愈。其病因多与血虚或血热有关。《诸病源候论·妇人杂病诸候》中所言："风瘙痒者，是体虚受风，风入腠理，与血气相搏，而俱往来在于皮肤之间。"说明本病的发生与血虚关系密切，结合女性"以血为用"的特点，在治疗时加入养血祛风之品。患者平素嗜食辛辣，血分蕴热，经期气血变化急骤，阴血相对不足，风热之邪乘虚而入，郁于肌肤，故发风疹。药用自拟消疹方加减，方中当归、生地黄、赤芍、牡丹皮养血活血、滋阴清热；荆芥、防风、牛蒡子、蝉蜕、地肤子、苦参、白蒺藜、徐长卿清热除湿、祛风止痒；黑芝麻养血润肤，石膏清气泻热，炒决明子清热润肠；生甘草清热利尿、导热下行，现代药理研究表明，其具有类皮质激素样作用。诸药共奏养血润燥，活血祛风，清热止痒之功。

十九、经行吐衄案

寇某，女，31岁，已婚。2018年2月2日初诊。

主诉：经行咯血3年。

病史：患者 3 年来适逢经行即咽痒、咳嗽、咯血，红色鲜红，量多时伴有血块，持续至经净血止。曾多次于当地医院就诊，查肺部 CT 提示：右肺上叶间质性炎性改变和少许钙化。专科检查已排除肺结核，考虑"子宫内膜异位症"，经期给予止血等对症处理，但经期咯血反复发作，遂来就诊。月经规律，30 日一至，经行 7～10 日，量少，末次月经为 2018 年 1 月 6 日，量少、色鲜红，经前乳胀。刻下：手足心热，颧红，耳鸣，口渴欲饮，纳可，寐差，大便干，舌红、少苔，脉细数。

证候：阴虚内热证。

治法：循经周期，分而治之。非经期治宜滋阴养肺、清热凉血；经期活血通经、引血下行。

方药：①非经期顺经汤加减。当归 15 g，生地黄 12 g，北沙参 10 g，白芍 20 g，茯苓 15 g，荆芥炭 10 g，牡丹皮 15 g，茜草 12 g，白茅根 30 g，川牛膝 15 g。7 剂，每日 1 剂，水煎服。辅以中成药补中益气丸，每日 3 次，每次 8 丸，均服至月经来潮。②经期桃红四物汤加减。桃仁 6 g，红花 15 g，当归 10 g，川芎 10 g，赤芍 15 g，生地黄 12 g，茜草 15 g，白茅根 30 g，墨旱莲 30 g，小蓟 10 g，藕节 30 g，川牛膝 15 g，益母草 30 g。7 剂，每日 1 剂，水煎服。

二诊（2018 年 2 月 13 日）：患者经量增多，经行咯血较前减少。脉舌如前，原方加减，继续序贯治疗。

如此之法，调理 3 个月后，经量正常，经行无咯血。

【按语】每值经行前后或正值经期，出现周期性的吐血或衄血者，称为"经行吐衄"，亦有"倒经""逆经"之称。相当于西医的"代偿性月经""子宫内膜异位症"（是指与月经周期相似的周期性非子宫出血。其原因可能与激素水平的变化，使黏膜血管扩张、脆性增加，易破裂出血而造成。最多见为"鼻衄"）。《叶氏女科证治》云："经不往下行，而从口鼻中出，名曰逆经。"此症有升无降，倒行逆施。《素问·至真要大论》曰"诸逆冲上，皆属于火"，其病因当为血热气逆。患者素体肺肾阴虚，虚火上炎，经行阴虚更甚，虚火内炽，损伤肺络，故经血上逆而为咯血；阴虚内热则手足心热，颧红耳鸣，口干欲饮，经期血量偏少、色鲜红；虚热扰动血海，瘀血留滞，阻塞脉络则淋漓不尽。综合四诊为阴虚内热之象。"虚者补之，热者清之，逆者平之"，循经周期，分而治之，非经期以滋阴养肺、清热凉血，经期应活血通经、引血下行。非经期选顺经汤加减，该方出自《傅青主女科·经前腹痛吐血》，文中言："妇人有经未行之前一二日忽然腹疼而吐血，人以为火热之极也，谁知是肝气之逆乎！……少阴之火急如奔马，得肝火直冲而上，其势最捷，反经而为血……治法似宜平肝以顺气，而不必益精以补肾矣。虽然经逆而吐血，虽不大损夫血，而反复颠倒，未免太伤肾气，必须于补肾之中，用顺气之法，始为得当，方用顺经汤。"方中当归、白芍养血柔肝，滋肝阴直折火势；生地黄、北沙参滋补肺、肾之阴，益水之二源，以制阳光；茯苓健脾利水、导热下行；牡丹皮善入营分，功专行血凉血；荆芥炭性涩，收敛止血。本病并非仅有阴虚血热，久病则气阴俱损，中气虚弱，血失统摄，配合补中益气丸益气健脾，培土生金。经期本应血畅于下，最忌壅塞，予桃红四物汤以活血化瘀、导血下行。该方出自《医宗金鉴》，在《仙授理伤续断秘方》四物汤基础上加桃仁、红花所成，原治经水先期量多，证有瘀者，具有养血滋阴、活血行瘀之功。加入益母草活血通经、祛瘀生新；小蓟甘凉，入肝经，行瘀血、敛新血；藕节甘涩，性专止血。茜草、白茅根、川牛膝为治倒经之要药，可凉血止血、活血通经、引血下行，药理研究发现，三者均可促进凝血酶活性，改善机体凝血功能。分期施治，阴复热退，血循其经，应时而下，遂无咯血之虞。

二十、经行情志异常案

陈某，女，36岁，已婚。2016年5月9日初诊。

主诉： 经行情绪不宁，心悸烦躁，失眠头晕半年。

病史：患者近半年，每在经前3～4日即出现情绪不宁，悲伤欲哭，心悸烦躁，失眠头晕等症状，经净后诸症消失，曾多方求治，服用逍遥丸、谷维素等药，症状时轻时重，未能根治。月经周期规律，14岁初潮，30日一至，经行6日干净，量色可，经行无不适，末次月经为2016年4月11日。刻下：经期将至，近3日情绪不宁，坐立不安，喃喃自语，悲伤欲哭，心悸烦躁，彻夜不眠，不思饮食，头晕耳鸣，二便正常，舌淡红、苔白腻，脉细弱。孕$_2$产$_1$流$_1$。

证候：心脾亏虚证。

治法：补养心脾，安神益智。

方药：归脾汤加减。党参10g，白术10g，黄芪30g，当归15g，茯神15g，远志6g，炒酸枣仁15g，木香6g，龙眼肉15g，炙甘草6g，生姜9g，大枣15g，夜交藤30g，莲子心6g。15剂，每日1剂，水煎服。经期不停。

二诊（2016年5月26日）：患者末次月经为2016年5月12日，经行5日干净，患者诉服药后症状稍有缓解，现月经已净，无不适。守初诊方取20剂，用法同前。

三诊（2016年6月18日）：患者末次月经为2016年6月12日，现月经已净。患者诉此次月经前悲伤欲哭，心悸烦躁，失眠头晕等症状明显减轻，遂要求继续中药调理1个月。

后随访3个月，患者经前情志异常未再复发。

【按语】妇女以血为本，经、孕、胎、产、乳数伤于血，故机体常现"阴血不足，阳常有余"之生理状态，所以《灵枢·五音五味》篇说："妇人之生，有余于气，不足于血，以其数脱血也。"月经的产生与调节，不仅有赖于天癸、脏腑、经络的协调作用，而且与气血盛衰直接相关。心主血，其充在血脉，主神明；脾为气血生化之源，主统血，并主思虑。《内经》曰："胞脉者属心而络于胞中。"《女科经纶》亦云："妇人经血属心脾所统。"脾气健运，心血旺盛，血海满盈，下注于胞宫，则月事以时下，且神守自安。然而，女子常有多忧之特点，易被七情所伤。《医宗金鉴》云："若为七情所伤，则心不得静，而神躁扰不宁也。"《灵枢·素问》曰："悲哀愁忧则心动，心动则五脏六腑皆摇。"思虑劳倦，情志不畅，则损伤心脾，心神失养，神无所主，必现情志异常，甚或神明逆乱。归脾汤具有益气补血、健脾养心之良效，方用人参（党参）、黄芪、白术、甘草甘温之品以补脾益气；茯神、远志、酸枣仁、龙眼肉、当归养血安神；伍木香理气醒脾，使补而不滞，滋而不腻；生姜、大枣调和脾胃，以资化源。用此方养心与健脾并重，随症加减治疗本病常获良效，说明调理情志不能单纯从肝论治，补益心脾亦尤为重要。

二十一、绝经前后诸证案

案1：王某，女，50岁，已婚。2012年2月29日初诊。

主诉：烘热汗出8年，小便余沥不尽反复发作6年。

病史：患者平素月经规律，8年前开始月经紊乱，伴见潮热汗出，末次月经2010年11月。6年前开始出现小便余沥不尽伴灼热感，无尿痛，反复发作。2008年发现尿道息肉并于同年在某医院手术切除，术后症状未减轻，膀胱镜及B超检查无异常发现，故来诊。刻下：小便余沥不尽，烘热汗出，时有心悸，失眠，饮食可，大便正常，舌尖红、苔薄黄，脉沉弦。孕$_3$产$_1$流$_2$。

证候：心肾不交，湿热下注证。

治法：滋肾宁心安神，清热利湿通淋。

方药：萹蓄30g，瞿麦15g，滑石30g，生地黄20g，生栀子12g，金银花30g，白茅根30g，冬葵子15g，黄柏10g，土茯苓15g，车前子15g（包煎），生甘草5g。10剂，每日1剂，水煎服。

二诊（2012年3月17日）：患者小便不适症状无明显减轻，盗汗，失眠，时有头晕心悸，口干，舌红、苔薄黄，脉弦。杞菊地黄汤加减：枸杞子 20 g，黄芪 10 g，生地黄 20 g，生山药 30 g，山茱萸 10 g，牡丹皮 15 g，白茅根 30 g，炙远志 6 g，炒酸枣仁 15 g，五味子 15 g，乌梅 10 g，郁金 12 g，石菖蒲 20 g，炙甘草 5 g。10 剂，用法同前。

三诊（2012 年 4 月 14 日）：患者服药后口干缓解，小便余沥不尽有所减轻，眠差，下午头部隐痛，舌淡红、苔厚腻，脉滑。效不更方，守二诊方去山药加川芎 20 g，茯神 15 g。10 剂，用法同前。

依此为底方，随症化裁治疗 1 个月，患者诸症消失。

【按语】 女子经、孕、产、乳数伤于血，故其"阴常有余，阳常不足"。《素问·阴阳应象大论》曾言："年四十而阴气自半也，起居衰矣。"该女性年逾七七，阴血愈显不足，加之素体虚弱，阴阳失调，阴不潜阳，则潮热汗出；湿热之邪乘虚而入，居于膀胱，则小便灼热、余沥不尽；湿热伤阴，使阴虚难复，阴虚正衰，湿热留恋，故而潮热汗出、小便不适持久不愈；肾阴不足，不能上济于心，而心阴不足，心火偏旺，则心悸、失眠，舌脉均为阴虚内热之象。治当滋肾宁心安神、清热利湿通淋，首选《太平惠民和剂局方》之八正散化裁，重在清热利湿，稍佐滋阴，方中萹蓄、瞿麦、滑石、冬葵子、车前子、黄柏、土茯苓、白茅根清热渗湿，利尿通淋；栀子、金银花清热泻火除烦，生地黄滋阴凉血清热，生甘草调和诸药。二诊时诸羔未有改善，又增盗汗、乏力、口干等症，考虑为清泻太过，滋补不足，不但湿热未除，气阴反伤，故改为滋阴补肾、清心安神之法，以杞菊地黄汤加减。方中枸杞子、生地黄、山药、山茱萸滋肾养血，益阴清热；黄芪、五味子、乌梅益气养阴、生津敛汗；牡丹皮入血分，清血分伏热；炙远志、炒酸枣仁养心阴、安心神；郁金、石菖蒲解郁行气、化湿开窍；白茅根清热利尿，使湿热从小便而出，炙甘草调和诸药。全方补中有通，补不恋邪，通不伤正，收效显著。本案系阴虚、湿热胶结所致，虚实夹杂，但重在本虚，治疗应辨清邪正偏倚，投药宜把握虚实轻重，多年顽疾才能治愈。

案2：王某，女，45岁，已婚。2016年11月3日初诊。

主诉：月经稀发2年余，伴烘热汗出2月余。

病史：患者平素月经规律，13岁初潮，30日一行，5日干净，量色可，无血块，无痛经，经行无不适。近2年来无明显诱因出现月经错后，27～90日一行，1～5日干净，量少、色可。末次月经为2016年8月24日，1日干净，量少、色可，无痛经及血块，经前乳胀，余无不适。刻下：停经2月余，烘热汗出，偶有烦躁，失眠多梦，白带量少，阴道干涩，偶有外阴瘙痒，纳可，二便正常，舌红、苔薄白，脉弦细。有乳腺增生病史。2016年10月7日查性激素示：FSH 97.56 mIU/mL，LH 40.26 mIU/mL，P 0.39 ng/mL，E_2 500 pg/mL，T 0.13 ng/mL，PRL 3.15 ng/mL；AMH < 0.01。2016年10月29日查彩超示：子宫肌瘤18 mm × 13 mm，双侧卵巢偏小（大小分别为：右侧14 mm × 8 mm、左侧13 mm × 6 mm）。

证候：肝肾阴虚证。

治法：滋肾疏肝，调和营卫。

方药：百合地黄汤合桂枝汤、逍遥散加减。炙百合30 g，生地黄18 g，当归15 g，生白芍16 g，柴胡12 g，炒白术10 g，茯苓15 g，合欢皮15 g，桂枝10 g，夜交藤30 g，炙甘草6 g，以生姜、大枣为引。10剂，每日1剂，水煎服。

二诊（2016年11月17日）：患者末次月经为2016年8月24日，现鼻炎复发，喷嚏多，烘热汗出减少，晨起口苦，纳眠可，二便正常，舌红、苔薄黄，脉弦细。方药：党参10 g，黄芩12 g，黄连6 g，炙大黄6 g，柴胡12 g，牡丹皮15 g，生栀子12 g，辛夷10 g，炒苍耳子6 g，姜半夏10 g，炙甘草6 g，细辛3 g，生姜、大枣为引。7剂，每日1剂，水煎服。用法同前。

三诊（2016年12月15日）：患者末次月经为2016年12月10日，5日干净，量可、色暗红，无血块，无痛经，轻微腰酸，余无不适。自诉烘热汗出症状好转，睡前情绪烦躁，仍伴有晨起口苦，纳眠可，二便正常，舌尖红、苔薄白，脉弦细。守初诊方，继续口服。

四诊（2016 年 12 月 28 日）：患者诉无明显不适症状，烘热汗出、烦躁等症状已消失，效不更方，继续巩固治疗 1 周。

随访患者，症状未复发。

【按语】妇女在绝经期前后，围绕月经紊乱或绝经出现烘热汗出、烦躁易怒、潮热汗出、乍寒乍热、眩晕耳鸣、心悸失眠、腰背酸楚、面浮肢肿、皮肤蚁行感、情志不宁等症状，称为"绝经前后诸证"，亦称"经断前后诸证"。本病是由于妇女年近七七，进入更年期，肾气将衰，"任脉虚，太冲脉衰少，天癸竭"，阴阳平衡失调，出现的阴阳偏颇现象。叶天士根据"女子以肝为先天"之理，认为本病是由于肝的虚衰或疏泄功能异常导致气血失调，阴阳失衡而致。肝"体阴而用阳"，肝之阴气不足，则肝之阳气偏亢，则见耳红目赤、头胀头痛、心烦易怒、脉弦偏数、两腿无力等上盛下虚之证。总之，肝肾阴阳失衡乃为病机之本，治应滋阴疏肝、调和阴阳，采用百合地黄汤合桂枝汤。百合地黄汤出自《金匮要略》。《金匮要略心典》记载："百合色白入肺，而清气中之热，地黄色黑入肾，而除血中之热，气血即治，百脉俱清，虽有邪气，亦必自下。"桂枝汤出自《伤寒论》，为调和营卫方剂之祖。两方合用，滋养肝肾，营卫得调，诸症自消。方中炙百合、生地黄滋补肾阴，填精益髓；当归、生白芍滋阴养血柔肝，柴胡、合欢皮疏肝解郁；桂枝温经通阳，与白芍、生姜、大枣相配，辛甘化阳，酸甘化阴，外调营卫，内和阴阳；茯苓、白术合生姜、大枣健脾益气生血，合欢皮、夜交藤宁心安神；炙甘草甘以守中，调和诸药为使。诸药相伍，共奏滋阴疏肝，调和营卫之功。

案 3：桑某，女，46 岁，已婚。2017 年 2 月 16 日初诊。

主诉：间断性阴道少量出血 1 月余，伴烘热汗出、心悸失眠。

病史：患者平素月经周期规律，13 岁初潮，28 日一行，经行 6 日干净，量色可，末次月经为 2017 年 1 月 3 日。刻下：近 1 个月间断性阴道少量出血，伴烘热汗出，心悸，乏力，失眠，白带量少，同房时干涩疼痛，纳食尚可，二便调正常，舌体大、边有齿痕，脉细数。孕$_3$产$_1$流$_2$，2017年2月1日查彩超示：子宫肌层局部回声不均；子宫肌瘤19 mm×15 mm，双侧卵巢体积减小，宫内节育环位置正常。2017年2月16日尿HCG为阴性。

证候：心肾不交证。

治法：滋肾养阴，清热止血。

方药：黄连阿胶汤合桂枝汤加减。黄连6 g，阿胶珠15 g，黄芩12 g，白芍10 g，桂枝10 g，墨旱莲30 g，仙鹤草30 g，山茱萸20 g，续断30 g，藕节30 g，金银花炭15 g，炙甘草6 g，生姜3片，大枣15 g。7剂，每日1剂，水煎服。

二诊（2017年2月24日）：服3剂药后，患者阴道出血停止，失眠、心悸较前减轻，7剂药服完后，仍乏力，近日食欲不振，二便如常。原方减去仙鹤草、藕节、金银花炭，加黄芪30 g，白术10 g，太子参15 g，10剂继服。

三诊诸症消失，继服7剂以巩固。

【按语】绝经前后诸证是在女性卵巢功能逐步减退直至完全消失的过渡过程中，内分泌平衡发生变化，临床出现月经失调、潮热、心悸、乏力、出汗及失眠，甚至情志异常等一系列症状。《素问·上古天真论》云："七七任脉虚，太冲脉衰少，天癸竭，地道不通，故形坏而无子也。"绝经前后，天癸渐竭，先天之精的耗竭是不可逆转的生理现象，故而本病的基本病机是阴精不足，肾阴亏虚，肾水不能上济心火而致失眠、心悸；虚热内生，扰动血海则不规则阴道出血；虚阳浮越，营卫失和则烘热汗出；阴精不足，窍道失养则阴道干涩、带下过少。治疗本证当以滋肾养阴为主，燮理阴阳，投以黄连阿胶汤合桂枝汤加减。黄连阿胶汤出自《伤寒论》，本方由黄连、黄芩、白芍、阿胶、鸡子黄组成，主要的作用是滋肾阴，清心火。正如成无己所说："阳有余以苦除之，黄连黄芩之苦以除热；阴不足以甘补之，鸡子黄阿胶之甘以补血；酸，收也，泄也，芍药之酸，收阴气而泄邪热。"

阿胶、白芍养血救阴；黄连、黄芩旨在泻火，使阴复火降，水火既济，心肾交泰，烦除而卧安；合用桂枝汤辛甘化阳，酸甘化阴，调营卫和阴阳；加墨旱莲、山茱萸滋肾养阴、固精摄血；仙鹤草、藕节、金银花炭清热凉血止血。诸药合用共奏滋阴清热，交通心肾，燮理阴阳之功。

二十二、经断复来案

陈某，女，58岁，已婚。2016年7月15日初诊。

主诉：绝经后4年，近4个月间断性阴道少量出血3次。

病史：患者绝经后4年，于2016年4月11日及2016年6月10日分别阴道少量出血2日（用护垫即可），无特殊不适，2016年7月11日再发阴道少量出血，色鲜红、质稀，次日即止。刻下：阴道无出血，带下量少，夜间烦热，因家中琐事繁多，常与家人争吵，纳谷不香，睡眠差，入睡难，二便正常，舌体胖大、边有齿痕，舌红、少苔，脉缓弱无力。孕$_3$产$_2$流$_1$（孕4个月时引产1次，人流1次）。偶尔血压145/90 mmHg，未服用药物，余无特殊病史可载。妇科检查：外阴已婚经产式；阴道畅；宫颈光滑萎缩；宫体附件触诊不满意（因患者腹壁较厚、不配合）。彩超检查：子宫萎缩，双层内膜厚3 mm，余未见明显异常。TCT轻度炎症，HPV阴性。

证候：心脾不足，肾虚肝郁证。

治法：健脾养心，疏肝固冲。

方药：黄芪30 g，红参10 g（另炖），炒白术10 g，当归15 g，茯神15 g，炒酸枣仁15 g，炙远志6 g，合欢皮15 g，黄柏10 g，知母20 g，栀子12 g，莲子心6 g，木香6 g，炙甘草6 g，生姜9 g，大枣15 g。7剂，每日1剂，水煎服。配合丹栀逍遥丸口服以疏肝解郁，条达情志。

二诊（2016年7月20日）：患者服药后纳谷渐馨，睡眠转安，舌体大、质淡红、苔薄白，脉沉细。守初诊方去栀子，取15剂继续调理。

三诊（2016年8月5日）：患者服药后纳眠转可，精神面貌较前明显好转，予以归脾丸及丹栀逍遥丸以长期调理，3个月后再次复诊诉阴道未再出血。

【按语】绝经期妇女月经停止1年或1年以上，又再次出现子宫出血，称为经断复来，西医称此病为绝经后子宫出血，其常见原因有子宫内膜萎缩、子宫内膜息肉及子宫内膜癌。患者已绝经4年，气血及各脏腑生理功能已衰退，开始步入老年阶段，此时宜精神内守，恬淡虚无，宽容豁达。若一味逞强好胜，忧思过多，五志太过伤及五脏，心为五脏之君，心神不养，则他脏不安，《灵枢·口问》云："悲哀愁忧则心动，心动则五脏六腑皆摇。"加之患者性情急躁，肝旺克伐脾土，中州失运，气血乏源，冲任失固，则经断复来。而年长肾亏，寄望于后天，强健脾胃系第一要务，故选归脾汤加味治之。方中红参、黄芪、白术、当归健脾益气、养血和血；黄柏、知母善走下焦、滋阴清热，使火伏于水中；酸枣仁、远志、茯神、莲子心、栀子祛痰开窍、清心安神；合欢皮疏肝理气、解郁助眠；木香芳香化滞、和胃醒脾，生姜、大枣、炙甘草健脾和中、滋养胃气。作为一名合格的医者，不但要治"人的病"，还要治"病的人"，在诊病时要因人制宜，重视患者的精神状态、思想文化、工作生活情况等因素对疾病的影响，神形并调，方获全功。该患者常与家人争吵，可见是一位事无巨细，斤斤计较之人，故予丹栀逍遥丸以疏肝清热，解郁健脾，并配合心理疏导，调畅情志。如《类证治裁》中所说："若不能怡情放怀，至积郁成劳，草木无能为挽矣，岂可借合欢捐忿，萱草忘忧也哉！"此外，接诊绝经后出血患者，一定要详细询问病史（如有无高血压、肥胖及糖尿病等病史）及出血情况（如出血性质、颜色及有无恶臭、接触性出血等），结合现代医学相关检查，以排除癥瘕恶疾而避免贻误诊治。

第二节

带下病

一、带下过多案

案 1：陈某，女，28 岁，已婚。2009 年 11 月 24 日初诊。

主诉：反复性白带量多半年余。

病史：患者近半年白带量多，曾就治诊为阴道炎，给予外阴药物及中成药治疗，一时有效，停药反复发作。患者月经 28～30 日一行，3～5 日干净，末次月经为 2009 年 11 月 15 日，经量尚可、色淡、质稀。刻下：带下量多、色白、质清稀、无臭味，纳食减少，腹胀，神疲乏力，大便溏，小便正常，舌淡、苔薄白，舌体胖大、边有齿痕，脉细缓。孕$_1$产$_1$。妇科检查：阴道分泌物量多，淡黄，质稀；宫颈Ⅱ°糜烂样改变。余未及异常。阴道炎六联检：清洁度Ⅱ°，乳酸菌量少。

证候：脾虚湿盛证。

治法：健脾益气，除湿止带。

方药：完带汤加减。党参 10 g，炒白术 10 g，茯苓 15 g，炒山药 30 g，车前子 15 g（包煎），陈皮 15 g，柴胡 12 g，白芷 10 g，炙甘草 5 g。7 剂，每日 1 剂，水煎服。

二诊（2009 年 12 月 1 日）：患者自诉服药后白带量较前减少，余症均减轻。守上方 7 剂，以巩固疗效。

随访患者 3 个月，未复发。

【按语】带下一病，主要由于湿邪影响任、带二脉，以致任脉不固、带脉失约。正如《傅青主女科》中云："夫带下俱是湿症。而以'带'名者，因带脉不能约束，而有此病，故以名之。"《医学心悟》亦曰："大抵此症不外脾虚有湿，脾气壮旺则饮食之精华生气血而不生带，脾气虚弱则五味之实秀，生带而不生气血。"导致本病的主要病机是脾虚不运，湿浊下注，伤及带脉，带脉失约，故以益气健脾、渗湿化浊之完带汤加减治疗。方中党参、炒白术、炒山药、陈皮益气健脾，除生湿之源；柴胡柔肝疏肝解郁，以助中土健运；白芷、车前子利水渗湿，化浊止带；炙甘草调和诸药。诸药合方，可使脾运健，湿浊化，带下除。

案 2：刘某，女，30 岁，已婚。2017 年 1 月 19 日初诊。

主诉：反复性白带增多伴阴痒 3 年。

病史：患者近 3 年无明显诱因而霉菌性阴道炎反复发作，自备"制霉菌素片"阴道塞药后症状缓解，一两个月后再发。平素月经周期规律，28 日一至，经行 2 日干净，量偏少、色暗、有血块，末次月经为 2016 年 12 月 24 日。刻下：白带量多、色黄、质稠，呈豆腐渣样，伴有外阴及阴道瘙痒不适，有异味，纳眠一般，夜梦多，二便正常，舌红、苔黄腻，脉弦滑。孕$_2$产$_1$流$_1$（2012 年自娩一女活婴，2016 年停经 6 个多月时因羊水重度污染晚期流产 1 次）。阴道炎六联检：清洁度 Ⅲ°，霉菌阳性。

证候：湿热下注证。

治法：清肝泻火，燥湿止痒。

方药：龙胆泻肝汤加减。龙胆草 6 g，栀子 12 g，金银花 20 g，蒲公英 30 g，连翘 20 g，生地黄 18 g，车前子 30 g（包煎），泽泻 15 g，黄芩 10 g，太子参 15 g，当归 10 g，柴胡 12 g，枳实 12 g，木香 6 g，炙甘草 6 g。15 剂，每日 1 剂，水煎服。克霉唑阴道片，每周 1 次阴道纳药。

二诊（2017 年 2 月 16 日）：患者用药后白带较前减少，阴痒减轻，末次月经为 2017 年 2 月 6 日，经行 4 日干净，量较前明显增多、量可、色暗红，有血块，无痛经，经前烦躁、乏力，纳眠可，二便正常，舌紫暗、苔白滑，脉弦细。2017 年 2 月 16 日阴道炎六联检：未见明显异常。原方更进 7 剂。

药后患者诸症尽除，以完带汤合龙胆泻肝汤加减，每月经后进药 10 剂，连续巩固治疗 3 个月。随访半年未再复发。

【按语】带下乃属人体阴液，由肾藏泻，经脾运化，任脉所司，带脉约束，督脉温化而成，以维持女性正常生理及生育功能。一旦脏腑功能失调，即可引发带下病诸症。妇女外感湿热之邪，或肝郁化热，或脾虚生湿，或经行产后，因湿热内犯、胞脉空虚，湿热之邪郁结于任带二脉，故可致任脉不固，使带脉失约，最终可致带下量增多；湿热之邪注于下焦，犯及阴中，而致阴部瘙痒、疼痛。龙胆泻肝汤出自《医方集解》。《医方集解·泻火之剂》云其"治肝经实火，湿热，胁痛，耳聋，胆溢口苦，筋痿，阴汗，阴肿阴痛，白浊溲血"。方中龙胆草性苦寒，清肝胆实火，利肝经湿热，除湿泻火，两擅其功，正切病机；黄芩、栀子加金银花、蒲公英苦寒清热、解毒燥湿，以助龙胆草之力；泽泻、车前子清热渗湿、导邪下行；生地黄、当归滋阴养血柔肝，防苦寒劫阴；柴胡、枳实一升一降，疏肝行气，以助湿化；太子参、木香益气健脾、行气和胃，防苦寒伤中；甘草缓急守中，调和诸药。全方配伍，泻中有补，降中有升，祛邪而不伤正气，泻火而不伐胃，诸药合用，共奏清热利湿、祛邪扶正之功。正虚之处，即邪犯之所，故待湿除热退，改行益气健脾扶正为主，使"正气存内，邪不可干"，防病再发。

案 3：尹某，女，33 岁，已婚。2017 年 8 月 25 日初诊。

主诉：带下量多半年。

病史：患者近半年带下量增多，曾间断服用中药治疗无改善。患者时月经后错，1 ~ 3 个月一行，末次月经为 2017 年 7 月 9 日，持续 6 日，量中，无痛经。刻下：带下量多、色白、质清稀如水，无腥臭及瘙痒，食欲不振，精神疲倦，活动后易汗出，大便时溏，小便频数，眠差易醒，舌淡、苔薄白，脉沉细。孕₁产₁（2012年顺产1男婴）。妇科检查：外阴已婚经产式；阴道通畅，分泌物偏多、色白、质稀；宫颈肥大，糜烂样改变Ⅱ°；宫体平位，常大，无压痛；双侧附件未及异常。阴道炎六联检：清洁度Ⅱ°，乳杆菌少量。彩超示：子宫附件未见异常。查血HCG 1.2 mIU/mL，P 0.5 ng/mL。衣原体、支原体、淋球菌均为阴性，TCT轻度炎症，HPV阴性。

证候： 脾胃虚弱证。

治法： 健脾益气，利湿止带。

方药： 清带汤加减。太子参15 g，炒白术10 g，炒山药30 g，茜草10 g，海螵蛸10 g，芡实10 g，白果10 g，龙骨、牡蛎各15 g，茯苓15 g，夜交藤30 g。7剂，每日1剂，水煎服。

二诊（2017年9月4日）：患者服药后带下顿减，精神转佳，仍动则汗出，二便正常，舌脉如前。上方加黄芪30 g，7剂，每日1剂，水煎服。

三诊（2017年9月18日）：患者带下正常，末次月经为2017年9月12日，量中，无不适，舌淡、苔薄白，脉沉细。拟健脾补肾，调养冲任之法，以完带汤合归肾丸加减。黄芪30 g，太子参15 g，白术15 g，山药30 g，茯苓15 g，熟地黄20 g，白芍15 g，山茱萸15 g，当归15 g，菟丝子30 g，杜仲20 g，柴胡10 g，车前子15 g（包煎），川牛膝15 g。14剂，每日1剂，水煎服。

3个月后随访患者，带下正常，月经至期来潮。

【按语】带下过多主要责于脾与湿，《女科经纶·带下门》引："白带多是脾虚……脾伤则湿土之气下陷，是脾精不守，不能输为荣血而下白滑之物。"患者脾胃虚弱，水湿不运，湿性趋下，带脉失约，而发带下量多、大便溏薄；脾虚失摄，生化无权，气血亏虚，卫表不固，故月经后期、汗出、乏力。治宜健脾益气，利湿止带。以《医学衷中参西录》中清带汤加味以健脾益气，收涩止带。张锡纯曰："带下为冲任之证。"方中太子参、炒白术补益中气，健脾燥湿；山药禀地中正之土味，滋真阴固元气，健脾气厚肠胃；龙骨、牡蛎收敛固涩，主女子带下赤白；海螵蛸、茜草固精止带，祛瘀通经；加入芡实、白果补脾益肾，祛湿止带；茯苓、夜交藤健脾利湿，宁心安神。诸药共奏一补一敛一行之功，使湿无所生，带有所敛，而无留瘀之弊。

疾病辨治错综复杂，除需熟练多种辨治方法外，还需注意新病旧疾的处理原则。《金匮要略·脏腑经络先后病脉证第一》云："夫病痼疾，加以卒病，当先治其卒病，后乃治其痼疾也。"新病为标，旧疾为本，若二者同出一辙，相互影响，可以新旧兼顾，同时治疗；若卒病势急，此应先治新病，后治旧疾。结合此案，患者素有月经后错，后添带下之病，经为本，带为标，应先治其带，带下病愈后再调其经，古人也有"调经先止带"之说。

二、带下过少案

郭某，女，44岁，已婚。2017年1月6日初诊。

主诉： 经前阴痒伴白带量少4个月。

病史： 患者4个月前无明显诱因出现阴痒，白带量少，阴道干涩及性交不适，自备甲硝唑治疗后症状改善，停药后上述症状复发。平素月经规律，周期28日，经行3日干净，量偏少、色可，偶有血块。刻下：白带量少，无阴道灼热感，月经量偏少、色可，纳食欠佳，易腹胀，眠可，大便秘结，2～3日一行，小便正常，舌红、苔少，脉弦细。孕$_6$产$_2$流$_4$（1997年自娩一女活婴，2001年自娩一男活婴，计划外妊娠行人工流产4次）。

证候： 肾阴不足证。

治法：滋肾养阴，理气和胃。

方药：地柏地黄汤合增液汤加减。知母20g，黄柏10g，生地黄18g，山茱萸20g，山药30g，牡丹皮15g，玄参20g，麦冬15g，石斛20g，枳壳12g，黄芩12g，栀子12g，厚朴15g，姜半夏15g，甘草6g，大黄10g（后下）。15剂，每日1剂，水煎服。

二诊（2017年1月20日）：患者治疗后，自觉白带增多，阴道干涩感有所改善，月经量也有所增多，仍觉胃胀纳差，便干难解。继服上药减石斛、知母、黄柏、山药，加木香6g，党参15g，白术10g。取15剂，每日1剂，水煎服。

三诊（2017年2月9日）：患者服药后白带量基本正常，胃纳渐增，腹胀消失。嘱常服六味地黄丸合香砂养胃丸口服巩固治疗。

随访患者3个月，白带正常，月经开始紊乱，周期延后，无潮热汗出、烦躁易怒等症。

【按语】带下过少指带下量明显减少，导致阴中干涩痒痛，主要病机为阴液不足，不能濡养阴道。患者年逾六七，三阳脉衰，肾精渐亏，血少津乏，阴液不充，任带失养，带下量少，阴道失于润泽。治疗从肾脾出发，滋养肾阴，兼以健脾理气，选用知柏地黄汤合增液汤加减。方中知母、黄柏、牡丹皮、栀子、黄芩清泻虚火，生地黄滋阴补肾，山茱萸补养肝肾，山药健脾益阴，亦能固肾，玄参、麦冬、石斛滋阴增液，枳壳、厚朴、姜半夏降气和胃，大黄清热通便，甘草调和诸药，全方肾脾兼顾，补先天不忘调后天，加减治疗，诸症消失。顺利进入围绝经期，月经开始延后，而无其他不适症状。

妊娠病

一、妊娠恶阻案

案1：王某，女，26岁，已婚。2006年8月8日初诊。

主诉：停经39日，伴恶心、呕吐，食入即吐7日。

病史：患者脾胃素虚，末次月经为2006年6月30日，于停经32日时出现恶心、呕吐，伴头晕乏力，食欲不振，自查妊娠试验阳性。近1周来，恶心、呕吐加重，故来诊。刻下：恶心、呕吐，食欲不振，甚则食入即吐，头晕乏力，舌淡，舌体胖大、边有齿痕，苔薄白，脉缓滑有力。查尿酮体阳性，电解质未见异常，彩超示：宫内早孕。

证候：脾胃虚弱证。

治法：健脾和胃，降逆止呕。

方药：香砂六君子汤加减。太子参15 g，炒白术10 g，茯苓15 g，砂仁6 g（后下），黄芩12 g，苏梗15 g，陈皮15 g，姜半夏10 g，甘草5 g，生姜3片为引。4剂，每日1剂，水煎频服。另嘱患者取鲜芫荽一把，煮沸后倒入大壶，将壶口对准鼻孔吸气；清淡饮食，少食多餐。

二诊（2006年8月12日）：患者恶心、呕吐减轻，食欲好转，舌淡、苔薄白，脉缓。此胃气欲降，脾气欲振之机，唯头晕一症未减，责之气血虚弱，清窍失养，仍以初诊方调理脾胃，益气养血，待气血俱充，头晕一症自清，嘱再服初诊方3剂。

三诊（2006年8月16日）：患者恶心、呕吐已消，头晕大减，精神、食欲如常，舌淡红、苔薄白，脉缓滑。此胃气已降，脾气已复，脾胃已和，气血俱充之征。初诊方再进3剂，隔日1剂，以巩固疗效。

【按语】 该患者脾胃素虚，孕后脏腑之气机升降失常，且经血盛于下以养胎，冲脉之气旺盛，冲脉挟胃气上逆，不得下行，胃失和降，故致恶心呕吐，甚或食入即吐。胃失和降，亦会影响到脾之升清，出现头晕体倦、怠惰乏力等症；舌淡，舌体胖大、边有齿痕，苔薄白，脉缓滑有力，皆是脾虚之象。若吐甚则更使脾胃气伤，脾胃伤则恐堕胎。故先宜健脾和胃，降逆止呕，用香砂六君子加减。方中太子参、炒白术、茯苓、甘草健脾养胃，益气和中。其中太子参益脾气，养胃阴，生津液，较人参清补之功更优；生姜、姜半夏降逆止呕，古人虽谓半夏有动胎之性，但仍有待进一步考证，遵从"有故无殒，亦无殒也"的原则，用之每获良效，一般可用至10 g；砂仁、苏梗、陈皮理气和中，砂仁、苏梗对药应用，既健脾和胃，又顺气安胎；黄芩、炒白术健脾益气，清热祛湿，乃安胎圣药。木香性温燥，《本草求真》论其曰："木香味辛而苦，下气宽中，为三焦气分散药……况此苦多辛少，言降忧郁，言升不足，言散则可，言补不及。"恶阻之患者，本已有气津两伤，况胎前多热，故弃之不用。该病患者汤药难进，故嘱患者少量频服，以不拒药为宜。予患者鲜芫荽煮沸吸气法，因芫荽芳香之气，能宽胸定逆，悦脾醒胃，食而不呕。另对呕吐剧烈，形体消瘦者，可适当静脉补液，营养支持治疗。

案2：向某，女，29岁，已婚。2016年6月14日初诊。

主诉： 停经64日，恶心、呕吐2日。

病史： 患者平素月经规律，12岁初潮，30日一行，经行5日干净，量可、色暗、无血块。末次月经为2016年4月11日，患者自诉同房后服用紧急避孕药，避孕失败后妊娠。停经 33 日，阴道少量出血，腰酸，未处理自行好转。停经 38 日劳累后出现阴道少量褐色分泌物，发现妊娠后予黄体酮针、固肾安胎丸等保胎治疗，出血停止。近 2 日恶心、呕吐加重来诊。刻下：停经 64 日，纳差，恶心、呕吐，食入则吐，偶有腹部刺痛，无阴道出血，伴腰酸，胸满胁胀，烦躁，眠可，小便少，大便 2 日未排，舌红、苔薄黄，脉弦滑细无力。孕$_2$产$_0$人流$_1$（2014 年因计划外妊娠行人工流产术）。2016 年 6 月 7 日查彩超示：宫内早孕（36 mm × 28 mm × 13 mm），可见原始心管搏动，左卵巢囊肿（29 mm × 28 mm）。2016 年 5 月 18 日孕酮（P）：22.1 µg/L，血 β-HCG 1 411 IU/L；2016 年 5 月 25 日 P 24.3 µg/L，血 β-HCG 13 254 IU/L；2016 年 6 月 7 日孕酮 17.1 µg/L，血 β-HCG 65 181 IU/L。尿常规：尿酮体（+）。肝肾功能、电解质正常。

证候： 肝胃不和证。

治法： 清肝和胃，降逆止呕。

方药： 橘皮竹茹汤加减。竹茹 10 g，橘皮 10 g，太子参 10 g，炒白术 10 g，黄芩 12 g，苏梗 10 g，白芍 30 g，续断 30 g，杜仲 20 g，桑寄生 20 g，茯苓 15 g，砂仁 6 g（后下），炙甘草 6 g，阿胶 15 g（烊化），生姜 9 g。7 剂，每日 1 剂，水煎服，少量多次频服。

二诊（2016 年 6 月 21 日）：患者现停经 71 日，自诉昨日见少量褐色分泌物，今有腹部轻微刺痛，恶心、呕吐明显缓解，纳一般，夜眠欠佳，小便可，近 4 日因饮食不慎腹泻，每日 3～4 次（现服思密达），舌红、苔薄白，脉弦滑细弱。2016 年 6 月 17 日孕酮 18.6 µg/L，血 β-HCG 92 987 IU/L。现患者以下腹痛、阴道出血为主，改用褚氏安胎方（自拟方）加阿胶 15 g（烊化），莲子心 15 g，姜竹茹 10 g。7 剂，用法同前。

三诊（2016 年 6 月 28 日）：患者现停经 78 日，阴道无出血，无腰腹下坠，偶有腰酸，恶心呕吐，纳差，腹部偶有发胀，眠可，二便正常，舌红、苔薄白，脉弦细滑。2016 年 6 月 22 日 P 24.2 μg/L，血 β-HCG 96 229 IU/L。2016 年 6 月 22 日彩超示：宫内早孕，如孕 9$^+$ 周，头臀径 27 mm，胎心胎动可，左卵巢囊肿（26 mm×21 mm）。守初诊方，7 剂，用法同前。

四诊（2016 年 7 月 5 日）：患者现停经 12^{+1} 周，无阴道出血，无腰酸腹痛，偶尔恶心。彩超示：宫内单活胎，顶臀径 65 mm，NT 1.2 mm。嘱建卡定期保健。

【按语】妊娠恶阻病因迄今未明，可能与体内激素作用和胃肠道蠕动减弱，神经、精神因素等有关。中医认为其病因病机主要是素体肝旺，脾胃虚弱，加之孕后经血不泻，冲气较盛，冲气上逆，胃失和降所致。患者见胸满胁胀，烦躁、恶心、呕吐明显，纳差，此为肝胃不和，故采用橘皮竹茹汤加减。其方始载于张仲景《金匮要略》，主治久病体弱，或吐下后，胃虚夹热、气逆所致的呃逆或呕吐，呃声低频而不连续，少气，口干但饮水不多，胃纳欠佳等症。《金匮玉函经二注》云："中焦者，脾胃也。土虚则在下之木得以乘之，而谷气因之不宣，变为哕逆。用橘皮理中气而升降之；人参、甘草补土之不足；生姜、大枣宣发谷气，更散其逆；竹茹性凉，得金之正，用之以降胆木之风热耳。"本案方中易人参为太子参，益气养阴；加用炒白术、茯苓健脾益气，苏梗、砂仁理气和胃安胎，黄芩清热安胎，白芍养血柔肝，续断、杜仲、桑寄生补肾安胎。诸药配伍，清肝和胃，降逆止呕，补肾安胎，达治病与安胎并举之效。

二、异位妊娠案

案 1：丁某，女，28 岁，已婚。2008 年 7 月 17 日初诊。

主诉：停经 50 日，阴道少量出血、腹部胀痛 1 日。

病史：患者素月经规律，末次月经为 2008 年 5 月 28 日，月经量、色均正常，无血块，经期无明显不适。刻下：停经 50 日，阴道少量出血 1 日，腹部胀痛不适，右侧为甚，无明显恶心、呕吐等早孕反应，舌红、苔薄白，脉弦滑。孕 $_2$ 产 $_0$ 流 $_2$。既往有盆腔炎病史。2 日前血 β-HCG 1 365.25 mIU/mL，今血 β-HCG 1160 mIU/mL，P 3 ng/mL。彩超提示：内膜厚 6 mm，右侧附件区一范围约 38 mm × 26 mm 的混合性包块，内可见一直径约 7 mm 的囊性物（宫外孕可能性大），盆腔少量积液。

证候：胎元阻络证。

治法：活血化瘀、杀胚消癥。

方药：建议住院，患者拒绝，要求中药治疗。褚氏消癥杀胚方（自拟方）加减。黄芪 30 g，丹参 30 g，赤芍 15 g，桃仁 6 g，红花 15 g，三棱 15 g，莪术 15 g，蜈蚣 2 条，全虫 6 g，天花粉 30 g，紫草 15 g，车前子 15 g（包煎），枳壳 12 g，炙甘草 6 g。7 剂，每日 1 剂，水煎服。嘱其注意休息，勿剧烈运动，严禁房事，如腹痛剧烈、头晕、阴道出血量多等症急诊入院。

二诊（2008 年 7 月 24 日）：用药后，患者腹痛有所减轻，阴道出血如经量，色暗，舌脉如前。2008 年 7 月 20 日血 β-HCG 529.23 mIU/mL。初诊方更进 7 剂。

三诊（2008 年 7 月 30 日）：患者腹痛减轻，小腹右侧偶有隐痛，阴道出血如经量，舌暗红、苔薄白，脉弦滑。2008 年 7 月 28 日血 β-HCG 221.27 mIU/mL。今日彩超提示：右侧附件区范围约 32 mm × 26 mm 的混合性包块，囊性物直径大小约 5 mm（较前缩小），宫腔少量积液。继守初诊方加益母草 30 g，7 剂，用法同前。

四诊（2008 年 8 月 6 日）：患者服上方后，腹痛明显减轻，阴道出血减少，纳食、睡眠、二便正常，现觉小腹胀痛，腰酸，舌淡红、苔薄白，脉沉弦。今日查血 β-HCG 76.26 mIU/mL。彩超示：右附件区可见一范围约 18 mm × 11 mm 的低回声团块，囊性物已消失。治宜活血化瘀、消癥散结。方药：黄芪 30 g，桂枝 10 g，茯苓 15 g，牡丹皮 15 g，赤芍

15 g，元胡 15 g，乌药 12 g，木香 6 g，生牡蛎 30 g，鸡内金 15 g，鳖甲10 g，车前子 15 g（包煎），川牛膝 15 g。10 剂，每日 1 剂，水煎服。并以水蛭碾细末，装于胶囊，每次 2 粒，每日 2 次，口服。

五诊（2008 年 8 月 15 日）：患者用四诊方后，腹痛、腹胀明显减轻，现偶有轻微腹痛，纳食、睡眠、二便均可，舌淡红、苔薄白，脉沉缓。今血 β-HCG 2.54 mIU/mL。彩超示：盆腔少量积液，子宫附件未见明显异常。给予桂枝茯苓胶囊善后。

【按语】本例患者因平素有盆腔炎病史，故输卵管的结构和功能一定程度上遭到破坏，容易发生异位妊娠。由于 β-HCG 值测定的广泛应用以及灵敏度的增加、B 超对早期妊娠诊断技术的提高和医生对本病的重视，使本病能够早期得到准确的诊断，从而为药物保守治疗提供了更多的契机，尤其对于需保留生育功能的患者。保守治疗既减少了手术对患者身体和心理的创伤，同时保留了输卵管组织的完整性，最大限度地增加了受孕机会。药物保守治疗成功的关键，是杀死异位存活胚胎和滋养细胞。西医杀胚药常选用米非司酮、甲氨蝶呤等。

中医认为该病的发病机制复杂，多虚实夹杂，虚者多因脾肾不足，孕卵先天不足，或母体虚弱，运送孕卵无力；实者多为湿热瘀滞于冲任胞络，由于瘀阻胞脉、胞络，孕卵运行受阻，而在子宫腔以外着床发育，致异位妊娠。治宜益气化瘀、杀胚消癥为主，未破损期重在化瘀杀胚，包块型重在散结消癥。中药治疗虽不及西医快捷，但可增加西医杀胚效果，减少其毒副作用，促进包块的消散，改善输卵管及盆腔环境，促进生殖功能的恢复，在异位妊娠保守治疗中具有其独到的优势。

该案患者 β-HCG 最高值不及 1 500 mIU/mL，且自行有所下降，在严密监测下，单用中药活血化瘀、杀胚消癥，用褚氏消癥杀胚方加减。方中黄芪寓补于攻、益气化瘀、扶正达邪；蜈蚣、全虫、天花粉、紫草解毒杀胚、通络消癥；桃仁、丹参、赤芍、枳壳行气活血、化瘀消积；三棱、莪术行血中之气、活气中之血，行气活血、破血消癥之力较强，用 15 g 即可，大量用之恐破血太过，导致异位妊娠包块破裂；车前子滑利祛浊、引邪下行；甘草调和诸药、益气补中。前后 3 诊共服药 20 余剂，妊娠囊萎缩，使异位之胎凋亡于萌芽之中。四诊时仍遗留包块，伴腹胀痛，阴道少量出血，血 β-HCG 值接近正常，加生牡蛎、鸡内金、鳖甲软坚散结，水蛭增其活血破瘀之力。直至症状、体征消失，血 β-HCG 降至正常，改用桂枝茯苓胶囊收功。

案 2：李某，女，25 岁，已婚。2016 年 6 月 9 日初诊。

主诉：异位妊娠保守治疗 46 日，伴右附件包块。

病史：患者平素月经不规律，25 ~ 50 日一至，末次月经为 2016 年 3 月 24 日，经行 6 日干净，量色可，经期无不适。2016 年 4 月 24 日自测尿妊娠试验阳性，无腹痛及阴道出血，于某医院检查彩超提示宫腔内未见妊娠囊，右侧附件区可见不均质包块，血 β-HCG 不详，诊为"异位妊娠"，给予甲氨蝶呤保守治疗，监测血 β-HCG 数值下降理想，未降至正常，2016 年 5 月 18 日复查彩超示：右侧附件区不均质包块（大小约 35 mm×26 mm），盆腔积液。2016 年 6 月 2 日再次查彩超示：右侧附件区稍高回声包块（大小约 32 mm×25 mm）（宫外孕保守治疗后），盆腔积液。同日复查血 β-HCG 61.15 mIU/mL。刻下：异位妊娠保守治疗 46 日，右附件区轻压痛，无阴道出血，纳欠佳，时有泛酸，舌暗红、苔薄，脉细涩。孕$_3$产$_0$流$_3$（2013 年及 2014 年分别生化妊娠 1 次）。多囊卵巢综合征 8 年，盆腔炎性疾病 2 年。今日彩超示：宫腔少量积液，右侧附件区异常回声包块（大小 33 mm×23 mm）（宫外孕保守治疗后）。血 β-HCG 60.12 mIU/mL。

证候：瘀结成癥证。

治法：活血破瘀，消癥杀胚。

方药：褚氏消癥杀胚方（自拟方）加减。黄芪 30 g，丹参 30 g，赤芍 15 g，炒桃仁 6 g，三棱 15 g，莪术 15 g，全虫 6 g，蜈蚣 2 条，紫草

10 g，天花粉 30 g，车前子 15 g（包煎），乌药 12 g，煅瓦楞子 15 g，炙甘草 6 g。7 剂，每日 1 剂，水煎服。

二诊（2016 年 6 月 16 日）：患者无腹痛及阴道出血，饮食可，偶尔泛酸，腹胀，二便正常，舌暗红、苔薄，脉细涩。2016 年 6 月 15 日复查彩超示：右侧卵巢旁异常回声包块（大小 29 mm × 21 mm）（宫外孕保守治疗后），子宫内膜回声不均匀，盆腔积液。同日血 β-HCG 59.11 mIU/mL。守初诊方加枳壳 12 g，7 剂，每日 1 剂，水煎服。

三诊（2016 年 6 月 23 日）：患者服药后无不适，舌脉如前。血 β-HCG 10.08 mIU/mL，继守初诊方 7 剂，用法同前。

四诊（2016 年 6 月 30 日）：患者 2016 年 6 月 26 日阴道少量出血，2 日干净，伴腰酸。今日查彩超示：宫腔少量积液，右侧卵巢旁略低回声包块（18 mm × 12 mm），子宫直肠陷窝少量积液。血 β-HCG 0.19 mIU/mL，继守二诊方减紫草、天花粉，加红花 15 g，7 剂，用法同前。

五诊（2016 年 7 月 8 日）：患者阴道出血稍多于经量、有血块，伴轻微腹痛，现出血停止 2 日，腹痛消。复查彩超示：子宫附件无异常，内膜厚 3 mm。

【按语】受精卵在子宫体腔以外着床发育者称为"异位妊娠"，最常见的是输卵管妊娠，约占异位妊娠总数的 98%，异位妊娠是妇产科常见的急腹症，占孕产妇死亡的 4% ～ 6%。该患者异位妊娠，经过入院保守治疗后，胎元已殒，脉络受损，血不归经，瘀血阻滞形成癥瘕，给予褚氏消癥杀胚方加减治疗。方中赤芍、丹参、桃仁活血破癥，三棱为血中之气药，破积聚癥瘕，善破旧血，通经利气，化瘀止痛；莪术为气中之血药，破滞攻坚，化结行瘀，通经止痛。加入全虫、蜈蚣善行钻营之物，破癥消积，通络散结；车前子利水行血，乌药辛温助阳，阳气激发，能动血气，退阴寒。在前阵破癥同时，兼顾后方正气，加黄芪益气扶元，防伤正气。胎元虽伤，但仍一息尚存，故予紫草、天花粉消癥杀胚，防止损胎作祟。现代药理研究表明紫草、天花粉对胎盘绒毛合体滋养细胞具有破坏作用。因方中应用大队活血攻伐药物，损伤胃气，故加煅瓦楞子抑酸化痰护胃，三棱、莪术小量又可健脾和胃，固护中焦，炙甘草调和诸药。二诊药后诸症均减，加枳壳行气宽胸，消积除胀。四诊血 β-HCG 已降至正常，去紫草、天花粉之杀胚药物，加红花活血行滞，推陈生新。

三、胎漏、胎动不安案

案 1：徐某，女，29 岁，已婚。2007 年 3 月 15 日初诊。

主诉：停经 47 日，阴道少量出血、腰酸、下腹坠胀 3 日。

病史：患者平素月经规律，现停经 47 日，阴道少量出血 3 日，今日出血量较前 2 日有所增加、色鲜红，伴腰酸，下腹坠胀，纳差，恶心、呕吐，口苦，心烦少寐，便干，舌红、苔薄黄，脉细滑数、尺脉沉细无力。彩超示：宫内早孕。患者曾于 2006 年 5 月停经 40 多天时胚胎停止发育而自然流产。

证候：肾阴虚证。

治法：补肾养阴、清热安胎。

方药：续断 30 g，桑寄生 30 g，菟丝子 30 g，白术炭 10 g，黄芩炭 12 g，金银花 30 g，栀子 12 g，墨旱莲 30 g，藕节 30 g，山茱萸 20 g，阿胶 20 g（烊化），苏梗 15 g，砂仁 6 g（后下），炒决明子 30 g，炙甘草 5 g。3 剂，每日 1 剂，水煎服。嘱患者注意休息，严禁房事，保持大便通畅。

二诊（2007 年 3 月 19 日）：患者阴道出血停止，时感下腹坠胀，腰酸、口苦、心烦明显减轻，饮食稍有增加，但仍有恶心感，大便正常，舌红、苔薄，脉细滑数。继服初诊方改白术炭为白术 10 g，黄芩炭为黄芩 12 g，去炒决明子，继服 3 剂。

三诊（2007 年 3 月 23 日）：患者腰酸、下腹坠胀感消失，饮食稍差，偶有恶心，二便尚可。二诊方去藕节，12 剂，继续巩固治疗。

经治疗后，患者诸症渐消，定期围产保健，随访至足月妊娠分娩。

【按语】患者素体阴虚，孕后阴血养胎，机体处于阴血相对不足的状态，肾水愈感亏虚，水不制火，相火内动，则封藏失职，而胎动不安。如《傅青主女科》曰："凡妇人之怀妊也，赖肾水以荫胎，水源不足，则火易沸腾。"张介宾亦云："胎热者血易动，血动则胎不安便坠。"治宜滋肾养阴以固冲，清热止血以安胎。方中续断、菟丝子、桑寄生补肾益精、固冲强任；山茱萸滋补肝肾、收涩止血，阿胶养血止血，亦为养阴安胎要药；黄芩炭、金银花、栀子清热除烦、宁心安胎；白术之甘合黄芩之寒，甘寒又可生津，二者炒炭为用以加强止血之功，元代朱丹溪在《丹溪心法·产前九十一》中提出"产前安胎，白术、黄芩为妙药也"；墨旱莲、藕节养阴清热、凉血止血；苏梗、砂仁合用，理气和胃、健运中焦；炒决明子润肠通便，又无峻下滑利之弊，对于大便干结的孕妇用之每获良效。二诊时，患者阴道出血已止，二便正常，故改白术炭为白术，黄芩炭为黄芩，去炒决明子。三诊时出血已停数日，去收涩止血的藕节巩固疗效。

案 2：常某，女，27 岁，已婚。2016 年 6 月 3 日初诊。

主诉： 停经 40 日，阴道少量出血 10 余日。

病史： 患者月经 14 岁初潮，平素月经周期 28 日，行经 6 日，量色可，无血块，偶有痛经，余无不适。末次月经为 2016 年 4 月 25 日。于停经 30 日时，出现少量阴道出血，以月经不调到当地医院就诊，尿妊娠试验阳性，未予治疗，出血至今未止来诊。刻下：阴道少量出血，无腹痛、腰酸、下坠等不适，纳差，心烦失眠，大便干结，小便色黄、舌红、苔黄燥，脉细滑数。孕$_1$产$_0$流$_0$。辅助检查：2016 年 5 月 29 日 P 39.5 μg/L、血 β-HCG 2456 IU/L。2016 年 5 月 30 日彩超示：妊娠囊（6 mm×5 mm×4 mm），宫腔内可见范围为 12 mm×5 mm 不规则液性暗区。

证候：脾肾亏虚证。

治法：补肾培脾，养阴清热安胎。

方药：褚氏安胎方（自拟方）加减。续断 30 g，炒杜仲 20 g，菟丝子 30 g，太子参 15 g，黄芩炭 12 g，炒白术 10 g，阿胶 15 g（烊化），苏梗 15 g，砂仁 6 g（后下），白芍 30 g，墨旱莲 30 g，丹参 10 g，莲子心 6 g，炙甘草 5 g。7 剂，每日 1 剂，水煎服。嘱口服黄体酮胶囊每次100 mg，每日 2 次。嘱患者卧床休息，严禁房事，保持大便通畅。

二诊（2016 年 6 月 10 日）：患者现停经 47 日，阴道出血减少，无恶心、呕吐，无腰部酸困及下坠等不适，纳眠可，二便正常，舌淡红、苔薄白，脉细滑。2016 年 6 月 10 日彩超示：宫内孕囊（16 mm × 17 mm × 13 mm），可见胎心管搏动，胎膜后积液较深处约 3.8 mm。孕妇阴道出血减少，彩超已查到心管搏动，宫腔积液减少。效不更方，守初诊方取 15 剂，用法同前。

三诊（2016 年 6 月 25 日）：患者现停经 62 日，阴道出血已止，无腹痛，无恶心、呕吐等不适，纳眠可，二便正常，舌淡红、苔薄白，脉滑。2016 年 6 月 25 日彩超示：宫内单活胎，胎儿小大如孕 9^{+1} 周，胎膜后无积液。守上方减阿胶、墨旱莲，加枸杞子 20 g，茯苓 15 g。取 15 剂，用法同前。

随访患者，于 2017 年 1 月 30 日顺产一男婴。

【按语】胎漏多发生在妊娠早期，西医称之为"先兆流产"。中医认为引起胎漏的主要原因是肾虚、血热、气血虚弱和血瘀导致冲任损伤、胎元不固。治疗时，需谨守病机，确立治则。历来医家多认为先兆流产与脾肾亏虚有关，笔者认为流产的发生除与脾肾亏虚有关外，阴虚热扰亦不容忽视。孕妇在妊娠期间，阴血下注养胎，机体处于阴血偏虚、阳气偏旺的特殊生理状态，易致热扰胎动而出现各种流产先兆，因而"脾肾亏虚，热扰胎动"系流产的主要病机。治疗常立"补肾培脾，养阴清热安胎"之法，多以自拟褚氏安胎方为基本方加减应用。方中续断、炒杜仲、菟丝子补肾滋阴、固冲安胎；太子参、炒白术、砂仁健脾益气、和胃安胎，为保胎要药；黄芩炭清热泻火、止血安胎；苏梗宽中和胃、理气安胎；白芍、墨旱莲、阿胶养血滋阴、止血安胎。

本案孕妇妊娠合并宫腔积液，实为先兆流产的一种表现。该病临床较为常见，超声下可见绒毛膜和/或胎盘（包括绒毛膜下/和或胎盘后）与子宫肌层之间新月形的低回声区，部分患者可伴有阴道少量出血、腰酸、腹痛等症状。宫腔积液可影响妊娠子宫的稳定性，若宫腔积液持续增多，会导致子宫收缩，引起流产，流产率高达18.9%。若能及时给予药物干预，促进宫腔积液尽快吸收或排出，可改善宫腔局部环境，利于胚胎生长发育。妊娠合并宫腔积液辨证多属"离经之血""瘀血"，此既是脾肾亏虚、阴虚血热的病理产物，又可作为病理因素，有碍气血运行，影响新血化生，使胎失濡养滋润，影响胚胎发育，导致胎元失固，严重者可导致胎萎不长或堕胎。因此，本案除补肾培脾，养阴安胎治其本，还应稍佐活血治其标，使新血得以归经养胎，即所谓"有故无殒，亦无殒也"。但应衰其大半而止，灵活掌握，以防活血化瘀中药应用不得反而动胎、伤胎。笔者临证时常加丹参化瘀安胎，疗效满意。若阴道出血量多、不止，无瘀之证者不可滥用活血化瘀之药，以防加重病情。

此外，若精神紧张者，配以莲子心等安神之品，一则缓解其紧张情绪；二则因"胞络者系于心"，心肾交济与子宫藏泻功能密切相关，明代周慎斋《慎斋遗书》中有"欲补肾者，须宁心，使心得降。此乃交心肾之法也"。故宁心安神之品在保胎方中也常被应用。

案3：巫某，女，30岁，已婚。2016年12月8日初诊。

主诉：停经13⁺⁶周，阴道少量褐色分泌物2日。

病史：患者平素月经不规律，周期35日至半年一行，经期5～7日干净，量色可，偶有血块，无痛经，末次月经为2016年9月2日，停经30余日自测尿妊娠试验阳性，停经以来无恶心、呕吐、发热、恶寒等不适。2日前无明显诱因出现阴道出血、量少、咖啡色，伴下腹坠痛、腰酸，去当地医院就诊，彩超示胎盘前置状态，给予患者硫酸镁抑制宫缩，效果欠佳，遂来就诊。刻下：阴道少量出血、暗红色，腰酸，时下腹坠痛，头晕乏力，纳眠可，二便正常，舌淡红、苔薄，脉细滑，两尺脉沉弱无力。当日彩超示：宫内中孕，单胎存活，胎盘部分覆盖宫颈内口，宫颈内口上方可见液性暗区，透声欠佳，范围约 3.0 cm × 1.2 cm × 1.1 cm。患者不良孕产史 1 次，行计划外妊娠人工流产 1 次，多囊卵巢综合征病史。

证候：脾肾亏虚证。

治法：补益脾肾，升提安胎。

方药：举元安胎方（自拟方）加减。黄芪 60 g，党参 10 g，续断 20 g，盐杜仲 20 g，菟丝子 30 g，白术炭 10 g，炒山药 30 g，黄芩炭 12 g，苏梗 6 g，砂仁 6 g（后下），丹参 10 g，升麻 6 g，炙甘草 6 g。7 剂，每日 1 剂，水煎服。同时给予红参，每日 10 g，水炖服。此外，嘱患者注意休息，加强营养清淡饮食；保持心情舒畅；忌辛辣，禁房事；若见阴道大量出血及时就诊。

二诊（2016 年 12 月 15 日）：患者停经 14^{+6} 周，阴道少量褐色分泌物，腰酸、腹痛症状减轻，头晕、乏力消失，纳眠可，二便正常，质淡红、苔薄，脉细滑。2016 年 12 月 14 日复查彩超提示：宫内孕单活胎，胎盘下缘距离宫颈内口约 0.7 cm，宫颈内口上方可见液性暗区，透声欠佳，范围约 2.1 cm × 1.1 cm × 1.0 cm。守方更进 10 剂。

三诊（2016 年 12 月 25 日）：停经 16^{+2} 周，阴道出血停止，无腰酸、腹坠，头晕、乏力消失，当日复查彩超提示：宫内孕单活胎，胎盘下缘距离宫颈内口约 1.2 cm，宫内未见明显液性暗区。守初诊方，黄芩炭、白术炭改为黄芩、白术。随后以此为主方随症出入，隔日服药 1 剂至孕 22 周，复查超声示：宫内孕单活胎，胎盘位置未见明显异常。

随访，患者于 2017 年 6 月 5 日顺产一女，现健康。

【按语】西医认为，妊娠 28 周以后，若胎盘仍附着在子宫下段、下缘达到或覆盖宫颈内口,并低于胎先露部称为前置胎盘。多数学者认为,妊娠中期超声检查发现胎盘前置者不宜诊断前置胎盘,而应称为胎盘前置状态。随着孕周的增加,部分妊娠中期检查提示胎盘低置的患者,胎盘位置会渐移至正常,而另一部分则发展为前置胎盘。胎盘位置偏低可影响妊娠子宫的稳定性,若持续存在,会导致腹痛和阴道出血,刺激子宫,引起子宫收缩,导致流产或早产。根据其临床症状,本病可归属于中医的"胎动不安""胎漏"范畴。该病多因脾肾亏虚,气弱无力,维系摄举养胎失司所致。如《女科经纶》引《女科集略》云"女之肾脉系于胎,是母之真气,子之所赖也",《景岳全书》曰"凡胎孕不固,无非气血损伤之病,盖气虚则提摄不固,血虚则灌溉不周"。故治疗胎盘低置状态时以补益脾肾、升提固胎为主,用自拟举元安胎方加减。本案方中运用大剂量党参、黄芪峻补元气、固冲安胎;伍升麻之轻举以协助主药升提下陷之气,助胎盘逐渐恢复到正常位置;白术炭、炒山药、砂仁、苏梗、炙甘草健脾运中,助气血生化之源;杜仲、菟丝子、续断等补肾扶元、固摄冲任;孕后阴虚下聚养胎,机体处于阴血不足、阳气偏亢的生理状态,大队补益之品更易生热动胎,故佐以黄芩炭清热止血安胎;丹参养血活血,静中有动,寓补不留瘀之意。笔者主张胎盘低置状态应早期干预,以降低孕晚期前置胎盘发生概率,从而减少母婴严重并发症的发生。

四、滑胎案

案1：樊某，女，36 岁，已婚。2017 年 1 月 10 日初诊。

主诉：胎停育 2 次，生化妊娠 1 次。

病史：患者 2011 年顺产一女。2013 年 4 月孕 40 日自然流产；2016 年 1 月孕 50 日余胎停，行清宫术；2016 年 5 月停经 32 日，查血 β-HCG 21.00 mIU/mL，后阴道出血 7 日自止，血 β-HCG 降至正常。患者平素月经规律，周期 28 日，行经 6 日，量可、色红、夹血块。末次月经为 2017 年 1 月 1 日，6 日干净，轻微腹痛伴腰酸。刻下：时腰酸，纳眠可，二便正常，舌淡，脉缓尺弱。

证候：肾精亏虚证。

治法：补肾填精，调经助孕。

方药：①非经期用二紫方（自拟方）加减。紫石英 30 g，紫河车粉 6 g（另包），菟丝子 30 g，枸杞子 20 g，淫羊藿 15 g，熟地黄 18 g，山茱萸 15 g，香附 15 g，丹参 30 g，砂仁 6 g（后下），川牛膝 15 g。20 剂，每日 1 剂，水煎服。②经期予血府逐瘀颗粒，每日 3 次，每次 1 包，冲服。③经期及非经期另予肠溶阿司匹林片 25 mg，每日 1 次，每次 1 片，口服。

二诊（2017 年 2 月 23 日）：患者末次月经为 2017 年 1 月 30 日，6 日干净，量、色可，有血块，余症同前。白带正常，纳可，多梦，二便正常，舌淡，脉沉细。2017 年 1 月 19 日检查：抗精子抗体弱阳性、抗卵巢抗体弱阳性，封闭抗体正常，夫妇双方染色体核型分析正常，男方抗精子膜抗体阳性。守初诊方加莲子心 6 g，再服 20 剂；经期用药同前。男方舌淡、苔薄白，尺脉弱，给予壮肾温阳之品——力补金秋胶囊，每日 3 次，每次 3 粒，口服。双方均服用肠溶阿司匹林片，每日 1 次，每次 1 片。

三诊（2017 年 4 月 20 日）：患者末次月经为 2017 年 3 月 2 日，现停经 49 日，无阴道出血，偶有腰酸，纳眠可，二便正常，舌淡、脉缓滑、尺弱。今日查血 β-HCG27 880.02 mIU/mL，P 21.50 ng/mL，E_2 538.10 pg/mL。彩超示：宫内早孕。给予褚氏安胎方（自拟方）加减。续断 30 g，杜仲 20 g，菟丝子 30 g，太子参 15 g，黄芩 12 g，炒白术 10 g，阿胶 15 g（烊化），苏梗 15 g，砂仁 6 g（后下），白芍 30 g，墨旱莲 30 g，炙甘草 5 g，金银花 15 g，莲子心 6 g。14 剂，每日 1 剂，水煎服。予地屈孕酮片，每日 2 次，每次 10 mg，口服。

四诊（2017 年 5 月 11 日）：患者停经 70 日，服药后出现齿龈肿痛，2017 年 4 月 29 日阴道出少许褐色分泌物，无小腹下坠及腰酸，纳差，眠可，白带正常，二便正常，舌红、苔黄，脉细滑。2017 年 5 月 7 日彩超示：

宫内早孕，可见 15 mm 的胚胎回声，可见心管搏动。三诊方减去黄芩，加黄芩炭 12 g，栀子 12 g，14 剂。地屈孕酮片继服。

五诊（2017 年 5 月 25 日）：患者停经 12 周，诸症消失。今日彩超示：顶臀径约 5.5 cm，胎心、胎动可见，胎盘附着于宫体前壁，回声均匀，羊水最大暗区厚约 2.9 cm。嘱其注意休息，合理营养，定期做围产期保健。

后随访患者，足月顺娩。

【按语】妊娠病中应重视"治未病"思想的运用。"治未病"思想包含"未病先防"和"即病防变"。这一理念在滑胎的防治中尤为重要。滑胎患者防重于治，应预培其损，除孕前调治外，孕后治疗多超过屡次堕胎的孕周。但因个体复杂，导致滑胎的原因多种多样、相互交织，因此需多方面检查（如夫妇双方染色体、性激素、免疫功能相关检查、优生四项等），明确流产原因，积极借鉴现代医学的最新成果，认真探讨本病发生机制，宏观辨证和微观辨证结合，方能有效地保胎。临证时除了针对性运用药物治疗外，还注重心理疏导。大多先兆流产，尤其滑胎患者有深深的忧虑和恐惧感，不但不利于胎儿正常发育，且极易引起或加重流产症状，故在做好患者思想工作的同时，保胎药中可酌情配以炒酸枣仁、莲子心养阴清热、宁心安神之品。中药安胎同时，可灵活配合西药黄体酮注射液或地屈孕酮片，以提高保胎成功率。此外，强调饮食调摄，忌食辛辣生冷刺激之品，多食蔬菜、水果；禁房事，勿劳累。

本案于孕前夫妇同治，补肾填精，强壮生殖之本，预培其损；孕后及时未病先防，既病防变，一般需保胎至超过既往堕胎月份后 2 周以上。本案通过益肾脾、养阴血、清胎热、宁心神等法为治，保胎至孕 12 周胎元稳固。

案 2：张某，女，31 岁，已婚。2017 年 2 月 28 日初诊。

主诉：不良孕产 3 次。

病史：患者婚后共孕 3 次，2015 年 12 月、2016 年 5 月、2016 年 10

月分别于孕 50 日左右胚胎停育，行药物流产加清宫 1 次、人工流产术 2 次，胚胎未做染色体检查。因求子心切，其间未进行系统检查和孕前调理后复孕。平时月经后期，周期 30 ~ 60 日不等，经期 5 日，量少、色深、有血块，痛经，喜暖，末次月经为 2017 年 2 月 22 日。刻下：腰酸膝软，手足凉，易倦怠乏力，心神不宁，夜梦多，大便秘结，舌淡、苔薄白，脉沉弱。彩超示：子宫附件未见异常。2017 年 1 月，患者在某省人民医院做优生四项、抗磷脂抗体三项、自身免疫抗体、凝血六项、血小板四项、蛋白 S、蛋白 C、同型半胱氨酸、性激素五项、甲状腺功能三项、衣原体、支原体、淋球菌、阴道炎六联检、夫妇双方染色体、男方精液分析均无异常。

证候： 肾虚肝郁，心脾不足证。

治法： 补肾疏肝，健脾养心。

方药： 补肾固冲汤加减。鹿角霜 15 g，枸杞子 20 g，川芎 10 g，紫石英 30 g，香附 15 g，巴戟天 15 g，黄芪 30 g，白芍 15 g，菟丝子 15 g，当归 15 g，熟地黄 18 g，砂仁 6 g（后下），柴胡 12 g，莲子心 6 g，五味子 15 g。10 剂，每日 1 剂，水煎服。经期嘱服少腹逐瘀颗粒，以推陈出新。

二诊（2017 年 3 月 13 日）：患者诸症减轻，舌脉如前。守初诊方加肉苁蓉 15 g，20 剂，用法同前。

三诊（2017 年 4 月 6 日）：患者末次月经为 4 月 1 日，量少、色暗，下腹微痛，凉感。时腰酸，手足欠温，睡眠可，二便正常，舌淡红，脉沉细。守二诊方去柴胡，加紫河车粉 3 g，20 剂，用法同前。经期口服少腹逐瘀颗粒。

四诊（2017 年 5 月 4 日）：患者月经未潮，时腰酸，梦多，舌淡红，脉细滑、尺弱。查 β-HCG 98.62 mIU/mL，P 22.30 ng/mL。拟补肾培脾、养血安胎之法，以褚氏安胎方（自拟方）加减。续断、菟丝子、墨旱莲各 30 g，桑寄生、太子参、苏梗各 15 g，阿胶（烊化）、炒白术、黄芩各 10 g，砂仁 6 g（后下），炙甘草 5 g。7 剂，每日 1 剂，水煎服。另予地屈孕酮片 10 mg，每日 2 次，口服。告知异位妊娠风险，如腹痛随诊。

五诊（2017年5月15日）：患者服药后无不适，2017年5月10日在当地查β-HCG 1 230.45 mIU/mL，P 20.59 ng/mL，守四诊方继续服用，今停经44日，少量阴道出血，时腰酸，轻微恶心，二便正常，梦多，舌淡红，脉弦滑细。查β-HCG 16 215.23 mIU/mL，P 19.59 ng/mL。彩超示：宫内早孕，孕囊12 mm×11 mm，宫腔少量积液。四诊方白术、黄芩改为白术炭、黄芩炭各12 g，加黄芪30 g，莲子心6 g。7剂，用法同前。地屈孕酮片10 mg，每日3次，口服。

六诊（2017年5月22日）：患者停经51日，少量阴道出血停止4日，时腰酸，轻微恶心，二便可，梦多，舌脉如前。查β-HCG 69 523.45 mIU/mL，P 23.89 ng/mL。彩超示：宫内早孕，孕囊24 mm×26 mm，胎芽7 mm，宫腔积液消失。守五诊方白术炭、黄芩炭改为白术、黄芩各12 g，14剂，用法同前。

后宗五诊法中药，隔日1剂至12周。随访患者，至足月妊娠，剖宫产一子。

【按语】凡堕胎或小产连续发生3次或以上者，谓之"滑胎"，西医中的"复发性流产"与本病相似。中医认为胞络系于肾，女子以肝为先天，故本病发生主要责之于肝肾，且肾虚为根，肝郁为末。《傅青主女科》云："夫胎之成，成于肾脏之精。"《医学衷中参西录》亦云："男女生育，皆赖肾脏作强，肾旺自能荫胎也。"《傅青主女科》载："妇人怀妊之后，其胎必堕……谁知是性急怒多，肝火大动而不静乎。"均强调了肝肾在胎元稳固和长养中的重要性，二者同源，资生互化，藏泻有度，共同系胎养胎。患者肾虚冲任不固，胎无所依，故屡孕屡堕；腰为肾府，肾虚髓不充骨，胞宫不能按时蓄溢，则腰膝酸软、月经后期、经量少；屡孕受挫，情志怫郁，肝气不舒，肝木乘侮脾土，则脾虚运化不力，气血之源则倦怠乏力、大便秘结；血不养心，则心神不宁，夜梦多；综合四诊，系肾虚肝郁，心脾不足所致。《景岳全书·妇人规》中有："凡治堕胎者，必当察此养胎之源，而预培其损。"由此"预培其损"的治疗原则为历代医家所崇。孕前培损重在补肾疏肝，健脾养心，方选补肾固冲丸（《中医学新编》）加减。方中紫石英温补冲任，《本草从新》曰"甘辛而温，重以去怯，湿以去枯，心神不安。肝血不足，女子血海虚寒，不孕者宜之"，又"辛温走二经，散风寒，镇下焦，为暖子宫之要药"，现代药理研究表明其能促进卵巢功能及子宫发育。巴戟天、菟丝子补肾益阳、调养冲任；枸杞子、熟地黄滋肾填精、补血养肝；鹿角霜为血肉有情之物，以增强补肾助阳，养血填精之功；白芍、柴胡养肝疏肝，养肝体助肝用；黄芪、当归健脾益气、养血活血；莲子心、五味子滋养心肾、宁神定志；川芎、香附、砂仁醒脾畅中，运通气机，于补药之中投以动药，犹如一湾死滩注入活泉。诸药合用，疏补结合，寓动于静，互生互化，为种子成胎做好准备。孕后补肾健脾，清热安胎进行调治，则无堕胎之虞。本病治疗要做到孕前调治，燮理阴阳，预培其损；孕时调理基础，种子毓胎，尤重人和；孕后补肾固冲安胎，未病先防，既病防变，才能使胎固不堕，至期而产。

五、堕胎不全案

案 1：任某，女，29 岁，已婚。2017 年 4 月 6 日初诊。

主诉：自然流产后 15 日，伴间断性阴道少量出血。

病史：患者平素月经规律，末次月经为 2017 年 1 月 25 日。半月前阴道出血，彩超提示"胚胎停止发育"，夜间腹痛，阴道出血增多，排出白色绒毛样物，随后腹痛减轻，阴道出血减少，他院给予益母草膏口服，间断性出血至今，遂来诊。刻下：少量阴道出血，无腹痛，纳眠可，二便正常，舌淡红、苔薄白，脉沉涩。孕$_2$产$_0$流$_2$（2016 年停经 10 周，胚胎停止发育行清宫术）。当日彩超示：宫腔异常回声（偏左侧宫角可见一大小约 13 mm × 5 mm 不均质回声，未见明显血流信号）。

证候：瘀阻胞宫证。

治法：益气养血，祛瘀止血。

方药：褚氏生化汤（自拟方）加减。黄芪30g，当归15g，川芎20g，桃仁6g，红花15g，炮姜9g，益母草30g，泽兰15g，荆芥炭10g，山药30g，枳壳12g，炙甘草6g，红糖引。7剂，每日1剂，水煎服。

二诊（2017年4月13日）：患者服药第2日阴道出血增多，伴血块样物，现阴道少量粉色分泌物，下腹坠胀感，乏力，头晕，舌淡暗，脉沉细。复查彩超示：内膜回声不均。初诊方减红花，川芎改为10g；加太子参15g，白术15g，升麻5g，7剂，用法同前。

患者服药后症消，1个月后月经复潮，经后彩超示：内膜厚4mm，其他无异常发现。

【**按语**】妊娠12周内，胎儿未成形，胚胎自然殒堕者称为堕胎。其发病机制多为冲任损伤，胎结不实，常由胎漏、胎动不安发展而来。该患者素体肾气不足，孕后屡孕屡堕。1周前胎殒已堕，但堕而不全，瘀阻于胞宫，新血不得归经，故阴道流血不止。胎堕不全，多由素体虚弱、无力排瘀所致，故治宜益气养血、祛瘀止血，用自拟褚氏生化汤加减。方中黄芪大补元气，《本经逢原》载"黄芪能补五脏诸虚"，气旺则行血有力，瘀自能化；当归养血活血，动血不伤血；川芎、桃仁、红花行气活血，益母草、泽兰逐瘀生新；枳壳理气行血，荆芥炭引血归经；产后多虚多瘀易寒，故用炮姜温通经脉；山药健脾益气，炙甘草调和诸药。待患者瘀血将尽，减活血化瘀之力，合举元煎扶正收功。

案2：靳某，女，34岁，已婚。2020年10月24日初诊。

主诉：药物流产后阴道少量出血18日。

病史：患者于2020年10月6日因停经45日在某院门诊行米非司酮＋米索前列醇序贯药物流产，2020年10月8日可见完整绒毛排出，给予奥硝唑分散片、益诺胶囊、少腹逐瘀颗粒口服，现药物流产后18日阴道出血仍未净而复诊。刻下：阴道少量出血，暗红，时下腹隐痛，饮食、二便正常，睡眠正常，舌暗红、苔薄白，脉沉涩。孕$_3$产$_2$（均为顺产）流$_1$。彩超示：宫腔及颈管内可见范围约 58 mm × 14.6 mm 不均质稍高回声，稍高回声宫腔段可见线样血流，延伸至后壁。2020 年 10 月 22 日血 β-HCG 3685.61 mIU/mL。

证候： 血瘀证。

治法： 行气活血，通泻逐瘀。

方药： ①《金匮要略》下瘀血汤合《景岳全书》脱花煎加减。桃仁 10 g，大黄 10 g，土鳖虫 10 g，川芎 10 g，红花 15 g，当归 15 g，车前子 30 g（包煎），桂枝 10 g，姜黄 10 g，枳壳 12 g，川牛膝 30 g，益母草 30 g，黄芪 30 g。7 剂，每日 1 剂，水煎服。②米非司酮，每次 25 mg，每日 2 次，口服，连服 7 日。

二诊（2020 年 10 月 31 日）：患者服药后阴道出血增加，未超出经量，有血块排出，时下腹隐痛，舌脉如前。复查 β-HCG 1 087 mIU/mL。继续服初诊方，守方加三七粉 3 g（另冲），嘱阴道出血超过经量随诊。

三诊（2020 年 11 月 5 日）：患者近期阴道出血量减少，腹痛消失，舌暗，脉沉弦。查 β-HCG 260.08 mIU/mL，彩超示：宫腔少量积液。改用参芪生化汤加减。黄芪 30 g，党参 15 g，当归 15 g，炮姜 6 g，桃仁 10 g，川牛膝 15 g，益母草 30 g，炙甘草 10 g。继服 7 剂，用法同前。

后阴道出血停止，患者复查彩超示：子宫附件未见异常。复查 β-HCG 3.57 mIU/mL。

【按语】 药物流产以其安全有效、服用方便及避免手术创伤而备受青睐。据最新报道，其完全流产率在 80% ～ 95%。但药物流产后组织残留、出血量多、时间长，甚至潜在大出血，是其不能完全取代人工流产术的重要原因。长期出血不仅有损于患者身体健康，而且可诱发盆腔炎、不孕症。中医药治疗可减少清宫的概率，有独特的优势。

该案系人为堕胎，胎物残留而为瘀，瘀血内结胞宫，新血不得归经则出血日久，下腹疼痛；舌脉亦为血瘀之征。治宜活血逐瘀、清宫调冲，选下瘀血汤合脱花煎加减。《金匮要略·妇人产后病脉证并治第二十一》："产妇腹痛，法当以枳实芍药散；假令不愈者，此为腹中有干血著脐下，宜下瘀血汤主之。亦主经水不利。"下瘀血汤方中大黄活血化瘀攻瘀血，善降泄瘀血，推陈出新；桃仁破血通经，下瘀血润燥结；土鳖虫活血通络、逐瘀破结。诸药共奏攻坚破积、荡涤瘀血之效。脱花煎出自《景岳全书》卷五十一："脱花煎，凡临盆将产者，宜先服此药，催生最佳，并治产难经日或死胎不下，俱妙。当归七八钱（或一两），肉桂一二钱（或三钱），川芎、牛膝各二钱，车前子钱半，红花一钱。水二盅，煎八分，热服，或服后饮酒数杯亦妙。若胎死腹中，或坚滞不下者，加朴消三五钱，即下。若气虚困剧者，加人参随宜；若阴虚者，必加熟地黄三五钱。"方中当归、川芎、红花活血祛瘀、催生下胎；川牛膝活血行血、引血下行；车前子滑利降泄、活血利水。全方配伍，共奏活血化瘀、祛瘀下胎之功。该案加入枳壳、姜黄、益母草以增加行气活血、祛瘀生新之效；流产不全的女性因长时间阴道出血，易出现气血不足，加之药力峻猛，故加黄芪合当归益气养血，以防攻瘀伤正。三诊患者胞宫瘀祛殆尽，改用参芪生化汤化裁，扶正化瘀，达正气立、瘀尽除之功。

六、子肿案

孟某，女，35岁，已婚。2007年9月7日初诊。

主诉：孕25周余，双下肢肿胀3日。

病史：患者末次月经为2007年3月16日。现停经25周余，孕期围保正常，血压有时处于临界值。3日前无明显诱因发现右腿肿胀，双足轻度浮肿。刻下：右腿肿胀，无头晕，无眼花等不适，纳眠可，二便正常，舌淡暗、苔薄白，脉弦滑。今日围产保健门诊测血压140/90 mmHg，体重84 kg，宫高22 cm，腹围105 cm，胎心率149次/分。尿常规：尿蛋白（+）。2003年孕7月余，因血压高且不稳定，终止妊娠。

证候：脾虚证。

治法：健脾利水。

方药：《全生指迷方》白术散加减。白术 10 g，茯苓 15 g，猪苓 15 g，大腹皮 30 g，生姜皮 10 g，陈皮 10 g，桑白皮 10 g，太子参 15 g，山药 30 g，夏枯草 30 g，菊花 10 g，钩藤 20 g（后下），生牡蛎 10 g，石决明 30 g，生甘草 5 g，冬瓜皮 60 g。7 剂，每日 1 剂，水煎服。嘱常自我监测血压，如血压继续升高则门诊降压或住院治疗。

二诊（2007 年 9 月 14 日）：患者服药后下肢肿胀明显减轻，但觉食后腹胀感。今日血压 130/85 mmHg，尿常规：尿蛋白（-）。守初诊方减生姜皮、生牡蛎，7 剂，继服，用法同前。

三诊（2007 年 9 月 24 日）：患者停经 27 周余，近日觉下肢肿胀较前加重，胎动正常，四维彩超未见异常。今测血压 135/95 mmHg，体重 85.5 kg，宫高 26 cm，腹围 110 cm，胎心率 144 次 / 分。尿常规：尿蛋白（+）。守初诊方，15 剂，用法同前。

后随访，患者孕 30 周后因血压继续升高，尿蛋白加重，住院降压等治疗，孕 34 周余，剖娩一男活婴。

【按语】妊娠中晚期，孕妇出现肢体面目肿胀者称为子肿，亦称妊娠肿胀，多发生于妊娠 20 周以后。妊娠肿胀的发生与妊娠期间特殊的生理有关系。妊娠中期以后，胎体渐大，阻碍气机运行，兼以孕妇素体脾虚，水湿不化，泛溢于肢体肌肉，而见下肢水肿。患者有妊娠期高血压疾病病史，此次就诊时血压为临界范围，且尿蛋白阳性，可诊断为妊娠期高血压疾病（子痫前期），故治疗时需严密监测血压，必要时中西医结合甚至住院治疗。本案选用《全生指迷方》白术散加减。方中白术补脾利湿；茯苓、猪苓健脾利湿；大腹皮下气宽中行水；生姜皮温中理气行水；陈皮健脾和胃；桑白皮、冬瓜皮利水消肿；太子参、山药健脾益气，以促脾胃运化之功；夏枯草、菊花、钩藤、生牡蛎、石决明平肝潜阳，以防脾虚肝旺，肝阳上亢。经治疗患者病情稳定，后由于血压继续升高，住院治疗，适时终止妊娠。

七、子晕案

<u>**阴某，女，25岁，已婚。**</u>**2007年10月30日初诊。**

主诉：孕36周余，头晕、恶心8小时。

病史：患者末次月经为2007年2月16日，孕期围保正常，无高血压病史。现停经36周余。昨晚无明显诱因头晕来诊。刻下：头晕，恶心，不欲饮食，二便正常，舌淡、苔薄白，脉滑无力。有心脏病（室间隔缺损）病史，今日血压115/80 mmHg，尿常规正常，血常规Hb 105 g/L。

证候：脾虚血弱证。

治法：健脾养血。

方药：香砂六君子汤加减。红参10 g（另炖），白术10 g，茯苓15 g，姜半夏10 g，陈皮15 g，砂仁6 g（后下），川朴花15 g，姜竹茹12 g，麦冬15 g，五味子15 g，柏子仁30 g，炙甘草6 g。3剂，每日1剂，水煎服。

患者1周后围保时诉头晕消失。

【按语】子晕，又称妊娠眩晕。常发生在妊娠中晚期，以眩晕为主症。患者平素体质虚弱，孕后阴血下聚养胎，脑髓失养，而致子晕；脾虚无力运化，冲气犯胃，故恶心，不欲饮食。选用香砂六君子汤加减，方中红参大补元气，白术健脾燥湿，加强红参益气助运之力；茯苓健脾渗湿，茯苓与白术相配，健脾祛湿之功益著；姜半夏、陈皮、砂仁、川朴花、姜竹茹降逆止呕、健脾和胃；麦冬、五味子、柏子仁滋养阴血；炙甘草健脾益气、调和诸药。治疗后，患者脾胃渐复，气血充盛，头晕消失。临证时需注意与阴虚肝旺、脾虚肝旺证相鉴别，后者多由妊娠高血压疾病重度子痫前期引起，为临床急危重症，需中西医结合治疗。

八、子满（羊水过多）案

贾某，女，37 岁，已婚。2009 年 12 月 31 日初诊。

主诉： 停经 24 周，腹部胀满明显半月。

病史： 患者停经 24 周，半月来，羊水量日渐增多，腹部胀满明显，胸闷，心悸，呼吸困难，不能平卧，曾去某院妇产科就治，诊断为"羊水过多"。彩超示：双胎，其中一胎脑积水，且胸腹腔大量积水；另一胎发育正常。医生建议其终止妊娠，患者要求保胎，前来求治。刻下：腹大异常，如足月临产妇，喘逆不安，气急不能平卧，胸闷心悸，腹胀难忍，下肢浮肿、按之压痕不明显，舌淡、苔白腻，脉弦滑。

证候： 脾虚水停证。

治法： 健脾利水，行气消胀。

方药： 茯苓导水汤加减。茯苓皮 15 g，炒白术 10 g，大腹皮 30 g，北五加皮 10 g，桑白皮 10 g，冬瓜皮 60 g，陈皮 15 g，苏梗 15 g，砂仁 6 g（后下），金银花 30 g，党参 10 g，炙甘草 5 g。7 剂，每日 1 剂，水煎服。嘱其低盐饮食、喝鲤鱼淡汤、冬瓜汤。

二诊（2010 年 1 月 11 日）： 患者上述症状明显好转，舌脉同前。守初诊方加续断 30 g，炒杜仲 20 g，黄芪 30 g，鲜绿豆衣 50 g 为引。继服 7 剂，用法同前。

三诊（2010 年 2 月 2 日）： 患者症状缓解后停药。3 日前患者腹胀较甚，痛苦不堪，彩超提示"羊水量明显增多"，遂于当地行羊水抽吸术，抽出羊水 1 000 mL。恐病情反复，今再来就诊。患者现倦怠乏力、下肢浮肿，苔白腻，脉弦滑。守初诊方加白芍 30 g，10 剂，每日 1 剂，水煎服。仍嘱其低盐饮食，常喝鲤鱼淡汤、冬瓜汤。

服药后患者病情未再反复，孕 36^{+1} 周时，以羊水污染为手术指征，行剖宫产。其中一男活婴，生命体征平稳；另一病儿于剖宫产前已无胎心。后随访半年，母婴健康。

【按语】羊水过多，属中医"子满"范畴，多发生在妊娠中期。中医认为本病的发生主要是水气湿邪侵犯脾、肺所致。妊娠中晚期，胎儿渐大，阻碍气机，气机郁滞，水湿停聚于胞中，则胎水过多；上迫心肺，则胸膈胀满，甚则不能平卧，心悸等；泛溢肌肤，则肢体肿胀。正如《医宗金鉴·妇科心法要诀》曰："妊娠肿满与子气，水气湿邪脾肺间，水气浸胎喘难卧，湿气伤胎胀难堪，均宜茯苓导水治，香瓜槟腹四苓攒，桑砂苏陈胀加枳，腿脚防己喘葶添。"阐述了其发病机制与治疗。方中茯苓皮、炒白术健脾利水；桑白皮、冬瓜皮、北五加皮、绿豆衣利水消肿；大腹皮、陈皮、苏梗、砂仁行气消胀，气行则水利。又利水之品多耗气，故与党参、黄芪合用，体现"寓补于攻"之意，且黄芪有补气利水之效；三诊方加养阴安胎，又防利水伤阴。续断、炒杜仲补肾安胎，金银花清热安胎，即"治病与安胎"并举也；炙甘草调和诸药。全方共奏健脾利水，行气消胀之效。

九、羊水过少案

沈某，女，31岁，已婚。2017年2月9日初诊。

主诉：停经30周，发现羊水量减少1周。

病史：患者停经30周，定期围产保健，孕12周NT 1.8 mm，孕16周唐氏筛查低风险，孕23周四维彩超未发现异常，胎儿发育如孕周，停经26周口服葡萄糖耐量试验（OGTT）正常。停经29周系统彩超发现羊水指数（AFI）4.7 cm，胎儿脐动脉收缩压和舒张压比值（S/D）2.8，即在笔者医院产科住院，给予母体水化疗法，每日补液2000 mL，监测胎心、胎动、血压，2日后复查AFI 6.0 cm，胎心、胎动可，血压波动在正常范围。但今日复查彩超AFI减少至4.8 cm，故来诊。刻下：停经30周，胎动可，乏力肢倦，腰酸，纳食欠佳，稍活动即觉心悸气短，精神差，口干欲饮，二便正常，舌淡、苔黄燥，脉细滑。心电图示：窦性心律，心率78次/分。血常规Hb 102 g/L。

证候：气血亏虚证。

治法：健脾益气，养血滋阴。

处方：胎元饮合增液汤加减。太子参15 g，黄芪30 g，续断30 g，盐杜仲20 g，炒白术10 g，黄芩12 g，白芍30 g，陈皮15 g，砂仁6 g（后下），生地黄12 g，玄参20 g，麦冬15 g，金银花15 g，炙甘草6 g。7剂，每日1剂，水煎服。

二诊（2017年2月16日）：患者停经31周，诸症减轻，仍有口干喜饮，舌淡、苔黄燥，脉细滑。胎心、胎动正常。今日彩超示：双顶径（BPD）77 mm，头围（HC）279 mm，腹围（AC）272 mm，股骨径（FL）60 mm，最大羊水深度（AFV）39 mm，AFI 75 mm，S/D 2.17。守初诊方，玄参增至30 g，继服7剂，用法同前。

三诊（2017年2月23日）：患者停经32周，仍有口干，余症减轻，胎动可，舌红、苔黄燥，脉滑细。胎心监护NST有反应型。今日彩超示：BPD 79 mm，HC 284 mm，AC 282 mm，FL 63 mm，AFV 38 mm，AFI 80 mm，S/D 2.9。守二诊方，生地黄增至24 g，加丹参10 g，7剂，每日1剂，水煎服。

1周后诸症悉平，患者复查彩超示：AFV 42 mm，AFI 99 mm，S/D 2.1。嘱其停药。

随访，患者足月分娩，母儿健康。

【按语】妊娠晚期羊水量＜300 mL时称为羊水过少。B超诊断羊水过少的标准是妊娠晚期羊水指数（AFI）≤5 cm或羊水最大暗区垂直深度（AFV）≤2 cm。发生率为0.5%～5%。羊水过少被认为可能由于胎盘功能不足或胎儿发育异常所致，部分原因不明，严重影响围产儿预后。"羊水"在中医中称为"胎水""浆水""胞水""胞浆"等，中医病名为"胎水过少"或"胞浆过少"。《胎产心法》指出："是以妊子者，儿在腹中，母子一气流通，全赖浆水滋养。"胎儿长养，赖胎水滋养，胎水亦由母体气血所化，若胎水干涸，儿困于腹中，则胞胎失养，致使胎萎不长。如《诸病源候论》所说："胎之在胞，血气资养，若血气虚损，胞脏冷者，胎则翳燥，委伏不长。"《济阴纲目·逐月养胎法》又云："妊娠八月，始生土精……手阳明脉养……"，又有"胞络者，系于肾"。患者素体虚弱，孕后胃纳欠佳，化源不足，气血亏虚，胎无所养；肾气虚损，失于蒸化，不能化精血为胎水，故胎水减少，结合患者症状及舌脉，均为气血虚弱之征。因而宜滋其营，益其气，使子母精神接续，胎元稳固，治疗时以健脾益气、养血滋阴、固肾安胎为基本之法，方选《景岳全书》之胎元饮合《温病条辨》之增液汤化裁。前者主治妇人冲任失守，胎元不安不固者；后者治疗阳明温病之不大便者。二方看似文不对题，但中医讲究整体观念，辨证论治，方证相宜，若证型一致，治足方可医头，治上方可医下，圆机活法，此为异病同治。张景岳认为："夫胎以阳生阴长，气行血随，营卫调和，则及期而产。若或滋养之机少有间断，则源流不继而胎不固矣。譬之种植者，津液一有不到，则枝枯而果落，藤萎而花坠。"方中太子参、黄芪健脾益气，化气生血有源；续断、盐杜仲补肾填精安胎；陈皮、砂仁化湿行滞，唤醒脾胃；炒白术、黄芩益气健脾，清热安胎，为安胎之圣药；玄参补肾气，养阴止烦渴；麦冬味甘益脾，气平益肺，润肺养阴，益胃生津；生地黄性滞不走，滋风木而断疏泄，养阴生津。胎前多热，予以金银花清热，炙甘草健脾和胃，调和诸药。方中加少量丹参养血活血，使气血生，且灵动，黄元御云其"走及奔马，行血之良品也"。但须注意中病即止。

十、子烦案

案1：朱某，女，34岁，已婚。2007年3月14日初诊。

主诉：孕46日，心中烦闷不安7日。

病史：患者孕前有月经先期、失眠等病症，曾求治于余。刻下：停经46日，7日来自觉心中烦闷不安，睡眠差，多梦易醒，口干口苦，胃脘部不适，小便黄，大便干，舌红、苔薄黄而干，脉细数而滑。孕$_2$产$_1$（2002年剖娩一男婴）。彩超示：宫内早孕，可见胎芽及心管搏动。

证候：阴虚火旺，热扰心神证。

治法：养阴清热、宁心除烦。

方药：人参麦冬散合异功散加减。太子参15g，麦冬15g，茯神15g，黄芩12g，白术10g，陈皮15g，淡竹叶10g，栀子12g，生地黄20g，知母20g，炒决明子30g，炙甘草5g。6剂，每日1剂，水煎服。

二诊（2007年3月20日）：患者服用上方后，自觉心中烦闷不安大有减轻，睡眠有所改善，仍胃脘不适，口干，大便干，小便正常，舌红、苔薄黄，脉细数滑。守上方减陈皮，加砂仁6g（后下），肉苁蓉30g，金银花30g。6剂，用法同前。

三诊（2007年3月28日）：患者服用上方后，诸症均有所好转，现觉小腹坠胀，腰酸，大便仍稍干，小便可，舌红、苔薄白，脉滑数。此属肾气不固之动胎之象，治宜补肾安胎、养阴清热。予褚氏安胎方（自拟方）加减。续断30g，杜仲20g，菟丝子30g，太子参15g，苏梗15g，砂仁6g（后下），白芍30g，麦冬15g，知母20g，黄芩12g，炒白术10g，炒决明子30g，金银花30g，炙甘草5g。6剂，用法同前。

患者1周后复诊，精神如常，诸症消失，饮食、睡眠正常，大便仍稍干。嘱其多食蔬菜水果，禁忌辛辣之品，从饮食方面多加调理。另告诫其要调畅情志。

【按语】《产宝》云："大抵妊娠之人，既停痰积饮，又虚热相搏，气郁不舒；或烦躁，或呕吐涎沫，剧则胎动不安，均谓之子烦也。"患者孕前曾有月经先期、失眠等病史，此由素体阴虚所致。孕后阴血益感不足，心火偏亢，火热乘心，热扰心胸，遂致心烦不安，多梦易醒等症；阴亏而津伤，故口干口苦，小便黄，大便干，舌红、苔薄黄而干，脉细数而滑，为阴虚内热之征。故治宜养阴清热、宁心除烦之法。方中太子参、麦冬益气养阴生津，生地黄滋肾养阴以济心火；知母泻肾火而降心火，解热除烦，《本草纲目》认为知母凉心脾祛热，治阳明火热，泻肺、膀胱、肾经火，治命门相火有余，安胎、止子烦，是子烦清热的要药；黄芩、淡竹叶、栀子清热除烦，其中栀子清三焦火，为治虚烦不眠的要药；淡竹叶"凉心经，治热狂烦闷"（《本草纲目》）；茯神、甘草除安神调中外，还利尿导热，使心经火由小便而去，清中有利。二诊时患者症状明显改善，加用金银花以增强其清热之力；肉苁蓉润肠通便；其胃脘不适，故加用砂仁理气和胃，因砂仁性燥，少量用之。三诊时患者子烦症状明显好转，但小腹坠胀，腰酸，乃为肾气不固之证，故以补肾安胎为主，佐以养阴清热。以自拟褚氏安胎方加减稳固胎元。

案 2： <u>杨某，女，34 岁，已婚。2016 年 8 月 4 日初诊。</u>

主诉： 停经 7 月余，眠差伴烦躁 3 日。

病史： 患者平素月经规律，末次月经为 2016 年 1 月 12 日，现孕 7 月余，近 3 日无明显诱因出现烦躁，抑郁，胃脘部满闷不适，睡眠差，多梦，自觉胎动频繁，伴腰酸，无小腹下坠，无阴道出血，纳差，入睡难、易醒，眼干涩，手足心热，大便不成形、每日 1 次，小便正常，舌尖红、苔薄白，脉滑细略数。血压正常，胎心 145 次 / 分。既往体健，孕$_2$产$_1$（2011 年足月顺娩一女活婴）。3 年前彩超发现子宫肌瘤，大小约 30 mm × 40 mm，定期检查，无明显变化。

证候： 阴虚热扰证。

治法： 益气养阴，清热安胎。

方药： 栀子甘草豉汤加味。生栀子 12 g，生甘草 6 g，淡豆豉 12 g，太子参 15 g，炒白术 10 g，麦冬 15 g，茯苓 15 g，淡竹叶 10 g，苏梗 12 g，砂仁 6 g（后下），黄芩 12 g，莲子心 6 g，黄连 6 g，陈皮 15 g，白芍 30 g，枸杞子 20 g，夜交藤 30 g。10 剂，每日 1 剂，水煎服。

二诊（2016年8月15日）：患者服3剂药时，胃脘部闷胀不适较前减轻，无烦躁，睡眠好转，继续服完10剂药，症状大减。守方更进7剂。

后电话随访，患者未再出现不适症状，10月中旬顺娩一男活婴，母子平安。

【按语】栀子甘草豉汤见于《伤寒论》："发汗吐下后，虚烦不得眠，若剧者，必反复颠倒，心中懊侬，栀子豉汤主之。若少气者，栀子甘草豉汤主之。"栀子豉汤证的病机为"郁热"，病位在"胸膈"，热邪蕴郁胸膈，氤氲不能宣泄，气机闭塞，胸阳被困，邪热无外达之机。胸膈在生理上与胃为近邻，所以"郁热"也必将波及胃，影响中焦的升发和顺降，患者出现胃脘部满闷不适。热伤中气而少气，栀子甘草豉汤主之。栀子甘草豉汤宣发郁热，益气和中，助正气而胜邪，邪气得驱，火郁得发，气机宣畅，胸阳展布，胃气得降。方中生栀子苦寒，上入心胸清热除烦，中除胃内积热，下利小便则迫热外泄，常用于心热、肝热及胃热诸症；淡豆豉气味轻薄，宣郁散热；生甘草性平、味甘，益气补中，调和药性，与苦寒药同用，可护胃守中，防苦寒伤胃；加用太子参、炒白术健脾益气，茯苓健脾宁心、淡竹叶清热利尿、导热外出，麦冬、枸杞子、白芍养阴血、清虚热，夜交藤、莲子心清心安神，苏梗、砂仁理气安胎，黄芩、黄连增强清热除烦之力。诸药合用而达益气养阴，除烦安胎之功。

十一、妊娠便秘案

王某，女，37岁，已婚。2017年6月19日初诊。

主诉：停经12周，伴大便秘结。

病史：患者停经12周，自妊娠开始排便无力，常秘而不爽，甚则质硬如羊粪，便后肛门灼热，肛周肿痛，渐进加重，欲便时，心烦意乱，坐卧不安；如厕努挣，挣则汗出短气，便后神疲乏力。刻下：纳谷不香，恶心欲呕，加之便秘久延不愈，故常减其食，舌体胖大、质红、苔黄燥，脉细弦，稍滑。今日查彩超示：中孕、单活胎，NT：1.3 mm，胎盘下缘距宫颈内口约 1.1 cm。

证候：阴虚肠燥证。

治法：滋阴养血，润肠通便。

处方：增液汤合寿胎丸加减。续断 30 g，菟丝子 30 g，桑寄生 20 g，玄参 30 g，生地黄 18 g，麦冬 15 g，苏梗 15 g，砂仁 6 g（后下），黄芪 30 g，太子参 15 g，黄芩 12 g，生白术 30 g，升麻 3 g，炙甘草 6 g。7 剂，每日 1 剂，水煎服。嘱其适当走动，避免同房及劳累，多食新鲜水果、蔬菜，排便时避免用力努挣。

二诊（2017 年 6 月 26 日）：患者药后纳增神佳，便干缓解，2 日一行，效不更方，守上方续服 7 剂。

患者 1 周后复诊，诸症悉除，大便已趋正常，复查彩超示：中孕、单活胎，胎盘位置正常。仍遵前方增损 7 剂，以巩固疗效。

【按语】便秘是指大便很少或很难排出，便质干硬。妊娠期由于类固醇激素变化和子宫压迫大、小肠，致使肠蠕动减少，所以孕妇容易便秘。患者妊娠后，气血津液下注养胎，致使气血亏虚，气虚无力传送糟粕，故排便无力；孕期喜食温热助阳之品，热灼肠道，阴血不足，肠道失润，致使粪质干结，排出困难。同时，胎体渐长，有碍气机，大肠传导不利，从而加重便秘。治宜滋阴养血，润肠通便，以增液汤合寿胎丸增损治之。方中增液汤滋阴增液、润肠通便，主治阴虚阳明温病大便不下者；寿胎丸补肾填精，固冲安胎；妊娠期脾胃多虚，运化不及，去黏腻碍胃之阿胶，加入苏梗、砂仁芳香醒脾，行气宽中，振奋中焦；加黄芪、太子参益气健脾、助肠行滞；大量生白术健脾助运、滋阴润肠；黄芩清热安胎之佳品，升麻助太子参、黄芪益气升提，促使气机运转。孕妇素体阴虚，肠燥津枯，便不得津，犹如无水行舟，当以滋阴养血、润肠通便为主，但不可妄投苦寒泻下攻伐之品，鼓荡肠道，耗气伤津，使胞宫不宁，造成堕胎之虞。此外，嘱患者多食高纤维素水果、蔬菜，适当活动，避免辛辣刺激之品。

十二、子嗽案

案1：侯某，女，28岁，已婚。2016年7月7日初诊。

主诉：停经19^{+3}周，咳嗽10日。

病史：患者末次月经为2016年2月21日，今停经19^{+3}周，10日前着凉后出现咳嗽，咳痰，鼻塞不通，耳鸣。受凉后症状加重，伴有胸闷不适，于某医院就诊，给予小柴胡颗粒、双黄连口服液、克咳敏、阿莫西林口服，治疗后好转。3日前吹空调后，上述症状再次加重。刻下：咳嗽不止，伴有头痛，头重如裹，鼻塞，胸闷，双下肢至足踝部水肿，久坐后明显，无下腹痛，无阴道流液及流血，偶有腰酸困，神疲乏力，纳食不馨，眠差，二便正常，白带正常，舌淡红、苔薄白，脉浮滑。既往体健，孕$_1$产$_0$。2016年6月25日唐氏筛查为低风险，2016年5月21日查彩超示：宫内孕单活胎，NT：1.4 mm。

证候：风寒袭肺证。

治法：疏风散寒，降气止咳。

方药：止嗽散加减。百部10 g，炒杏仁10 g，桔梗15 g，白前10 g，炙紫菀15 g，炙款冬花15 g，荆芥10 g，防风10 g，苏子10 g，莱菔子10 g，五味子15 g，川贝母10 g，辛夷花10 g（包煎），陈皮10 g，太子参15 g，炙甘草6 g，生姜9 g，大枣15 g。7剂，每日1剂，水煎服。

二诊（2016年7月15日）：患者服药后咳嗽、头痛减轻。再进7剂，症消病愈。

【按语】子嗽的发生，一因素体阴虚，肺阴不足。孕后血聚以养胎，致阴血愈虚，阴虚则火旺，上灼肺金，肺失濡润，发为子嗽。《女科经纶》引朱丹溪云："胎前咳嗽，由津血聚养胎元，肺失濡润，又兼郁火上炎所致。"素体阳旺，孕后胎气亦盛。二因相感，火乘肺金，炼液成痰，

褚玉霞妇科临证传薪录

202

肺失宣降，遂发为咳嗽。《医宗金鉴·妇科心法要诀》："妊娠咳嗽谓之子嗽。嗽久每致伤胎。有阴虚火动痰饮上逆，有感冒风寒之不同。"由于久咳损伤胎气，可致堕胎小产，因此治疗时应治病与安胎并举。本病为风寒袭肺、肺气失宣，治宜疏风散寒，降气止咳，投止嗽散加减。该方出自《医学心悟》，书中曰："本方温润和平，不寒不热，既无攻击过当之虞，大有启门驱贼之势，是以客邪易散，肺气安宁。"方中百部、炙紫菀性苦而温，入肺经，化痰止咳，治咳嗽不分新久；桔梗开宣肺气，白前、炒杏仁降气化痰、升降呼应；荆芥、防风、辛夷花疏风散寒、通窍解表；陈皮、苏子、莱菔子健脾化痰、理气安胎；五味子敛肺生津止咳，川贝母润肺化痰止咳；太子参、生姜、大枣、炙甘草健脾益气，守中安胎，培土生金。诸药配伍散收并用，治病安胎并举。

案2：许某，女，28岁，已婚。2006年11月10日初诊。

主诉：孕3月余，咳嗽3日。

病史：患者孕3月余，近3日来，咳嗽不已，夜晚加重。刻下：咳嗽频作，痰少色黄，鼻干，咽喉痒痛，自觉夜晚燥热，眠差，舌红、苔少，脉细滑数。孕$_1$产$_0$。彩超示：宫内单活胎。体温、血常规正常。

证候：肺阴虚证。

治法：养阴润肺，止咳安胎。

方药：百合固金汤加减。炙百合30g，生地黄、熟地黄各20g，玄参15g，川贝10g，炙款冬花15g，炙紫菀15g，前胡10g，光杏仁10g，炙枇杷叶10g，马兜铃10g，桔梗6g，甘草5g。3剂，每日1剂，水煎服。

二诊（2006年11月13日）：患者服用上方，咳嗽有所减轻，夜晚已不咳，睡眠可，鼻已不干，咽喉痒感，口干，舌红、苔薄白，脉滑微数。仍守养阴润肺，止咳安胎法，守上方更进3剂，病告痊愈。

【按语】《医宗金鉴·妇科心法要诀·子嗽证治》说："妊娠咳嗽

名子嗽，阴虚痰饮感风寒。"孕后血下聚以养胎，阴虚津亏，虚火内生，灼伤肺津，故咳嗽，痰少色黄，鼻干，咽喉痒痛，此属临床上常见的阴虚证型子嗽。治宜养阴清热、润肺止咳，兼以安胎，选百合固金汤加减。方中炙百合滋阴清热，润肺止咳，炙用增加止咳之功；生地黄、熟地黄并用，既能滋阴养血，又能清热凉血；玄参咸寒，滋阴清虚火；川贝、炙款冬花、炙紫菀、前胡、光杏仁、马兜铃、炙枇杷叶润肺化痰止咳，其中杏仁润利下行，长于降气止咳；桔梗载药上行，清利咽喉，化痰散结，与甘草合用，桔甘汤专于利咽止咳。笔者认为子嗽之治，宣肺、肃肺、清肺、润肺应适可而止，均以不耗伤肺气，不影响胎儿为度，尤其是豁痰滑利之品，如瓜蒌或瓜蒌仁等当慎用，以免有滑胎之虞。

十三、妊娠合并再生障碍性贫血案

郭某，女，30 岁，已婚。2018 年 5 月 21 日初诊。

主诉：停经 18^{+6} 周，伴头晕乏力、心悸胸闷。

病史：患者平素乏力纳差，月经规律，末次月经为 2018 年 1 月 8 日，自妊娠以来乏力加重，皮肤时有瘀斑，血液科经骨髓穿刺及相关检查后，诊为"不明原因的全血细胞减少"，期间曾多次输同型悬浮红细胞、洗涤红细胞及血小板以纠正贫血，症状可缓解。刻下：停经 18^{+6} 周，精神差，面色苍白无泽，头晕乏力，心悸胸闷，腰酸，皮肤有瘀斑，胃部灼热，纳眠差，二便正常，舌淡、苔微黄而腻，右脉弦细、左脉弦滑、两尺脉均弱。孕 $_2$ 产 $_0$ 流 $_1$（4 年前因"妊娠合并再生障碍性贫血"，孕 5 个月时自然流产 1 次）。有经期大出血病史，再生障碍性贫血或不明原因全血细胞减少症 10 年，期间间断输血治疗。诊前血常规：WBC 2.06×10^9/L，RBC 1.04×10^{12}/L，Hb 34 g/L，HCT 11.9%，PLT 11.0×10^9/L，PCT 0.01%。

彩超示：胎儿发育正常。

证候：脾肾亏虚证。

治法：补肾健脾，益气养血。

方药： 寿胎丸合四君子汤加减。续断 30 g，菟丝子 30 g，盐杜仲 20 g，太子参 15 g，炒白术 10 g，黄芩 12 g，黄连 6 g，茯苓 15 g，阿胶 15 g（烊化），白芍 30 g，炙甘草 6 g。7 剂，每日 1 剂，水煎服。并嘱其口服铁剂、维生素 C 以纠正贫血，必要时住院治疗。

二诊（2018 年 6 月 21 日）：患者停经 23^{+3} 周，胎心、胎动可，四维彩超未见异常。诉服药 7 剂后，自觉症状改善，自行服药 3 周后来诊，其舌淡、苔微黄而腻，右脉弦细、左脉弦滑、两尺脉均弱，在笔者医院血液科住院，予以输血治疗。刻下：头晕、乏力改善，面色萎黄，胃部烧灼感消失，怕冷，口黏，舌淡、苔腻，脉弦细滑、两尺脉均弱。首诊方去黄连、砂仁，加佩兰 15 g，制附片 6 g（先煎），继服 7 剂，用法同前。

三诊（2018 年 6 月 28 日）：患者停经 24^{+3} 周，药后诸症减轻，但皮肤输液处有瘀斑，舌脉同前。守二诊方加生地黄 12 g，藕节 30 g，7 剂，用法同前。

四诊（2018 年 7 月 5 日）：患者停经 25^{+3} 周，药后瘀斑减轻，舌脉同前。胎心、胎动正常。复查血常规示：WBC 2.60 × 10^9/L，RBC 1.08 × 10^{12}/L，Hb 57 g/L，HCT 18.2%，PLT 10.0 × 10^9/L，PCT 0.02%。继服三诊方 7 剂，用法同前。

五诊（2018 年 8 月 23 日）：患者药后诸症减，瘀斑消失，出院后自行服中药至今，现停经 32^{+3} 周，怕冷改善，眠差，入睡困难，近日受凉后咳嗽、无痰，舌淡、苔稍腻，脉弦细滑、两尺均弱。T 36.9 ℃，昨日复查血常规示：WBC 2.60 × 10^9/L，RBC 1.9 × 10^{12}/L，Hb 59 g/L，HCT 17.8%，PLT 11.0 × 10^9/L，PCT 0.01%。彩超示：晚孕（双顶径 7.38 cm），单活胎，头位，胎盘成熟度 0 级，边缘性脐带入口，羊水量正常。守二诊方加墨旱莲 30 g，7 剂，用法同前。

六诊（2018 年 9 月 6 日）：患者停经 36^{+3} 周，晨起眼睑沉重，双侧足踝轻微水肿，环境闷热时自觉心慌，纳眠可，舌淡、苔腻，脉弦细滑、两尺均弱。前日复查血常规示：WBC 3.03 × 10⁹/L，RBC 2.36 × 10¹²/L，Hb 73 g/L，HCT 21.5%，PLT 17.0 × 10⁹/L，PCT 0.04%。彩超示：晚孕（双顶径 7.9 cm），单活胎，头位，胎盘成熟度Ⅰ级，羊水量正常。五诊方加山药 30 g，10 剂，用法同前。

该患者连续保胎至 38 周，血常规各项指标均平稳未降，于某省妇幼保健院剖娩一健康女婴，母女平安，其家属特来感谢。

【按语】该病系西医中的妊娠合并再生障碍性贫血，由于骨髓造血功能异常所引起，是一种自身免疫性疾病，严重者可导致大出血、早产、流产等不良后果，发病率较低，属于疑难重病。中医古籍中未有此病的病名，但有很多散在类似的记载，如《景岳全书·妇人规》云："妊娠胎气本乎血气，胎不长者，亦为气血不足耳。"《竹林女科·安胎门》曰："妊娠通身酸懒，面色青黄，不思饮食，精神困倦，形容枯槁，此血少无以养胎也。"均指出了胎元生长依赖气血濡养。除此之外，胞胎由肾所主，脾肾又同为先后天之本，所以"补肾健脾、益气养血"之法应贯穿保胎始终，阴血暗耗，诸胎多热，故佐以清热之品。方中寿胎丸补肾养血，固冲安胎。人参、茯苓、炒白术、炙甘草为"四君子汤"之药物组成，该方出自《太平惠民和剂局方》，主治脾胃气虚证。方中太子参甘温益气，补益脾胃，生化气血；炒白术健脾益气；脾虚生湿，以茯苓淡渗利湿，炙甘草补益中焦，调和诸药。黄芩、黄连清热和胃安胎，白芍养阴柔肝，使血藏于肝，与炙甘草同用，酸甘化阴，又可缓急止痛。二诊怕冷明显，口中黏腻，加入制附片补火助阳，激发阳气，《长沙药解》云其"走中宫而温脾，入下焦而暖肾，补垂绝之火种，续将断之阳根"。经炮制久煎后毒性尽去，勿再言伤胎，此为"有故无殒，亦无殒也"；佩兰芳香化湿，开脾胃，进饮食。三诊患者皮下瘀斑，入生地黄、藕节凉血止血，兼能化瘀，故止血不留瘀。六诊患者足踝轻微水肿，为脾虚水湿不化，加山药健脾助运消肿。该病可称为妊娠合并虚劳，病程久，体虚气弱，需长期调理，重者需联合西医治疗。

十四、妊娠合并阑尾炎案

李某，女，24 岁，已婚。2017 年 4 月 24 日初诊。

主诉： 停经 19 周，伴右下腹疼痛 20 日。

病史： 患者末次月经为 2016 年 12 月 12 日，现停经 19 周。20 日前出现全腹疼痛难忍，后转为右下腹，诊为"妊娠合并急性阑尾炎"，西医院静脉滴注头孢类抗生素半月，疼痛减轻后出院。刻下：时有右少腹部疼痛，纳欠佳，眠可，大便秘结、2 日一行，小便正常，舌暗红、苔薄黄，脉弦滑。体温正常，查体：右下腹压痛阳性，无反跳痛。彩超示：单活胎。血常规示：WBC 11.2×10^9/L，NEUT 75%，CRP 9 ng/L。

证候： 湿热蕴结证。

治法： 清热祛湿，佐以固肾安胎。

方药： 五味消毒饮合寿胎丸加减。金银花 15 g，蒲公英 15 g，连翘 20 g，续断 30 g，盐杜仲 20 g，桑寄生 15 g，太子参 15 g，生白术 10 g，黄芩 12 g，生薏苡仁 30 g，枳壳 10 g，砂仁 6 g（后下），白芍 30 g，炙甘草 6 g。4 剂，每日 1 剂，水煎服。

二诊（2017 年 4 月 27 日）：患者服药后大便通畅、每日 1 ～ 2 次，腹痛及局部压痛减轻，守初诊方继服 5 剂。

三诊（2017 年 5 月 3 日）：患者服药后腹痛消失，大便规律，饮食一般，彩超提示胎儿发育正常，初诊方加紫苏梗 15 g，继服 3 剂善后。

后随访，患者顺娩一健康女婴。

【按语】 患者孕后胞宫增大，影响气机升降，中州运化失司，生湿蕴热，阻于下焦，经脉不畅则时有右少腹部疼痛；脾胃失和，腑气欠通，纳欠佳，大便秘结。结合舌脉，系湿热蕴结之证。阑尾炎发生于妊娠期，治疗应遵循"治病与安胎并举"的古训。患者就诊时已经治疗，症状虽解，但余毒湿热未清，应及时清除余邪，以防再度肆虐为患，当清热祛湿解毒。但孕妇已历经病痛 20 日，兼之应用抗生素寒凉伤正，故配合健脾和胃、补肾安胎之法以防殒胎伤正，选五味消毒饮合寿胎丸加减。方中金银花、蒲公英、连翘三味为经典清热泻火药物，加黄芩、生薏苡仁清热利湿、消肿排脓、健脾运湿；续断、盐杜仲、桑寄生补肾壮腰、固冲安胎；太子参、生白术、砂仁、枳壳益气助脾、行气和胃，使升降有序；白芍、炙甘草柔肝缓急止痛。诸药配伍祛邪不伤胎，安胎不留邪，达病祛胎安之效。

产后病

一、产后发热案

案 1：张某，女，31 岁，已婚。2008 年 3 月 10 日初诊。

主诉： 产后 18 日，反复低热 17 日。

病史： 患者于 2008 年 2 月 20 日足月妊娠顺娩一女婴，次日即感身热，体温在 36.9 ～ 37.8 ℃波动，血常规正常。服清热解毒口服液、柴胡口服液体温不降，故来诊。刻下：发热，午后热甚，口干欲饮，咽痛，痰少而黏，难以咯出，全身乏力，不欲坐行，恶露已净，未哺乳，睡眠差、梦多，食欲不振，大便正常，小便黄，六部脉沉弱无力，舌红、苔白燥。

证候： 体虚外感证。

治法： 益气养阴，佐以清热。

方药： 人参养荣汤合生脉饮加减。黄芪 30 g，西洋参 10 g（另炖），白术 10 g，茯苓 15 g，当归 15 g，白芍 20 g，栀子 12 g，五味子 15 g，川贝母 10 g，桔梗 6 g，生地黄 20 g，麦冬 15 g，炙甘草 5 g。20 剂，每日 1 剂，水煎服。嘱饮食宜清淡，忌食生冷，油腻及辛辣食物，保持心情舒畅。

此患者未再复诊，随访知服药 5 剂，低热即除，药尽诸症皆消。

【按语】 本病为产后气血虚，无力抵抗外邪，加之起居不慎，感受风邪，入里化热而致发热；热邪伤阴耗气，气阴两亏则全身乏力，午后热甚；胃阴不足，则口干欲饮；肺阴伤，失于宣肃则咽痛、咳嗽、痰少色黄；血虚无力养心，则睡眠差、多梦；舌脉也为气阴不足之象。方中黄芪、西洋参、白术、茯苓、当归、白芍健脾益气、补血养阴、培土生金；生地黄、五味子、麦冬养阴生津、敛肺润肺；栀子、桔梗、川贝母清热利咽、化痰止咳；甘草调和诸药。《内经》云"帝曰：乳子而病热，脉悬小者何如？岐伯曰：手足温则生，寒则死……缓则生，急则死"。四肢温是胃气尚盛，因四肢禀气于胃，阳受气于四末，故手足温则生；四肢厥逆，胃气已绝，故死；脉象和缓，得阳明之胃气则生，脉象急促则胃气已绝者死，死生与轻重、吉凶同一意义。产后发热以四肢的寒温，脉象的缓急来预测病情的轻重、吉凶、生死，其重视胃气的观点对后世影响颇大。自《金匮要略·妇人产后病脉证并治第二十》以来，都重视产后固护胃气，也作为诊断产后病的产后"三审"之一，本案之治即遵此道，以人参养荣汤合生脉饮益脾气、养胃阴而收功。

案2： 王某，女，35岁。2016年6月13日初诊。

主诉： 剖宫产后11日，时有发热10日。

病史： 患者于2016年6月2日剖宫产一子，次日出现发热，体温波动在37.2～39 ℃，应用抗生素并口服清热解毒口服液治疗7日，体温下降，但仍低热时作。刻下：患者多于午后发热，发热前微有恶寒，纳差，身困乏力，自汗，口苦、口干、喜饮，大便如常，恶露量少、无异味，无腹痛，舌暗红、苔薄黄，脉弦细。血常规示：中性粒细胞百分比75%，余项正常。彩超示：子宫大，切口回声不均；宫腔少量积液。

证候： 热郁少阳证。

治法： 疏解少阳，和营退热。

方药： 小柴胡汤合桂枝汤加减。柴胡20 g，党参15 g，黄芩12 g，姜半夏10 g，生姜3片，当归10 g，川芎6 g，益母草30 g，桂枝10 g，白芍10 g，大枣5枚。3剂，每日1剂，水煎服。

患者服药后热退未再发作。

【按语】产后气血俱虚，卫外之力不足，易感外邪，盘踞于半表半里，邪气与正气交争，故而寒热时作，缠绵不休。本案发热，病位不在表，也不在里，而在半表半里之间，汗、吐、下均非所宜，因而采用和解之法，选小柴胡汤合桂枝汤加减，二者均为《伤寒论》中的名方。其中柴胡苦平升散，透解邪热，疏达经气；黄芩苦寒降下，清泄邪热；姜半夏和胃降逆；人参（党参）、炙甘草益气和中，扶助正气；生姜、大枣和胃生津；桂枝辛温散邪，从阳而扶卫；白芍酸寒敛汗，走阴而益营；产后多瘀，治疗产后病不忘祛瘀，故用当归、川芎、益母草养血活血，达邪不忘扶正。本方配伍散中有补，刚柔相济，安内攘外，可使邪气得解，表里得和，上焦得通，津液得下，胃气得和，有汗出热解、鼓舞正气之功。

二、产后腹痛案

赵某，女，32岁，已婚。2015年1月20日初诊。

主诉：剖宫产后15日，下腹坠痛6日。

病史：患者于2015年1月5日足月剖宫产一子，体重4 200 g，产时出血约1 500 mL，予输压积红细胞2U。术后7日出院，出院时Hb 91 g/L。6日前出现下腹疼痛，时发时至，持续至今故来诊。刻下：下腹隐痛，伴腰酸下坠，阴道出血量少、色淡暗，倦怠乏力，纳可，大便时溏，舌淡暗、苔薄白，脉沉涩。彩超示：子宫增大，下段回声不均，宫腔内散在略高回声斑点。血常规：Hb 95 g/L，余项正常。孕₄产₂流₁（2000年6月顺娩一女活婴，计划外妊娠人工流产术1次，2013年计划外妊娠，行引产1次）。

证候：气血亏虚兼血瘀证。

治法：益气养血，化瘀止痛。

方药：生化汤加减。黄芪 30 g，党参 15 g，当归 10 g，川芎 10 g，炮姜 6 g，炒白术 15 g，茯苓 15 g，炒山药 30 g，木香 6 g，砂仁 6 g（后下），炒白芍 30 g，续断 30 g，升麻 5 g，益母草 30 g，炙甘草 5 g。7 剂，每日1 剂，水煎服。

患者服药后腹痛消失，未再发作。

【按语】产妇在产褥期内，发生与分娩或产褥有关的下腹疼痛，称产后腹痛。又称为"儿枕痛""产后腹中痛"。本病多见于新产后，好发于经产妇。孕妇分娩后，由于子宫缩复作用，小腹阵阵作痛，于产后1 ~ 2 日出现，持续 2 ~ 3 日自然消失，西医称"宫缩痛""产后痛"，属于生理现象，一般不需要治疗。当腹痛剧烈，难以忍受，或腹痛绵绵，疼痛不已，则为病态，应给予治疗。《金匮要略·妇人产后病脉证并治第二十一》中详尽记载了产后腹痛的证型，分别为血虚里寒、气血郁滞、瘀血内阻、瘀血内阻兼阳明里实、血凝中虚、水血俱结等，涉及寒热虚实之证。本案产后腹痛系多次孕产，数伤气血，兼之产后瘀血内留，冲任、胞宫经脉失养、阻滞而发疼痛。治疗应益气养血充养经脉，化瘀行滞疏通冲任，方可奏效。古人云"产后宜大补气血为主，余症宜从末"及"新产虽极虚，以祛瘀为第一义"，足见补虚、祛瘀在产后病中的重要性。方中党参、黄芪、当归、白芍、甘草、升麻益养气血、升提元气；白术、山药、木香、砂仁、茯苓健脾益气、和胃调中，以资气血生化之源；续断补肾壮腰，以助先天；生化汤去滑肠之性之桃仁可化瘀生新、温经行滞。诸药相合补而不滞，攻补得法，虽不止痛而痛自止。

三、产后身痛案

潘某，女，30 岁，已婚。2016 年 12 月 27 日初诊。

主诉：产后 35 日，身痛、麻木 20 日。

病史： 患者于 2016 年 11 月 22 日自娩一男活婴，产后半月出现身痛、麻木，持续至今，故来诊。刻下：全身冷痛、麻木、肢困乏力，恶风寒，受凉后枕部胀痛不适，阴道少量褐色分泌物，无异味，偶有下腹痛，纳眠可，二便正常，舌淡红、苔薄白，脉沉细无力。既往体健，孕$_2$产$_1$流$_1$（2015 年自然流产 1 次）。

证候： 外感风寒证。

治法： 益气血，补肝肾，散寒止痛。

方药： 变通三痹汤（自拟方）加减。黄芪 30 g，桂枝 10 g，白芍 10 g，独活 10 g，桑寄生 30 g，秦艽 10 g，防风 10 g，细辛 3 g，当归 15 g，川芎 10 g，茯苓 15 g，羌活 10 g，益母草 30 g，泽兰 15 g，太子参 10 g，熟地黄 18 g，伸筋草 30 g，怀牛膝 15 g，制附子 6 g（先煎），生姜 9 g，大枣 15 g，黄酒 50 g 为引。7 剂，每日 1 剂，水煎服。

二诊（2017 年 1 月 3 日）：患者左半身疼痛、麻木消失，右半身冷痛、怕风症状较前减轻，右手及右足关节处仍有麻木不适，少量阴道出血，乳汁量可，质偏稀，纳眠可，二便调，舌脉如前。守上方加桑枝 15 g，续断 30 g，白芍增至 20 g。14 剂，每日 1 剂，水煎服。

三诊（2017 年 1 月 17 日）：患者右半身隐痛偶有发作，无阴道出血及腹痛，乳汁不足，纳眠可，二便正常，舌淡红、苔薄白，脉沉细。守二诊方去益母草、泽兰，加穿山甲 9 g，王不留行 15 g，漏芦 15 g。7 剂，每日 1 剂，水煎服。

药后乳量可，产后身痛未再发作。

【按语】产后身痛是指产妇在产褥期内，出现肢体或关节酸楚、疼痛、麻木、重着者。产后身痛日久不愈，迁延至产褥期后，则不属本病，当作痹症论治。本病发生与产时、产后的生理特点有关。产时创伤，用力耗气，出血伤津，致产妇气血骤虚，四肢百骸及经脉失养；元气受损，卫表不固，风、寒、湿邪乘虚而入，气血凝滞，经络不畅，身痛而发。如《诸病源候论》曰："产则伤动血气，劳损脏腑，其后未平复，起早劳动，气虚而风邪乘虚伤之，致发病者，故曰中风。若风邪冷气，初客皮肤经络，疼痹不仁，若乏少气。"本病的病机核心在于气血、脏腑不足为本，风寒湿瘀为致病之标，虚实兼夹，以虚为主。治疗以补养气血，滋益肝肾以治本，祛风散寒，通络止痛以治标，依托黄芪桂枝五物汤、独活寄生汤化裁，自拟变通三痹汤。本案即以此为主方加减。方中黄芪桂枝五物汤为张仲景《金匮要略》中治疗"血痹"之方。《金匮要略方论本义》中论述该方："在风痹可治，在血痹亦可治也。以黄芪为主固表补中，佐以大枣；以桂枝治卫升阳，佐以生姜；以芍药入营理血，共成绝美。五物而营卫兼理，且表营卫里胃肠亦兼理矣。推之中风于皮肤肌肉者，亦兼理矣。"选独活寄生汤中的四物汤养血活血；太子参、茯苓、生姜、大枣、草益气健脾和中；独活、细辛、秦艽、防风，加羌活可祛全身上下经络、筋骨之风寒湿邪，舒筋骨，利关节，止疼痛；桑寄生、怀牛膝补益肝肾，兼祛风湿；加辛热之制附子温补元阳；伸筋草加强祛风散寒、舒筋活络之力；益母草、泽兰活血化瘀，祛瘀生新；并以黄酒为引，温经散寒活血，使药力通达经络，发散肌肤。药后症状明显减轻，手足关节处麻木较为明显，加桑枝、续断，白芍增量，以助行气通络、补益肝肾、养血柔筋之效。本案之治，补虚为先，纵有风寒之邪，也不峻投攻伐之品，寓攻于补之中，产后身痛得以及时痊愈。

四、产后恶露不绝案

案 1：于某，女，30 岁，已婚。2010 年 7 月 24 日初诊。

主诉：剖宫产后阴道出血不止 3 月余。

病史：患者于 2010 年 4 月 15 日剖宫产后，恶露至今未净，曾服中药、中成药等治疗，效果不佳。刻下：阴道出血量时多时少，有血块、色暗红，时有下腹隐痛，哺乳，乳汁可，纳眠可，二便正常，舌暗，脉沉涩。今日 B 超示：子宫、附件未见明显异常。妇科检查示：阴道少量血污、色暗，无异味；宫颈 I° 糜烂样改变；宫体及双侧附件区未及明显压痛。

证候：瘀阻胞宫证。

治法：化瘀止血。

方药：褚氏生化汤（自拟方）加减。黄芪 30 g，红参 30 g（另炖），当归 15 g，川芎 10 g，桃仁 6 g，炮姜 6 g，泽兰 15 g，益母草 30 g，黑荆芥 10 g，金银花炭 20 g，炙甘草 5 g。7 剂，每日 1 剂，水煎服。

患者服药后恶露已净，腹痛消失，随访 1 个月未再复发。

【按语】本病的发生主要是产后冲任受损，气血运行失常所致，冲为血海，任主胞胎，恶露即为血所化，产后瘀血阻滞胞中，冲任不畅，新血不得归经，而致恶露不尽。正如《诸病源候论》曰："产伤于经血……凡崩中若小腹急满，为内有瘀血，不可断之。断之终不断，而加小腹胀满，为难愈。若无瘀血，则可断易治也。"故临床治疗不应单独止血，而应化瘀止血，标本同治。根据产后多虚多瘀的特点，通过生化汤化裁，自拟褚氏生化汤。方中当归、川芎、桃仁、泽兰、益母草养血活血、祛瘀生新；炮姜暖宫散寒、温经止血；黑荆芥引血归经，因恐瘀久化热，故佐金银花炭以清热止血；又因久病多虚，故用黄芪、红参有寓补于攻之意；炙甘草调和诸药。

案 2：李某，女，26 岁，未婚，有性生活史。2008 年 4 月 10 日初诊。

主诉：药物流产后，阴道淋漓出血不止 10 日。

病史：患者 10 日前口服米非司酮配伍米索前列醇后，有大量血块及妊娠组织排出，随后阴道淋漓出血至今。刻下：阴道出血量时多时少、色暗有块，下腹坠痛、喜温喜按，舌淡暗、边有瘀点，脉沉涩。复查 B 超示：宫腔内见强回声光团（大小约 2 cm × 3 cm），宫腔内残留物可能。

证候：瘀阻胞宫证。

治法：活血逐瘀，祛瘀生新。

方药：逐瘀清宫方（自拟方）加减。三棱30g，水蛭6g，黄芪30g，当归12g，川芎9g，红花15g，益母草30g，莪术30g，枳壳15g，肉桂6g，川牛膝15g。5剂，每日1剂，水煎服。

二诊（2008年4月16日）：患者阴道出血停止1日，未诉特殊不适，舌淡、苔薄白，脉缓有力。复查B超示：宫内膜线居中，宫腔内未见异常回声，子宫附件未见异常。

【按语】药物流产后异常出血是指用米非司酮配伍米索前列醇终止早孕后，阴道出血时间过长或出血量过多。笔者认为"损伤致瘀、瘀阻胞宫"是药物流产后出血的基本病机。导致瘀阻的主要原因有以下五个方面：①胎物残留而为瘀；②血为寒凝而致瘀；③气虚失运，败血滞留而为瘀；④气滞血滞而为瘀；⑤热毒之邪与血相搏而成瘀。瘀阻为害，致胞宫缩复、藏泻功能失常，而发本病。由此可知，其病因或实或虚，或寒或热，但病机实质不离"损伤致瘀、瘀阻胞宫"。"活血逐瘀，益气温阳，调理冲任"是药物流产后出血的基本治法。对于该病的治疗只能因势利导，引血归经，从而达到不止血而血自止的目的，切不可盲目单用止血之剂，避免闭门留寇。

产后妇女气血俱虚，不耐风寒，偶受风寒侵袭，极易伤阳而使血行不畅，亦必影响恶露的排出。故治疗本病早期应佐以"温阳"之品。热毒感染多为继发因素，常发生于药物流产后2周后或更长时间。逐瘀清宫方是笔者根据产后"多虚""多瘀""易寒"的生理特点及药物流产后出血以"损伤致瘀、瘀阻胞宫"为主的病机实质，在从"瘀"论治的原则指导下，结合自己多年的临床经验及现代中药药理研究而拟定的经验方，用于不全流产、产后出血等疗效可靠。方中三棱、水蛭为破血消癥之要药，三棱辛、苦，平，偏于破血，通月经，消瘀血，治一切血气；水蛭咸苦入血，活血化瘀之力强；二者相伍，破血逐瘀，行气通经为君药。红花活血调经、祛瘀止痛，治疗瘀血阻滞诸症，是妇科血瘀病症的常用药；莪术既入血分，又入气分，偏于行气，常与三棱相须为用；当归、川芎、益母草养血活血、祛瘀生新; 以上共为臣药。久病必虚,故用黄芪益气生血、扶正祛邪; 肉桂温经散寒通阳以助血行; 枳壳理气行血,现代药理研究认为枳壳有促进子宫收缩,达祛瘀止血目的,共为佐药。川牛膝引血下行为使药。全方共奏活血化瘀、益气温阳、调理冲任之效,使瘀血清,新血生,不止血而血自止。

五、产后汗证案

案 1: 李某, 女, 22 岁, 已婚。2008 年 4 月 17 日初诊。

主诉: 产后自汗 1 月余。

病史: 患者妊娠晚期时有自汗,3 月初剖宫产后,汗出较前增多,不能自止,动则加剧。刻下: 汗出涔涔,恶风,偶有口渴,喜饮,乳汁量少,乳房柔软,恶露已净,面色㿠白,食欲不振,睡眠正常,二便正常,舌淡、苔薄白,脉虚缓无力。

证候: 卫气不固证。

治法: 益气固表止汗。

方药: 玉屏风散合牡蛎散加减。黄芪 30 g, 白术 10 g, 防风 10 g, 煅龙骨、煅牡蛎各 10 g, 浮小麦 30 g, 山茱萸 20 g, 乌梅 15 g, 熟地黄 20 g, 当归 15 g, 穿山甲 10 g, 漏芦 15 g, 芡实 10 g, 五味子 15 g, 炙甘草 5 g。5 剂, 每日 1 剂, 水煎服。嘱注意避风, 多服汤水, 忌食辛辣食物。

二诊 (2008 年 5 月 10 日): 患者汗出明显减少,饭后或活动后汗出稍多,微恶风,乳汁稍增,舌淡、苔薄白,脉缓无力。初诊方去穿山甲、漏芦,加党参 20 g, 麦冬 20 g, 五味子 30 g, 山茱萸 30 g。7 剂, 每日 1 剂, 水煎服。

三诊 (2008 年 5 月 30 日): 患者汗出已止,仅活动后微微汗出,嘱其饮食、运动调理以善后。

【按语】 产后气血耗伤,再加汗出过多,阴液更损,属产后"三急"(呕吐、盗汗、泄泻）重症之一，治疗不及时容易发生亡阳之候。"急则治其标"，因恶露已净，排除了败血阻于胞中之顾虑，可大胆加用固涩之品，所以用玉屏风散急固卫气，投牡蛎散急敛汗液，山茱萸、五味子、甘草酸甘化阴，以养阴生津敛液，芡实、炙甘草补脾益气固精，故服5剂后汗出减少。但仍于活动后、饮食后汗出，增加补气养阴之力，合生脉饮，加重酸涩收敛药力以收功。

案2：胡某，女，29岁，已婚。2008年7月5日初诊。

主诉：产后盗汗1个月。

病史：患者2008年6月初在某院行剖宫产后一直盗汗至今。刻下：每夜盗汗，甚则湿衣，汗出即醒，醒后汗止，影响睡眠，腰膝酸软，记忆力减退，乏力，口干不欲饮，或喜冷饮，乳汁稀少，恶露已净，食欲尚可，二便正常，舌红、少苔，脉细数。

证候：气阴两虚证。

治法：养阴生津，益气敛汗。

方药：生脉饮合牡蛎散加减。太子参15g，麦冬15g，五味子10g，煅牡蛎30g（先煎），黄芪30g，浮小麦30g，麻黄根10g，乌梅15g，炙甘草5g。取7剂，每日1剂，水煎服。

二诊：（2008年7月12日）：患者盗汗大减，腰酸明显好转，继服7剂。后随访，患者诸症皆消。

【按语】《张氏医通·妇人门下》曰"产后诸病，唯呕吐、盗汗、泄泻为急，三者并见必危"，与自汗相同，两者出汗多时均可造成亡阴或亡阳，因此补涩同用，以求速效。用生脉饮益气养阴生津，牡蛎散补气固涩，乌梅酸甘化阴，酸涩又有敛汗之功，浮小麦、麻黄根固表止汗，炙甘草补中焦以生血之源兼以调和诸药。

六、产后缺乳案

案1：范某，女，30岁，已婚。2017年5月12日初诊。

主诉： 产后43日，乳汁量少5日。

病史： 患者顺产后43日，恶露持续16日干净。近7日乳汁量少，每日约30 mL（不足喂养婴儿）、质清稀，乳房柔软如面，月经复潮，现为月经第5日，经量可，色鲜红。刻下：倦怠乏力，面色少华，舌淡红、苔薄白，脉虚无力。昨日查彩超无异常。

证候： 气血亏虚证。

治法： 益气养血，通络下乳。

方药： 褚氏通乳饮（自拟方）加减。黄芪50 g，当归10 g，党参10 g，桔梗6 g，柴胡12 g，漏芦30 g，穿山甲粉6 g（冲服），王不留行15 g，路路通15 g，麦冬15 g，通草6 g，炙甘草6 g，黄酒50 g为引。7剂，每日1剂，水煎服。

二诊（2017年5月19日）：患者身体状态改善，乳汁增多，继服7剂停药，嘱多饮猪蹄汤。

【按语】 该病首见于《诸病源候论》有"产后无乳汁候"，认为："妇人手太阴少阴之脉，下为月水，上为乳汁……产则水血俱下，津液暴竭，故无乳汁也。"《妇人大全良方》也提出："元气虚弱，则乳汁短少。"患者产后气血亏虚，无以化汁，气虚不摄，冲任不固，精血流于下而成经，经乳同出一源，故乳汁量少。治宜益气养血、通络下乳，取通乳丹加减。通乳丹出自《傅青主女科》，书中云："妇人产后绝无点滴之乳，人以为乳管之闭也，谁知是气与血之两涸乎，夫乳乃气血所化而成也……治法宜补气而生血，而乳汁自下，不必利窍以通乳也。方名通乳丹。"方中党参、黄芪、当归益气健脾养血，且黄芪、当归用量5：1，取"当归补血汤"之意，有形之血不能速生，无形之气所当急固。麦冬润肺养阴、益胃生津，《医学启源》引《主治秘要》云："甘，阳中微阴，引经酒浸，治经枯、乳汁不下。"柴胡疏肝，调理气机，气行血行；桔梗为药中舟楫，开提气血上行乳络；漏芦、穿山甲、王不留行、路路通、通草活络下乳，民谚有"穿山甲、王不留，妇人服了乳常流"；炙甘草调中，黄酒行气活血，亦助通乳。全方重在补虚，稍佐通乳，气血旺盛则乳汁自足。猪蹄血肉有情之品，濡养精血而生乳。故后以猪蹄汤食疗以治。

案2：常某，女，33岁，已婚。2016年10月13日初诊。

主诉：剖宫产术后1月余，乳汁量少10余日。

病史：患者于2016年9月7日足月妊娠行剖宫产，近10日乳汁量少、质稀，乳房胀硬疼痛，烦躁易怒。刻下：恶露已净，乏力，情志抑郁，食欲不振，眠差，大便溏，舌红、苔薄白，脉弦细滑。

证候：肝郁气滞证。

治法：疏肝解郁，通络下乳。

方药：下乳涌泉散加减。当归15g，柴胡12g，青皮12g，全瓜蒌10g，穿山甲10g，王不留行15g，路路通10g，天花粉30g，漏芦15g，白芍10g，通草6g，黄芪30g，炒山药30g，炙甘草6g，黄酒50g为引。7剂，每日1剂，水煎服。

二诊（2016年10月21日）：患者乳汁较前增多，情绪好转，纳眠可，二便正常，效不更方。初诊方又予7剂，每日1剂，水煎服。

后随访，患者服药后乳汁量基本正常。

【按语】产后哺乳期内，产妇乳汁甚少或全无者，称"缺乳"，又称"产后乳汁不行"。《格致余论·乳硬论》有"乳房，阳明所经，乳头厥阴所属"。乳汁来源于脾胃化生的水谷精微，与血气同源，赖乳脉、乳络输送，经乳头泌出。薛立斋云："血者，水谷之清气也，和调五脏，洒陈六腑，在男子则化为精；在妇人上为乳汁，下为血海。"《胎产心法》云："产妇冲任血旺、脾胃气旺则乳足。"说明产妇的乳汁是否充足与脾胃血气强健，水谷精微输布有密切关系。乳汁虽由气血化生，但赖肝气疏泄与调节。

本案患者平素烦躁易怒，导致肝失条达，气机不畅，乳脉不通，乳汁运行不畅，因而缺乳。治宜疏肝解郁、通络下乳，方选下乳涌泉散加减。方中当归补血养血活血、通经活络；白芍疏肝柔肝养血、缓急止痛；柴胡、青皮疏肝解郁、理气通络；全瓜蒌祛痰活血通络；通草、路路通通气下乳、理气和胃；穿山甲活血通络、通经下乳；王不留行活血通经、散结止痛下乳；漏芦清热解毒、通乳下行；天花粉补血滋阴；黄芪、炒山药健脾益气、使脾旺肝木不致相乘；炙甘草补脾益气和胃，调和诸药，诸药合用共奏疏肝理气、补血养血，通络下乳之功。

七、乳汁自出案

李某，女，27岁，已婚。2009年10月23日初诊。

主诉：产后1月余，乳汁常自行流出。

病史：患者于2009年9月初顺产一男婴后乳汁量可，但常自行流出、质稀少。刻下：乳房柔软，有汗，无胀感，恶露已净，食欲不振，因小儿哭闹影响睡眠，情绪欠佳，精神疲惫，乏力，二便正常，舌淡、苔薄白，脉缓弱。

证候：气血虚弱。

治法：补益气血，佐以固摄。

方药：十全大补汤加减。党参30g，黄芪30g，白术10g，茯苓15g，当归15g，白芍30g，生地黄、熟地黄各15g，五味子15g，芡实15g，砂仁6g（后下），甘草5g。7剂，每日1剂，水煎服。嘱忌食生冷、油腻、辛辣刺激食物，宜服鸡汤、鱼汤、排骨汤等含高钙、高蛋白饮食，保持心情舒畅，保持大便通畅。

二诊（2009年11月2日）：患者乳汁自出好转，偶有少量流出，食欲好转，舌淡红、苔薄白，脉沉细。继服上方7剂。

三诊（2009年11月12日）：患者泌乳正常，无不适。嘱注意饮食调理。

【按语】《景岳全书》谓："产后乳自出，乃阳明胃气之不固，当分有火无火而治之，无火而泻不止，由气虚也，宜八珍汤、十全大补汤。"本案见乳汁稀少、乳房柔软、食欲不振、倦怠乏力等，再察舌脉当属脾虚证，故属无火之证，治法当以补虚为主，补虚之中当以健脾益气养血为先，用十全大补汤温补气血，稍佐固摄之品五味子、芡实以取效。

八、乳痈案

何某，女，30岁，已婚。2009年4月15日初诊。

主诉：乳房结块1月余，伴疼痛3日。

病史：患者于1年前剖宫产以来，乳汁分泌较多，现行回乳1月余，乳房中有结块，疼痛，近3日乳房疼痛加重，局部皮肤稍红，每日需排奶1次，每次需排1小时，每次排出约200 mL，排奶时恶心，奶排出后自行缓解。刻下：乏力，易怒，食欲旺盛，减少食量则乳汁分泌可减少，二便正常，舌红、苔黄腻，脉滑。

证候：乳汁瘀滞证。

治法：解郁清热，通络散结。

方药：连翘金贝煎加减。连翘20 g，金银花30 g，蒲公英30 g，柴胡12 g，青皮12 g，路路通15 g，皂角刺15 g，天花粉30 g，丹参30 g，王不留行15 g，浙贝母6 g，穿山甲粉10 g（冲服），生麦芽、炒麦芽各60 g，炙甘草5 g。3剂，每日1剂，水煎服。用芒硝120 g装于布袋、扎紧，排空乳汁后，敷于乳房处，待湿后更换之。嘱保持心情舒畅，清淡饮食，忌食生冷、油腻、辛辣食物。

二诊（2009年4月18日）：患者乳汁明显减少，结块已不明显，已不需排奶，但分泌量仍多，上方去王不留行、漏芦、路路通、穿山甲粉，加红花15 g，赤芍15 g，当归尾15 g，川牛膝15 g。3剂，每日1剂，水煎服。

三诊（2009年4月22日）：患者乳汁分泌量较前再次减少，嘱其用生麦芽、炒麦芽各120g，煮水频服，直到乳汁全回为止。

2周后随访，患者已安然回乳，乳房结块消失。

【按语】患者乳房结块，且乳汁较多，如果不及时回乳，恐有乳痈之患，而此患者已有化热之象，所以用连翘金贝煎加减。连翘金贝煎出自《景岳全书》，具有清热解毒、消肿排脓之功效。方中连翘、金银花、蒲公英宣散郁热、解毒消肿；柴胡、青皮、路路通、王不留行疏肝行气、活血通络；皂角刺、天花粉、丹参、浙贝母、穿山甲粉化瘀消肿、软坚散结；大剂量麦芽回乳，炙甘草调和诸药，芒硝敷乳加强消肿散结之力。二诊加用免怀散（红花、赤芍、当归尾、牛膝）活血通经，引血下行，促进乳回。正如《医方考·妇人门》所说："妇人之血，下则为月，上则为乳，欲摘乳者，通其月事，则乳汁下行，免乳胀之苦也。"

九、产后大便难案

杨某，女，29岁，已婚。2009年8月7日初诊。

主诉： 剖宫产后11日，伴便干难解。

病史： 患者于2009年7月26日剖宫产一男婴，产后至今便干难解。

刻下：排便不畅，腹胀，无矢气，恶露未净、量少、色淡，无小腹痛，面色稍黄，话语无力，睡眠差，多梦，纳食、泌乳量可，小便正常，舌淡、苔薄白，脉沉细涩。既往有习惯性便秘病史。

证候： 血枯肠燥证。

治法： 填精补血，润肠通便。

方药： 肉苁蓉30g，木香6g，决明子30g，火麻仁15g，当归20g，益母草30g，桃仁10g，炙甘草5g。7剂，每日1剂，水煎服。嘱平时煲粥可用黑芝麻、黑米、黑豆等，以及果仁类，多汤水，高营养，忌辛辣、油腻、生冷之品，保持心情舒畅。

患者服药后大便已通，恶露已净。嘱其饮食调理以善后。

【按语】《金匮要略》所说："新产妇有三病……三者大便难，何谓也？曰：亡津液，胃燥，故大便难。"大便难系产后三病之一。因患者素患习惯性便秘，再逢产后，气血大虚，精液不足而便秘加重，故投以填精养血、滋阴润肠之剂，因恶露未净，加上益母草、桃仁活血通便之品，所以奏效神速。

十、产后癃闭案

吴某，女，30岁，已婚。2009年3月6日初诊。

主诉：产后小便排出困难8日。

病史：患者于2009年2月28日会阴侧切下顺娩一女婴后小便不通，行人工导尿，并留置尿管时间3日，拔除尿管后仍不能自行排尿，曾灸神阙、关元等穴，初始效佳，后用无效，遂来应诊。刻下：小便排出困难，小腹胀急，言语无力，神疲乏力，恶露量少、色淡，未哺乳，食欲不振，睡眠欠佳，大便正常，舌淡、苔薄白，脉缓弱无力。

证候：中气不足证。

治法：补中益气行水。

方药：补中益气汤合生化汤加减。黄芪30g，炒白术15g，陈皮15g，升麻3g，柴胡6g，党参15g，炙甘草5g，当归15g，益母草30g，车前子15g（包煎），白茅根30g，冬葵子15g。3剂，每日1剂，水煎服。嘱其保持心情舒畅，勿抑郁急躁，饮食以高汤类为主。

二诊（2009年3月9日）：患者面露喜色，服药后小便很快排出，但感排之不净，小腹仍胀满不适感，饮食稍增，舌淡、苔薄白，脉缓弱。效不更方，守初诊方7剂。

三诊（2009年3月18日）：患者小便已如常，恶露已净。

【按语】本病相当于西医的"产后尿潴留"。分娩过度消耗体力，损伤正气，加之会阴侧切疼痛，造成排便恐惧，可能存有心理障碍，久则便意消失，只觉小腹胀急，小便困难。察其症状舌脉系中气不足，不能通调水道，膀胱失于气化致小便困难。如《万氏妇人科·产后小便不通》曰："膀胱者，州都之官，津液藏焉，气化则能出矣，产后气虚，不能运化流通津液，故使小便不通。"用补中益气汤加减顾护中气，升清降浊，药中病机，如期获效。

十一、产后抑郁案

王某，女，37岁，已婚，无业。2016年6月28日初诊。

主诉：产后精神抑郁伴乏力1月余。

病史：患者平素月经规律，量、色、质正常。患者于2016年5月3日足月顺娩一男活婴，产程较长，无产后出血，复查彩超示：子宫复旧尚可，余无明显异常。刻下：精神抑郁，面部表情呆滞，自诉乏力困倦，周身疼痛不适，后背发凉，胸闷纳呆，烦躁易怒，自汗，眠差，二便正常，舌淡暗、边有齿痕，苔薄白，脉弦细。

证候：肝郁脾虚。

治法：疏肝解郁，补益心脾。

方药：归脾汤合逍遥散加减。黄芪30g，当归15g，太子参10g，炒白术10g，茯神15g，陈皮12g，柴胡12g，白芍20g，乌梅10g，天花粉30g，砂仁6g（后下），藿香10g，木香6g，制附子9g（先煎），郁金12g，炙甘草6g。15剂，每日1剂，水煎服。并嘱患者注意避风，怡情易性，多食高蛋白食品，多饮汤水。

二诊（2016年7月12日）：望其精神已明显好转，周身乏力疼痛不适、胸闷烦躁减轻，自觉饮食、睡眠均见好转，自诉大便稍干，守初诊方去木香，加枳实10g，生姜3片为引。15剂，每日1剂，水煎服。另给予炒决明子 150 g，每日 10 g，必要时水泡服以通大便。

三诊（2016 年 7 月 28 日）：患者精神明显好转，仍有膝关节轻微疼痛，偶有头晕，效不更方，守初诊方加怀牛膝 15 g，15 剂，用法同前。

后随访，患者痊愈未复发。

【按语】产后抑郁是指产妇在分娩后出现以情绪低落、精神抑郁为主要症状的病症，是产褥期精神综合征中最为常见的一种类型。临床上以焦虑烦躁、失眠多梦、乏力困倦、默默不语、悲伤恐惧、消极厌世等为主要表现。产后抑郁一般于产后 1 周出现症状，产后 4～6 周逐渐明显，持续 6～8 周，甚至长达数年。若不能及时治疗，产妇会出现伤害胎儿或自杀的倾向，故应对本病给予重视，尽早发现，尽快治疗。西医将其称为"产褥期抑郁症"，但目前缺乏安全有效的治疗手段，主要以抗抑郁类药物应用为主，而此类药物多易在母乳中蓄积，哺乳时影响婴幼儿健康，而传统中医药在数千年的医疗实践中积累了丰富的临床经验，治疗本病疗效好、起效快、毒副作用小。

《古今医统大全》曰："郁为七情不舒，遂成郁结，即郁之久，变病多端。"产妇产后因情志不畅而致郁，加之产时产后失血伤津耗气，导致气血俱虚。故治疗时常用健脾益气，疏肝解郁，宁心安神之法，多选归脾汤、逍遥散、桂枝汤、甘麦大枣汤等加减。本案系肝郁脾虚所致，以归脾汤合逍遥散化裁。方中太子参、黄芪、白术、茯神、炙甘草健脾益气、化生气血，养心安神；柴胡、郁金疏肝解郁、调肝之用；白芍、当归养血敛阴、柔肝之体；陈皮、砂仁、藿香、木香气味芳香，醒脾悦胃，健运中州；制附子辛热，振奋阳气；乌梅、天花粉养阴生津，佐制附子燥烈之性；炙甘草调和诸药。对于此类患者应重视心理疏导及日常调护，正如《临证指南医案·郁证》所说"郁证全在病者能怡情易性"。故常嘱患者保持心情舒畅，适当表达与发泄情绪，培养个人兴趣爱好，保持居住环境安静，温度适宜，饮食清淡，易消化而富有营养，忌食生冷寒凉之品。配合适当锻炼，以增强体质，利于产后恢复。

十二、产后毛发脱落案

王某，女，26 岁，已婚。2008 年 4 月 15 日初诊。

主诉：产后全身毛发脱落 1 年余。

病史：患者于 2006 年 11 月孕 4 月余时自然流产大出血后开始出现毛发脱落，其间再次受孕，并于 2007 年 12 月顺娩一女。产后月经已来潮 2 次，末次月经为 2008 年 4 月 7 日，量色可，但毛发仍脱落不止，故来求治。刻下：头发、腋毛、阴毛全部脱光，记忆力下降，哺乳，乳汁量可，怕冷，腰酸，睡眠欠佳，情绪低落，表情稍有呆滞，饮食尚可，二便正常，舌淡、边有齿痕，苔薄白，脉沉细无力。2008 年 3 月 3 日查性激素六项、甲状腺功能正常。

证候：肝肾亏虚证。

治法：滋补肝肾。

方药：四二五合方加减。黄芪 300 g，当归 150 g，川芎 100 g，生地黄、熟地黄各 200 g，白芍 300 g，蒸何首乌 300 g，菟丝子 300 g，枸杞子 200 g，桑葚子 300 g，淫羊藿 300 g，龟板胶 300 g，紫河车 300 g，阿胶 200 g，制附子 60 g，木香 60 g，砂仁 60 g，丹参 300 g，川牛膝 150 g。将上药（1 料）打碎制成水丸，每次 8 粒，每日 3 次，口服。用生姜擦无毛区，以擦红，稍破溃为度，注意卫生，预防感染。每日艾灸神阙、命门、肾俞、足三里等穴。嘱加强营养，多服高蛋白、高钙、高铁食品，可多服一些动物肾脏，如羊肾、猪肾之类，每日用黑豆、黑芝麻、黑米等熬粥，忌生冷、油腻、辛辣之物，保持心情舒畅。

二诊（2008 年 5 月 15 日）：见其面露喜悦之色，自诉遵医嘱服完上药，头发、睫毛、眉毛开始有微细绒毛长出，头上长出一根黑发，饮食增加，继用上方 6 料，毛发已基本长出变黑。

【**按语**】发为血之余，肾其华在发，肝藏血，脾生血，肾藏精，精血同源，所以治疗此病从肝、脾、肾论治。四二五合方出自《刘奉五妇科经验》由四物汤、二仙汤、五子衍宗丸化裁而成，具有养血益阴补肾填精之效，加入砂仁、木香、黄芪、附子扶脾肾之阳以助运化，则后天之气血生化有源，阿胶、龟板胶、紫河车为血肉有情之品，可大补后天损失之精血，如《内经》曰："形不足者，温之以气；精不足者，补之以味。"先后天之本共同培补，则获佳效。毛发生长非数日见功，因而制成丸药以图慢调缓治，并配合生姜局部摩擦、穴位艾灸激发阳气，补益脾肾，温经通络，促毛发生长。

第五节

妇科杂病

一、不孕症案

案1：马某，女，24岁，已婚。2010年3月30日初诊。

主诉：月经后期9年，未避孕未孕2年。

病史：患者16岁初潮，初潮后月经即不规律，30～90日一行，经行3～4日，末次月经为2010年3月23日，3日干净，经量少、色淡、少量血块，经行小腹坠痛，喜按伴腰酸明显。刻下：腰酸，白带量少，纳眠可，二便正常，舌淡、苔薄白，脉沉细。2010年3月10日彩超示：子宫体积小（42 cm×30 cm×28 cm）；双侧卵巢呈多囊样改变（双侧卵巢内均可见多个发育卵泡回声，最大直径6 mm，同一切面大于12个）。性激素六项示：FSH 4.1 mIU/mL，LH 11.3 mIU/mL，E_2 35 pg/mL，T 0.49 ng/mL，PRL 21.2 ng/mL，P 0.3 ng/mL，β-HCG 1.2 mIU/mL。

证候：肾虚证。

治法：补肾养血，调经助孕。

方药：二紫方（自拟方）加减。紫石英30 g，紫河车粉2 g（另冲），菟丝子30 g，枸杞子20 g，丹参30 g，香附15 g，淫羊藿15 g，熟地黄20 g，砂仁6 g，山茱萸15 g，川牛膝15 g。20剂，每日1剂，水煎服。

嘱其经来复诊。

二诊（2010年4月23日）：患者月经于2010年4月22日来潮，量少，色淡，质稀伴小腹坠痛，喜暖喜按，舌脉如前。以温经散寒，养血调经为治。药用：当归15g，川芎10g，赤芍15g，桃仁6g，红花15g，丹参30g，香附15g，乌药12g，鸡血藤30g，吴茱萸5g，川牛膝15g。5剂，用法同前。

患者依上方案序贯用药3个月，月经规律，继续周期治疗，用药期间不避孕。患者末次月经2010年11月2日，2010年12月25日彩超示：宫内早孕，妊娠囊内可见胚芽回声及心管搏动。行保胎治疗至孕12周时嘱其定期围保，不适随诊。

【按语】中医并无多囊卵巢综合征的病名，根据该病的临床表现，当属中医"月经后期""月经过少""崩漏""闭经""不孕症"等疾病的范畴，从卵巢多囊性增大改变来看又可属于"癥瘕"的范围。患者平素腰酸，初潮年龄相对较晚，初潮后即月经后期，子宫体积小，可见其先天禀赋不足，诊断为肾虚证。《素问·上古天真论》："二七而天癸至，任脉通，太冲脉盛，月事以时下，故有子。"肾藏精，精化气，肾中精气的盛衰主宰着人体的生长发育生殖，先天肾气不足，天癸乏源、冲任血海空虚以致月经量少、月经后期，不能摄精成孕，舌淡、苔白，脉沉细均为肾虚之征。治宜补肾养血、调经助孕之法，以自拟二紫方加减。方中紫石英、紫河车补督脉、温肾阳，填精益髓，充养冲任；淫羊藿、菟丝子、熟地黄、山茱萸、枸杞子温肾壮阳、滋阴养血、暖胞育胎；香附、丹参养血活血、理气调经；砂仁健脾和胃，寓补后天以养先天之意，防补药滋腻碍胃之弊；川牛膝活血通经、引血下行，使药达病所。诸药合用，共奏温肾滋肾、理气调经助孕之功；经期温经散寒、养血通经。周期用药后，患者经调而孕。

案 2：齐某，女，28 岁，已婚。2010 年 6 月 28 日初诊。

主诉：月经后期 15 余年，未避孕未孕 1 年。

病史：患者 13 岁初潮，周期 40～55 日，经期 5 日，末次月经为 2010 年 6 月 19 日，量少、色暗、有血块，经前乳胀。刻下：平素情绪欠佳，易生气，近 1 年时而乳房泌乳，未避孕不孕，纳眠可，二便正常，苔薄黄，脉弦。孕$_0$。2010 年 4 月 1 日阴超示：双侧卵巢多囊样改变。性激素六项示：PRL 39.6 ng/mL，余项在正常范围。乳腺超声示：双侧乳腺未见明显异常。头颅 MRI 示：垂体未见明显异常。

证候：肝气郁结证。

治法：疏肝解郁，理气调经。

方药：疏肝抑乳方（自拟方）加减。当归 15 g，白芍 30 g，柴胡 12 g，青皮 12 g，炒麦芽 60 g，薄荷 20 g（后下），炙甘草 5 g。20 剂，每日 1 剂，水煎服。嘱其经来复诊。

二诊（2010 年 7 月 21 日）：患者月经于 7 月 20 日来潮，经量少、色暗、有血块，经前乳胀较前明显减轻，乳房泌乳较前减少，自觉心情舒畅，白带正常，舌脉同前。经期疏肝理气，养血调经，药用：当归 15 g，川芎 10 g，赤芍 15 g，红花 15 g，香附 15 g，丹参 30 g，泽兰 15 g，郁金 15 g，鸡血藤 30 g，柴胡 12 g，川牛膝 15 g。5 剂，用法同前。

患者依上方案周期用药 3 个月，月经规律，药后复查 PRL 为 14.47 ng/mL，末次月经为 2010 年 11 月 26 日，停经 52 日时彩超示：宫内早孕，可见胚芽回声及心管搏动。在本门诊保胎至孕 12 周。

随访：患者于 2011 年 9 月 5 日足月妊娠顺娩一女。

【按语】20%～35% 的 PCOS 患者可伴有血清 PRL 轻度增高。女子以肝为先天，以血为用，肝主疏泄，宣通气机，调畅情志。肝气郁结、经脉阻塞则患者经前乳胀，情绪欠佳；气机不畅，血为气滞，则经行不畅，可见经量少、色暗、有血块；肝失疏泄，血随气上逆，不循常道，则泌乳。综合四诊，系肝气郁结所致，予自拟疏肝抑乳方，疏肝解郁，理气调经。

方中柴胡、薄荷、青皮疏肝解郁、调畅气机。炒麦芽"虽为脾胃之药，而实善疏肝气"，可回乳，消乳胀，用量宜大。现代药理研究发现麦芽中含有类似溴隐亭样物质，具有拟多巴胺激动剂作用，抑制 PRL 的分泌。白芍味苦、酸，性微寒，入肝，以养肝阴、敛肝气、柔肝性，能助麦芽敛乳，与炙甘草相合，则补脾中之阴而又有收敛之功，故为治疗溢乳者之妙药耳。实验研究也证明，芍药甘草汤为多巴胺受体兴奋剂，能明显降低 PRL。当归甘、温，质润多液，补血和血，为调经之要药。本方疏肝解郁而不泄，养阴敛乳而不滞，与经期疏肝理气、养血活血之剂配合，序贯治疗，通补有度，患者得以经调情畅，成功受孕。

案 3：王某，女，26 岁，已婚。2008 年 7 月 21 日初诊。

主诉：经行腹痛、未避孕未孕 3 年余。

病史：患者 2005 年初人工流产术后出现经期小腹部疼痛，渐进性加重。3 年多来性生活基本正常，未避孕而不孕。曾经间断就治，服用中药（具体药物不详）及布洛芬、止痛片等无明显改善，故来诊。平素月经规律，经期 5～6 日，周期 28～30 日，末次月经为 2008 年 7 月 12 日，经行 5 日干净，量可、色暗红，夹有血块，小腹疼痛始于经前 1 日，持续整个经期，以经期前 3 日疼痛最甚，涉及腰骶，时伴头晕、恶心、呕吐，以及小腹发凉、喜暖。刻下：腰酸困乏力，纳眠可，二便正常，舌暗红、苔薄白，脉沉涩。 孕$_2$产$_0$流$_2$（2003 年底、2005 年初分别因计划外妊娠行人工流产术）。妇科检查：宫颈 I° 糜烂样改变；宫体后位，正常大小，活动欠佳，于右侧骶韧带处可扪及一直径约 0.8 cm 触痛结节；左侧附件可触及一包块（约 50 mm×40 mm×40 mm），活动可，压痛。2008 年 3 月B 超示：左侧卵巢囊性包块（约 41 mm×32 mm），监测排卵正常。就诊当日阴超示：左侧卵巢囊性包块（约 45 mm×38 mm×40 mm），囊壁较厚，有分隔，内可见细小点状回声，提示左侧卵巢子宫内膜异位囊肿。癌胚抗原 CA125 60.5 U/mL。2008 年 6 月 23 日输卵管造影示：输卵管通而不畅，左侧上举。

证候：肾虚血瘀证。

治法：非经期治宜破瘀消癥，佐以补肾扶正。经期温阳散寒，化瘀止痛。

方药：①非经期方用：三棱 30 g，莪术 30 g，生牡蛎 30 g（先煎），鳖甲 10 g（先煎），鸡内金 15 g，路路通 15 g，乌药 12 g，桂枝 6 g，黄芪 30 g，紫石英 30 g，紫河车粉 3 g（装胶囊服），川牛膝 15 g。15 剂，每日 1 剂，水煎服。②经期方用自拟潮舒煎加味。当归 15 g，赤芍 15 g，泽兰 15 g，香附 15 g，元胡 15 g，川芎 10 g，丹参 30 g，乌药 12 g，肉桂 6 g，全虫 6 g，土元 6 g，吴茱萸 5 g，川牛膝 15 g。7 剂，每日 1 剂，水煎服。

随后依此为基本方增损化裁，调治 2 个月经周期，痛经明显减轻，继续随症加减治疗。于 2008 年 12 月 10 日，月经逾期 2 日未至，查尿 HCG 为阳性，停止用药，停经 52 日时，B 超提示：宫内早孕，单活胎，双侧卵巢未探及囊肿。

后随访：患者于 2008 年 8 月 9 日剖宫产一男婴，母子平安。

【按语】本案患者不孕、痛经均系子宫内膜异位症所致。患者人为堕胎，胞宫胞络受金刃之创，气血耗伤，瘀血留滞，久成积聚，发为疼痛。病久及肾，正气亏虚，虚瘀合为，致冲任、胞宫失养、阻滞，不能摄精成孕。如《诸病源候论》云："为血瘕之聚。令人腰痛，不可以俯仰，横骨下有积气，牢如石，小腹里急苦痛，背脊疼，深达腰腹下挛……月水不时，乍来乍不来，此病令人无子。"治疗本病应辨标本缓急，分期用药。非经期消癥与补虚并施，标本同治，以三棱、莪术行气活血破瘀；生牡蛎、鳖甲、鸡内金软坚散结；桂枝、路路通、乌药温经散寒、行气通络；黄芪、紫石英、紫河车补肾填精、益气养血；川牛膝补肾活血，引药下行，直达病所。全方攻中寓补，攻不伤正，补不留瘀。经期止痛为要，以自拟潮舒煎温经活血、化瘀通经治标，方中加土元、全虫以破瘀、通络、解痉、加强止痛之力。药症合拍，直中病所，患者得有孕育之机。

案 4：李某，女，27 岁，已婚。2007 年 7 月 5 日初诊。

主诉：婚后未避孕未孕 2 年余。

病史：患者曾在某院治疗 3 个月经周期，每周期卵泡发育成熟，但不能破裂而黄素化，用 HCG 针并配合中药（用药不详）效果不佳。平素月经基本规律，量少、色暗，经期 3～8 日，经期喜暖，伴轻微腹痛、腰酸，经前 1 周乳房胀痛，末次月经为 2007 年 7 月 3 日。刻下：白带正常，偶有腰酸，纳眠尚可，二便正常，舌淡暗、苔薄白，脉沉涩。

证候：肾虚血瘀证。

治法：补肾活血，周期治疗。

方药：①经期用药给予自拟潮舒煎加减。当归 15 g，川芎 10 g，赤芍 15 g，生地黄 20 g，桃仁 6 g，红花 15 g，柴胡 12 g，枳壳 12 g，丹参 30 g，泽兰 15 g，乌药 12 g，川牛膝 15 g。5 剂，每日 1 剂，水煎服。②经后期用药给予四物汤加味。当归 15 g，川芎 10 g，白芍 30 g，熟地黄 20 g，枸杞子 20 g，山茱萸 20 g，黄精 20 g，续断 30 g，淫羊藿 15 g，香附 15 g，砂仁 6 g（后下），川牛膝 15 g。6 剂，每日 1 剂，水煎服。③经间期接②方：三棱 30 g，莪术 30 g，桃仁 6 g，红花 15 g，丹参 30 g，赤芍 15 g，穿山甲 9 g，茺蔚子 15 g，皂角刺 12 g，淫羊藿 15 g，肉苁蓉 30 g，川牛膝 15 g。7 剂。④经前期接③方：黄芪 30 g，当归 15 g，菟丝子 30 g，覆盆子 15 g，五味子 15 g，枸杞子 20 g，车前子 15 g（包煎），仙茅 10 g，淫羊藿 15 g，紫石英 30 g，续断 30 g，香附 15 g，丹参 30 g，砂仁 6 g，川牛膝 15 g。8 剂，水煎服。嘱患者于月经周期第 12～16 日隔日同房。

二诊（2007 年 8 月 15 日）：患者诉自测尿 HCG 阳性，B 超示：宫内早孕。嘱其注意休息，禁房事，不适随诊。

2008 年 4 月 20 日患者因产后乳汁过少就诊，并告知已顺娩一健康女婴，甚为感激。

【按语】本案为未破裂卵泡黄素化综合征所致之不孕，对于该类不孕应根据月经周期不同阶段的特点进行调理。行经期给予自拟方潮舒煎剂加减，以活血化瘀、温经散寒为主，促经畅行；经后期血海空虚，以补肾滋阴、益精养血为主，用四物汤合山茱萸、枸杞子、黄精等补阴药，辅以续断、淫羊藿等温阳之品，以期收到"阳中求阴"之效，促使卵泡发育；经间期在重阴前提下，推动转化，使阳施阴化，静中求动，促进卵子排出，以活血化瘀理气通络为主，加三棱、莪术、桃仁、红花之类，促使成熟卵泡排出；经前期阴阳并补，水火并调，但侧重温阳，以维持重阳的状态。顺应月经周期中卵泡生长规律而遣方用药，使得阴阳消长有度、转化有序，并适时而攻，促使成熟卵泡排出，方可如期而孕。

案5：李某，女，32 岁，已婚。2014 年 10 月 16 日初诊。

主诉：未避孕不孕 2 年余。

病史：患者平素时有下腹隐痛，经间期多发，月经周期 28～30 日，行经 5 日。末次月经为 2014 年 10 月 7 日，经量中等，轻微痛经，经前乳房胀痛，孕₄产₁流₃，末次人工流产为 2012 年 5 月，术后 4 个月解除避孕，未避孕至今不孕。曾经 B 超监测卵泡发育及排出正常，男方精液分析正常。刻下：时有下腹隐痛，纳食、睡眠可，二便正常，舌淡暗、苔黄腻，脉沉弦。妇科盆腔检查示：双侧附件区压痛，余未及异常。子宫输卵管造影检查示：双侧输卵管通而不畅伴盆腔粘连。

证候：湿热瘀阻证。

治法：清热利湿、祛瘀通络。

方药：非经期用药：①给予消癥饮（自拟方）加减。生薏苡仁 30 g，败酱草 30 g，连翘 20 g，牡丹皮 15 g，赤芍 15 g，香附 15 g，元胡 15 g，丹参 30 g，川牛膝 15 g，黄芪 30 g，茯苓 15 g，路路通 15 g，皂角刺 15 g，穿山甲粉 2 g（另冲），柴胡 12 g，桃仁 6 g。20 剂，每日 1 剂，水煎服。②外敷：剩余药渣与大青盐炒热布包敷下腹。③外用保留灌肠：三棱、莪术、败酱草各 30 g，皂角刺、连翘、红花、赤芍各 15 g，土鳖虫、乳香、没药各 10 g。10 剂，每日 1 剂，浓煎药汁至 100～150 mL，保留灌肠。④经期治宜疏肝理气、活血通经，方予血府逐瘀汤加减。生地黄、赤芍、红花、香附、乌药、川牛膝各 15 g，川芎、枳壳各 10 g，柴胡 12 g，桃仁、桂枝各 6 g。5 剂，每日 1 剂，水煎服。

二诊（2014 年 11 月 14 日）：患者服药后平素小腹疼痛、经前乳胀消失，末次月经为 2014 年 11 月 6 日，行经 5 日，量中等，时便溏，舌淡暗，苔薄、微黄，脉沉细。现月经干净 4 日行输卵管通液术，术时推进液体 45 mL，有阻力，患者感觉下腹痛，返流 2 mL。术后给予头孢西丁钠注射液、奥硝唑注射液联合静脉滴注 3 日。初诊时非经期口服方减桃仁，加炒山药 30 g，炒白术 15 g，补骨脂 15 g，20 剂，每日 1 剂，水煎服。同时配合外敷及保留灌肠治疗方案同初诊。经期守初诊方不变。

三诊（2014 年 12 月 14 日）：患者无明显不适，大便正常，舌淡暗、苔薄白，脉沉细。末次月经为 2014 年 12 月 5 日，行经 5 日，量可。今日月经干净 5 日输卵管通液术提示通畅。采用二诊治疗方案继续治疗。嘱患者下周期月经干净后不再避孕。

随访 1 年，患者末次月经为 2015 年 1 月 3 日，经期推迟 2 日未潮，自测尿 HCG 阳性。于 2015 年 10 月 8 日顺娩一男活婴。

【按语】输卵管性不孕约占女性不孕的 1/3，其中输卵管炎性病变导致的输卵管阻塞或通而不畅是造成不孕的主要原因。中医无输卵管炎性阻塞之病名，根据其临床特点，可归为"癥瘕""妇人腹痛""带下病""不孕"等范畴。本病多由于经期、产后胞脉空虚、摄生不慎或性生活不洁等感受湿热之邪，或脏腑功能失调，湿热内生，蕴结下焦，气机不畅，瘀血阻滞，湿热瘀血互结冲任、胞宫，胞脉闭阻不通所致。该病缠绵难愈，病程较长，久病伤正，正虚邪恋，形成湿、热、瘀、虚长期并存的病理基础；病多热证，但久病多虚，加之过用寒凉之品损伤阳气，也常兼见寒证，但以虚寒为主；临证时虽有湿热瘀结、气滞血瘀、寒湿凝滞、气虚血瘀等证之分，但虚、瘀贯穿于每一证型。本案为湿热瘀结，脉络瘀滞而致。治宜清热利湿，祛瘀行滞，通络止痛，以自拟消癥饮加减。该方根据仲景的桂枝茯苓丸合薏苡附子败酱散化裁而来，方中黄芪益气扶正，既可助行瘀滞，又防攻破之药物久用伤正；薏苡仁、茯苓健脾益气、利水渗湿，补消兼备，既可绝生湿之源，又可祛已成之湿；败酱草、连翘清热解毒、化湿排脓；丹参、赤芍、牡丹皮养血活血、凉血解毒、化瘀散结；香附、元胡行气止痛；路路通、皂角刺、穿山甲等行气通络；穿山甲味咸，性微寒，入肝经血分，性善走窜，能行血分，可通上达下，搜别经络，破瘀散结，张锡纯谓其"走窜之性，无微不至，故能宣通脏腑，贯彻经络，透达关窍，凡血凝血聚为病，皆能开之"。川牛膝补肾活血，引药下行，直达病所。同时，配合中药保留灌肠，以自拟灌肠方清热解毒、活血破瘀、散结通络。诸药相合，攻不伤正，补不留瘀，使热清湿化，瘀消结散，胞脉畅通，精卵相合，珠胎乃结。

　　输卵管阻塞性不孕多病程长，病势缠绵，长期的慢性炎症侵袭、刺激，造成组织水肿、增生、纤维化，形成不同程度的粘连或炎性包块等，单一的治疗效果欠佳，故主张中西医结合，内外同治。在采用口服药物治疗的同时，常根据病情配合中药保留灌肠，大青盐炒热敷下腹、局部微波理疗、输卵管通液治疗等，加快奏效。输卵管性不孕的诊断不仅要靠中医的望、闻、问、切，还必须借助现代医学的相关检查及治疗，如输卵管通液术、子宫输卵管造影、宫腔镜、腹腔镜等，以了解输卵管的通畅程度、梗阻部位、积水轻重等，病证结合，制订个体化方案，使患者得到有效治疗。对于输卵管部分梗阻者，可配合输卵管通液术；输卵管完全阻塞者，可配合 X 线下介入治疗；输卵管积水、粘连上举者，单纯中药难以奏效，应先行腹腔镜手术，再配合中药，以防再度粘连，改善输卵管功能，提高受孕率。

二、盆腔炎案

案 1： <u>张某，女，37 岁，已婚。2016 年 7 月 7 日初诊。</u>

主诉： 下腹坠胀疼痛伴腰骶酸痛 1 年，加重 2 周。

病史： 患者分别于 2014 年 7 月、2015 年 6 月早孕行人工流产术。第 2 次术后即出现下腹坠痛，腰骶酸痛，在当地医院诊为盆腔炎，给予抗生素治疗，症状稍有好转即停止治疗。此后常感下腹坠胀疼痛，腰骶酸痛，时轻时重，间断服中西药物治疗，效果不佳。末次月经为 2016 年 6 月 28 日，行经 7 日，量少、色暗。刻下：月经前 3 日开始下腹坠胀疼痛、腰骶酸痛较前明显加重，经净后带下量多、黄色如脓样，舌暗红、苔黄腻，脉滑数。妇科检查：阴道分泌物量多，色黄，如脓样；宫颈举痛明显，颈口黄脓样分泌物、量多；子宫后位，大小正常、质中，活动欠佳，压痛明显；双侧附件增厚增粗，压痛明显。阴道炎六联检查示：清洁度 Ⅲ°。B 超示：双侧附件区出现纺锤形肿块图像，边缘较清晰呈薄壁状，内部呈明显的无回声区；盆腔积液 13 mm。支原体、衣原体、淋球菌培养结果未回示。

证候： 湿热瘀结证。

治法： 清热除湿，散结消癥。

方药： ①口服方用消癥饮（自拟方）加减。生薏仁 30 g，败酱草 30 g，连翘 20 g，茯苓 15 g，牡丹皮 15 g，赤芍 15 g，黄芪 30 g，丹参 30 g，元胡 15 g，香附 15 g，金银花 30 g，蒲公英 30 g，川牛膝 15 g。14 剂，每日 1 剂，水煎服。②外用上药。上药浓煎，每日取 100 mL 灌肠用，药渣外敷小腹。③外用保妇康栓阴道纳药，每日 1 枚。嘱禁房事，保持心情舒畅，树立信心，注意生活调护。

二诊（2016 年 7 月 21 日）： 患者服药后仍感下腹坠胀、疼痛，腰骶酸痛稍有缓解，带下仍较多、色黄，舌暗红、苔薄黄，脉滑数。解脲支原体阳性，衣原体、淋球菌阴性。守初诊方加苍术 10 g，黄柏 10 g，白芷 10 g，皂角刺 10 g，路路通 10 g。14 剂，用法同前。配合盐酸多西环素胶囊 0.1 g，每日 2 次，口服，连续 14 日。夫妇同治。

三诊（2016 年 8 月 4 日）：患者服药后症状缓解，带下量减少、色清，大便稍稀。末次月经为 2016 年 7 月 28 日，月经前及经期未感特殊不适。舌淡红、苔薄黄，脉弦滑。守二诊方减黄柏，继服 14 剂。

四诊（2016 年 8 月 25 日）：患者服药后腰酸腹痛消失，现月经将至，带下稍多，色白、无异味，二便正常，舌淡红、苔薄黄，脉滑。守二诊方去金银花、蒲公英、败酱草、连翘，加车前子 30 g，益母草 30 g。14 剂，每日 1 剂，水煎服。

五诊（2016 年 9 月 8 日）：患者末次月经为 2016 年 8 月 28 日，月经量多，色暗，有大血块，现经期已过，复查 B 超示：双侧输卵管稍增粗，盆腔积液 12 mm。复查解脲支原体阴性。守初诊方加黄药子 20 g，皂角刺 10 g，穿山甲 10 g（另包）， 30 剂。仍配合消癥饮灌肠、外敷。

患者再经过系统治疗 3 个月后，2016 年 12 月 8 日复诊：下腹坠胀、腰酸痛症状完全消失，白带减少，排卵期稍增多、清稀、无异味。妇科检查：子宫活动度可，宫体及双侧附件无压痛。复查 B 超示：子宫及双侧附件未见明显异常。

【按语】盆腔炎性疾病（PID）是妇科常见多发病，以小腹痛、带下量多、月经紊乱为主要临床表现，隶属于中医"盆腔炎""带下病""月经不调""癥瘕"等范畴。该病顽固，易反复发作，久治不愈，导致长期慢性盆腔痛、不孕或异位妊娠等一系列盆腔炎性疾病后遗症。该案患者因宫腔术后，血室开放，胞脉空虚，湿热浊邪易乘虚而入而发病，疾患未及时治愈，病程迁延，未尽余邪，与血相搏，湿热瘀结，阻遏冲任、胞宫，伤及带脉，不通作痛，久而成癥，带下异常。治宜清热除湿、活血化瘀、散结消癥，以自拟消癥饮加减。方中除化瘀散结之品外，重用败酱草、金银花、蒲公英、连翘清热解毒消肿。黄芪补气扶正，张锡纯曰："黄芪能补气，得三棱、莪术以疏通之，则补而不滞，使元气愈旺，则愈鼓舞三棱、莪术消癥之功。"为药物使用上的绝妙之处。二诊时热象稍减，症状稍见缓解，加用苍术、黄柏，即二妙散以清热燥湿止带；白芷清热除湿，消肿排脓止痛；皂角刺，路路通消肿托毒、行气通络。四诊适逢经期，减少寒凉之品，酌加活血化瘀利水药物，使瘀热之邪随经血排出。经后复诊觉症状缓解，仍有包块，给予消癥饮加入黄药子，以增化痰散结，清热解毒之效；穿山甲、皂角刺二药伍用，走窜行散，透达攻通，消散瘀滞，疏通管道。采用内外同治，口服加灌肠、外敷，使药物直达病所，经治疗 4 个月后，患者症状完全消失，复查 B 超无异常。

案 2：王某，女，28 岁，已婚。2016 年 11 月 22 日初诊。

主诉： 间断性右小腹隐痛 2 年余。

病史： 患者平素月经周期规律，30 日一行，7 日干净，末次月经为 2016 年 11 月 7 日，7 日干净，量可、色鲜红、有血块，经前乳胀，经期腰酸痛。刻下：右侧少腹部隐痛、喜温喜按，体倦乏力，怕冷，手脚冰凉，纳可，夜梦多，二便正常，舌淡红、苔薄白，脉弦细。婚后 2 年余，近 1 年未避孕未孕。妇科检查：右侧附件区增厚压痛。

证候： 冲任虚寒证。

治法： 温中散寒，养血通脉。

方药： 当归四逆加吴茱萸生姜汤合《金匮要略》温经汤加减。当归 15 g，白芍 15 g，桂枝 10 g，吴茱萸 5 g，细辛 3 g，党参 15 g，牡丹皮 15 g，川芎 10 g，阿胶 15 g（烊化），麦冬 15 g，生姜 9 g，炙甘草 6 g，大枣 15 g。15 剂，每日 1 剂，水煎服。

二诊（2016 年 12 月 5 日）： 患者自感月经将至，下腹部坠胀，伴有轻微腰酸，怕冷，舌脉如前。应因势利导，经期给予潮舒煎剂（自拟方）加减。当归 15 g，红花 15 g，香附 15 g，肉桂 6 g，川芎 10 g，丹参 30 g，元胡 15 g，赤芍 15 g，泽兰 15 g，乌药 12 g，川牛膝 15 g，全虫

6 g。7 剂，每日 1 剂，水煎服。

三诊（2016 年 12 月 15 日）：患者末次月经为 2016 年 12 月 10 日，7 日干净，量色可，有少许血块，右下腹疼痛明显减轻，纳眠可，二便正常。守初诊非经期方加柴胡 12 g，经期继续用潮舒煎剂加减。

四诊（2017 年 1 月 18 日）：患者腹痛基本消失，继续巩固治疗 1 个月后拟行输卵管造影。患者来告已受孕，彩超示：宫内早孕。

后期随访，患者顺娩一男婴。

【按语】《素问·举痛论》曰："寒气入经而稽迟，泣而不行，客于脉外则血少，客于脉中而气不通，故卒然而痛……客于胃肠之间，膜原之下，血不得散，小络急引故痛。"本案妇人平时下腹隐痛，喜温喜按，系一派虚寒之象，由血虚不能养肝，寒凝经脉，冲任不得温养所致。治宜温中散寒，养血通脉。《素问·调经论》云："血气者，喜温而恶寒，寒则泣而不流，温则消而去之。"本案虽系炎性疾病，但为冲任虚寒，经脉阻滞所致。当归四逆加吴茱萸生姜汤出自《伤寒论》："手足厥寒，脉细欲绝者，当归四逆汤主之。若其人内有久寒者，宜当归四逆加吴茱萸生姜汤。"当归四逆加吴茱萸生姜汤系当归四逆汤与吴茱萸汤合方加减而成。《金匮要略》温经汤用于治疗冲任虚寒，胞脉凝滞之证。二方合而为一，其中当归甘温，养血和血温经；白芍酸甘，养血滋阴柔肝；桂枝性辛温，温通经脉，合芍药酸甘化阴，合甘草辛甘化阳；细辛辛温走窜，通达表里，温散寒邪；吴茱萸温补肝肾，《金镜内台方议》谓"吴茱萸能下二阴之逆气"，吴茱萸与生姜配伍，温降并行，《医方论》曰"吴茱萸辛烈善降，得姜之温通，用以破除阴气有余矣"；川芎、牡丹皮行气活血，通脉止痛；阿胶、麦冬养血益阴，并制桂枝、细辛、吴茱萸燥烈之性；党参、大枣、甘草健脾守中，益气生血，甘草又可调和诸药。诸药合方散寒通脉，温补营血，使寒邪散，血脉通，阳气旺，营血充，正合阳虚血弱、寒凝血滞、经脉不通的病机，经治患者胞宫得温，腹痛则消，胎孕乃成。

案 3：崔某，女，31 岁，已婚。2019 年 9 月 17 日初诊。

主诉：间断右下腹疼痛 2 年，下腹胀痛、肛门坠胀 4 日。

病史：患者近 2 年时有右下腹疼痛，4 日前饮食辛辣后加重。刻下：下腹胀痛，肛门坠胀，纳差，恶心，胃胀，心烦，怕冷，便干，近 2 日大便未行，小便正常，舌暗红、苔薄白，脉沉弦。平素月经周期规律，末次月经为 2019 年 9 月 5 日，量少，无痛经。孕₂产₂。妇科检查：外阴已婚经产式，阴道畅，分泌物色黄、质黏、无异味；宫体平位，正常大小，轻压痛；右侧附件压痛阳性。血常规未见异常。阴超示：子宫内膜厚 13 mm，回声欠均。

证候：阳明热结，湿热瘀阻证。

治法：行气通腑，利湿化瘀。

方药：大柴胡汤、桂枝茯苓丸合薏苡附子败酱散加减。柴胡 12 g，黄芩 10 g，半夏 10 g，枳实 12 g，枳壳 12 g，厚朴 15 g，大黄 6 g，白芍 15 g，赤芍 15 g，桂枝 10 g，桃仁 10 g，茯苓 15 g，牡丹皮 15 g，败酱草 30 g，薏苡仁 30 g，甘草 5 g。2 剂，每日 1 剂，水煎服。

二诊（2019 年 9 月 19 日）：患者恶心、肛门坠胀疼痛消失，大便正常，纳食转佳，脘腹胀、右下腹疼痛、心烦减轻，舌暗红，脉沉细。方药：黄芪 15 g，太子参 15 g，桂枝 10 g，茯苓 15 g，赤芍 15 g，牡丹皮 15 g，桃仁 10 g，枳壳 15 g，厚朴 15 g，败酱草 30 g，薏苡仁 30 g，半夏 10 g，炒山楂 10 g，焦栀子 10 g，淡豆豉 10 g，甘草 5 g。7 剂，每日 1 剂，水煎服。

三诊（2019 年 10 月 10 日）：患者服药后诸症消，末次月经为 2019 年 10 月 3 日，量中，无痛经。咽喉疼痛，情绪低落，恐患恶疾，梦多，舌暗红、苔薄白，脉沉弦。方药：柴胡 12 g，黄芩 6 g，半夏 10 g，桂枝 5 g，肉桂 5 g，太子参 15 g，白芍 15 g，炒酸枣仁 30 g，茯苓 15 g，川芎 10 g，知母 10 g，黄连 3 g，桔梗 9 g，甘草 10 g，生姜 3 片，大枣 5 枚。7 剂，每日 1 剂，水煎服。

【按语】该案系少阳郁热不解，入于阳明，胃气不降而上逆，故纳差、恶心、胃胀；胆热上扰，心神不宁则心烦；阳明里热结聚成实，腑气不通则下腹胀痛、肛门坠胀；患者素有冲任瘀滞，饮食调摄不慎，湿热注于下焦，经脉不畅，湿热瘀交阻于冲任则下腹疼痛。舌脉也系少阳郁热，阳明热结，湿热瘀交阻于冲任之象。治宜清解少阳，行气通腑，清热利湿，祛瘀止痛。选大柴胡汤、桂枝茯苓丸合薏苡附子败酱散加减。方中柴胡和解少阳、疏肝理气；黄芩、大黄清胆、胃、肠腑之热，并活血化瘀；半夏、茯苓、薏苡仁和胃降逆、化痰散结，利湿排浊；枳实、枳壳、厚朴合大黄行气宽中、通腑导滞；桃仁活血化瘀、润肠通便；赤芍、白芍、牡丹皮凉血散瘀、敛阴养血，合甘草缓急止痛；桂枝、附子皆补阳之峻品，二取其一，舍大辛大热之附子，以桂枝温阳通脉，并佐制寒凉冰伏气血。合方和解、通泻并行，两剂即腑通便调，邪祛大半，故二诊继以桂枝茯苓丸合薏苡附子败酱散除其痼疾，栀子豉汤易大柴胡汤清除余热，并加太子参、黄芪益气固本，合枳壳、厚朴、山楂、半夏行气消食和胃。诸药共奏补消同施，祛邪不伤正，扶正不留瘀。经治炎症渐愈，但患者平素情绪低落，胆小易恐，少阳胆气不足，且胆气易郁，久则化热，耗阴伤血扰心，而致多梦咽痛。改投小柴胡汤和解少阳，疏肝清胆；桂枝甘草汤温补、升发少阳之气，酸枣仁汤养血育阴，滋补心肝，宁心安神；交泰丸交通心肾、水火相济。诸药合方疏肝解郁，调和阴阳。并对患者进行心理疏导，让其注重情绪调整，培养良好的心态，身心同调，才是疗疾祛病之常法。

三、癥瘕案

案1：王某，女，26 岁，已婚。2008 年 10 月 12 日初诊。

主诉：经行腹痛半年。

病史：患者 12 岁初潮，平素月经周期规律，28 ~ 30 日一行，经行6 ~ 7 日干净，末次月经为 2008 年 9 月 17 日，经量色可，经行无明显不适。半年前行人工流产术后始出现月经第 1～3 日小腹疼痛，伴肛门坠胀，并进行性加重，得暖可稍缓解，痛时需服用芬必得缓解。刻下：腰酸，怕冷，纳眠可，二便调，舌淡红、苔薄白，脉沉细。孕$_1$产$_0$。妇科检查：后穹隆可见数个紫蓝色小结节。2008 年 10 月 5 日查 CA125：58.4 IU/mL。B 超提示：左侧附件区巧克力囊肿（4.5 cm × 2.7 cm × 3.0 cm 无回声区，内可见密集略强回声）；盆腔积液。

证候：肾虚血瘀证。

治法：散结消癥，补肾活血。

方药：潮舒煎（自拟方）加减。当归 15 g，川芎 10 g，赤芍 15 g，红花 15 g，丹参 30 g，泽兰 15 g，香附 15 g，元胡 15 g，乌药 12 g，肉桂 6 g，吴茱萸 5 g，全虫 6 g，川牛膝 15 g，红糖引。7 剂，每日 1 剂，水煎服。嘱经期勿劳累，禁房事，慎食寒凉之品。

二诊（2008 年 10 月 21 日）：患者月经于 2008 年 10 月 16 日来潮，量、色、质可，腹痛减轻，肛门不适感大有缓解，欣喜十分，现经刚过，为求消除囊肿，再来就诊，舌淡红、苔薄白，脉沉细。药用三棱 30 g，莪术 30 g，丹参 30 g，香附 15 g，鳖甲 10 g，穿山甲 3 g，生牡蛎 30 g，鸡内金 15 g，熟地黄 20 g，枸杞子 20 g，淫羊藿 15 g，仙茅 20 g，川牛膝 15 g。20 剂，每日 1 剂，水煎服。

经期以初诊方，非经期以二诊方随症加减，治疗 4 个月经周期，痛经消失，2008 年 3 月 6 日复查彩超示：囊肿大小 3.1 cm × 2.3 cm。2009 年 5 月 24 日停经 39 日，患者恶心、呕吐，偶有小腹部胀痛，小便频。尿 HCG 阳性，查 B 超示：宫内早孕。遂给予保胎治疗，并嘱其注意休息，严禁房事，不适随诊。

随访：患者于 2010 年 3 月 4 日顺产一男活婴。

【按语】根据患者每逢经期腹痛，查 CA125：58.4 IU/mL，彩超提示左侧附件区囊性包块，诊断为子宫内膜异位症。对于巧克力囊肿直径不超过 5 cm 的患者可给予保守治疗。本病的病机关键为"血瘀"，正如《血证论》中指出："瘀之为病，总是气与血交结而成，须破血行气以推除之。"活血祛瘀散结，可以使瘀血得化，癥瘕缩小；气血流畅，痛经消失；冲任调和，摄精成孕。但因该患者病程较长，病久及肾，出现了肾虚的症状，正所谓"五脏之伤，穷必及肾"，故根据"虚者补之""结者散之"的原则，以软坚消癥佐以补肾活血为大法治疗。同时根据妇女月经周期特点进行辨证论治，非经期表现为一系列肾虚血瘀之象，重在消癥散结兼以补肾固本。方中三棱、莪术活血化瘀消癥，生牡蛎、鸡内金、穿山甲、鳖甲软坚散结；辅以淫羊藿、仙茅、枸杞子、熟地黄等温阳、滋阴之品，意在阴中求阳，阳中求阴，使肾阴阳并补；配以丹参、香附等活血化瘀，理气通络。痛经治在经前，重在预防，即在经前3日给予自拟潮舒煎加减，以活血化瘀、温经止痛，患者腹痛剧烈时需加元胡、乌药、全虫加强止痛之力。周期调治，加之平时生活调护，4个月后，巧克力囊肿缩小，且顺利受孕，此即"病愈则不孕之症自除"。

案2：和某，女，39岁，已婚。2010年8月5日初诊。

主诉： 发现子宫肌瘤2个月。

病史： 患者2个月前体检时B超提示：子宫前壁肌瘤约2.3 cm×2.5 cm×1.0 cm。平素月经周期规律，25～26日一行，经行4～5日干净，末次月经为2010年7月20日，经量色可，有血块，经前乳胀。刻下：素无不适，纳眠可，大、小便正常，舌暗、苔薄白，脉沉弦。

证候： 气滞血瘀证。

治法： 非经期治宜行气活血化瘀，软坚消癥；行经期治宜活血化瘀，因势利导。

方药： ①非经期用药给予丹桂化癥方（自拟方）加减。牡丹皮20 g，桂枝6 g，茯苓15 g，三棱30 g，莪术30 g，制鳖甲10 g，生牡蛎30 g，鸡内金15 g，黄芪30 g，川牛膝15 g。15剂，每日1剂，水煎服。②经期用药：当归15 g，川芎10 g，赤芍15 g，桃仁6 g，红花15 g，莪术 10 g，泽兰 15 g，香附 15 g，乌药 12 g，益母草 30 g，川牛膝 15 g。7 剂，每日 1 剂，水煎服。

患者按上方案对症加减治疗 3 个月经周期，复查 B 超示：子宫大小正常，肌壁回声均匀，未见低回声，双侧附件未见明显异常。随访半年未复发。

【按语】子宫肌瘤是女性生殖器最常见的良性肿瘤之一，中医认为本病可归属于"癥瘕"范畴。瘀血内阻是子宫肌瘤的基本病理因素，故活血化瘀法是根本疗法。同时，临床上应结合患者的具体情况，辨明脏腑寒热虚实、气血阴阳的不同，分别佐以理气、祛痰、益气、补肾、清热等不同方法进行施治，还应根据非经期与经期生理特点的不同而用药有别。非经期治宜行气化瘀、软坚消癥，临床常用自拟丹桂化癥方加减；行经期行气活血，化瘀通经。通过周期治疗，可获良效。

四、阴痒案

案 1：崔某，女，38 岁，已婚。2009 年 4 月 10 日初诊。

主诉：阴部痒痛不适反复发作 3 年。

病史：患者 3 年来阴部痒痛不适反复发作，伴灼热感、异物感，白带可，经行加重。刻下：小便不畅，晨起口苦，纳眠可，大便干结，舌红、苔黄腻，脉滑数。平素月经周期规律，末次月经为 2009 年 4 月 1 日，量色可，经行小腹胀痛不适。妇科检查：外阴红肿，大阴唇有一直径 1 cm 溃疡面，红肿及渗出；阴道畅，黏膜潮红，分泌物中等，后穹隆触痛；宫颈轻度糜烂样改变；宫体、双侧附件未及异常。白带六联检查示：清洁度Ⅲ°。超声示：子宫附件未见明显异常。

证候：湿热下注证。

治法：清热利湿，杀虫止痒。

方药：①口服方用消癥饮（自拟方）加减。桂枝 6 g，茯苓 15 g，牡丹皮 15g，赤芍 15g，香附 15g，乌药 12g，丹参 30g，川牛膝 15g，生薏苡仁 30g，败酱草 30g，连翘 20g，车前子（包煎）15g，白茅根 30g，黄柏 10g，栀子 12g，柴胡 12g。10剂，每日1剂，水煎服。②外洗方用：洗阴煎（自拟方）加减。苦参 30g，黄柏 15g，蛇床子 30g，地肤子 15g，蒲公英 30g，川椒 10g，百部 15g，枯矾 6g，乌梅 10g，诃子 10g。7剂，每日1剂，水煎熏洗。嘱其清淡饮食，药服完后复诊。

二诊（2009年4月21日）：患者自觉阴痒痛症状缓解，经行小腹胀痛感减轻，纳眠可，二便正常，舌淡红、苔黄腻，脉沉滑。妇科检查：外阴红肿消失，溃疡面无红肿及渗出。守初诊口服方去黄柏、栀子、白茅根，7剂，每日1剂，水煎服；外洗方继用7剂。

三诊（2009年4月29日）：患者未诉明显不适，妇科检查外阴溃疡已愈合。嘱其清淡饮食，忌食辛辣，注意生活卫生。

后随访3个月患者未再复发。

【按语】阴痒是妇科常见病，严重影响患者生活质量。《医宗金鉴·妇科心法要诀》："妇人阴痒，多因湿热生虫，甚至肢体倦怠，小便淋沥……"阴痒的治疗应明辨虚实，准确选方用药。本案患者综合四诊为湿热互结，流注下焦，日久生虫，侵蚀外阴肌肤。以自拟方消癥饮清热利湿佐以化瘀止痛，配合洗阴煎局部治疗清热解毒、燥湿止痒，因有溃疡加乌梅、诃子收敛生肌促进伤面愈合。现代药理研究表明乌梅、诃子有抗病原微生物，增强机体免疫力的作用。

案2：张某，女，56岁，已婚。2018年8月25日初诊。

主诉：外阴瘙痒1年。

病史：患者已绝经2年，1年来外阴瘙痒，时轻时重，外阴皮肤色素减退，间断性治疗效不佳。刻下：阴痒伴干涩不适，带下量不多、色黄，烘热汗出，易烦躁，纳可，夜寐欠佳，二便正常，舌红、少苔，脉沉细。妇科检查见阴蒂及邻近大小阴唇皮肤增厚、色素减退，局部皲裂、溃疡。

证候：肝肾阴虚，兼湿热内蕴。

治法：滋补肝肾，清热祛湿。

方药：①口服用知柏地黄汤加减。知母20g，黄柏10g，生地黄20g，山药30g，山茱萸20g，茯苓15g，泽泻15g，牡丹皮15g，炙百合30g，桂枝6g，白芍20g，炙甘草6g，生姜5片，大枣5枚为引。10剂，每日1剂，水煎服。②外洗方用：苦参30g，黄柏15g，蛇床子30g，地肤子30g，野菊花30g，补骨脂30g，片姜黄15g，艾叶15g，丹参30g，百部10g，蒲公英20g，生甘草10g。7剂，每日1剂，水煎坐浴，并嘱在坐浴后给予用自制蛋黄油外涂。

患者药后复诊，自诉服药后症状减轻，妇检可见色素减退减轻，给予知柏地黄丸常服，守外洗方及蛋黄油外涂继用。连续治疗3个月，外阴皮肤黏膜色素减退已消失，未再复发。

【按语】外阴色素减退性疾病是一组以瘙痒为主要症状、外阴皮肤色素减退为主要体征的外阴皮肤疾病，包括外阴慢性单纯性苔癣、外阴硬化苔癣等，反复发作，治疗较为棘手。笔者认为本病由于肝肾阴血亏虚，不能滋养阴部，血虚而生风化燥，而出现瘙痒、皲裂、变白，故治疗重视滋补肝肾，内外合治。口服多选用知柏地黄汤加减，以补肝肾、养阴血。外用药物重在清热燥湿、养营活血、温经止痒。水煎坐浴熏洗，先熏后洗，熏取其蒸汽上升，借药力与热力作用，使腠理疏通，气血流畅，改善局部循环。本案并辅助蛋黄油外涂，蛋黄中含有丰富的脂肪、矿物质、蛋白质、维生素，可滋养局部皮肤、黏膜，促进机体的新陈代谢，增强免疫力。本病常反复发作，缠绵难愈，因而应心境平和，缓治慢治，注重调护，持之以恒。

案3：张某，女，42岁，已婚。2016年8月23日初诊。

主诉：间断性外阴瘙痒3年余。

病史：患者平素月经周期规律，25日一至，经行6日干净，末次月经为 2016 年 8 月 2 日，量色可，无血块，经期下腹坠胀。3 年前无诱因出现外阴瘙痒反复发作，曾用外洗剂效果不佳。刻下：外阴瘙痒，带下量多，色淡黄、质黏，有异味，纳眠可，二便正常，舌红、苔黄腻，脉弦滑。孕₄产₂人流₂。妇科检查：外阴已婚已产式；阴道畅，分泌物可，有腥臭味；宫颈肥大，光滑；宫体后位，活动度可，无压痛；双侧附件未及异常，无压痛。阴道炎六联检查示：清洁度Ⅲ°，支原体、衣原体、淋球菌均为阴性。

证候：下焦湿热证。

治法：清热利湿，杀虫止痒。

方药：外用蛇床子散加减。蛇床子 30 g，苦参 30 g，黄柏 15 g，地肤子 30 g，蒲公英 30 g，野菊花 30 g，川椒 10 g，百部 15 g，艾叶 10 g，枯矾 5 g，苍术 15 g。7 剂，每日 1 剂，煎汤外洗。配合口服中成药龙胆泻肝丸，以清利肝胆湿热，另用苦参凝胶，每日 1 支，阴道上药。

二诊（2016 年 9 月 6 日）：患者末次月经为 2016 年 8 月 27 日，量、色如常，经行无不适。白带仍多、色淡黄、质黏，有异味及阴痒。纳眠可，二便正常。舌脉同前。守初诊方 7 剂，煎汤外洗。配合口服中药：牡丹皮 15 g，栀子 12 g，当归 15 g，白芍 30 g，柴胡 12 g，茯苓 15 g，炒白术 10 g，浙贝母 10 g，连翘 20 g，僵蚕 6 g，山慈菇 10 g，鹿角霜 15 g，炙甘草 6 g。15 剂，每日 1 剂，水煎服。

三诊（2016 年 9 月 28 日）：患者诉阴痒已明显减轻，白带量正常。继续原方案治疗 1 个月。

后电话随访，患者诉阴痒未再复发。

【按语】阴痒为妇科常见病症，以妇女外阴及阴道瘙痒，甚则痒痛难忍，坐卧不宁，阴道内瘙痒，搔破流水为特点，伴带下增多，又可称阴虱、阴门瘙痒。常认为与肝、脾、肾三脏功能失调有关，或因阴虚化燥、肌肤失养、或湿热下注所致，常见于已婚育龄女性，相当于西医的外阴瘙痒症、外阴炎、阴道炎及外阴色素减退性疾病等。患者外阴瘙痒反复发作，白带量多、色淡黄、质黏、有异味，辨证为湿热下注，正如《女科经纶》所述："妇人阴痒，多属虫蚀所为，始因湿热不已。"宜清热燥湿解毒，杀虫止痒为法。《证治准绳》指出："治之当外，以熏洗坐导药之乃可。"因此，用外洗之法，可直达病所，采用蛇床子散加减。方中蛇床子燥湿祛风、杀虫止痒；黄柏、苦参、蒲公英、野菊花、枯矾、苍术清热解毒、燥湿止带；百部、川椒、地肤子、艾叶燥湿杀虫止痒。单纯外治，难调生邪受邪之源，因而审因论治，配合清利肝胆、健脾化湿之剂口服，才为万全之策。

案 4：张某，女，30 岁，未婚，有性生活史。2017 年 8 月 24 日初诊。

主诉：外阴瘙痒 3 年。

病史：患者 3 年前出现外阴瘙痒，时带下量多、色黄、无异味，其间曾检查支原体、衣原体、淋球菌均为阴性。TCT 轻度炎症，HPV 阴性。按阴道炎进行治疗，效欠佳。半年前于某省妇幼保健院做外阴活检示：符合萎缩性营养障碍伴炎性反应。治疗给予维生素 AD 滴剂外用及丙酸睾酮注射液，但未见好转。刻下：外阴瘙痒，带下不多、色黄、无异味，素易上火，面部易生痤疮，烦躁易怒，口干欲饮，五心烦热，眠差，梦多，大便干结，舌红、苔黄而燥，脉细滑。月经周期规律，28～30 日一行，经行 3 日干净，末次月经为 2017 年 8 月 15 日，经量少、色暗，痛经。孕2产0流2。妇科检查：外阴小阴唇上约 1/4 及阴蒂皮肤黏膜色素稍减退；阴道分泌物中、黏稠、稍黄；宫颈糜烂样改变Ⅱ°；宫体前位常大，无压痛；附件未及异常。阴道炎六联检：乳杆菌少量，清洁度Ⅱ°。

证候：肝肾阴虚证。

治法：滋补肝肾，清热止痒。

处方：知母 20 g，黄柏 10 g，生山药 30 g，山茱萸 20 g，牡丹皮 15 g，茯苓 15 g，泽泻 15 g，生地黄 18 g，石斛 20 g，生栀子 12 g，莲子

心 6 g，玄参 30 g，补骨脂 12 g，生甘草 6 g。7 剂，每日 1 剂，水煎服。

二诊（2017 年 9 月 2 日）：患者服药后阴痒大减，诸症减轻，大便通畅，舌淡红、苔黄，脉细弦。初诊方去栀子，7 剂，用法同上。

经服上方，阴痒消失，口干缓解，经量增多，其后改为知柏地黄丸服用，2 个月后随访，症状未复。

【按语】阴痒发病与风、热、湿、毒、虫诸邪有关，以湿邪多见。肝脉络阴器，肾开窍于二阴，年老妇女阴痒多因肝肾两虚，元阴枯竭，虚火内动，灼伤阴血，外阴失于濡养而起。本案患者虽是盛年，但现肝肾阴虚，虚热内生，阴户失荣而阴痒之象，治宜滋肾养肝、清热止痒，方选知柏地黄丸加减。知柏地黄丸处方最早源于明代著名医学家张景岳所著《景岳全书》，原名为滋阴八味丸，到清代董西园编著《医级》卷十二中更名为知柏地黄丸。《医宗金鉴》言其："治两尺脉旺，阴虚火动……王冰所谓壮水之主，以制阳光者是也……加知、柏补阴秘阳，使阳有所贮，而自归藏矣。"此方含六味地黄丸，三补三泻，阴阳平衡，以滋补肝肾，加知母、黄柏滋阴清热。《雷公炮制药性解》载："知母，性苦寒，入肾经，泻无根之肾火，疗有汗之骨蒸，止虚劳之阳胜，资化源之阴生……水盛则火熄。"黄柏清热燥湿，退虚热，善入肾、膀胱经，主泻下焦隐伏之火，补肾水衰。研究表明，知柏地黄丸具有抗炎、抗菌及镇静作用。加用补骨脂补肾温阳，阳中求阴；石斛、玄参养阴生津、清热降火；生栀子、莲子心泻火除烦、清心宁神；生甘草清热解毒，调和诸药。

五、阴疮案

张某，女，31 岁，已婚。2016 年 12 月 22 日初诊。

主诉：阴户右侧肿物 2 年。

病史：患者近 2 年阴户右侧生有肿物，食辛辣之物或上火后增大，红、肿、热、痛不能触碰，时有脓水淋漓。刻下：肿物红肿如鹌鹑蛋大小，痛不能忍，心烦燥热，大便秘结，小便色黄，舌红、苔黄燥，脉滑数。

妇科检查：右侧大阴唇内侧可扪及肿块（约 3 cm×1 cm），触之较硬，局部皮温正常。查血常规无异常。

证候：湿热下注证。

治法：清热解毒，消肿止痛。

方药：①口服方用五味消毒饮加味。金银花 15 g，蒲公英 30 g，连翘 20 g，紫花地丁 10 g，野菊花 30 g，紫背天葵子 10 g，黄芩 12 g，黄连 6 g，白芷 10 g，生薏苡仁 30 g，大血藤 30 g，浙贝母 10 g，生甘草 6 g，丹参 30 g。7 剂，每日 1 剂，水煎服。②外洗方用：金银花 30 g，野菊花 30 g，蒲公英 30 g，百部 15 g，红花 15 g，黄柏 15 g，蛇床子 30 g，地肤子 30 g。3 剂，水煎局部熏洗坐浴，隔日 1 剂，每晚 1 次。

二诊（2016 年 12 月 29 日）：患者药后局部疼痛缓解，阴户肿物较前缩小，小便仍黄，初诊口服方加茯苓 15 g，淡竹叶 10 g，继服 7 剂。初诊外洗方继用 1 周。

三诊（2017 年 1 月 5 日）：患者阴户肿物明显缩小，质地变硬，皮色正常，触之轻微疼痛，无破溃，溲黄消失。继续上方加减以收功。

【按语】 妇人阴户生疮，局部红肿、热痛，或化脓腐烂，脓水淋漓，甚则溃疡，或凝结成块，不能收口者称为"阴疮""阴蚀""阴茧"。患者喜食辛辣之物，热毒蕴结，伏于肝经，与气血相搏，遇火即发，化腐成脓，而成阴疮；热毒内蕴，故心烦燥热，便干溲黄。《外科正宗》云："纯阳初起必焮肿，更兼身热而有微寒，顶如尖字高突起，肿似弯弓根有盘。"与该病描述相似。阴疮主要病机为湿热下注，蕴结成毒，如《景岳全书·妇人规》指出："妇人阴中生疮，多湿热下注，或七情郁火，或纵情敷药，中于热毒。"治宜五味消毒饮加味，该方出自《医宗金鉴·疗疮》中治疗疗疮热势不尽，憎寒壮热复作证。方中金银花味辛、微凉，消肿败毒，入肺经，解肌肤之毒，为疮科要药；蒲公英味苦甘、性寒，清热解毒利湿，花黄属土，入脾胃经，禀其中和之性，解诸毒；连翘味苦、性寒，清热解毒，消痈散结，泻六经之血热，散诸肿之疮疡；紫花地丁清热泻火，散肿消毒，治痈疽瘰疬，疗毒恶疮；紫背天葵子清热解毒，消肿散结，利尿；野菊花疏风清热，解毒消肿；加黄芩、黄连清热燥湿，泻火解毒；白芷、生薏苡仁利水渗湿，清热排脓；大血藤、浙贝母败毒消痈，活血通络；丹参活血祛瘀，凉血消痈；生甘草清热调中。现代药理研究发现，五味消毒饮提取物具有较好的抗菌消炎作用，可抑制中枢性及外周性疼痛，配合清热解毒，燥湿消肿之药熏洗，改善局部血液循环，促进囊液吸收，可谓内外并治，双管齐下，切中病机。

六、阴挺案

王某，女，38 岁，已婚。2018 年 2 月 1 日初诊。

主诉：产后阴中有物下脱 2 个月。

病史：患者产后 2 个月诉阴中有物下脱，平卧可回纳，劳则加重，伴小便难禁，咳嗽后小便自出。刻下：现哺乳期，乳汁偏少、质稀，无乳胀，四肢乏力，大便干结，舌淡、苔薄，脉沉细无力。妇科检查：子宫脱垂Ⅱ°轻型。

证候：脾气虚证。

治法：益气固脱，升阳举陷。

方药：补中益气汤加减。黄芪 30 g，红参 10 g（另炖），当归 15 g，生白术 30 g，陈皮 15 g，柴胡 6 g，升麻 3 g，穿山甲粉 3 g（另冲），王不留行 15 g，鹿角霜 15 g，炙甘草 6 g。15 剂，每日 1 剂，水煎服。

二诊（2018 年 2 月 16 日）：患者服药后诸症减轻，仍有小便频数，舌淡、苔薄，脉沉细无力。守上方加覆盆子 15 g，益智仁 30 g。7 剂，每日 1 剂，水煎服。嘱配合产后盆底肌康复锻炼。

三诊（2018 年 2 月 23 日）：患者服药后诸症均明显减轻，上法进退，继续调理半个月病愈。

【按语】 子宫下脱，甚则脱出阴户之外，或阴道壁膨出，又称"阴脱""遗溺""产肠不收"等，相当于西医盆底功能障碍性疾病，临床多表现盆腔器官脱垂、压力性尿失禁和性功能障碍等，多与年龄、肥胖、绝经、分娩、盆腔手术等因素相关。本病主要因脾虚中气下陷，加之胎气久累、产时耗气伤血，失于固摄所致。如《诸病源候论·妇人杂病诸候·阴挺出下脱候》所云："胞络伤损，子脏虚冷，气下冲，则令阴挺出，谓之下脱。亦有因产而用力偃气，而阴下脱者。"根据《内经》"陷者举之"原则，治疗以补中益气汤补气固脱。方中红参、黄芪可补中益气、升阳举陷；生白术、炙甘草补中，升清阳举下陷，润肠通便，缓解盆腔压力；当归、陈皮调和气血，柴胡、升麻可助红参、黄芪升举下陷之气，鹿角霜补肾助阳、温煦下元；穿山甲、王不留行通任行血、利乳窍。二诊中，加入覆盆子、益智仁温肾缩尿，增补下元，与《校注妇人良方》"阴挺下脱，当升补元气"相宜。同时，治疗期间应节房事，避免过重劳动，使脱垂之胞宫尽快复位。

七、妇人脏躁案

朱某，女，49 岁，已婚。2008 年 12 月 8 日初诊。

主诉： 时悲伤欲哭、失眠 2 年，加重 7 日。

病史： 患者近 2 年时而悲伤欲哭、失眠，多次求医，收效甚微，近 7 日有所加重，故来诊。刻下：悲伤欲哭，烦躁不安，失眠，重则彻夜难眠，渐至精神异常，喜怒无常，面部及前胸常阵发性烘热汗出，月经量时多时少。末次月经为 2008 年 11 月 23 日，经前乳房胀痛，舌红、苔薄黄而燥，脉弦细。

证候： 肝郁化火证。

治法： 疏肝解郁，养血安神。

方药： 甘麦大枣汤合丹栀逍遥散加减。牡丹皮 15 g，栀子 12 g，柴胡 12 g，青皮 12 g，郁金 15 g，当归 15 g，白芍 10 g，五味子 15 g，石菖蒲 30 g，桂枝 10 g，淮小麦 30 g，炙甘草 5 g，生姜 9 g，大枣 15 g 为引。7 剂，每日 1 剂，水煎服。嘱其配合心理疏导。

二诊（2008 年 12 月 15 日）：患者烘热汗出症状改善，夜寐渐安，精神好转，舌红、苔薄黄，脉弦细。初诊方去青皮，加炙百合 30 g，7 剂，每日 1 剂，水煎服。药后症消，嘱用甘草、淮小麦、大枣加百合煮粥常服。

【按语】《金匮要略·妇人杂病脉证并治第二十二》云："妇人脏躁，喜悲伤欲哭，像如神灵所作，数欠伸。"此指出了本病的症状特点，脏躁之名则概括出该病的病机要点，即为脏阴之虚。本案患者还兼有烦躁不安，失眠，喜怒无常，面部及前胸常阵发性烘热汗出等肝郁火旺之象，因而选用甘麦大枣汤合丹栀逍遥散化裁。方中甘草补中缓急、清泻心火，小麦养心血、安心神，大枣养血生津润燥。唐容川云："甘麦大枣汤三药平和，养胃生津化血，津水血液下达于脏，则脏不躁，而悲伤太息诸症自去。"当归、白芍、五味子养血柔肝、敛阴生津；柴胡、青皮、郁金疏肝行气、解郁安神；牡丹皮、栀子清肝泻火、除烦宁心；久病多痰，石菖蒲可化痰开窍、宁心安神；"心气虚则悲"，加桂枝振奋心阳，与芍药、生姜、大枣相伍，敛阴和阳。二诊时去辛温破气之青皮，以防伤阴耗气；加百合养阴润肺、清心安神，《本草纲目拾遗》谓之"清痰火，补虚损"。全方清中有温，收中有散，补而不留邪，清热不伤阴。同时，本病应配合心理疏导，吴尚先在《理瀹骈文》中曰"七情之病，看花解闷，听曲消愁，有胜于服药也"，指出了心理治疗的重要作用，只有身心同治，才可达到五脏平安，阴阳调和的最佳生理状态。

八、梦交案

郭某，女，44 岁，已婚。2009 年 11 月 10 日初诊。

主诉：梦交 2 年余。

病史： 患者 2 年多来梦交，曾就诊于多家医院，疗效欠佳，遂来求治。14 岁初潮，30～36 日一行，经行 10 日干净，末次月经为 2009 年 11 月 7 日、量中，轻微痛经。刻下：梦交，经期、性生活及梦交后尿频加重，尿量偏多，色、质正常，平素腰疼，畏寒，精神萎靡，善疑多虑，纳可，失眠多梦，大便正常，现月经第 4 日，经量中等、色暗、有小血块，小腹隐痛，舌体胖大、舌淡红，苔白腻，脉沉细无力。

证候： 肾阳虚兼血瘀证。

治法： 补肾温阳，化瘀固冲。

方药： ①非经期用金匮肾气丸加减。制附子 10 g（先煎），肉桂 6 g，熟地黄 20 g，山茱萸 20 g，黄柏 10 g，茯神 15 g，泽泻 15 g，五味子 15 g，覆盆子 15 g，黄芪 30 g，益智仁 30 g，石菖蒲 30 g，炙甘草 5 g。10 剂，每日 1 剂，水煎服。②经期用逐瘀清宫胶囊（自拟方制成的院内制剂，主要药物有黄芪、当归、赤芍、肉桂、益母草、川牛膝等）60 粒 ×2 盒，每次 4 粒，每日 3 次，口服。同时用三七粉 1.5 g，每日 2 次，冲服，连服 3 日。

二诊（2009 年 12 月 10 日）：患者末次月经为 2009 年 12 月 1 日，经期 8 日干净，量色可。服上药后，梦交症、尿频消失，腰疼、畏寒、精神萎靡及情志异常等症减轻。现纳可，睡眠好转，二便正常，舌淡红、苔薄润，脉沉缓。药用：守非经期初诊方去益智仁、泽泻，加川断 30 g；经期用药不变。

三诊（2010 年 1 月 7 日）：患者末次月经为 2009 年 12 月 26 日，经期 6 日干净，经量色可，诸症消失。继服金匮肾气丸，每次 8 粒，每日 3 次，口服 1 个月以巩固治疗。

【按语】 梦交指梦里交合，见于《金匮要略·血痹虚劳病脉证并治第六》。性成熟期的女性偶然的梦交为正常的生理现象，不做病论；若梦交频发，常合并身心不适则视为病态。早在《灵枢·淫邪发梦》就有"客于阴器，则梦接内"的记载。综合本案患者症状、舌脉，乃系元阳不足，上不能温心神，下不得暖肾府、司膀胱气化所致，遂以温补肾阳的金匮肾气丸增损。方中附子、肉桂温补元阳；熟地黄、山茱萸滋补肝肾，意在"阴中求阳"；茯神、五味子、石菖蒲养心安神开窍；黄芪、益智仁、覆盆子温肾益气缩泉；黄柏、泽泻清热利湿，寓清泻于温补之中，使补而不腻，又可防温补太过而引发相火妄动。诸药合方与证相应，攻补寒热，配伍巧妙，使命火旺盛，阴阳协调，心神守舍，则无妄梦之作。因阳气不足，失于推动、温煦，因虚而瘀，阻于冲任、胞宫，新血不得归经则经期延长，故经期以逐瘀清宫胶囊合三七粉温阳益气、化瘀止血。本案治病、调经并施，配合默契，相互呼应，则病愈经调。

九、虚劳案

案 1：朱某，女，26 岁，未婚。2017 年 6 月 6 日初诊。

主诉：骨髓移植术后伴月经停闭 1 年余。

病史：患者白血病骨髓移植术后 1 年余，月经停闭未行。平素月经周期规律，量、色均可，自 2015 年 8 月因"白血病"行骨髓移植术后，月经停闭至今。刻下：闭经 1 年余，白带量少，神疲乏力，头晕耳鸣，腰酸腿软，烘热汗出，口腔溃疡易作，难以愈合，纳可，眠差，夜梦多，舌红、苔薄，脉沉细无力。患有白血病 1 年余，曾服用环孢素软胶囊、双环醇片等免疫抑制及保肝药物。2017 年 6 月 4 日查彩超示：子宫偏小（体积约 39 mm × 30 mm × 24 mm），内膜厚 6 mm。2017 年 6 月 5 日性激素六项检查：FSH 97.18 mIU/mL，LH 68.84 mIU/mL，E_2 5 pg/mL，PRL 7.64 ng/mL，T 0.03 ng/mL，P 0.32 ng/mL。查血常规示：Hb 126 g/L，RBC 4.1 × 10^{12}/L，WBC 5.1 × 10^9/L，PLT 81 × 10^9/L。肝功能示：ALT 12 U/L，AST 18 U/L。

证候：脾肾亏虚证。

治法：健脾补肾，益气养血。

方药：归脾汤合杞菊地黄汤加减。黄芪30g，当归15g，炒白术10g，茯神15g，制远志6g，炒酸枣仁15g，枸杞子20g，怀菊花10g，生地黄10g，炒山药30g，龙眼肉15g，木香6g，桂枝10g，白芍10g，墨旱莲30g，生姜6g，大枣15g。15剂，每日1剂，水煎服。

患者服药后诸症减轻，但月经未行，眠渐安，守初诊方继进，又服药12剂后月经来潮，经期嘱西红花，每日1g，水泡服4日。依如此之法调理1年后，月经可规律来潮，诸症悉除。

【按语】白血病是一类起源于造血干细胞的恶性克隆性疾病，临床中常表现为贫血、发热及出血等症状，归属于中医中的"急劳""热劳""虚劳"等范畴。患者先天禀赋薄弱，邪毒内伏，后天失于调摄，致邪毒深入骨髓，髓伤瘀毒蕴结而致病，正邪交争，日久气血、阴精愈加虚馁，天癸衰少，冲任、胞宫空虚，无血可下而闭经。本病为本虚标实之证，"虚则补之"，治宜健脾补肾、益气养血扶正为主。《证治准绳》说："脾胃者，气血之父也。"心主身之血脉，肝藏血，明代赵献可《医贯》云："凡治血证，前后调理，须按三经用药。心主血，脾裹血，肝藏血，归脾汤一方，三经之方也。远志、枣仁补肝以生心火，茯神补心以生脾土，人参、黄芪、甘草补脾以固肺气。木香者，香先入脾，总欲使血归于脾，故曰归脾，有郁怒伤脾，思虑伤脾者，尤宜。"故选归脾汤以荣气养血，本病之根在于骨髓虚损，加之手术复伤元气，合杞菊地黄丸以滋补肝肾，添桂枝、白芍、生姜、大枣，调和五脏阴阳，墨旱莲滋阴凉血，其含有的化学成分又可治疗多种血液系统疾病。该病为本虚标实之证，应注重分期治疗，术前应扶正祛邪并举，以祛邪为主，控制症状；术后应扶正气和阴阳，调整机体功能，君臣各安其位，五脏合和，经血盈缺有序，而诸症悉除矣。

案2：任某，女，28岁，已婚。2017年10月23日初诊。

主诉：眠差、恶风、怕冷、乏力1月余。

病史：患者足月顺产后9个月，断乳2个月，月经未行，诉产后20

日因恶露未净，彩超提示胎盘残留，于他院行清宫术。5日前体检发现甲状腺癌，于肿瘤医院行甲状腺全切术及左侧淋巴结清扫术，现服用华蟾素片。刻下：眠差，恶风，怕冷，乏力，形体消瘦，纳眠可，二便正常，舌暗红、苔黄燥，脉细弱无力。血常规、血糖、肝肾功能等检查正常。

证候：气血虚弱证。

治法：补气温阳，滋阴养血。

方药：补中益气汤合玉屏风散加减。黄芪30g，红参10g（另炖），防风10g，炒白术10g，陈皮12g，升麻3g，柴胡6g，桂枝10g，白芍10g，炙甘草6g，当归15g，胡芦巴10g，土茯苓20g，制附片9g（先煎），合欢皮15g，生姜、大枣为引。15剂，每日1剂，水煎服。嘱患者注意休息，保持心情舒畅，饮食清淡富有营养。

二诊（2017年11月6日）：患者月经复潮，为经期第4日，量、色均可，服上药后症状减轻，头晕、心慌、受风后加重。甲状腺全切后11日复查甲状腺彩超提示：左侧颈部皮下血肿。守初诊方去桂枝，加五味子15g，麦冬15g，丹参30g。继服15剂。

三诊（2017年11月20日）：患者恶风、怕冷、乏力等症状较前改善明显，宗上法继续调理，收效不俗。

【按语】"虚劳"是指由于多种原因所致的脏腑阴阳气血严重亏损，久虚不复，是多种慢性衰弱病证的总称，又称"虚损"。患者数次金刃手术耗气伤血，气血本亏，无力逐痰祛瘀，气、痰、瘀聚成癌毒，反夺精血以自养，机体阴血、阳气日渐损耗，治宜补气温阳，滋阴养血。《景岳全书·虚损》中指出："病之虚损……亦惟此精气，气虚者，即阳虚也；精虚者，即阴虚也。"治疗以补养气血、燮理阴阳为主。患者多中州不建，运化无着，且不可以黏腻峻补之药行之，《灵枢·终始》曰："阴阳俱不足，补阳则阴竭，泻阴则阳脱，如是者，可将以甘药。"张生甫尝言："中土为后天万物之母，中央健而四旁如，土气足而万物生。得甘温以建其极，五脏自循环受气矣。"脾胃为诸脏之母，性素温和豁达，有谦谦君子之风，治宜投平和补中之药，故取甘温之剂补中益气汤合玉屏风散加减治之。补中益气汤源自李东垣《脾胃论》，李氏对脾胃确有真知灼见，认为"脾胃为元气之本"，方中黄芪甘温，顾护皮毛，御邪于外；人参（红参）味甘，微温，滋阴养血，大补元气，主补五脏；白术、当归健脾益气养血；防风合黄芪、白术又名"玉屏风散"，补气固表；升麻、柴胡引脾气上行，将药力布散于外；桂枝温经通阳，现代药理研究表明其可扩张血管，促进末梢血液循环。因脾肾不可分割而论，予胡芦巴、制附片补肾助阳；生姜、大枣、炙甘草建固中州，资生气血，与桂枝、白芍同用又可调和营卫；土茯苓解毒化湿散结，清除余毒；合欢皮解郁畅怀，预防复发。药后症减，月经复潮，但阴虚仍存，宗前法加麦冬、五味子以益气复脉，养阴生津；清宫术后血肿未消，化为瘀血，以丹参活血祛瘀，杜瘀血作祟。《内经》曰"正气存内，邪不可干"，肿瘤发病，非一日之作，治疗时需打持久战，调理以"和"为法，顾护正气，不可贸然激进，过用毒猛辛烈之品，戕伐机体。

方药心悟

经验方选

一、二紫方

【**药物组成**】紫石英 30 g，紫河车粉 6 g（另包），菟丝子 30 g，枸杞子 20 g，淫羊藿 15 g，熟地黄 18 g，山茱萸 15 g，香附 15 g，丹参 30 g，砂仁 6 g（后下），川牛膝 15 g。

【**功用**】补肾填精、调经助孕。

【**主治**】肾虚所致月经不调、崩漏、闭经、痛经、不孕症等病，见月经迟发，月经量少，月经后期，甚至停闭不行，不孕；经血色淡，精神疲倦，性欲淡漠，或伴头晕耳鸣，腰膝酸软，眼眶暗，面部生斑，小便清长，舌淡或暗、苔白，脉沉细迟弱。

【**用法**】非经期服用，崩漏患者在止血后服用，帮助恢复机体自身的功能，建立正常的月经周期。每日 1 剂，水煎服。

【**加减**】肝经郁热者，加柴胡 12 g，栀子 12 g，菊花 10 g；五心烦热、心悸失眠者，加知母 10 g，首乌藤 15 g；卵泡期加当归 15 g，黄精 15 g，加强滋阴养血之功；排卵期加川芎 10 g，桃仁 6 g，茺蔚子 15 g，以活血助卵排出；排卵后加鹿角霜 10 g，续断 30 g 补肾温阳，陈皮 12 g 理气健脾，培补固冲。

【**方义分析**】中医认为不孕症病因病机复杂，笔者认为"种子重在调经"，不孕症的治疗应着重从肾和冲任入手。所谓"经水出诸肾""肾主生殖"，如禀赋不足，多产房劳，大病久病等均易导致肾气亏虚，肾精不足，冲任脉虚，从而导致经血失调，孕育无能。此外，肝藏血，主疏泄，调气机，且冲脉附于肝，与女子月经关系密切，若情志不畅，肝气郁结，气血不调，冲任不能相资也可导致不孕。另外，月经的主要成分是血，脾为气血生化之源，先后天相互滋养，若脾虚血少，或脾虚湿聚，或脾肾阳虚，可导致胞宫、胞脉失养而致不孕。故在治疗时，应着重治肾，亦要调理肝脾，在补肾之剂中，加以疏肝健脾之品，使肾肝脾功能协调，共同作用于胞宫，完善其主月经和孕育之功能。

二紫方为笔者治疗月经不调、不孕、不育的经验方。方中二紫为君，紫河车为血肉有情之品，性温而不燥，药性缓和，既可补肝肾、益精血，又可补阳益气；紫石英暖宫散寒，和紫河车一同补督脉、温肾阳、填精益髓。臣以菟丝子秉气中和，补阳而不燥，补阴而不腻，入肾可补肾益精，入肝则补肝养血，入脾能健脾益气，为平补肝肾之良药。枸杞子药性平和，能补肾养肝以益精。淫羊藿体轻气雄，可壮阳益精。熟地黄为补益肝肾之品，质地柔润，温而不燥，故有补血滋阴、生精补髓之效。山茱萸酸温质润，补益肝肾，既能益精，又可补阳，为平补阴阳之药。上五味协助君药补肾滋肾，调补冲任，共为臣药。香附入肝经气分，味辛以疏散肝气之郁结，味苦以降泄肝气之横逆，味甘能缓肝之急，气味芳香走窜，药性平和，为疏肝调经要药；丹参味苦降泄，入肝经血分而善活血调经，为妇科要药；二药相伍，可活血理气调经，取其"气行血行""静中有动"之义。砂仁辛散温通，芳香化湿行气，善理脾胃气滞，芳香健胃，既防补药碍胃，又可养后天以补先天，有健胃调经助孕之功。上三味为佐。使药为牛膝，而川牛膝味苦降泄，行善下行，投之以活血通经、引血下行。诸药共奏补肾填精，调经助孕之功。

二、橘黄汤

【**药物组成**】化橘红 15 g，天竺黄 12 g，炒白术 10 g，姜半夏 10 g，浙贝母 10 g，茯苓 15 g，香附 15 g，丹参 30 g，大腹皮 30 g，枳壳 12 g，山药 30 g，甘草 6 g。

【**功用**】化痰除湿、理气化瘀、调理冲任。

【**主治**】治疗痰湿阻滞所致的月经后期、闭经等。可见月经延后，经量少、色淡、质黏腻，甚则月经停闭；或伴形体肥胖，胸闷泛恶，神疲倦怠，纳少痰多；或带下量多、色白；苔腻，脉滑。

【**用法**】非经期服用，每日 1 剂，水煎服。

【**加减**】痰多痰稠，咳吐不畅者，加前胡 10 g，桔梗 6 g；带多者，加白扁豆 15 g，苍术 15 g；肢体浮肿者，加泽泻 15 g、猪苓 15 g；腹胀、腹痛者，加延胡索 15 g，泽兰 15 g；腰酸者，加杜仲 15 g；闭经日久、舌紫暗者，加三棱 15 g，莪术 15 g。

【**方义分析**】月经的产生是脏腑、天癸、气血、冲任协调作用于胞宫的结果，而闭经的病因多责之于肝、脾、肾三脏，最终导致肾 - 天癸 - 冲任 - 胞宫轴功能失调，辨证分虚实两端。虚者血枯经闭，多因肾气不足，或肝肾亏虚，或脾胃虚弱，或阴虚血燥；实者血隔经闭，多因气血阻滞，或痰湿壅阻。

痰湿者，素体脾虚或饮食不节伤于脾胃，脾虚运化失司，肾虚不能化气行水，水湿内停，聚湿成痰，痰湿阻滞冲任二脉，或结块，使血不能下行而经闭。《丹溪心法》中就有论述："若是肥盛妇人，享受甚厚，恣于酒食之人，经水不调，不能成胎，谓之躯脂满溢，闭塞子宫，宜行湿燥。"痰湿阻滞于胞脉、胞络，血行瘀滞，导致月经后期、闭经或不孕，并为治疗"痰湿不孕""痰湿闭经"制订了丹溪痰湿方。《女科切要》亦云："肥白妇人，经闭而不通者，必是湿痰与脂膜壅塞之故也。"《陈素庵妇科补解》中对痰湿阻滞型闭经也有较为详尽的论述："经水不通有属积痰者，大率脾气虚，土不能制水，水谷不化精，生痰不生血，痰久则下流胞门，闭塞不通，或积久成块，占住血海，经水闭绝；亦有妇人体胖脑满，积痰生热，热结则血不通。"

根据本病脾虚肾亏、痰湿互结的病机特点，以健脾补肾、化痰祛瘀立法，自拟橘黄汤。方中化橘红燥湿化痰、理气宽中；天竺黄清热化痰，二者共为君药。炒白术、姜半夏、茯苓燥湿化痰、淡渗利湿、健脾和胃，以绝生痰之源，此即所谓"痰之本水也，源于肾；痰之动湿也，主于脾"。痰湿既是脾虚健运失司的病理产物，又是阻滞气机的病理因素，痰湿停滞，阻碍气机，则气机不畅，故用香附疏肝理气，香附为气中血药，理气行滞，气行则血行。丹参活血祛瘀散结，善调经水，与香附配合疏肝理气，行气活血，气行则痰满消。上五味为臣，助化橘红、天竺黄祛湿化痰之效。浙贝母化痰散结，枳壳行气消积、化痰除痞，大腹皮行气导滞、行水消肿、山药益肾气、健脾胃，上四味为佐。甘草甘平补脾益气，调和诸药，为使。诸药合用，共以补脾土以制湿，利气则痰无能滞留，益脾治其本，利气治其标。

特别指出，闭经治疗的目的不单是月经来潮，不可见经行即停药，而应当恢复或建立规律的月经周期，或正常连续的自主有排卵的月经，一般以3个月经周期为准。

三、潮舒煎剂

【**药物组成**】当归 15 g，川芎 10 g，赤芍 10 g，红花 15 g，丹参 30 g，泽兰 15 g，香附 15 g，延胡索 15 g，乌药 12 g，肉桂 6 g，全虫 6 g，川牛膝 15 g。

【**功用**】活血化瘀、温经止痛。

【**主治**】寒凝血瘀之痛经。经前或经期小腹冷痛拒按、得热则舒，月经量少，或见后期，经色紫暗、有块，伴畏寒喜暖，形寒肢冷，舌暗，苔白，脉沉紧。

【用法】月经前 3 日开始服用（既往疼痛重者于经前 5 ~ 7 日开始服用），每日 1 剂，水煎服。

【加减】疼痛剧烈，月经后期，经量少，伴见面色青白、手足不温甚则冷汗淋漓者，为寒邪凝闭阳气，加吴茱萸 5 g，小茴香 10 g（或加制附子、细辛）；若痛而胀者，加木香 5 g，血竭 2 g（另冲）；伴腰骶酸痛、头晕耳鸣者，加续断 30 g，杜仲 15 g；伴肢体困重、苔厚腻者，加苍术 12 g，茯苓 15 g。

【方义分析】血贵周流，痛经的主要机制是气血运行不畅，不通则痛。中医认为胞宫和冲任是痛经的发病部位，常见的病因有气滞、寒凝、血瘀、湿热、气虚、血虚、肾虚等，主要病机为"不通则痛""不荣则痛"。经期前后，血海由满盈而泄泻，气血由盛实而骤虚，子宫、冲任气血变化较平时急剧，易受致病因素的干扰，加之体质因素的影响，导致气滞血瘀、寒凝血瘀、湿热瘀阻，冲任、胞宫气血阻滞或气血虚弱、肾气亏虚，冲任、胞宫失于濡养，发为痛经。待月经干净，子宫、冲任气血逐渐恢复平和则疼痛停止。但若病因未除，身体状况未得到改善，下次月经来潮，疼痛仍会复发。其中寒凝血瘀证为痛经常见证型，患者于经期产后，感受寒邪；或平素长期嗜食寒凉生冷，尤其在经期饮冷导致寒凝胞宫，久而久之，寒凝瘀阻，经血难下，不通则痛。

潮舒煎剂为笔者的经验方，治疗寒凝血瘀型原发性痛经。方中当归补血活血、调经止痛，川芎活血行气、祛风止痛，赤芍清热凉血、祛瘀止痛，上三味取自妇科名方四物汤为君。红花活血祛瘀、通经止痛，丹参活血祛瘀、凉血消痈、养血安神，泽兰活血祛瘀、行水消肿，全虫息风镇痉、通络止痛；上四味助君药理气通经止痛为臣。寒凝血瘀之证，需温散以通经止痛，故选用乌药、香附、延胡索行气止痛；肉桂补火助阳、散寒止痛、温通经脉，此四味温经散寒止痛为佐。川牛膝活血祛瘀、补肝肾、强筋骨、引血下行为使药。全方共奏温经散寒，化瘀止痛之功。

四、逐瘀清宫方

【药物组成】三棱 30 g，水蛭 6 g，桃仁 6 g，红花 15 g，赤芍 15 g，莪术 30 g，当归 15 g，益母草 30 g，黄芪 30 g，肉桂 6 g，川牛膝 15 g。

【功用】活血化瘀、益气温阳、调理冲任。

【主治】崩漏、经期延长、流产后或产后出血等病见经血非时而下，量时多时少，时出时止，淋漓不断；或流产及产后，恶露过期不尽，量少或多，血色暗、有血块，伴经行腹痛，疼痛拒按；或平素小腹胀痛，舌紫暗、边尖有瘀点、瘀斑，脉弦细或涩属瘀而体质壮实者。

【用法】崩漏患者出血期服用，流产或产后者可预防性服用。每日1 剂，水煎服。若流产或产后超声提示宫腔内有残留，一般应行清宫术，也可先服上方，以观后效。

【加减】兼口渴心烦、大便干结系瘀热者，加生地黄 15 g，黄芩 10 g，马齿苋 15 g；腹痛甚者，加元胡 15 g；若症见形寒肢冷、小腹冷痛者，加小茴香 10 g，吴茱萸 5 g；若症见情绪忧郁、胸胁胀痛者，加柴胡 12 g，香附 15 g。

【方义分析】崩漏一病，有寒、热、虚、实之异，寒者阳虚火衰，脾阳失煦，肾阳虚衰，导致肾－天癸－冲任－胞宫轴紊乱，子宫蓄溢失常；热者有实热、虚热，热扰冲任血海，经来无期，量少淋漓不止或量多势急；虚者多为脾虚、肾虚，冲任不固，天癸不充，血失统摄，经乱无期；实者即为血热、血瘀，冲任、子宫瘀血阻滞，瘀血结于血室，旧血不去，新血不安故经血非时而下或淋漓不断。笔者在崩漏病的诊治过程中，尤重视先审患者形体之强弱，病势之缓急，体虚气血衰弱者，当先扶正，若形证俱实，则可攻逐。本方所治疗当属崩漏血瘀实证，七情内伤、气滞血瘀；或热灼、寒凝致瘀；或经期产后余血未尽、摄生不慎致瘀者。治疗应以逐瘀攘外，清理胞宫为主旨，以达活血祛瘀，止血而不留瘀的目的。

流产或产后出血者，属中医"产后恶露不绝"的范畴，恶露为血所化，若脏腑受病，冲任不调，气血运行失常，则可见恶露不绝。常见的病因有气虚、血瘀和血热。流产后，伤正而留瘀，因损伤导致瘀血阻滞于胞宫，造成阴道出血日久不止。清代《胎产心法》就指出"恶血不尽，则好血难安，相并而下，日久不止"，因本病主证为瘀，就必须从"瘀"论治，既要活血化瘀，又要因势利导，引血归经，从而达到不止血而血自止的目的。临证时，切不可盲目单用止血之剂，非但无功，且易留邪，所谓"不可断之，断之终不断"。气血相关，气行则血行，气虚则血瘀，故应稍配以益气扶正之品，但应注意两点，单破血则新血不生，纯补则瘀血不去。单一扶正只可取效于一时，而不能治本，若余血浊液不除，终将夺路而走，在祛瘀的基础上补虚，方可达到使血归经的目的。

方中三棱、水蛭为破血消癥之要药，三棱辛、苦，平，偏于破血，通月经，消瘀血，治一切血气；水蛭咸苦入血，活血化瘀之力强；二者相伍，破血逐瘀、行气通经为君。桃仁、红花活血调经、祛瘀止痛，治疗瘀血阻滞诸症，是妇科血瘀病症的常用药；赤芍苦寒入肝经血分，泻肝火、泄血热，清热凉血、散瘀止痛；莪术既入血分，又入气分，偏于行气，常与三棱相须为用；当归、益母草养血活血、祛瘀生新；以上六味共为臣药。久病必虚，故用黄芪益气生血、扶正祛邪；肉桂温经散寒通阳以助血行，共为佐。川牛膝引血下行为使。全方共奏活血化瘀、益气温阳、调理冲任之效，使瘀血清，新血生，不止血而血自止。

五、宫血立停方

【药物组成】黄芪30g，益母草30g，茜草12g，炒红花10g，党参10g，白术炭10g，黄芩炭12g，贯众炭15g，墨旱莲30g，生地榆30g，升麻3g，三七粉3g（冲服），炙甘草5g。

【功用】益气升提、活血祛瘀、凉血止血。

【主治】崩漏、月经过多、经期延长等病，见经血非时暴下不止或淋漓日久不尽，血色淡或鲜红或暗有血块，伴面色㿠白、神疲乏力，或烦热少寐、咽干口燥，舌淡或暗有瘀点、瘀斑，脉细弱或细数或涩，属气虚血瘀血热者。

【用法】出血期服用，每日 1 剂，水煎服。重症出血多者，以人参 30 g（另炖）易党参，且每日 1.5 剂药，每 8 小时服药液 200 mL。

【加减】血虚者，加阿胶 20 g（烊化）；出血量多、气随血脱者，可加服独参汤以固脱救逆；便溏者，加山药 30 g；兼有小腹痛者，加元胡 30 g；系上环后出血或诊为子宫内膜炎者，加金银花炭 15 g。

【方义分析】崩漏发病，原因多端，病变非一脏一腑，常常是因果相干，气血同病，多脏受累，但其病因不外"虚、瘀、热"三端，病本在肾，病位在冲任，其主要机制为肾虚，肾气不固，固摄无权，肾精失守，冲任不能制约经血所致。

根据崩漏出血病机"虚、瘀、热因果互干，离经之血阻滞胞宫"，在治崩通因通用法的指导下，结合自己多年的临床经验及现代中药药理研究而拟定的经验方宫血立停方。方中黄芪性甘，味微温，归脾、肺经，具有补气摄血的功效；益母草味辛、苦，微寒，归心、肝、膀胱经，具有凉血活血、祛瘀调经、清热解毒之功。二者为伍，共奏益气摄血、活血祛瘀之功，为君。茜草、炒红花祛瘀止血，使止血而不留瘀，助益母草止血祛瘀；党参、白术炭健脾益气，助黄芪益气摄血。四药助君药益气摄血、活血祛瘀，为臣。黄芩炭、贯众炭、墨旱莲、生地榆滋阴凉血止血；升麻与黄芪、党参、白术、炙甘草合用，仿补中益气汤方义，起益气升提作用；三七粉具有活血、止血、益气之功。六药共为佐药。炙甘草益气补中，调和诸药为使。全方共奏益气升提、活血祛瘀、凉血止血之效。

六、化瘀清窍汤

【药物组成】川芎 20 g，当归 15 g，生地黄 18 g，红花 15 g，蔓荆子 10 g，细辛 3 g，白芷 10 g，藁本 10 g，柴胡 12 g，枳壳 12 g，菊花 10 g，赤芍 15 g。

【功用】养血化瘀、通窍止痛。

【主治】经行、产后血瘀型头痛。患者经期、经期前后，或产后出现明显的头痛，痛如锥刺，疼痛呈周期性，经后自止。疼痛部位或在巅顶，或在头部一侧，或在两侧太阳穴；或伴有小腹疼痛、胸闷不适，舌暗或边尖有瘀点，脉细涩或弦涩。

【用法】月经前 5 日开始服用，每日 1 剂，水煎服，月经第 3 日停服；产后头痛者每日 1 剂，水煎服。

【加减】若伴身痛者，加桂枝 5 g、鸡血藤 30 g 以活血通络；若伴月经量少，或恶露不绝，或小腹疼痛剧烈者，加益母草 15 g、延胡索 15 g；若伴肢体浮肿者，加大腹皮 30 g、泽兰 12 g。

【方义分析】经行头痛是月经前后诸症中的一个重要症状，属内伤头痛的范畴，常见的病因病机主要为肝火、血瘀和血虚。情志内伤，肝郁化火，内扰清窍；或瘀血内阻，脉络不通，发为头痛；或素体血虚，经行之时阴血更加不足，脑失所养。辨证分虚实，一般以疼痛时间和疼痛性质来判断，实者多痛于经前或经期，多呈胀痛或刺痛；虚者多在经后或行经即将净之时作痛，多为头晕隐痛。临床以血瘀型经行头痛为多见，治疗宜养血化瘀、通络止痛，拟化瘀清窍汤。

方中川芎行气活血，直入血分，行血中之滞，化瘀通络，为君。当归为补血之圣药，甘温质润，辛温通行，既长于补血，又可活血，为活血化瘀、通经止痛之要药；生地黄清热凉血，滋阴降火，与当归同用，可养血益阴、清热活血；红花辛散温通，活血祛瘀以止痛。上三味为臣，以助川芎活血化瘀之功。方中蔓荆子祛风止痛、清利头目，善治上焦头痛；细辛辛香走窜，宣泄郁滞，上达巅顶，通利九窍，善于祛风散寒，且通窍止痛力强；白芷辛散温通、祛风止痛，善入阳明胃经，故治阳明经额痛；藁本有辛散温通香燥之性，性味俱升，善达巅顶，以治疗太阳经巅顶头痛见长；柴胡疏肝解郁，升达清阳，与枳壳同用尤善理气行滞，使气行则血行。以上均为佐药。菊花入肝经，善治诸风头眩，又可疏散风热，为使。诸药同用，既行血分瘀滞，又行气分郁结；活血而无耗血之虑，行气又无伤阴之弊，使血活瘀化气行，络通痛止。

七、调经抑乳方

【药物组成】炒麦芽120 g，柴胡12 g，白芍30 g，青皮12 g，薄荷10 g（后下），甘草5 g。

【功用】疏肝理气、通经抑乳。

【主治】肝气郁滞所致的经行乳房胀痛、高催乳素血症等。患者经前或经期乳房胀满疼痛，或乳头痒痛，甚者疼痛不可触衣；或可触诊到乳房肿大，乳房硬结；常伴经行不畅，血色暗红，或有血块，小腹胀痛；或胸闷胁痛，精神抑郁，时叹息；苔薄白，脉弦。或内分泌检查可见血清催乳素（PRL）升高。

【用法】经前疼痛者，月经前7日开始服用，每日1剂，水煎服，月经来潮停服；经期疼痛者，月经前3日开始服用，每日1剂，水煎服，月经第3日停服。

【加减】若有乳房硬结者，加夏枯草20 g，橘核15 g，浙贝母10 g；胀甚者，加佛手12 g；如伴情志抑郁、闷闷不乐者，加合欢皮15 g，醋香附15 g；若见心烦易怒、口苦口干者，加牡丹皮15 g，栀子12 g；若伴小腹胀痛者，加川楝子10 g，延胡索15 g。

【方义分析】经行乳房胀痛属"月经前后诸症"范畴，该病常经前发作，经后消失，近年来，由于女性压力的增加，本病的发病率也大大提高，不仅妨碍女性身心健康，甚至影响生育。肾主生殖，乳头属肝，乳房属胃，中医认为本病的发生与肝、胃、肾关系密切，但以肝气郁滞为先。清代阎纯玺《胎产心法》云"肝经上冲，乳胀而溢"，认为肝经疏泄失常可导致乳房胀痛。其病因主要为肝气郁结，不通则痛；肝肾亏虚，乳络失养而痛。临床以气结者多见。

笔者认为疏肝养肝是治疗经行乳房胀痛的首要原则。清代叶天士在《临证指南医案》中提出"女子以肝为先天"。肝在五行中属木，主动，主升，喜条达，恶抑郁。肝主疏泄，可疏通、畅达全身气机，使脏腑经络之气运行通畅；肝主藏血，肝以所藏之血涵养肝气，使之冲和畅达，并正常发挥其疏泄功能，使刚脏柔和而不上亢。如若肝之疏泄与藏血功能正常发挥，则气机调畅，气血和调，经络通利，脏腑、形体、官窍等功能活动稳定有序。然而妇女经前或经期，气血下注冲任血海，易使肝血不足，气偏有余，此时若伴有七情内伤，肝气郁结，则气血运行不畅，脉络欠通，不通则痛，《医学入门·妇人门》云："妇人多忧思忿怒，忧思过则气结而血亦血结，忿怒过则气逆而血亦逆，甚则乳硬胁痛。"

本方以炒麦芽为君药。麦芽性味甘平，消食健胃，回乳消胀，又能疏肝解郁，经现代药理研究，麦芽还有类似溴隐亭类物质的作用，可抑制催乳素分泌。柴胡疏肝木、畅肝气，白芍敛肝阴、养肝血，二者相伍为臣，以和肝解郁为主功，又可柔肝止痛。青皮偏入肝胆，性较峻烈，行气力强，可削坚积，治疗肝郁乳房胀痛或结块之良药；薄荷虽为解表药，亦能疏肝行气，常与柴胡、白芍等疏肝理气调经之品相伍，解肝郁气滞，止胸胁胀痛。二者共为佐药。甘草益气补中，调和诸药为使。全方共奏疏肝理气，通经抑乳之功。

八、洗阴煎

【药物组成】蛇床子30g，苦参30g，地肤子15g，百部15g，枯矾6g，川椒10g，黄柏15g，蒲公英30g。

【功用】清热燥湿、杀虫止痒。

【主治】湿热下注所致之带下量多、阴痒等。症见带下量多、色白或黄、质黏稠，或如凝乳状，有臭味，外阴及阴道瘙痒，或阴中灼热。伴全身困重乏力，脘闷纳差，口苦口腻，小便短赤、色黄，大便黏滞难解，舌红、苔黄腻，脉滑数。

【用法】每日 1 剂，加水浸泡 30 分钟，武火烧开，改文火煎 20 分钟后滤出药汁，再加水煎，混合两次药汁约 600 mL，先熏后洗外阴，10 日为 1 个疗程。

【加减】湿浊偏甚者，加苍术 15 g，茵陈 15 g；湿毒蕴结者加野菊花 30 g，土茯苓 15 g，败酱草 15 g；瘙痒重者，加威灵仙、白鲜皮各 15 g，薄荷 10 g。

【方义分析】带下过多，主要以湿邪为患。主要责之于肝、脾、肾功能失常及感受湿热虫毒之邪。任脉不固，带脉失约是其核心病机。本方是笔者治疗湿热下注所致带下量多，阴痒的外用经验方。方中蛇床子辛苦温，苦能燥湿，温可助阳散寒，蛇床子温以祛寒除湿为君药。苦参清热燥湿，凉血解毒，杀虫止痒；地肤子性寒味苦入膀胱经，功能清热利水止痒，使湿邪从小便出；百部外用可灭虱杀虫止痒，枯矾酸涩，善疗湿疮疥癣，妇人阴肿，具有止痒杀虫辟秽之效；川椒杀虫止痒，以上共为臣药。黄柏、蒲公英泻火解毒，燥湿止带为佐使。诸药合用，使热清湿除而带止痒除。

九、褚氏安胎方

【处方组成】续断 30 g，杜仲 20 g，菟丝子 30 g，太子参 15 g，黄芩 12 g，炒白术 10 g，阿胶 15 g（烊化），苏梗 15 g，砂仁 6 g（后下），白芍 30 g，墨旱莲 30 g，炙甘草 5 g。

【功用】补肾培脾、养阴清热安胎。

【主治】胎漏、胎动不安、滑胎等。症见妊娠期腰膝酸软，腹痛下坠，或伴阴道少量下血、色淡或淡暗，或曾屡孕屡堕，或伴头晕耳鸣，神疲肢倦，舌红、苔白，脉沉细滑。

【用法】每日 1 剂，加水浸泡 30 分钟，武火烧开，改文火煎 20 分钟后滤出药汁，再加水煎，混合两次药汁约 400 mL，分早、晚 2 次服或少量频服。

【加减】若气虚、小腹下坠明显者，加黄芪30 g，升麻3 g，以益气升提安胎；若大便秘结者，加肉苁蓉30 g，炒决明子20 g，以滋肾养阴润肠通便。止血安胎者，可加入黑栀子12 g，生地榆30 g，藕节30 g等，黄芩改为黄芩炭12 g，炒白术改为白术炭15 g；理气安胎者，可加入陈皮12 g；胃不和致胎漏、胎动不安者，加和胃安胎药，如姜竹茹15 g，生姜9 g等；心神不宁、情绪紧张者，多配以镇心安神之品，如炒酸枣仁30 g，远志9 g等。

【方义分析】胎漏、胎动不安及滑胎的发生除与脾肾亏虚有关外，阴虚热扰而致胎元不固亦不容忽视。因孕妇在妊娠期间，阴血下聚以养胎，机体处于阴血偏虚，阳气偏旺的特殊生理状态，故此期易致热扰胎动而出现各种胎元不固类疾病。该病病因主要为"脾肾亏虚，热扰胎动"，治疗以"补肾培脾，养阴清热安胎"之法为主，据此自拟经验方，即褚氏安胎方。方中重用菟丝子为君，该药补肾益精，固摄冲任，肾旺自能荫胎。川断补肝肾，固冲任以安胎；炒白术健脾益气以安胎；黄芩清热凉血，血不妄行而安胎。上三味共为臣药。杜仲补益肝肾，与川断合用，加强固肾安胎之功；太子参补益脾肺，益气生津，配炒白术健脾益气，以后天养先天，生化气血以化精，先后天同补，加强安胎之功；墨旱莲滋补肝肾，凉血止血，助黄芩凉血安胎；苏梗、砂仁理气安胎；阿胶滋养阴血，使冲任血旺，则胎气自固；白芍养血敛阴柔肝。以上共为佐药。炙甘草调和诸药，合太子参、炒白术则甘温益气，健脾调中，以助生化之源，使气旺则能载胎；合白芍可缓急止痛，缓解下腹疼痛效佳，故为使药。全方共奏补肾培脾，养阴清热安胎之效。

十、香砂苏梗黄芩汤

【药物组成】太子参15 g，炒白术10 g，茯苓15 g，木香6 g，黄芩12 g，苏梗15 g，砂仁6 g，陈皮15 g，姜竹茹10 g，炙甘草5 g，生姜三片为引。

【功用】健脾抑肝和胃、降逆止呕。

【主治】脾胃虚弱，肝胃不和之恶阻。症见妊娠期间恶心、呕吐，甚至食入即吐，呕吐酸水或苦水，伴不思饮食，头晕、目眩、肢倦，口苦咽干，或心情不舒，舌红、苔白，脉弦滑或缓滑无力。

【用法】每日 1 剂，加水浸泡 30 分钟，武火烧开，改文火煎 10 分钟后加入砂仁，再煎 10 分钟就可以滤出药汁，再加水煎，混合两次药汁约 400 mL，少量多次呷服。

【加减】呕吐不止，伤及津液，导致阴液亏损、五心烦热，咽干口燥者，加石斛 20 g，玉竹 15 g；便秘者，加炒决明子 30 g；便溏者，加山药 30 g；气短乏力、少气懒言者，加黄芪 30 g；呕吐剧烈者，可加入乌梅 15 g 以酸敛之。

【方义分析】 恶阻发病，其主要机制为冲气肝气上逆，胃失和降。平素胃气素虚，或烦躁易怒，孕后阴血下聚以养胎元，冲脉气盛，夹胃气上逆；或冲气、肝气上逆犯胃，胃失和降，遂至恶心呕吐。

本方是笔者治疗脾胃虚弱、肝胃不和之恶阻的经验方。方中太子参健脾养胃，炒白术健脾燥湿，加强益气助运之力，茯苓健脾渗湿，以上共为君药。砂仁气味芳香、味辛、性温，入脾胃经，具有行气调中，和胃醒脾安胎之功，为醒脾和胃安胎的良药；陈皮偏于健脾行气、燥湿化痰，砂仁配陈皮，理气止呕，增强治疗中虚气滞之功。治疗妊娠病必遵循治病与安胎并举的原则，砂仁配黄芩，虽二者性味功效迥异，然均有安胎之功，砂仁、黄芩二药同用，寒温并施，气血同治，可使枢轴回旋，升降复取，热泄气和，而为止呕安胎之妙用。砂仁配木香，砂仁偏于醒脾和胃，木香偏于调中宣滞，两药配用，具有治疗脾胃气滞之功，以上共为臣药。苏梗理气安胎，姜竹茹除烦止呕，不仅能和胃止吐，而且还有抑肝作用，二者均为佐药。生姜降逆止呕，炙甘草调和诸药为使药。全方共奏健脾抑肝和胃、降逆止呕之效。

十一、褚氏消癥杀胚方

【**药物组成**】丹参30 g，天花粉30 g，全虫6 g，蜈蚣2条，黄芪30 g，三棱15 g，莪术15 g，赤芍15 g，紫草15 g，枳壳12 g，川牛膝15 g。

【**功用**】活血化瘀、杀胚消癥。

【**主治**】异位妊娠未破损期。症见停经或有阴道不规则出血，或伴下腹部隐隐作痛或刺痛；或有小腹坠胀不适；尿HCG阳性，B超提示一侧附件区或有局限性包块，未发生破裂或流产，舌暗红、苔薄，脉象弦滑或弦涩。

【**用法**】每日1剂，水煎服。

【**加减**】若见神疲乏力、气短懒言者，加党参10 g，助黄芪以益气扶正、健脾助运；腹胀者，加川楝子10 g，助枳壳加强理气行滞之功。

【**方义分析**】异位妊娠主要病机责之于冲任不畅，少腹血瘀。少腹素有瘀滞，阻滞冲任，冲任不畅，运送孕卵受阻，不能达于宫腔；或气虚运送孕卵无力，不能达于宫腔而致发生本病。根据疾病发展的不同阶段，及其主要证候表现不同，分为未破损期及已破损期。在未破损早期主要表现为孕卵着床于子宫体腔以外，随着胎元渐长，有时继而自殒，与余血搏结而成瘀，或积于少妇而成癥。在未破损，即为异位妊娠未破损期之早期，为本方所主之证。治疗以化瘀杀胚为主。方中丹参活血化瘀止痛，天花粉杀胚，二者共为君药。全虫、蜈蚣破血逐瘀，通络止痛，杀胚消癥以为臣。黄芪益气扶正；三棱、莪术、赤芍化瘀散结以消癥；紫草活血，现代药理研究其可抑制胚胎发育、中断妊娠；枳壳理气行滞。以上共为臣药。川牛膝破血行瘀消癥为使药。全方共奏活血化瘀、杀胚消癥之功。本方应在有急救条件的情况下，方可使用，以免处理不当危及患者生命。

十二、褚氏生化汤

【药物组成】益母草 30 g，黄芪 30 g，当归 15 g，红花 15 g，赤芍 15 g，桃仁 6 g，泽兰 15 g，荆芥炭 10 g，炙甘草 6 g。

【功用】益气养血、祛瘀止血。

【主治】治疗产后恶露淋漓不尽，持续 10 日以上，恶露量多、色淡质稀或色暗有块，伴精神萎靡、面色无华、少气懒言、四肢无力，下腹刺痛拒按，舌淡或紫暗或有瘀斑，脉细弱或弦涩属气虚血瘀者。

【用法】每日 1 剂，先加水浸泡 30 分钟，武火煎至沸腾，改文火再煎 30 分钟后滤出药汁，再加水煎，混合两次药汁 400 mL，分早、晚 2 次服。

【加减】小腹空坠者，加党参 12 g，升麻 6 g，升提中气；恶露质稠、气味臭秽、口干咽燥者，加地榆 12 g，黄柏 10 g，栀子 10 g，以清热利湿；若兼烦躁易怒、胁肋胀痛者，加元胡 15 g，郁金 12 g，以理气止痛。

【方义分析】 恶露不尽的发病机制主要为冲任不固，气血运行失常所致。常见病因可归纳为"虚""瘀""热"。妇人素体气虚，因产耗伤气血；产后调摄不当，劳倦过度，伤及脾气，气虚失摄，冲任不固而发本病；同时，气虚运血无力，血停胞宫，瘀阻冲任，旧血未尽，新血难安，血不归经，以致恶露不尽。针对本病多由气虚、血瘀所致的病理特点，遵循"虚者补之，实者泄之"之则，治疗应以益气养血，祛瘀止血为法。方中益母草性辛，味苦，归心、肝、膀胱经，辛能开散，苦可降泄，具有活血化瘀通经之功效，为妇科经产之要药，为君。黄芪性温，味甘，归脾、肺两经，可补脾肺之气，为补气之要药，具补气摄血之功；当归性温，味辛、甘，入心、脾、肺三经，有补血、活血之功，并善治血虚血瘀之痛。黄芪、当归配伍，取当归补血汤之义，因"有形之血不能速生，无形之气所当急固"，所以用在此方中，辅助君药以化生气血，达生新以化瘀，使脉道充盈而流畅，离经之血可自行归来之效。红花性温，味甘，归心、肝经，功效活血化瘀，通调经脉。三药助君药以达补气摄血，活血祛瘀之效，为臣。赤芍祛瘀止痛，桃仁活血化瘀，泽兰活血祛瘀、散结止痛，行而不峻，温和而不伤正气。三药共用，行活血化瘀，通经止痛作用。荆芥炭具止血之功。以上四药共为佐药。炙甘草甘淡平补，补益中焦，调和诸药，以助生化为使。全方共奏益气养血、祛瘀止血之功效。

十三、褚氏通乳饮

【药物组成】黄芪30g，当归15g，柴胡12g，青皮10g，路路通15g，穿山甲9g，王不留行15g，漏芦15g，通草6g，麦冬15g，鹿角霜15g，炙甘草5g。

【功用】益气养血、疏肝解郁、通络下乳。

【主治】产后乳汁甚少或全无，乳房胀痛，或按之有块，神疲乏力，面色无华，情志不舒，胸胁胀满，食少纳呆，舌淡、苔薄黄，脉弦或细，证属气血亏虚兼有肝郁者。

【用法】每日1剂，水煎服。

【加减】乳房胀痛严重者，可加香附8g，丝瓜络12g，桔梗6g，以增强理气通络止痛之功；乳房胀痛有硬块，伴发热、触痛明显者，可加金银花15g，蒲公英30g、浙贝母10g，以凉血散结。

【方义分析】乳汁由气血所化生，依肝气疏泄赖以调节。《妇人大全良方》云："盖妇人之乳，滋于冲脉，与胃经通故也"，冲为血海，足阳明胃经为多气多血之腑，因此乳汁不行，多属气血虚弱，兼有乳络不通之故，如《妇人大全良方·产后乳汁或行或不行方论》所说："凡妇人乳汁或行或不行者，皆由气血虚弱，经络不调所致也。"乳络之所以不通，多是因为情绪所致，情志抑郁或暴躁，均可影响肝的疏泄功能，且厥阴肝经走乳头，肝失疏泄，乳络不通，则可导致乳汁不行或无乳。傅山认为缺乳与气血亏虚和肝气郁结有关，故云："乳全赖气之力以行血而化之也……气旺则乳汁旺，气衰则乳汁衰，气涸则乳汁亦涸……无气则乳无以化，无血则乳无以生……治法，宜补气以生血，而乳汁自下。"

又云："两乳胀满疼痛，乳汁不通，人以为阳明之火热，谁知是肝气之郁结乎？……治法，宜大舒其肝木之气，而阳明之气血自通，而乳亦通矣。"辨治本病，亦遵循此则，宜补益和疏通并用，寓通于补。

本方黄芪性温，味甘，归脾、肺二经，具补气生血之功，气旺则血足，乳汁自旺；当归性温，味甘、辛，归脾、肝、心三经，作用补血养血，活血滋阴。二药共伍，行补气生血，养血化乳之功，为君药。柴胡性寒，味苦、辛，归心、肝、三焦经，可条达肝气而疏肝解郁。青皮性温，味苦、辛，入肝、胃经，辛散温通，苦泄下行，其性峻烈，有疏肝破气，散结消滞之功。路路通入肝、肾经，性平味苦，可疏肝活络，通乳，此三药为臣。穿山甲入厥阴、阳明经，王不留行入肝、胃经，二者皆具活血通经，下乳之功效，其中穿山甲被《本草纲目》称之为"通经下乳之要药"。漏芦入胃经，有清热解毒消痈下乳的作用。通草可清热利水，通乳。麦冬养阴益胃生津，是取津血同源之意，养津液即是生血。鹿角霜功在补益肾阳，补而不腻，通过补肾以达补血之效，用此取精血同源之意。六药共行养阴生津、通经下乳之功，为佐药。炙甘草调和诸药为使。全方通补兼施，共奏益气养血，疏肝解郁，通络下乳之效。

十四、通经回乳方

【药物组成】炒麦芽 120 g，当归尾 15 g，赤芍 15 g，红花 15 g，炙枇杷叶 10 g，川牛膝 15 g。

【功用】活血化瘀、通经回乳。

【主治】不宜哺乳、至断乳期回乳者。

【用法】每日 1 剂，水煎服。

【加减】乳房胀痛，情志不舒、易怒，口干苦者，加牡丹皮 12 g，柴胡 6 g，郁金 12 g，薄荷 10 g，以疏肝清热；乳房焮热，红肿疼痛者，加连翘 20 g，金银花 20 g，浙贝母 10 g，以解毒散结。

【方义分析】《景岳全书·妇人规》曰："妇人乳汁，乃冲任气血所化生。故下则为经，上则为乳。"薛立斋云："血者，水谷之精气也，和调五脏，洒陈于六腑，妇人则上为乳汁，下为月水。"根据乳汁与月经皆为冲任气血所化之理论，笔者认为回乳最好选择经前期及经期，此时服用活血及引血下行之药物，使血液下行为月经，从而减少乳汁的分泌量，提高回乳的疗效。麦芽入肝、脾、胃三经，性平味甘，大剂量使用有回乳之功效，为君。当归尾入肝、心、脾经，性温，味甘辛，功在补血活血，为妇科调经之要药，李杲云："当归头，止血而上行；身养血而中守；梢破血而下流；全活血而不走。"故方中选用当归尾活血，通经引血下行，为臣。赤芍味酸、苦、性微寒，有散瘀、活血、止痛之效，红花通经散瘀良药，二者在此用之助当归尾活血通经。炙枇杷叶和胃降气，胃气下降，气血归于冲任。三药共为佐药。川牛膝活血化瘀引经下行为使。纵观此方，通经与回乳兼用，于经期服用疗效显著。

十五、变通三痹汤

【药物组成】黄芪30 g，鸡血藤30 g，当归15 g，白芍20 g，桂枝6 g，川芎10 g，细辛3 g，片姜黄15 g，威灵仙30 g，防风10 g，川断20 g，杜仲20 g，生地黄12 g，炙甘草6 g，生姜3片，大枣5枚，黄酒50 mL为引。

【功用】益气养血、散寒化瘀。

【主治】产后身疼，症见产后遍身疼痛，或肢体麻木，屈伸不利，刺痛，得热则舒；或关节肿胀、重着、屈伸不利；伴面色萎黄，畏寒怕冷，舌淡或暗、苔白，脉细弱或弦，证属气虚血瘀者。

【用法】每日1剂，水煎服。

【加减】恶寒、冷痛明显者，加独活10 g，肉桂5 g；恶露量少，色暗有血块伴下腹刺痛者，加益母草30 g，没药15 g，蒲黄15 g，五灵脂15 g。

【方义分析】《经效产宝》认为"产伤动气血，风邪乘之"是其病因，后历代医家对本病的病因病机又提出了各自的认识，但都认为"产后失血多虚"是其发病的根本，并多以养血、散寒、化瘀为治疗原则。笔者认为，其致病原因，主要是气血虚弱所致之不荣，或是气血阻滞所致之不通使然，即如《陈素庵妇科补解·产后遍身疼痛方论》所云："产后气血俱虚，气虚则气之行于脉外也，多壅而不能周通一身，血虚则血之行于脉中也，常滞而不能滋荣于一体"。《经效产宝·续编·产后十八论》所云："产后百节开张，败血走流诸处，停留日久不散，结聚成此疼痛"。"邪之所凑，其气必虚。"产后亡血伤津，元气受损，脉络空虚，而易致风寒湿邪侵袭，使气血凝滞，经络阻滞而发为身痛。然产后身痛与一般痹证不同，本病以内伤气血为主，兼以风寒湿瘀，临床表现为本虚标实，治当扶正以祛邪，以此法立方，以张仲景黄芪桂枝五物汤加减而成。以益气养血补肾为主，兼以活血通络祛风除湿止痛。方中黄芪入脾、肺二经，性温味甘，补益中气；鸡血藤入肝经，性温味甘，可补血行血，舒经活络。二药一补一通，共为君药。当归入肝、心、脾经，性温味甘，功效补血活血止痛；白芍入肝脾经，性寒味酸，可养血敛阴，柔肝止痛；桂枝入心、肺、膀胱三经，性温味甘辛，可温经通络，调和营卫；川芎为血中之气药，上行头目，中开郁结，下通经络，具活血行气，祛风止痛之效；细辛入肺肾经，性温味辛，功效祛风止痛，温经散寒。以上五药合用，助君药以达养血活血，温经止痛之效，为臣药。片姜黄活血行气；威灵仙辛咸温，祛风湿，通经络，止痹痛；防风味辛甘微温，祛风胜湿止痛；川断、杜仲温补肾阳，助细辛祛风散寒；生地黄养阴生津。以上六味共为佐药。炙甘草调和诸药，姜、酒散寒，大枣健脾为使药。纵观全方，养血之中佐以理气通络之品以标本同治，祛邪之时配以养血补虚之药以助祛邪而不伤正。正如《沈氏女科辑要笺正》所云："此证多血虚，宜滋养，或有风寒湿三气杂至之痹，以养血为主，稍参宣络，不可峻投风药。"恪守"勿拘于产后，亦勿忘于产后"的原则，临床每收良效。

十六、消癥饮

【药物组成】生薏苡仁 30 g，败酱草 30 g，牡丹皮 15 g，赤芍 15 g，香附 15 g，桂枝 6 g，茯苓 15 g，黄芪 30 g，连翘 20 g，延胡索 15 g，丹参 30 g，乌药 12 g，川牛膝 15 g。

【功用】活血化瘀、散结消癥、清热除湿。

【主治】湿热瘀阻证所致的癥瘕积聚。盆腔炎、输卵管炎、不孕不育症、前列腺炎、附睾炎等疾病，表现为局部疼痛，男性伴尿急、尿频、尿痛、阴囊潮湿，女性伴带下色黄，舌暗红、苔黄腻，脉数或滑数。

【用法】每日 1 剂，药渣可外敷小腹。先加水浸泡 30 分钟，武火烧开，改文火煎 20 分钟，滤出药汁，再加水煎，混合两次药汁约 400 mL，分早、晚 2 次饭后服。女性患者非经期服用，男性患者每日 1 剂。

【加减】若兼气虚者，加党参 15 g；若气滞明显者，加枳壳 12 g，木香 10 g；若瘀甚者，酌加土元 6 g，水蛭 6 g；输卵管阻塞不通者，加穿山甲粉 3 g（冲服），皂角刺 15 g，路路通 15 g，丝瓜络 15 g；输卵管积水、盆腔积液者，加车前子 15 g（包煎），猪苓 10 g，泽泻 15 g；盆腔炎性包块者，加生牡蛎 30 g，鸡内金 15 g，以软坚消癥；并发卵巢囊肿者，加浙贝母 10 g，夏枯草 30 g，白芥子 10 g；经行腹胀、便溏，四肢乏力者，加苍术 12 g，蔻仁 6 g，炒山药 30 g；带下色黄黏稠者，加黄柏 10 g，红藤 30 g。

【方义分析】癥瘕是临床常见妇科杂病之一，虚者包括脏腑、冲任、气血虚弱，病位多在肾、肝、脾，治宜补虚活血，消癥散结，正如《医宗必读》积聚篇所言："积之成也，正气不足，而后邪气居之。"实者多因血瘀、气滞、痰积或因新产、经行不慎，外感风冷，情志内伤，导致气血不和，脉络不通，脏腑失调，久积成块，治宜活血化瘀消癥，如《三因极一病证方论》曰："多因经脉失于将理，产褥不善调护，内伤七情，外感六淫，阴阳劳倦，饮食生冷，遂致营卫不输……为癥瘕。"

对于湿热瘀阻型癥瘕患者，经行产后，余血未净，血室开放，脉络空虚，或不禁房事，或感染邪毒，损伤冲任胞宫，血瘀与湿邪相搏，蕴结于下焦，影响冲任胞宫，伤及任带二脉，阻遏气血运行，致瘀而作痛。湿郁日久化热，见带下量多、色黄秽臭。病因长期存在，遇到免疫力低下或者外邪侵袭即容易发作，未得到系统治疗，形成炎性包块。治疗盆腔炎，应辨证论治，以清热除湿，活血化瘀，散结消癥为法，原则虽为活血化瘀，但必须灵活应用，用药关键在"变"与"通"，既要守正又要创新，守中有变。

精浊是男科的常见病、多发病，好发于 16 ～ 50 岁的青壮年男性，临床以尿频、尿急、尿痛以及会阴、肛门部疼痛等症状为特征。主要证型分为：湿热下注证、气滞血瘀证、肝气郁结证、肾阳亏虚证、湿热瘀阻证和肝肾阴虚证。其中湿热瘀阻证是最常见的证型，治疗应清热利湿、活血止痛。消癥饮有活血化瘀、散结消癥、清热除湿之功，治疗中可根据疼痛程度加川楝子、荔枝核、橘核等药理气止痛，可加水蛭、穿山甲等药通络止痛，可加琥珀镇静活血散瘀止痛。

精索静脉曲张属于中医"筋瘤"范畴，是成年的精索内蔓状静脉丛的不同程度扩张和迂曲而形成的疾病，本病病位在肾、肝、脾。病机以瘀血凝滞，络脉受阻为基本特点，日久瘀血停滞，阻于络道，以致脉络怒张，弯曲状如蚯蚓盘曲成团。日久睾丸失养，造成生精无能，使精子数量减少、精子活动力及活动率低下，而造成死精子症、少精子症，甚至无精子症，成为男性不育的原因之一。本病病机主要为血瘀，或伴气滞，或伴肾虚，或伴湿热。笔者认为，对于一些症状较轻、精液分析接近正常、不宜手术的患者，可根据辨证结果，采用理气、活血、清热利湿、补肾、通络等药对症治疗。湿热瘀阻证，治宜清热利湿、活血通络，属于消癥饮对应证型，治疗效果满意。

方中生薏苡仁健脾利水渗湿、清热排脓消痈，此处用之，一可清热利湿除湿热之标，二可强健脾胃除生湿之源，三可排脓消痈治疗局部炎症，为君药。败酱草配连翘清热解毒、消痈排脓，祛瘀止痛；牡丹皮、赤芍味苦而微寒，能活血化瘀，又能凉血以清退瘀久所化之热，并能缓急止痛；香附入肝经气分，芳香辛行，散肝气之郁结，为疏肝解郁，行气止痛之要药。以上四味共为臣药。桂枝辛甘而温，可温通血脉以行瘀滞，取"结者非温不行"之义。血得温而行，遇寒则凝，凡痈肿瘀结之症有热者，过用清热，则热清而瘀结难散，此方在大量清凉药中佐桂枝辛散使热清瘀消。茯苓健脾益胃、渗湿祛痰。黄芪益气，既可助行瘀，又防辛散药物久用伤气。延胡索、乌药理气止痛。川牛膝引药下行。以上六味共为佐使药，奏清热利湿、祛瘀止痛之功。

十七、丹桂化癥方

【药物组成】三棱 30 g，莪术 30 g，桂枝 6 g，牡丹皮 15 g，茯苓 15 g，丹参 30 g，生牡蛎 30 g，制鳖甲 10 g，黄芪 30 g，柴胡 12 g，香附 15 g，川牛膝 15 g。

【功用】活血破瘀、软坚消癥。

【主治】妇人下腹有结块，质坚硬、推之不移、疼痛拒按，肌肤甲错，面色黧黑，月经后期，经色暗甚则有血块，舌紫暗、苔厚，脉沉涩，证属血瘀型癥积者。

【用法】每日 1 剂，水煎服。

【加减】伴有月经量多如崩，甚至头晕眼花、耳鸣肢软者，可加山茱萸 20 g，海螵蛸 12 g，菟丝子 20 g，以补肾固摄；经期提前或延长，月经量多，血热较甚者当选加侧柏叶 12 g，椿根皮 10 g，地榆炭 30 g，茜草 12 g，以凉血止血；情志不舒，烦躁易怒，气滞明显者，可加元胡 15 g，郁金 12 g，以疏肝解郁、理气止痛；月经量多，经期延长，带下量多、色黄，小便黄赤，大便秘结，兼有下焦湿热之征者，可加车前草 30 g，玉米须 10 g，淡竹叶 10 g，以利尿通淋。

【方义分析】本方是笔者用于治疗子宫肌瘤、子宫腺肌病、子宫内

膜异位症、卵巢囊肿等妇科良性肿瘤的经验方。癥瘕的发生主要与机体
正气亏虚，六淫之邪乘经产之虚而侵袭胞宫，或因多产房劳，七情所伤，
脏腑功能失调，冲任虚损等原因引起，其病机关键是气、血、津液失调，
导致气血凝滞，痰水互结，痰瘀胶结，气、血、痰、水相互罹患，聚于
胞宫，癖而内著而成。《医林改错》云："元气既虚，必不能达于血管，
血管无气，必停留而瘀。"在气、血、痰、水的并进相互影响之中，气
机病变为首要因素。如杨仁斋《仁斋直指方论》所云："盖气为血之帅，
气行则血行，气滞则血滞，气温则血温，气寒则血寒，气有一息之不运，
则血有一息之不行。"

血瘀是本病的主要病理基础，此外气的功能失常亦是导致血瘀的主
要原因之一。故在治疗本病时，强调对气血的调理，多以活血化瘀为法，
同时兼以补气行气、软坚散结。方中三棱、莪术归肝、脾二经，性辛味苦，
具破血祛瘀、行气止痛之功效，是治疗气滞血瘀所致癥瘕积聚的常用之
选，且三棱长于破血中之气，莪术长于破气中之血，二药合用可使活血
破瘀之力大增，为君。桂枝归心、肺、膀胱三经，性温味辛，可温经通阳，
其善行而走气血，既能温散血中之寒凝，又可宣导活血药物，以增强化
瘀止痛之效。茯苓归心脾肾经，性平味甘、淡，善"益脾除湿……下通
膀胱以利水"，并能利腰脐间血，以助消癥之功，药性平和，既可祛邪，
又可扶正。牡丹皮归肝经，性寒味苦，可清热凉血，祛瘀止痛，既善化
凝血而破宿，又能凉血以清退瘀久所化之热。三药配伍取桂枝茯苓丸之
义以活血化瘀、缓消癥块，为臣。丹参善通行血脉、祛瘀止痛而治疗癥
瘕积聚。生牡蛎、制鳖甲味咸，皆可软坚散结，善于消散坚积肿块。黄
芪补气生阳，既可防止使用破瘀之药伤及人体正气的作用，也可起到补
益正气，增强逐瘀消癥的功能。柴胡疏肝解郁、条达肝气，香附疏肝理
气、调经止痛，为女科之圣药，二者合用，共行疏肝理气，调经止痛之功。
以上诸药为佐。川牛膝性善下行，生用疏利降泄、活血祛瘀力强，长于
活血通经，引药下行为使。全方共奏软坚散结消癥、活血破瘀之效。既

消又补，以消为主，寓补于攻，最终达到祛邪不伤正，消散癥积的目的。

十八、化瘀祛斑方

【**药物组成**】当归15g，熟地黄18g，赤芍15g，川芎10g，桃仁6g，红花15g，柴胡12g，香附15g，石膏30g，炙枇杷叶10g，炙桑皮10g，川牛膝15g。

【**功用**】凉血化瘀、祛斑消痤。

【**主治**】肝郁化热，热灼血瘀所致之面部色素沉着，颜面痤疮。

【**用法**】每日1剂，水煎服。

【**加减**】心烦多梦、口干咽燥者，加栀子8g，麦冬12g，远志12g，以养阴清热；双目干涩、头痛眩晕者，加菊花12g，枸杞子12g，以清肝火、养肝阴；大便秘结者，加大黄12g，厚朴12g，火麻仁12g，以泻火攻积、润肠通便。

【**方义分析**】中医药祛斑的精髓在于它遵循的是整体养颜观。中医认为人是一个有机的整体，颜面五官只是整体的一部分，故要得到局部的美，必先求整体的阴阳平衡、脏腑安定、经络通畅、气血流通，注重整体的调理。此方由桃红四物汤化裁而来，"有斑必有瘀，治斑先活血。"桃红四物汤被誉为"活血养颜第一方"。四物汤最早记载于晚唐蔺道人著的《仙授理伤续断秘方》，朱丹溪又对此进行了改进而成桃红四物汤，后专门用来治疗妇科血症，尤其对美容养颜有特别的功效。现代药理研究证实桃红四物汤中人体所必需的常量元素钠、镁、磷、硫、钾、钙等含量均较高，16种必需的微量元素几乎全都具备。方中当归入肝、心、脾三经，性温、味甘辛，能养血活血、通调月经、温润皮肤；熟地黄入肝、肾二经，性温、味甘，功在养血滋阴；赤芍入肝经，性寒、味苦，可清热凉血、敛阴祛瘀。三药合用，行活血祛瘀、养血敛阴之功，为君。川芎为血中之气药，辛散走窜作用强，能上达头目，下行血海，有活血行气的双重作用。宗"久病必瘀""久病入络"之古训，取桃仁配当归，通血络而祛色斑，红花以活血祛瘀、推陈致新，恶血去而新血生，共为臣，助君药以行活血化瘀之功。香附、柴胡疏肝理气解郁；"肺主皮毛"，石膏、炙枇杷叶、炙桑皮均入肺经，可宣肺气、清肺热，共为佐药。川牛膝活血，又可引药下行，为使。诸药合用以达行气活血，祛瘀消斑之功效。

十九、清热通淋方

【方药】萹蓄 30 g，瞿麦 15 g，滑石 20 g，栀子 12 g，黄柏 10 g，车前子（布包）15 g，竹叶 10 g，金银花 20 g，土茯苓 20 g，生甘草 6 g。

【功用】清热解毒、利湿止带。

【主治】支原体、衣原体感染引起的带下量多、呈脓性者。症见带下量多、色黄，或呈脓性，气味臭秽，外阴瘙痒或阴中灼热。伴小腹和或腰骶部疼痛，烦热口燥，小便短赤涩痛、淋漓不畅，大便干结，舌红、苔黄腻，脉滑数。

【用法】每日 1 剂，水煎服。

【加减】若小便淋痛，兼有白浊者，加萆薢 15 g，以除湿通淋。腰骶酸痛，小腹疼痛，带下臭秽难闻者，加红藤 20 g，败酱草 30 g，薏苡仁 30 g，以清热解毒、除湿止带。

【方义分析】本方所治之证皆系湿热毒邪蕴于下焦所致。湿毒流注下焦，损伤任带二脉，故带下量多、色黄如脓、臭秽难闻；湿热浸渍，则阴部瘙痒，甚至阴中灼痛；湿毒蕴结，瘀阻胞脉，故小腹及腰骶部疼痛；湿热与瘙痒共扰心神，故心烦；湿浊热毒上蒸，故口干咽燥；湿热结于膀胱，则溲时涩痛，淋漓不畅；湿热伤津，故小便短赤，大便干结。治宜清热解毒、利湿止带。方中萹蓄、瞿麦、土茯苓清热利湿、利水通淋为君；其中土茯苓甘淡渗利，解毒利湿，善治淋浊带下，湿疹瘙痒，对于湿热引起的热淋、带下等证尤为有效。《本草正义》："土茯苓，利湿去热，能入络，搜剔湿热之蕴毒。"黄柏苦寒，清热、燥湿、泻火、解毒，善清下焦湿热，车前子利水通淋、清热利湿，二者共为臣药。栀子清泻三焦湿热；滑石质重体滑，味甘淡而性寒，能清热利小便，使三焦湿热从小便而出；竹叶清心除烦；金银花清热解毒。以上四药合用以解除湿热所致心烦、小便不利等为佐。甘草清热解毒，调和诸药，缓急止痛为使。各药合用，共奏清热解毒，利湿止带之效。

二十、消疣方

【药物组成】金银花20 g，蒲公英30 g，土茯苓30 g，红花15 g，紫草15 g，板蓝根30 g，木贼10 g，香附15 g，生牡蛎30 g，黄柏10 g，白蒺藜15 g，生甘草6 g。

【功用】清热解毒、化瘀散结燥湿止痒消疣。

【主治】湿热毒邪所致外阴假性湿疣，尖锐湿疣等。症见外阴、阴道、宫颈、尿道口甚至会阴部、肛门等处有淡红色、灰白色或淡褐色柔软的疣状增生物，大小不一，单个或群集分布，或无自觉症状，或易擦之糜烂出血，或局部瘙痒难忍，轻微痛感，缠绵难愈，反复发作。或伴白带量多、色黄、臭味，小便黄、淋漓涩痛，大便干结或黏滞不畅，舌红、苔黄腻，脉滑数。

【用法】每日1剂，水煎服。

【加减】若小便淋痛者，加萆薢15 g，瞿麦20 g，萹蓄15 g，车前子15 g，以除湿通淋；腰骶酸痛、小腹疼痛且带下臭秽难闻者，加红藤20 g，败酱草30 g，薏苡仁30 g，以清热解毒、除湿止带。

【方义分析】"湿疣"发生的主要病因、病机是素为湿热之体，加之房事不洁，感染毒邪或间接接触污秽之物品，外来湿热淫毒侵入外阴肌肤（皮肤黏膜），导致肝经下焦湿热郁阻、气血不和，湿热瘀毒搏结而成"臊疣"，疣毒浸淫、凝聚肌肤而生赘物疣疮。由于湿毒之邪为阴邪，其性黏滞，侵入机体后缠绵难去，且易耗伤正气，以致正虚邪恋，湿疣难以根治，容易复发。在治疗上应以清热解毒，化瘀散结，燥湿止痒消疣为主。方中土茯苓性味甘淡，平，归肝、胃、脾经，有解毒、除湿之功。《本草正义》："土茯苓，利湿去热，能入络，搜剔湿热之蕴毒。其解水银、轻粉毒者，彼以升提收毒上行，而此以渗利下导为务，故专治杨梅毒疮。"金银花、蒲公英为君，清热解毒，黄柏清热燥湿、泻火解毒，且善清下焦湿热，板蓝根清热凉血解毒，此二味共为臣药。紫草清热凉血、活血解毒；香附、红花理气解郁、活血止痛；生牡蛎清热软坚；木贼善消疣，《本草正义》言"发汗，解肌……去风湿，散火邪"；白蒺藜祛风胜湿止痒；六药合用为佐。生甘草清热解毒，调和诸药为使。全方共奏清热解毒、化瘀散结、燥湿止痒消疣之功。

第二节

常用药对

药对是防治疾病的最小配伍单位，又是构成许多复方的主要组成部分，它不单是两味药物的随机组合，而是在中医基础理论指导下，符合中药配伍组方法度，相对固定的、临床疗效可靠的药物配对。其用药虽少，但药力专一，取效甚捷。药对又称"对药""对子"，《神农本草经·序例》将各种药物的配伍关系归纳为："有单行者，有相须者，有相使者，有相畏者，有相恶者，有相反者，有相杀者，凡此七情，合和视之。"此七情之中，除单行者外，均言药物的配伍关系，笔者以为，凡精于方者，必精于药之配伍，故于临证遣方用药时，根据单味药物的性味归经、升降浮沉、功效等常双药并书、两两结合，或寒温并用，或表里同用，或一阴一阳，或一气一血，或相须相使，相互配合，增强疗效，完善功能，变生新效，扩大治疗范围；或相畏相杀，互相制约，防其偏胜，以达到趋利避害的目的。现将笔者治疗经、带、胎、产、杂病之常用药对概述如下：

一、月经病之常用药对

1. 丹参—香附

【功效】行气活血化瘀、通经止痛。

【主治】治疗月经不调，气滞血瘀之闭经、痛经等。

【用量】丹参30 g，香附15 g。

【临证心悟】丹参味苦微寒，功擅活血调经，祛瘀止痛。本药能逐瘀生新而不伤正，善调经水，为妇科调经常用药。《伤寒明理论》谓"丹参一物，而有四物之功，补血生血，功过归、地；调血敛血，力堪芍药；逐瘀生新，性倍芎"。其凉血而不致留瘀，散瘀而不致血液妄行的特点由此可见一斑。香附辛甘微苦，辛能散，苦能降，甘能缓，长于理气解郁，调经止痛，故为理气良药。本品能行三焦，有"气病之总司，女科之主帅"之称。肝为藏血理气之脏，气为血之帅，气行则血行，肝气调和，则血行通畅。笔者把二药配伍使用，一气一血，气血并治，发挥其调气和血的功效，可以改善气滞血瘀状态，因势利导，使阴阳气血调和，能治疗月经不调，闭经及痛经等。自拟潮舒煎剂中有此药对，一般在经前期和经期时应用，因势利导，定时而攻，故常用于治疗气滞血瘀之闭经、痛经等。

2.桃仁—红花

【功效】活血祛瘀、通经止痛。

【主治】治疗月经不调，血瘀之闭经、痛经，癥瘕，不孕症等。

【用量】桃仁6～10 g，红花3～10 g。

【临证心悟】桃仁味苦、性平，入心、肝、大肠经。《本草求真》谓"苦能泄滞，辛能散结，甘温通行而缓肝，故并主之，所以为蓄血必需之药"；能入血分而化瘀生新，其药性缓和而纯，能活血祛瘀，善于治疗瘀血积滞之闭经、痛经及癥瘕积聚等。因桃仁兼润肠的作用，如患者伴有大便溏薄一般不用，而大便干者可重用至10 g，轻用6 g，配伍红花可活血破瘀，止血而不留瘀。红花味辛、性温，入心、肝经，《本草易读》谓其"活血润燥悉灵，止痛消肿良效"。本品辛散温通，有活血通经、祛瘀止痛之功。对于月经量少的患者，在经期给予藏红花3 g泡水作茶饮，加红糖以养血和血。而偏于祛瘀止血时宜炒用，一般用至

10 g。桃仁强于破瘀，红花行血力胜，二药伍用可使活血通经、祛瘀生新的力量增强。故用于治疗月经不调，闭经，痛经，崩漏，不孕症等。

3. 当归—川芎

【功效】补血活血、调经止痛。

【主治】治疗月经不调，经行头痛，痛经，产后瘀血腹痛。

【用量】当归 10 ~ 15 g，川芎 10 ~ 20 g。

【临证心悟】当归辛甘温润，甘温和血，辛温散寒，既补血、养血，又能活血；用于治疗血虚或血虚兼有瘀滞的月经不调、闭经、痛经及产后腹痛等。川芎辛散温通，既能活血，又能行气，能"下调经水，中开郁结"，治疗月经不调、闭经、痛经及产后腹痛等。当归以养血为主，川芎以行气为要，二药伍用，名曰佛手散，又名芎归散，出自《普济本事方》。此二药配伍，气血兼顾，补血不滞，活血不伤，共奏补血活血，调经止痛之功，对血虚兼有瘀滞之月经不调、闭经、痛经等最为适宜。因当归兼有润燥滑肠的作用，对于大便溏者，少量用，一般用 10 g。川芎治头痛用量加重，如经行头痛或平素因瘀血所致的头痛。治疗经行头痛时以血府逐瘀汤合川芎茶调散加减治疗，在经前期予以服药，此时川芎用至 20 g。

4. 女贞子—墨旱莲

【功效】滋补肝肾、凉血止血。

【主治】治疗肝肾阴虚之月经量少、闭经；阴虚火旺之月经量多、月经先期，经期延长，崩漏；肾阴虚之经间期出血。

【用量】女贞子 15 g，墨旱莲 30 g。

【临证心悟】此二药合用乃《证治准绳》中的二至丸。《医方集解》曰："此足少阴药也。女贞子甘平，少阴之精，隆冬不凋，其色青黑，益肝补肾；墨旱莲甘寒，汁黑入肾补精，故能益下而荣上，强阴而黑发也。"女贞子味甘苦，入肝、肾经，补肾滋阴、养肝明目，补中有清，滋而不腻，能滋肾水,益肝阴,并清退虚热,用于治疗肝肾不足、阴虚火旺之月经量少、闭经、经期延长及经间期出血等。墨旱莲味甘酸、性寒,亦入肝、肾二经,长于补肝肾之阴,且能凉血止血,对于肝肾阴亏、阴虚火旺及血热妄行之出血证最为适宜,两药合用,相须为用,共补肝肾,并能凉血止血、乌须黑发。故临床此药对常用于肝肾不足之月经量少、闭经,阴虚火旺所致的月经先期、月经过多、经期延长,经间期出血及崩漏下血等。经间期出血的患者,阴虚者居多,常在经后期就给予中药预防治疗,多用女贞子、墨旱莲、仙鹤草、山茱萸等药,连服至经前期,连用几个周期,症状均能减轻或治愈,效果明显。

5. 生地黄—黄精

【功效】补肾阴、滋阴血。

【主治】治疗肾阴血不足之月经过少、闭经等。

【用量】生地黄 12 ~ 20 g,黄精 15 g。

【临证心悟】《傅青主女科》谓"经水出诸肾",肾阴不足,冲任亏虚,血海充盈不足,故出现月经量少、闭经等。生地黄甘寒质润,略带苦味,性凉而不滞,质润而不腻,味厚气薄,长于清热凉血,养阴生津止渴。又入肝肾经,能滋肾阴,补肾精。黄精甘平厚腻,长于滋肾养阴润肺,补脾益气,常用于治疗肾阴不足,脾胃气虚,病后虚损之症,为滋补之品,《滇南本草》称其"补虚填精"。二药合用,共奏滋补肾阴之功,肾阴充足,冲任不虚,血海能按时满溢,则经水自出,由肾阴血不足所致的月经过少或闭经时常被应用。肾虚型月经量少者,运用自拟二紫方加减治疗时常加用此药对,意在能补阴填精,生阴血,促使月经量增加。而滋阴之品,易滋腻碍胃,伴有口干渴者,生地黄一般多用至 20 g,若无口渴,且胃有不适时,一般用 12 g。

6. 熟地黄—山茱萸

【功效】滋补肝肾。

【主治】治疗肝肾不足之月经量少、月经后期、闭经；冲任不固之月经量多、崩漏。

【用量】熟地黄 12 ～ 20 g，山茱萸 15 g。

【临证心悟】熟地黄味甘微温，入肝、肾经，善于滋补肾阴，填精益髓，为补肾阴之要药。古人云其"大补五脏真阴""大补真水"。《本草纲目》谓其："填骨髓，长肌肉，生精血，补五脏内伤不足，通血脉，利耳目，黑须发，男子五劳七伤，女子伤中胞漏，经候不调，胎产百病。"山茱萸酸涩微温，入肝、肾，本药长于补肾益精，温肾助阳，还可收涩固冲任。傅青主认为："熟地黄得山茱萸则其功始大，山茱萸得熟地黄则其益始弘，盖两相须而两相济者也。"故两者相伍，相辅相成，以补肾益肝，故可用于肝肾阴亏，血海蓄溢不足之月经过少、月经后期、闭经等，因二者又具有补肝肾，固冲任之功，亦可用于肝肾不足，冲任不固之月经量多、崩漏。

7. 生地黄—牡丹皮

【功效】养阴清热、凉血调经。

【主治】治疗月经过多、月经先期、崩漏等。

【用量】生地黄 12 ～ 20 g，牡丹皮 15 g。

【临证心悟】阴虚易生内热，热扰冲任，迫血妄行则致月经过多，月经先期而至，甚则崩漏等。《名医别录》云："生地黄主男子五劳七伤，女子伤中，胞漏下血。"生地黄味甘苦而性寒，主入心肝血分而能滋阴清热，凉血止血，故妇女由阴虚血热所致的月经过多、月经先期、崩漏等均可用之。牡丹皮味甘苦、性微寒，入心、肝、肾经，功擅清热凉血、活血祛瘀，因其能活血散瘀，故有止血又不留瘀之弊。两药合用，能养阴清热、凉血调经，针对阴虚血热型月经先期时，运用此药对意在养阴清热，凉血调经，热清血凉，冲任固摄有常，月事方可依时而下。

8.炙百合—生地黄

【功效】养阴清热、滋补肾阴。

【主治】治疗绝经前后诸证、卵巢早衰、百合病及脏躁等。

【用量】炙百合30g，生地黄20g。

【临证心悟】此二药组合乃是《金匮要略·百合狐惑阴阳毒病脉证治第三》中的百合地黄汤，又名百合汤。在临证中常用于治疗阴虚火旺型绝经前后诸症。笔者认为，绝经前后诸证是以肾虚为本，肾的阴阳失调，影响到心、肝、脾脏及冲任二脉，产生一系列的病理变化，从而出现绝经前后诸多证候。但因妇女一生历经经、孕、产、乳，屡伤于血，处于"阴常不足，阳常有余"的状态，所以临床以肾阴虚致病者居多，基于此，大部分绝经前后诸证患者均会用百合地黄汤。炙百合味甘、性微寒，入心、肺、胃经，有养阴润肺、清心安神之功效，《日华子本草》云："安心，定胆，益智，养五脏。"生地黄味甘、苦，性凉，入心、肝、肾经，有滋肾水，养肾阴，清热凉血之功，《珍珠囊》云其能凉血、生血，补肾水真阴，可滋补肾阴，制约心火。二药共用能奏滋肾养阴清热之功效，故多用于治疗脏躁、绝经前后诸证、卵巢早衰等。

9.牡丹皮—栀子

【功效】清肝泻火、凉血止血。

【主治】治疗肝经血分郁热所致的月经先期、月经量多、经行吐衄、面部瘀斑等。

【用量】牡丹皮15g，栀子12g。

【临证心悟】牡丹皮味苦、性凉，归心、肝、肾三经，能泄肝经血分之伏火，兼有凉血止血之功，《本草纲目》有"治血中伏火，除烦热"；栀子性味苦寒，能清三焦之火，但善清气分郁火，并有一定的凉血作用，可治疗血热所致出血诸症。《本草崇原》："盖肝喜散，遏之则劲，宜用栀子以清其气，气清火亦清；肝得辛为补，丹皮之辛，以其性而醒之，是即为补，肝受补，气展而火亦平。"牡丹皮偏于凉血，栀子偏于泻火，两药合用，能清肝经郁火、凉血化瘀。常用此药对配伍组成丹栀逍遥散加减治疗由肝经血分郁热所引起的月经量多、月经先期、经行吐衄及面部瘀斑等，效果显著。

10. 香附—乌药

【功效】疏肝理气调经、散寒止痛。

【主治】治疗肝郁气滞之月经后期、闭经、痛经等。

【用量】香附 15 g，乌药 12 g。

【临证心悟】香附芳香辛散，味甘苦，善于疏肝解郁、理气调经止痛，其性宣扬，能通行十二经，又能入血分，为"血中气药"，且被誉为"气病之总司，女科之主帅"。乌药味辛性温，辛开温通，上走肺脾、行气降逆；下达肾与膀胱，温暖下元，调下焦之冷气，而能行气散寒止痛。两药伍用，香附以行血分为主，乌药主走气分；香附长于疏肝理气，乌药偏于行气散寒降逆，一气一血，故用于治疗肝郁气滞之月经后期、闭经及经行腹痛偏寒者效果尤为明显。

11. 香附—郁金

【功效】疏肝解郁、理气活血。

【主治】治疗经前乳房胀痛、痛经、闭经等。

【用量】香附 15 g，郁金 15 g。

【临证心悟】香附辛甘微苦，能宣畅十二经气分，兼入血分，长于理气解郁、调经止痛，故为理气良药。《本草纲目》言："香附能利三焦，解六郁……止心腹肢体头目齿耳诸痛……妇人崩漏带下，月经不调，胎前产后百病。"郁金味辛能行能散，既能活血又能行气，功擅活血止痛、行气解郁，故能治疗肝郁气滞血瘀之痛证。《本草备要》谓其："行气解郁，泄血破瘀，凉血热，散肝郁，下气破血。"两药合用，能疏肝解郁，气血同治，使气血通畅，瘀去痛止。故能治疗经前乳房胀痛、痛经、闭经等。

12. 丹参—鸡血藤

【功效】补血活血、调经。

【主治】治疗血虚夹瘀所致之月经后期、月经过少、闭经等。

【用量】丹参30 g，鸡血藤30 g。

【临证心悟】丹参味苦微寒，入心、肝二经，功用偏于活血调经。《伤寒明理论》曰："一味丹参散，功同四物汤。"可见本药有活血调经而不伤血的特点。鸡血藤能补血、活血、调经，故常用于治疗血虚血瘀所致的月经不调、痛经、闭经等，与丹参配伍使用，相辅相成，相得益彰，共治由血虚血瘀所致的月经后期、月经量少之证。治疗月经量少时，在经期给予自拟潮舒煎剂加鸡血藤30 g，意在取丹参、鸡血藤药对之活血补血之功，能促使月经量增加，效果显著。

13. 墨旱莲—仙鹤草

【功效】清热凉血止血。

【主治】治疗月经先期，月经过多，经间期出血，崩漏等。

【用量】墨旱莲30 g，仙鹤草30 g。

【临证心悟】墨旱莲味甘酸、性寒，汁黑，入肝、肾经，能补肾精，益下而荣上，功擅补肾滋阴、凉血止血，用于治疗各种阴虚血热之出血证。仙鹤草味苦涩、性平，归心、肝经，功擅收敛止血，还兼补虚的作用，因其性平，对于各种出血病证，无论寒热虚实，皆可用之。《滇南本草》称其："调治妇人月经或前或后，红崩白带，面寒背寒，腰痛，发热气胀，赤白痢疾。"二药相须为用，共奏清热凉血止血之功，用于妇科各种出血病证如月经先期、月经过多、崩漏等效果甚佳。笔者常将此药对用于治疗胎漏患者，因胎前多热，热迫血行，则出现阴道出血，此二药能清热凉血止血、热清胎安，则出血止。

14. 当归—白芍

【功效】补血行血。

【主治】治疗心肝血虚所致的月经后期、闭经、痛经及妊娠合并宫腔积血等。

【用量】当归 10 ～ 15 g，白芍 30 g。

【临证心悟】此两药配伍出自《金匮要略·妇人妊娠病脉证并治第二十》中的当归芍药散，是临床常用的养血药对之一。当归甘辛性温，辛香走散，入心、肝、脾经，功擅补血养血，又能活血；用于治疗血虚或血虚兼有瘀滞的月经不调、闭经、痛经及妊娠腹痛等。白芍性寒，味酸收敛，常用量能养阴柔肝，大剂量能缓急止痛，治疗各种挛急疼痛。针对妊娠期伴有宫腔积血患者时，因当归能活血，妊娠早期多不用，一般在妊娠 3 个月后才用胶艾四物汤加减治疗，其中当归只用 10 g，而白芍用至 30 g。两药合用，一温一寒，一开一合，动静相宜，使其补血而不滞血，行血而不耗血。另外，当归补血养肝而活血止痛，白芍敛阴柔肝而和营止痛，二者合用，还具有养肝补血止痛之功，故可用于治疗心肝血虚所引起的月经后期、闭经、痛经及妊娠腹痛等。

15. 白芍—柴胡

【功效】疏肝解郁、调经止痛。

【主治】治疗肝郁气滞，气血不调所致月经不调、经行乳房胀痛等。

【用量】白芍 30 g，柴胡 6 ～ 12 g。

【临证心悟】白芍味酸苦、性微寒，主入血分，酸能收敛，功擅补血敛阴、柔肝缓急止痛。柴胡味苦辛、性微寒，辛能升散，入肝经善喜条达肝气而解郁，是疏肝解郁之要药。然而肝主藏血，主疏泄，"体阴而用阳"，若纯用柴胡疏泄肝气，恐伤阴血，令愈躁急，郁终不除。故配白芍养血敛阴柔肝，两药合用，一补血一理气，一疏肝一柔肝，一散一收，一阴一阳，互制其短而展其长，起疏肝解郁，滋阴养血的作用。常用此药对治疗肝郁气滞，气血不调诸症，每获良效。临证中应注重柴胡用量，偏于解表退热如在小柴胡汤中一般用 15 ～ 20 g，在逍遥散中意在疏肝解郁时用 12 g，轻用 6 g 时长于升举阳气，如补中益气汤加减治疗阴挺、经行发热、胎盘低置等。

16. 益母草—泽兰

【功效】活血调经。

【主治】治疗月经过多，经期延长及瘀血所致的崩漏、产后瘀阻腹痛、产后恶露不尽等。

【用量】益母草 30 g，泽兰 15 g。

【临证心悟】益母草味苦、辛，性微寒，主入血分，此药苦则能泄，辛则能散，《本草纲目》言其善"活血、破血、调经、解毒"。善于治疗血滞经闭、痛经、经行不畅、产后恶露不尽等。现代药理研究表明，大剂量益母草能加强子宫收缩，促进瘀血的排出及止血，故用于治疗月经过多、经期延长等，笔者在临证中常用至 30 g。泽兰味苦、辛，性微温，归肝、脾经，乃"入脾行水，入肝治血之味"，用之"九窍能通，关节能利，宿食能破，月经能调，癥瘕能消，水肿能散"（《本草求真》），功擅活血调经。二者相伍，使活血而寒温相宜，治疗月经过多，经期延长及瘀血所致的崩漏、产后瘀阻腹痛、产后恶露不尽等，效果甚佳。

17. 益母草—鸡血藤

【功效】补血活血、祛瘀调经。

【主治】治疗月经量少、闭经由血虚夹瘀所致者。

【用量】益母草 20 ~ 30 g，鸡血藤 30 g。

【临证心悟】益母草味苦、辛，性微寒，苦降疏泄，辛以散瘀，主入肝经血分而活血化瘀调经，为经产要药，故有"益母"之称，对于经期延长或因子宫复旧不良所致的产后恶露不尽多用此药或单味药应用即有效。鸡血藤能补血、活血、调经，故常用于治疗血虚血瘀所致的月经量少、闭经等，《本草纲目拾遗》谓："治妇女经血不调，赤白带寒，妇女干血劳，及子宫虚冷不受胎。"二药相伍，取其祛瘀而新血不伤，且能祛瘀生新，养新血而无滞之意。经前产后，证属血虚有瘀者，皆可应用。

18. 郁金—青皮

【功效】行气解郁。

【主治】治疗高催乳素血症、不孕症、乳腺增生病等。

【用量】郁金 15 g，青皮 12 g。

【临证心悟】青皮色青气烈，主入肝胆之气分，以辛温升散，苦温降下，可引诸药达于厥阴气分，功擅疏肝和胃、消痈散结、消积化滞、行气止痛。郁金体轻气窜，其气先上行而微下达。可入于气分以行气解郁，达于血分以凉血破瘀，故为疏肝解郁、行气消胀、祛瘀止痛的要药。治疗高催乳素血症、不孕症、乳腺增生病等时，常用逍遥散加减，若配伍此二药，能理气血，调升降，共奏行气消痈散结、活血祛瘀、通络止痛之功，效果显著。

19. 薄荷—炒麦芽

【功效】行气解郁、回乳。

【主治】治疗高催乳素血症。

【用量】薄荷 20 g（后下），炒麦芽 60 ~ 100 g。

【临证心悟】薄荷辛凉，归肺、肝经。本品辛以发散，凉以清热，清轻凉散，其辛散之性较强，是疏散风热常用之品，兼入肝经，常用于治疗肝郁气滞所致的月经不调。薄荷少量可疏风散热，疏肝行气，重用可回乳，故对于伴溢乳的高催乳素血症患者常用至 20 g。麦芽甘平，归脾、胃经，长于消食化积、回乳。主要治疗食积所致腹满而泻、恶心呕吐、食欲不振等，以及积乳、乳房胀痛。对于麦芽的用法用量，一般认为生用消食，兼有疏肝的作用；炒黄用时可使开胃消食的作用增强，且能回乳；炒焦后消食化积的作用则更强。现代研究认为，使用麦芽回乳时，用量不同时其作用也不同，小剂量能消食开胃而催乳，大剂量则耗气散血而回乳。回乳时笔者常用此药200～500g，单味药煮水喝亦有效。将二药相伍，取其疏肝解郁之功，常用于治疗高催乳素血症，证属肝郁气滞伴见乳房胀痛、溢乳、口苦胁胀、善太息、脉弦等症状。其中炒麦芽可用60～100g。自拟调经抑乳方中有此药对。（调经抑乳方：炒麦芽120g，薄荷10g，柴胡12g，青皮10g，白芍30g，甘草5g。）

20. 元胡—川楝子

【功效】行气活血、理气止痛。

【主治】治疗月经不调、经行腹痛等。

【用量】元胡15g，川楝子10g。

【临证心悟】元胡、川楝子组合名曰金铃子散，出自《太平圣惠方》。元胡味辛散温通，既入血分，又入气分，既能行血中之气，又能行气中之血，专功活血散瘀，理气止痛，善治一身上下诸痛证属气滞血瘀者，如妇女闭经、痛经、产后腹痛等症。川楝子味苦、性寒，苦能胜湿，寒能泄热，既可疏肝泄热，又可解郁止痛，用于治疗肝郁气滞、肝胆火旺所致的各种痛证。二药伍用，相得益彰，共奏行气活血，理气止痛之功，能治疗月经不调、经行腹痛等。而针对男性患者，如前列腺炎伴有睾丸疼痛者，用自拟消癥饮常加此二药。

21. 升麻—柴胡

【功效】补益中气、升阳举陷。

【主治】治疗气虚所致的月经先期、崩漏等；气虚下陷所致的久泻、子宫脱垂及胎盘低置等。

【用量】升麻3g，柴胡3～6g。

【临证心悟】柴胡味苦、性微寒，入肝、胆经，功擅升举阳气、解肌退热，而升麻味甘苦、性微寒，升举阳气，并能散风热，解毒透疹。两药皆为气味轻薄之品，性主升，有升举阳气的作用。《本草纲目》谓："升麻引阳明清气上升，柴胡引少阳清气上行，此乃禀赋虚弱，元气虚馁，及劳役饥饱，生冷内伤，脾胃引经最要药也"。二药均用小剂量，升麻 3 g，柴胡 3 ~ 6 g，以取其升举阳气之功，二药相须为用，增强升阳举陷之功，多用于气不摄血而出现的月经先期或崩漏等及气虚下陷所致的久泻、子宫脱垂及胎盘低置等，但宜与补气药合用，《名医方论》："补中之剂，得发表之品而中自安，益气之剂，赖清气之品而气益倍增，此用药有相须之妙也。"如补中益气汤，举元煎等方剂均含此药对。

22. 陈皮—半夏

【功效】健脾燥湿化痰。

【主治】治疗痰湿所致的闭经、多囊卵巢综合征等。

【用量】陈皮 12 ~ 15 g，半夏 10 g。

【临证心悟】陈皮与半夏均入脾经，均具有燥湿化痰的作用。陈皮通行三焦，功擅理气健脾、燥湿和中；而半夏健脾燥湿化痰，兼行水气。脾虚津液不化，水液停留致痰生，痰结易致气机不运，然而陈皮得半夏，增强其理气和胃之功，半夏得陈皮则化痰祛湿之力尤胜。两药相伍，共奏燥湿化痰、理气和胃、降逆止呕之功。临床常用于治疗由湿阻所致之闭经、多囊卵巢综合征等伴症见胸膈满闷，咳嗽痰多、形体肥胖等痰湿盛者。出自笔者自拟橘黄汤中含此药对。半夏因其含有毒性，一般用姜汁、明矾制过入煎剂。姜半夏长于降逆止呕，法半夏长于燥湿化痰。

23. 白术—茯苓

【功效】补气健脾、燥湿化痰。

【主治】治疗痰湿所致的闭经、多囊卵巢综合征等。

【用量】白术 10 g，茯苓 15 g。

【临证心悟】白术味苦甘、性温，味苦则能燥湿，甘能入脾，有燥湿化痰、补气健脾之功，被誉为"脾脏补气健脾第一要药"。白术炒用可增强补气、健脾、止泻的作用，在临证中多用炒白术，大便干者用生白术，能益气通便，可用至 30 g。茯苓味甘性平，甘淡渗湿，有渗湿健脾之功。两药合用，均有健脾除湿之力，一燥一渗，白术促进脾胃运化水湿之邪，茯苓使水湿之邪从小便而出，健脾气而利水湿，相得益彰，主治脾失健运而致的痰湿内生、四肢困倦、肥胖等。故在临证中多用于治疗脾虚痰湿所致的闭经、多囊卵巢综合征等。脾胃为后天之本，脾胃虚弱者，当先健脾，如由脾虚所致月经先期、月经量少、崩漏患者，运用香砂六君子汤、五味异功散、归脾汤、补中益气汤等加减治疗，健脾以调理冲任。脾胃健，月经先期、月经量少、崩漏等亦能治愈。

24. 当归—熟地黄

【功效】养血调经。

【主治】治疗血虚精亏所致的闭经、月经后期等。

【用量】当归 10 ~ 15 g，熟地黄 15 ~ 24 g。

【临证心悟】当归与熟地黄均为补血之品，当归味辛甘性温，辛香而走散，功擅补虚养血调经，是妇科调经的要药。本药少量用时补血调经，伴大便溏者，常用 10 g；重用时能补血调经，还兼润肠通便的作用，对于血虚便秘时尤适宜，多用 15 g。熟地黄味甘、性微温，补血且疗虚损，既滋阴补血又填精益髓，本药易黏腻碍胃，平素食欲欠佳的一般用量为 15 g，反之则用 24 g。而此两药合用，生新血，滋阴精，精血同补，正如焦树德《用药心得十讲》云：“熟地黄补血其性静，当归补血其性动，熟地黄滋阴精而养血，当归生新血而补血，两药合用能互补长短。”临床常用于血虚精亏所致的月经后期、闭经等。

25. 元胡—乌药

【功效】行气止痛。

【主治】治疗痛经、子宫内膜异位症、子宫腺肌病等。

【用量】元胡 15 g，乌药 12 g。

【临证心悟】元胡味辛、苦，性温，有活血、行气、止痛之功。《本草纲目》：“延胡索，能行血中气滞，气中血滞，故专治一身上下诸痛。”

其止痛作用尤强，无论何种痛证，均可配伍应用。乌药味辛、性温，有行气止痛、温肾散寒之功效。笔者将此二药合用，可加强活血化瘀、温经散寒、行气止痛之功。自拟潮舒煎剂中亦有此药对，常用于治疗痛经、子宫内膜异位症、子宫腺肌病等，因二者性温，对于经期腹痛伴喜温畏寒者更为适宜。

26. 冬瓜皮—玉米须

【功效】利湿消肿。

【主治】治疗痰湿阻滞型多囊卵巢综合征或妊娠水肿。

【用量】冬瓜皮 60 g，玉米须 10 g。

【临证心悟】冬瓜皮味甘、性平，甘淡利湿，善于利水渗湿消肿，《滇南本草》言："止渴，消痰，利小便。"玉米须药性同冬瓜皮，亦能利水渗湿。二药伍用，用于治疗痰湿阻滞型多囊卵巢综合征者，效果明显。且二者药性均平和，此药对也用于治疗妊娠水肿。笔者曾治一患者刘某，女，23 岁，平素月经不规律，月经周期延后、经量少，形体肥胖（体重115 kg），毛发浓密，苔白腻，脉沉滑，结合各项西医检查，中医诊断为月经后期（痰湿肾虚型），西医诊断为多囊卵巢综合征。非经期给予橘黄汤加减治疗，因其形体肥胖，胖人多痰多湿，加此二药，增强其利湿化痰之功，使湿从小便排出，连续治疗 5 个月经周期，患者体重明显下降，周期调至正常，获得满意疗效。

二、带下病之常用药对

1. 苍术—白术

【功效】健脾利湿止带。

【主治】治疗带下过多属于脾虚湿胜者。

【用量】苍术 10 g，白术 10 g。

【临证心悟】带下病以湿邪为主，脾为阴土，喜燥而恶湿，脾虚则湿浊内停下注任脉，则会出现白带过多。对于脾虚湿胜所致的带下宜用完带汤加减治疗，完带汤即包含此药对。苍术主入脾、胃经，功擅健脾燥湿，对于脾虚湿浊而引起的湿浊下注之带下尤为适宜。白术味甘苦、性温，甘以健脾，苦温燥湿，乃有《内经》"脾欲缓，急食甘以缓之，脾苦湿，急食苦以燥之"之意，被誉为"脾脏补气健脾第一要药"。二者共有健脾燥湿之功，白术以健脾益气为主，多用于脾虚湿困偏于虚证；苍术苦温燥湿，适用于湿浊内阻偏于实证。笔者用此两药配伍炒山药、党参、柴胡、车前子、白芍、陈皮、炙甘草等治疗脾虚湿浊之带下，效果显著。

2. 乌贼骨—茜草

【功效】收涩止带。

【主治】治疗带下过多或赤白带下。

【用量】乌贼骨 10 g，茜草 12 g。

【临证心悟】此二药组合出自《内经》中记载的第一个治疗血枯经闭的妇科药方——四乌鲗骨一芦茹丸。乌贼骨味咸涩、性温，入肝、肾经，温涩收敛，长于固精止带，《神农本草经》谓其"主女子赤白漏下经汁……"多用于治疗肾虚带脉不固之带下清稀者。茜草苦寒，入肝经，功擅凉血化瘀止血。二者配伍，能收涩止带止血，对于赤白带下尤为合适。

3. 黄柏—知母

【功效】清热泻火、解毒除湿止带。

【主治】治疗下焦湿热所致的黄浊带下。

【用量】黄柏 10 g，知母 20 g。

【临证心悟】黄柏味苦、性寒，质沉降，能清热燥湿、泻火解毒疗疮，功擅清下焦湿热、泻下焦肾之虚火，主治湿热下注之带下黄浊、臭秽。知母苦寒、性润质柔，具有滋阴润燥的作用，且上能清肺热，下能泻肾火。二药配伍，清热泻火、解毒除湿，既能清下焦有形湿热，又能泻下焦无形之火，且无伤阴之弊。笔者常用此药对组方治疗阴虚兼有湿热所致的黄浊带下证，也可用于梦交证。

4. 黄柏—苍术

【功效】清热燥湿止带。

【主治】治疗湿热下注所致的赤白带下或阴部湿疮。

【用量】黄柏 10 g，苍术 10 g。

【临证心悟】此药对出自《丹溪心法》中的二妙散。黄柏味苦、性寒，能清热燥湿、解毒疗疮，主清下焦湿热；苍术苦温香燥，能健脾燥湿，通治内外湿邪。两者伍用，取其清热燥湿止带之功，用于湿热下注之赤白带下或阴部湿疮。正如张秉成所言："湿热之邪，虽盛于下，其始未尝不从脾胃而起，故治病者必求其本。清流者，必洁其源。苍术，辛苦而温，芳香而燥，直达中州，为燥湿强脾之主药。但病既传于下焦，又非治中可愈，故以黄柏苦寒下降之品，入肝肾且清下焦之湿热，标本并治，中下两宜。"加金银花 30 g 煎水熏洗，治疗外阴溃疡。

5. 山药—白扁豆

【功效】健脾化湿止带。

【主治】治疗妇女带下诸症。

【用量】山药 30 g，白扁豆 30 g。

【临证心悟】山药味甘、性平、质润，不热不燥，补而不腻，作用和缓，是一味平补脾胃的要药，可用于治疗脾虚食少、体倦便溏、妇女带下等症。白扁豆甘温和缓，补脾胃而不滞腻，清暑化湿而不燥烈，为健脾化湿之品，用于治疗脾胃虚弱，妇女带下等症。山药善于补脾，扁豆长于化湿和中，二者相伍，健脾化湿止带之功益彰，故对于脾虚湿盛之带下更为适宜。临证中山药宜炒用，因炒用止带效果更佳。若素体脾虚便溏又伴带下过多者，常用此二药伍于参苓白术散中加减治疗，既能健脾止泻又能化湿止带，效果显著。

6. 芡实—莲子

【功效】补脾益肾、固涩止带。

【主治】治疗脾肾两虚之带下过多。

【用量】芡实 10 g，莲子 15 g。

【临证心悟】芡实甘涩、性平，归脾、肾经。甘能补，涩能收，能益肾健脾、收敛固涩、除湿止带，为治疗带下之佳品，可用于治疗脾肾两虚之质清稀如水样的带下。莲子性味归经大致同芡实，既能补脾益肾，又固涩止带，补涩兼施，为治疗脾虚、肾虚带下之常用之品。二者相伍，涩中寓补，以补助涩，相辅相成，相得益彰，使补脾益肾、固涩止带之力增强。故能用治脾肾两虚之带下过多。

7. 黑荆芥—墨旱莲

【功效】止血止带。

【主治】治疗赤白带下或赤带。

【用量】黑荆芥 10 g，墨旱莲 30 g。

【临证心悟】荆芥炒炭即为黑荆芥，其止血作用强，常用于治疗妇女崩漏、赤白带下及赤带。墨旱莲味甘酸、性寒，入肝、肾二经，长于补肝肾之阴，且能凉血止血，对于肝肾阴亏、阴虚火旺及血热妄行之出血证最为适宜，故能用于治疗赤带或赤白带下。二者配伍，共奏止血止带之功，对于赤带或白带夹有血丝尤其适宜。亦用于治疗经间期白带夹血丝者。

8. 姜黄—补骨脂

【功效】补肝益肾、活血通络。

【主治】治疗外阴白色病变。

【用量】姜黄 15 g，补骨脂 30 g。煎水外洗。

【临证心悟】中医理论认为外阴白色病变是因为七情内伤、情志不遂、肝肾精血亏损、外邪侵袭、气血运行不畅、血虚肌肤失养所造成，肝肾阴虚为本病病机之关键。一般给予补肝益肾，活血行气通络，调整阴阳气血，使气血调和，达到治愈目的。姜黄能活血行气通络，补骨脂补肝益肾。有报道称，姜黄、补骨脂对外阴白色病变有明显的改善作用。此病一般采取内、外合治法，外治法如蛇床子散加减治疗外阴白色病变时多用此药对，效果明显。并嘱患者用自制蛋黄油外抹白斑处。

9. 蛇床子—枯矾

【功效】燥湿止带、杀虫止痒。

【主治】治疗带下过多或外阴湿疹瘙痒。

【用量】蛇床子30g，枯矾5g。煎水外洗。

【临证心悟】蛇床子辛散祛风、苦燥除湿，口服有温肾助阳之力，外用有燥湿杀虫、祛风止痒之功。药理研究证实，蛇床子对皮肤真菌有抑制作用，同时可有类似性激素样作用，可治疗滴虫性阴道炎。临床主要用于治疗带下阴痒、外阴湿疹等。白矾煅用为枯矾，有燥湿收敛之功，外用亦能燥湿杀虫止痒，可用于阴痒、湿疹的治疗。二药相伍，燥湿止带，杀虫止痒的作用更强。笔者常用此药对配伍组方成洗阴煎加减治疗各型阴道炎所致的外阴瘙痒及带下过多、湿疹瘙痒等，嘱患者煎水外洗，因瘙痒致外阴皮肤破损者，外洗后加用珍珠粉撒布效果更好。

10. 萹蓄—瞿麦

【功效】清热利湿通淋。

【主治】治疗湿热下注之带下黄浊，支原体、衣原体感染及男性前列腺炎等。

【用量】萹蓄10~20g，瞿麦9~15g。

【临证心悟】萹蓄苦降下行，长于清下焦之湿热，并有杀虫止痒的作用，可用于湿热下注之带下、外阴瘙痒、湿疹等。药理研究表明，其对葡萄球菌、福氏痢疾杆菌、皮肤真菌都有抑制作用。瞿麦苦寒，为沉降疏泄之品，入心与小肠经，主清心与小肠之热，入血分能活血，多用于治疗湿热下注之赤白带下。二药伍用，能清热利湿通淋，主治下焦湿热所致的带下黄浊及支原体、衣原体感染伴见阴痒、尿频尿急尿痛者，亦用于治疗前列腺炎。

11. 白果—芡实

【功效】补脾固肾、收涩止带。

【主治】治疗脾肾两虚之带下、白浊。

【用量】白果 10 g，芡实 10 g。

【临证心悟】白果甘苦涩、能收涩而固下焦，止带缩尿，用于治疗妇女脾肾亏虚之带下色清、质稀者及白浊。芡实甘涩性平，甘能补，涩能收，本药能益肾健脾，收敛固涩，除湿止带，为治疗脾肾两虚之质清稀如水样的带下之佳品。白果偏于收涩，芡实补涩兼施。二者相伍，能补脾固肾，且收敛固涩止带之力增强，故能治疗妇女脾肾两虚之带下、白浊。若带下量多色黄者，临证中常配伍黄柏、车前子等清下焦湿热之药，加减治疗黄浊带下。

12. 金银花—蒲公英

【功效】清热解毒、利湿止带。

【主治】治疗湿毒带下证。

【用量】金银花 20 g，蒲公英 30 g。

【临证心悟】金银花甘寒，能清热解毒，现代药理证实，其具有广谱抗菌作用及明显的消炎和解热作用，且有抗肿瘤的作用。蒲公英甘寒，能清热解毒、利湿热，对热毒、湿热引起的淋证，湿毒带下证等有较好的疗效。此二药为五味消毒饮中药对，相伍为用，其清热解毒之力更强，故能治疗湿毒带下，症见带下量多、黄绿如脓，或赤白相间，或五色杂下，质黏腻，臭秽难闻等。用于治疗人乳头瘤病毒（HPV）感染，尖锐湿疣，支原体、衣原体感染，湿疹，优生四项综合征等。

13. 煅龙骨—煅牡蛎

【功效】收敛固涩止带。

【主治】治疗下元不固之带下证。

【用量】煅龙骨 10 g，煅牡蛎 10 g。

【临证心悟】龙骨甘涩性平、质重，生用能镇静安神，平肝潜阳，煅用收涩固脱、止血止带之力更强，可用于治疗滑脱诸症如崩漏，妇女带下诸症属虚者。牡蛎味咸性微寒、质重，生用重镇安神、潜阳补阴，煅用能收敛固涩，治疗作用与龙骨相似，《神农本草经》曰："惊恚怒气，除拘缓，鼠瘘，女子带下赤白。"笔者将此二者配伍使用，其固涩之力显著，能用于治疗下元不固之带下量多，清稀无臭者。

14. 土茯苓—败酱草

【功效】清热解毒止带。

【主治】治疗带下过多由肿瘤引起者（如子宫黏膜下肌瘤、宫颈肌瘤、子宫颈癌等）。

【用量】土茯苓 10~30 g，败酱草 30 g。

【临证心悟】土茯苓甘淡、平，功擅解毒、除湿，可用于治疗湿热毒邪引起的淋浊带下、湿疹瘙痒等。现代药理作用研究表明，其对大鼠肝癌及移植性肿瘤有一定的抑制作用。败酱草辛苦、微寒，能清热解毒、祛瘀止痛，现代药理作用研究表明，其对大肠杆菌、金黄色葡萄球菌、绿脓杆菌等有抑制作用，尚有抗肿瘤的作用。二药合用，清热解毒之力倍增，故笔者在临证中常用此药对治疗带下过多由肿瘤如子宫黏膜下肌瘤、宫颈肌瘤、子宫颈癌等引起者。因其具有抗肿瘤的作用，亦用于治疗子宫内膜癌、卵巢恶性肿瘤、宫颈癌等术后巩固治疗。

15. 龙胆草—牡丹皮

【功效】清肝利湿止带。

【主治】治疗肝经湿热下注之黄浊带下。

【用量】龙胆6g，牡丹皮15g。

【临证心悟】龙胆味苦、性寒，专入肝、胆经，能直达下焦而长于清下焦湿热，泻肝胆实火，为治下焦湿热和泻肝胆实火之要药，常用于治疗湿热黄疸、阴肿阴痒、赤白带下等。牡丹皮长于泄肝经血分之实热。此二药配对使用，取其清肝利湿止带之功，用于治疗肝经湿热下注之黄浊带下。

三、妊娠病之常用药对

1. 白芍—炙甘草

【功效】敛阴缓急止痛。

【主治】治疗妊娠腹痛。

【用量】白芍30g，炙甘草6g。

【临证心悟】白芍性寒，味酸收敛，常用量能养阴柔肝，大剂量能缓急止痛，缓解各种挛急疼痛，现代药理作用研究表明白芍具有较好的解痉作用，白芍一般用量为30g。与甘草合用，组成芍药甘草汤，加减运用治疗妊娠腹痛。妊娠期间偶伴有小腹隐隐作痛者，给予白芍、甘草二药煎服，每日1剂，以缓解腹痛，能获得良好的效果。

2. 陈皮—竹茹

【功效】和胃理气、清热止呕。

【主治】治疗妊娠恶阻属胃热气逆型。

【用量】陈皮15g，竹茹10g。

【临证心悟】陈皮苦辛、性温，能行气化滞、和胃降逆、通调胃气以止呕吐呃逆，《别录》曰"下气，止呕咳"，《本草纲目》曰"疗呕哕反胃嘈杂"。竹茹味甘、性寒，长于清胃中无形之热，降胃中浊逆之气。《金匮要略·呕吐哕下利病脉证并治第十七》曰："哕逆者，橘皮竹茹汤主之。"陈皮长于理气燥湿，竹茹善于止呕除烦，两药相伍，取理气和胃，清热降逆止呕之效。故能用于治疗胃热气逆所致的妊娠恶阻。以姜汁炒用其止呕之力更强。

3. 苏梗—砂仁

【功效】行气宽中、止呕安胎。

【主治】治疗妊娠呕吐伴胸闷腹胀者。

【用量】苏梗 15 g，砂仁 6 g（后下）。

【临证心悟】苏梗辛温芳香，入脾、肺经，为行气醒脾宽中、止呕良药，主治外感风寒，内伤湿滞及胎气上逆之胸膈满闷、恶心、呕吐等症，亦有安胎之效。砂仁香浓气浊，燥湿之性较强，有化湿醒脾、行气宽中、安胎之效。《药品化义》："若恶心呕吐，寒湿冷泻，腹中虚痛，以此温中调气；若脾虚饱闷，宿食不消，酒毒伤胃，以此散滞化气；若胎气腹痛，恶阻食少，胎胀不安，以此运行和气。"此两药相伍使用，能芳香化湿、行气安胎，且行气而无伤胎之忧。故在临证用于治疗妊娠呕吐兼胸闷腹胀者，效果甚佳。因砂仁性燥，在临床应用时一般轻用，6 g 左右，宜后下。

4. 黄芩—黄连

【功效】清热安胎。

【主治】治疗血热所致妊娠恶阻、胎动不安等。

【用量】黄芩 12 g，黄连 6 g。

【临证心悟】黄芩苦寒，苦能燥湿，寒能清热，为清上焦湿热常用之品，且长于清热安胎，为安胎之要药。黄连大苦大寒，能清胃泻火、止呕除烦。两药皆为苦寒之品，黄芩善清上焦之热，黄连善泻中焦之热。两药合用，以泻上、中二焦邪热见长，使火热得清，胃气得降，胎自安，呕自止。故能治疗妊娠呕吐及胎动不安由血热所致者。因二者均为大寒大苦之品，笔者在临床应用时，用量均轻，中病即止。

5.黄连—苏梗

【功效】清热和胃、理气止呕。

【主治】治疗妊娠呕吐。

【用量】黄连6g，苏梗15g。

【临证心悟】黄连性味苦寒，入心、胃二经。善于降心胃实火之上冲。苏梗辛温，芳香化浊辟秽，主入肺脾气分，长于理气宽中，醒脾止呕，尤其辛通肺胃之气郁，亦有安胎之效。两药伍用，一寒一温，一苦一辛，祛邪之中寓调和之意，共奏清热和胃、理气止呕之功。用于治疗妊娠呕吐。因黄连大苦大寒，宜少量用。

6.续断—杜仲

【功效】固肾安胎。

【主治】治疗胎漏、胎动不安、滑胎等属肝肾不足、冲任不固者及产后腰痛。

【用量】续断30g，杜仲20g。

【临证心悟】二药合用即为《赤水玄珠》用于治疗妊娠腰背痛之杜仲丸。川断味苦甘辛微温，入肝、肾经。有益肝肾、调冲任、止血安胎之效，用于治疗肝肾亏虚、冲任不固所引起的胎动不安、滑胎等。《本草经疏》谓之"为治胎产、续绝伤、补不足、疗金疮、理腰肾之要药"，《本草汇言》亦言其"……所损之胎孕非此不安。久服常服，能益气力，有补伤生血之效，补而不滞，行而不泄"。《医学衷中参西录》治胎漏下血、胎动欲坠或滑胎之寿胎丸用之。现代药理研究表明，续断富含维生素E，有良好的保胎作用。杜仲甘温，专入肝、肾二经，功能补益肝肾、调养冲任、固肾安胎。现代药理研究表明，杜仲有抗子宫收缩的作用。此二药为笔者自拟安胎方中的主药，两药伍用，能加强补肝肾之力，共奏补益肝肾、止血安胎之效，对胎漏、胎动不安有良好的治疗效果。《本草汇言》说："续断，补续血脉之药也。大抵所断之血脉非此不能续；所伤之血脉非此不能养;所滞之关节非此不利。"杜仲能补肝肾、强筋骨、暖下元,《神农本草经》云"主腰脊痛",故二药合用还有固肾强腰之功,可用于治疗产后腰痛。

7. 枸杞子—菟丝子

【功效】补肝肾安胎。

【主治】治疗胎漏、胎动不安等属肝肾不足者及肾虚不孕。

【用量】枸杞子 20 g,菟丝子 30 g。

【临证心悟】枸杞子甘平,归肝、肾经,有补肝肾、益精血之功。《本草经集注》称其"补益精血,强盛阴道"。菟丝子辛甘,归肝、肾经;性柔润平和,既能补肾阳,又能滋肾阴,还善固胎元,为妇科平补肝肾之常用。两药配伍,相须为用,阴阳并补,肝肾同治。临床用于肝肾不足之胎漏、胎动不安、屡孕屡堕等,颇有良效。临证中,笔者常配伍五味子、覆盆子、车前子等,加减治疗肾虚不孕。

8. 白术—黄芩

【功效】健脾益气安胎。

【主治】治疗胎漏、胎动不安等属于脾虚血热者。

【用量】炒白术 10 g,黄芩 12 g。

【临证心悟】朱丹溪谓"黄芩、白术为安胎圣药"。白术苦甘温,功擅健脾益气安胎。黄芩苦寒,能清热燥湿、止血安胎,用治怀胎蕴热、胎动不安之证。现代药理研究表明,单味黄芩有镇静、缓解平滑肌痉挛及抑制子宫收缩等作用,二者伍用,一补一泻,一温一寒,相互制约,调和气血,使气血平和,胎动自安,为安胎圣药。常将之与杜仲、菟丝子、川断配伍,用于治疗胎漏、胎动不安。预防胎盘低置引起的阴道出血加黄芪、党参、升麻、炙甘草;若为胎动不安致阴道出血者,二者均炒炭用,其止血安胎的效果更强。

9. 阿胶—墨旱莲

【**功效**】补益肝肾、止血安胎。

【**主治**】治疗胎漏、胎动不安等属阴血虚者。

【**用量**】阿胶 15 g（烊化），墨旱莲 30 g。

【**临证心悟**】阿胶甘平，主要功效为补血止血、滋阴润燥。对于妊娠伴出血而兼阴虚、血虚证者，尤为适宜。《神农本草经》言其："主心腹内崩……腰腹痛，女子下血，安胎。"《本草纲目》谓："疗……胎前产后诸疾。"墨旱莲甘酸寒，归肝、肾经，功能补益肝肾、凉血止血，能用于治疗阴虚血热所致之各种出血证。《本草纲目》云："乌髭发，益肾阴。"两药配伍，相须为用，能增强补益肝肾、固冲止血之效。笔者在临床中对于胎漏、胎动不安者必用，恰中妊娠出血病机，疗效确切。阿胶以山东省东阿县的产品为道地，每次 15 ~ 20 g，烊化服。

10. 紫草—天花粉

【**功效**】消癥杀胚。

【**主治**】治疗未破损型异位妊娠。

【**用量**】紫草 15 g，天花粉 30 g。

【**临证心悟**】现代药理研究表明，紫草可抑制人绒毛膜促性腺激素。动物实验证明紫草有抗早孕、抗胚胎着床的作用。现代药理研究证实，天花粉有引产和终止妊娠的作用。对于未破损型异位妊娠采用中药保守治疗时，活血化瘀、消癥杀胚是治疗的主要方法。笔者拟定由黄芪、丹参、赤芍、桃仁、红花、三棱、莪术、蜈蚣、全虫、天花粉、紫草、枳壳、炙甘草组成的消癥杀胚方治疗本病。全方共奏活血化瘀、消癥杀胚之功，其中丹参、赤芍、桃仁、红花活血化瘀消癥，三棱、莪术破血消癥，蜈蚣、全虫、天花粉、紫草杀胚，枳壳破气消积，黄芪用至 30 g，意在寓补于攻，益气化瘀，扶正达邪。而如三棱、莪术等破血消癥之药，用量宜少，10 ~ 15 g 为宜，用量过大恐加速孕囊破裂。

11. 黄芪—升麻

【功效】补气升阳、健脾安胎。

【主治】治疗气虚下陷、冲任不固之胎漏、胎动不安伴其胎欲堕者及胎盘低置。

【用量】黄芪30g，升麻3～6g。

【临证心悟】黄芪味甘、微温，功擅补气升阳、益气固表，用于脾胃气虚及中气下陷诸症。《珍珠囊》曰："黄芪甘温纯阳，其气有五：补诸虚不足，一也；益元气，二也；壮脾胃，三也……"升麻味辛甘、微寒，善引清阳之气上升，而为升阳举陷之要药。《本草纲目》言："治阳虚眩晕，胸胁虚痛，久泄，下痢后重，遗浊，带下崩中。"现代药理研究表明，其生药与炭药均能缩短凝血时间。二药伍用，补气升阳举陷之力尤佳。在临证中，多用于治疗气虚下陷、冲任不固之胎漏、胎动不安伴其胎欲堕者，也可用于胎盘低置。其中黄芪为主，重用至30g；升麻为辅，3～6g即可。胎盘低置者，用自拟安胎方加用此二药治疗，效果显著。

12. 山茱萸—覆盆子

【功效】补益肝肾、收敛固涩。

【主治】治疗中、晚期习惯性流产系宫颈功能不全者。

【用量】山茱萸15g，覆盆子15g。

【临证心悟】山茱萸酸涩、微温，具有补益肝肾、收敛固涩之功。《汤液本草》谓："滑则气脱，涩剂所以收之，山茱萸……秘精气，取其味酸涩以收滑之。"覆盆子甘酸、微温，归肝、肾经，既能收涩固精，又有补益肝肾之功。《本草备要》言其："益肝肾而固精，补肝肾而明目，起阳痿，缩小便。"笔者将二药相伍，发挥其温肾固冲收敛之功效，对中、晚期习惯性流产系宫颈功能不全者，用自拟安胎方配伍此二药治之，并嘱在14～16周时行宫颈环扎术，有良效。

13. 款冬花—百合

【功效】养阴润燥、祛痰止咳。

【主治】治疗妊娠合并咳嗽。

【用量】款冬花 15 g，百合 30 g。

【临证心悟】款冬花辛甘、温润，专入肺经，既走气分，兼入血分，以其温而不热，辛而不燥，甘而不滞之特点，成为润肺化痰止咳之良药。百合味甘能补，寒能清热，入心、肺二经，润肺清心，有止咳、安神之效。两者合用，温清相和，寒热相宜，一长于止咳，一善于润肺，有育阴润燥、祛痰止咳之功效。对于妊娠咳嗽之久咳不止最为适宜，常用百合固金汤加减治疗，笔者喜用炙款冬花、炙百合，因两药蜜炙，止咳之力倍增。

14. 生地黄—知母

【功效】养阴清热、宁心除烦。

【主治】治疗妊娠子烦。

【用量】生地黄 15 g，知母 20 g。

【临证心悟】妊娠子烦临证所见以阴虚火旺者居多，治疗总以养阴清热、宁心除烦为其治疗大法，多采用人参麦冬散合异功散加减治疗。生地黄滋肾养阴以济心火；知母泻肾火而降心火、解热除烦，《本草纲目》谓知母能凉心脾祛热，治阳明火热，泻肺、膀胱、肾经火，治命门相火有余、安胎、止子烦，是子烦清热的要药。二药合用，能养阴清热、宁心除烦，用于治疗妊娠子烦，效果甚佳。

15. 茵陈—栀子

【功效】清热利湿退黄。

【主治】治疗妊娠合并黄疸型肝炎，母儿血型不合。

【用量】茵陈 30 g，栀子 12 g。

【临证心悟】现代药理研究表明，茵陈、栀子有增加胆红素排出量之效。茵陈苦泄下降，善清利脾胃肝胆湿热，使之从小便而出，为治黄疸要药。《名医别录》记载茵陈治"通身发黄，小便不利，除头热"。山栀子性味苦寒，能清心、肺、胃三焦之火而利小便，泻心肺胸膈之热而除烦，《本草备要》："生用泻火，炒黑止血，姜汁炒止烦呕。"两药相伍，有清热利湿退黄之功，茵陈为主，栀子为辅，茵陈得栀子之佐，导湿热从小便而去。故能用于母儿血型不合、妊娠合并黄疸肝炎者，多用茵陈蒿汤加减治疗。

16. 黄芩—大黄

【功效】清热利湿退黄。

【主治】治疗母儿血型不合。

【用量】黄芩12 g，大黄6 g。

【临证心悟】黄芩清利湿热退黄，大黄苦、寒，能清热泻下。二者相伍共奏清热利湿退黄之功。临床试验表明：黄芩、大黄等药含有 AB 血型的半抗原物质，可中和免疫抗体，对 A、B、O 血型的免疫抗体球蛋白有显著的抑制作用，其中大黄不但对 ABO 新生儿溶血症的免疫性抗体抑制作用显著，而且对 Rh 型新生儿溶血症的抗 D 抗体有抑制作用。在临证中，对于大黄还是应该慎用的，用量一般为6 g左右。笔者有时弃大黄不用，因大黄有苦寒降泄、通经破血之功，恐其伤胎，改用黄柏清热燥湿，泻火解毒有异曲同工之妙，另外，当临床症状改善、抗体效价降至正常时，可用黄芪、黄芩、茵陈、栀子、甘草泡水代茶饮，直至分娩，可获得满意疗效。

17. 天麻—钩藤

【功效】平肝潜阳。

【主治】治疗妊娠眩晕。

【用量】天麻9 g，钩藤20 g（后下）。

【临证心悟】天麻性甘平，入肝经，能平抑肝阳；钩藤亦能平肝阳，现代药理作用表明其具有降血压、降血脂的作用。二者合用,平肝降压作用益彰。妊娠眩晕的主要发病机制为阴血不足、肝阳上亢,治疗宜育阴潜阳,该病多出现在妊娠中晚期。笔者认为,妊娠后血聚养胎,阴血偏虚,阳气偏旺,妊娠晚期阴血易虚,临证中妊娠眩晕以阴虚肝旺证多见,常给予杞菊地黄汤加减治疗,血压高者加天麻、钩藤、夏枯草、珍珠母等。六味地黄丸能滋肾壮水,枸杞子、菊花清肝明目,钩藤、天麻平肝潜阳。天麻平抑肝阳的作用较强,笔者一般用 9 g 左右;钩藤 15 ~ 20 g,宜后下。全方能滋水涵木、平肝潜阳,治疗妊娠眩晕常能获得满意的疗效。

18. 黄芪—大腹皮

【功效】益气消肿、理气除胀。

【主治】治疗妊娠水肿。

【用量】黄芪 30 g,大腹皮 20 ~ 30 g。

【临证心悟】妊娠水肿多为脾虚水停,治疗时应当健脾利水,多用五皮饮加减治疗。黄芪甘温补脾气,为治疗气虚要药,但黄芪生用其利水消肿的作用增强,能用于治疗气虚不运、水湿内停之水肿、小便不利等。大腹皮辛而微温,辛以发散,温以疏通,为宽中利气之要药,且能宣开肺气以利水消肿。两药配伍,黄芪得大腹皮补气行水而无壅滞之虑,大腹皮得黄芪行气利水而无伤正之忧,一补一散,相互促进,气行则水行,水行肿自消,适用于气虚不运、水湿内停之妊娠水肿。

四、产后病之常用药对

1. 黄芪—当归

【功效】健脾益气、养血活血。

【主治】治疗产后恶露不绝、血虚发热、产后血虚身痛及产后缺乳。

【用量】黄芪 30 g,当归 15 g。

【临证心悟】二药伍用,为当归补血汤,出自《内外伤辨惑论》。《景岳全书·本草证》记载："当归，其味甘而重，故专能补血；其气轻而辛，故又能行血。补中有动，行中有补，诚血中之气药，亦血中之圣药也。"黄芪为升阳补气之圣药，可大补脾肺之气，以资气血生化之源。产后失血致虚，以致阴不敛阳，前人谓："有形之血不能速生，无形之气所当急固。"所以用黄芪补益中气，当归补血和营，两药配伍，阳生阴长，益气生血，气血双补，药后气旺血生，虚火自熄，虚热乃平，乳汁乃阴血所化，气血充足，乳汁亦涓涓而至。产后多虚多瘀，对于血虚夹瘀型的产后恶露不绝者，笔者常配伍用生化汤治疗，以补气养血、活血化瘀，方为黄芪、当归、桃仁、川芎、赤芍、炮姜、益母草、枳壳、炙甘草、红糖（做引），方中用黄芪、当归配伍，取当归补血汤之义，临证中不必拘泥于黄芪与当归的比例。

2. 当归—炮姜

【功效】温暖胞宫、化瘀止血。

【主治】治疗产后恶露不绝。

【用量】当归 15 g，炮姜 6 g。

【临证心悟】生化汤为产后第一方，用于产后效果甚佳，傅青主说："此症勿拘古方，妄用苏木、蓬、棱，以轻人命。其一应散血方、破血药俱禁用。虽山楂性缓，亦能害命，不可擅用。唯生化汤系血块圣药也。"所以笔者比较推崇此方，产后无论有病无病，皆可服之，有病治病，无病防病，促使恶露尽早排出，子宫尽早复旧。方中当归用量较大，取其养血之功；甘草补中；川芎理血中之气，桃仁行血中之瘀，炮姜色黑入营，助当归、甘草以生新，佐川芎、桃仁以化瘀，用童便可以益阴除热，引败血下行，该方功擅活血化瘀、温经止痛，用于产后血虚受寒所致瘀滞者尤为适宜，将此药对配伍于生化汤中，可暖胞宫，化瘀止血，生新血，行而能止，走而可守，温冲摄血，颇有良效。

3. 益母草—枳壳

【功效】活血行气、逐瘀止血。

【主治】治疗产后恶露不绝、产后子宫复旧不良、不全流产等。

【用量】益母草30 g，枳壳9～15 g。

【临证心悟】益母草辛苦、微寒，善于活血调经，有祛瘀而不伤正、活血而不留瘀之特点，对于妇女月经不调、产后瘀阻腹痛有很好的效果，故有"益母"之名，枳壳偏于破气消痞、行气宽中，两药合用，加重活血行气之力，佐助生化，可以加强子宫收缩，促进宫腔内余血浊液的排出，现代药理研究认为枳壳、益母草均有兴奋离体子宫的作用，并且枳壳可随剂量的加大兴奋作用增强，对子宫收缩乏力极为适宜，常用此药对治疗产后恶露不绝、产后子宫复旧不良、不全流产等，每每获效。

4. 当归—泽兰

【功效】养血活血、化瘀止痛。

【主治】治疗产后恶露不绝、产后子宫复旧不良、产后腹痛、不全流产等。

【用量】当归15 g，泽兰15 g。

【临证心悟】产后整体虚与局部瘀并见，所以处方用药时均应兼顾，既不可一味补虚，也不可一味祛瘀，而此药对正合此意，用之甚妙。当归甘温质润，既能养血又能活血，以养血为主，用量宜大，如《景岳全书》谓："当归，其味甘而重，故专能补血；其气轻而辛，故又能行血。补中有动，行中有补，诚血中之气药，亦血中之圣药也。"泽兰辛散温通，药性平和不峻，为妇科活血调经之药，可通胞脉之滞，活血化瘀，如《药性论》所说"主产后腹痛……主妇人血沥腰痛"，二药一补一通，相辅相成，共奏养血活血，祛瘀止痛之效，可用于产后恶露不尽或产后腹痛。

5. 黄芪—益母草

【功效】益气活血。

【主治】治疗产后恶露不绝、产后子宫复旧不良、不全流产等。

【用量】黄芪30 g，益母草30 g。

【临证心悟】黄芪味甘、性温，能补气生血，益气补中，如《珍珠囊》所说："黄芪甘温纯阳，其用有五：补诸虚不足，一也；益元气，二也；壮脾胃，三也；去肌热，四也；排脓止痛，活血生血，内托阴疽，为疮家圣药，五也。"益母草苦泄辛散，善于活血祛瘀调经，为妇科经产用药，故有"益母"之名，现代药理研究证实大剂量益母草促进子宫收缩，使宫腔内余血浊液的排出，此时一般用至30 g。与黄芪伍用，二药共奏益气活血之功，是治疗产后恶露不绝之常用药对。

6. 生地黄—玄参

【功效】养阴生津。

【主治】治疗产后阴虚盗汗证、妊娠期羊水过少等。

【用量】生地黄15 g，玄参15 g。

【临证心悟】产后汗证包括产后自汗、产后盗汗两种，气阴两虚为其病机，两病在临床上常相合为病，故治疗原则当以补气益阴为主，但在具体治疗上，两病轻重有别，当分主次，而根源在虚，有气虚和阴虚之分。生地黄甘寒，滋肾养阴生津；玄参咸寒，滋阴清热凉血。二药清滋结合，相得益彰，多将两药合用治疗产后阴虚盗汗证，配伍麦冬、五味子、山茱萸等。治疗妊娠期羊水过少，配伍麦冬、沙参，疗效甚佳。

7. 独活—羌活

【功效】祛风止痛。

【主治】治疗产后身痛。

【用量】独活10～15 g，羌活9 g。

【临证心悟】独活味辛、性温，专祛足少阴之伏风，以日久深入经络、筋骨者最宜。羌活味苦、性温，偏于祛足太阳之浮风，长于祛表邪，风邪可夹杂诸邪为患，所以祛风则诸邪无所依，无所并，如《汤液本草》曰："羌活气雄，治足太阳风湿相搏，头痛、肢节痛、一身尽痛者，非此不能除；独活，治足少阴伏风而不治太阳，故两足寒湿，浑不能动止，非此不能治。"所以两者合用，能祛周身之风邪，逐关节之湿痹，能治一身上下之疼痛，对产后受风腰膝酸楚疼痛者尤为适宜。

8. 桑枝—桑寄生

【功效】益肾壮骨、蠲痹止痛。

【主治】治疗产后身痛。

【用量】桑枝 15 g，桑寄生 30 g。

【临证心悟】产后身痛，不荣、不通为其病机，结合产后"多虚多瘀"的特点，多治宜养血益气，温经通络止痛，常用黄芪桂枝五物汤合独活寄生汤加减治疗。桑枝功擅祛风湿，通经络，达四肢，利关节，并有显著的镇痛作用，治风湿痹痛，四肢关节麻木拘挛以及外感风邪引起的肢体酸痛等证；桑寄生既能祛风湿，调血脉，舒筋通络，又能补肝肾，强筋骨。桑枝长于祛风湿，利关节，桑寄生长于祛风湿，补肝肾，两药合用，益肾壮骨，祛风胜湿，蠲痹止痛之功增强，故对于血虚夹风湿之产后身痛，尤为适宜。

9. 当归—肉苁蓉

【功效】养血滋阴、润肠通便。

【主治】治疗产后肠燥便秘。

【用量】当归 15 g，肉苁蓉 30 g。

【临证心悟】产后气血大虚，如《金匮要略》所说"新产妇有三病……三者大便难，何谓也？曰：亡津液，胃燥，故大便难"，所以产后会使虚者更虚，易出现大便难、大便干。当归质润多油，一般用 15 g，能养血润肠；肉苁蓉温而不燥，滑而不泄。二药配伍，养血滋液通便力增强，最宜用于产后肠燥便秘者。

10. 黄芪—路路通

【功效】益气通乳。

【主治】治疗产后缺乳或乳少。

【用量】黄芪 30 g，路路通 15 g。

【临证心悟】《诸病源候论·产后乳无汁候》曰："妇人手太阳少阴之脉，下为月水，上为乳汁。"产后气血本虚，若产妇食欲不振，气血生化乏源则每致乳少或无乳，因此产后缺乳或乳少属气血虚弱者应当健脾益气养血，佐以通络下乳。黄芪擅升补脾胃之气，乳房属胃，乳汁乃水谷精微所化，生化有源则乳汁增多；路路通擅通乳络。二药合用益气通络下乳，相使得宜，补得其所，能取得良好的催乳效果。

11. 瓜蒌—漏芦

【功效】清热化痰通乳。

【主治】治疗产后缺乳或乳少、乳痈。

【用量】瓜蒌 10 g，漏芦 15 g。

【临证心悟】此药对出自漏芦散（《济阴纲目》），原方治妇人肥盛、气脉壅滞、乳汁不通，或经络凝滞，乳内胀痛或作痈肿，将欲成者，此药服之自然内消，乳汁通行。瓜蒌甘苦而寒，能清热化痰；漏芦苦能降泄，寒以清热，功擅清热解毒、消肿散结、通经下乳。将此二药配伍，意在取漏芦散之意，对于产后邪热壅滞，乳汁不下，乳房胀痛者尤为适宜，亦能用于治疗乳痈。

12. 穿山甲—王不留行

【功效】通经下乳。

【主治】治疗产后缺乳或乳少。

【用量】穿山甲 10 g，王不留行 15 g。

【临证心悟】《妇人大全良方·产后乳汁或行或不行方论》谓："凡

妇人乳汁或行或不行者，皆由气血虚弱，经络不调所致也。"乳络之所以不通，多是因为情绪所致，情志抑郁或暴躁，均可影响肝的疏泄功能，且厥阴肝经走乳头，肝失疏泄，乳络不通，则可导致乳汁不行或无乳，故治疗产后缺乳应当健脾益气养血、疏肝理气，佐以通经下乳，常用当归补血汤合下乳涌泉散加减治疗。当归补血汤健脾益气养血，下乳涌泉散方中既有疏肝之品，又有通络下乳之品。穿山甲、王不留行均乃通经下乳之品，穿山甲味咸、性微寒，《本草纲目》云"通经脉，下乳汁""穿山甲入厥阴、阳明经……通经下乳用为要药"。王不留行走血分，归肝胃经，能行血脉经，通乳汁，《本草纲目》："王不留行能走血分，乃阳明冲任之药。"俗有"穿山甲、王不留，妇人服了乳长流"之民谚，二者合用，可为通经下乳之圣药，故为产后缺乳或乳少的常用药对。

13. 路路通—漏芦

【功效】通经下乳。

【主治】治疗产后缺乳或乳少。

【用量】路路通 15 g，漏芦 15 g。

【临证心悟】路路通，味辛苦、性平，归肝胃经，取类比象，取其路路皆通之意，善于通络下乳；漏芦味苦降泄，有通经下乳之功。二者伍用，用于产后缺乳。

14. 黄芪—炒白术

【功效】补益卫气、固表止汗。

【主治】治疗产后自汗。

【用量】黄芪 30 ~ 60 g，炒白术 10 g。

【临证心悟】卫气虚，卫外之阳不固则自汗；阴血虚，则阳气独盛于外，迫营阴外泄，则盗汗，临证中自汗、盗汗常相合为病，统称之"产后汗证"，而根源在产后气血骤虚，有气虚和阴虚之分，偏于气虚者，笔者治宜益气固表，佐以养阴，常用玉屏风散加减，方为黄芪、白术、防风、五味子、山茱萸、麦冬等，方中黄芪为主药，可用至 30 ~ 60 g，取其甘温之性，大补肺脾之气，补益卫气，固表止汗。白术补气健脾，其单味药为散服有固表止汗之功，配合黄芪，助黄芪益气固表，则不用敛汗药则汗自敛。现代药理研究认为，两者均有增强机体免疫功能的作用，因产后妇人体质较弱，两药配伍，功能相似，性味相近，可为止汗之常用药对，佐用少量的滋阴药物，如五味子、山茱萸、麦冬，助养阴血，因阴阳互根，所以养阴即是养阳，养阳即是固表，固表即是止汗。用于治疗汗证，无论平素或产后，效果均佳。

15. 生姜—大枣

【功效】调和营卫止汗。

【主治】治疗产后汗证。

【用量】生姜 9 g，大枣 9 g。

【临证心悟】此二药是笔者用于治疗汗证之常用补益调和药对。大枣甘补脾阴，生姜辛宣胃阳。脾阴充则营气和，胃阳足则卫气昌，姜枣同用，所谓辛甘发散为阳，刚柔相济，调和营卫，治疗阴阳失调、气血两亏、营卫不和诸症。产后气血大虚，腠理不密，易感外邪，以致营卫不和，自汗、恶风，所以用之以益气和中，调和营卫。

16. 桂枝—白芍

【功效】解肌发表、调和营卫。

【主治】治疗绝经前后诸证、产后脏躁、产后汗证或产后外感证。

【用量】桂枝 10 ~ 15 g，白芍 10~15 g。

【临证心悟】桂枝、白芍伍用，出自张仲景《伤寒论》桂枝汤。《伤寒论》云："太阳病，头痛、发热、汗出、恶风，桂枝汤主之。"又云："患者脏无他病，时发热自汗出而不愈者，此卫气不和也，先其时发汗则愈，宜桂枝汤。"《医宗金鉴》云："此为仲景群方之冠，乃解肌发汗，调和营卫第一方也。"桂枝可解表，调和营卫，白芍酸甘养肝阴，酸能敛阴、和营、止汗。二药相合，一收一散，一寒一温，一阴一阳，刚柔相济，辛散不伤阴，酸敛不碍邪，共奏外调营卫、内和阴阳之功，故将其用于治疗产后脏躁、产后汗证及产后外感证等。绝经前后诸证见潮热汗出者，用桂枝汤加减以调和营卫，燮理阴阳而止汗，效果明显。

17. 黄芪—浮小麦

【功效】益气固表敛汗。

【主治】治疗产后汗证。

【用量】黄芪 30 g，浮小麦 10 ~ 20 g。

【临证心悟】黄芪长于补气益卫固表；浮小麦味甘、性凉，归心经，能敛虚汗，并有益气、养心、除热之功；《本草蒙筌》"敛虚汗"，若汗出过甚，可防心阳外脱，变生他候。二药合用，共奏益气固表敛汗之功，用于产后自汗、盗汗证。

18. 黄芪—煅牡蛎

【功效】益气敛阴、固表止汗。

【主治】治疗产后汗证。

【用量】黄芪 30 g，煅牡蛎 30 g。

【临证心悟】二药伍用，出自《太平惠民和剂局方》中的牡蛎散。黄芪味甘、性温，入肺、脾经，益气固表，实腠理而止汗泄，用于表虚自汗；牡蛎味涩，入肝、肾经，敛阴潜阳，用于正虚不固所致的自汗、盗汗证。二药合用，一外一内，一固一涩，气阴兼顾，补敛结合，标本同治，共奏固表敛汗之功，故对于产后自汗、盗汗证，临证用之颇效。

19. 熟地黄—细辛

【功效】填精益髓、散寒止痛。

【主治】治疗产后腰痛。

【用量】熟地黄 15 g，细辛 3 g。

【临证心悟】熟地黄养肾阴；细辛性温，能温肾阳，既散少阴肾经在里之寒邪以通阳散结，又搜筋骨间的风湿而蠲痹止痛。肾阴肾阳为一身阴阳之根本，细辛辛散以祛熟地黄之腻，熟地黄补肾阴祛细辛之辛散，二药伍用可填血海之空虚，可补真阴填骨髓，祛陈寒以外达，而止腰痛，用于产后肾虚腰痛。

五、杂病之常用药对

1. 三棱—莪术

【功效】行气活血破瘀、消积止痛。

【主治】治疗癥瘕、闭经、痛经、子宫内膜异位症、子宫腺肌病及食积脘腹胀痛等。

【用量】三棱 10～30 g，莪术 10～30 g。

【临证心悟】三棱主入肝、脾血分，为血中气药，偏于破血中之气，破血通经，功擅破血祛瘀、行气止痛、消食化积。莪术主入肝、脾气分，为气中血药，善破气中之血，破气消积，功专行气破血、散瘀通经、消积化食。此二药伍用，气血双施，活血破瘀、行气通经之力增强。多用于治疗癥瘕、闭经、痛经、子宫内膜异位症、子宫腺肌病等病。临证中，应把握好二者的用量，偏于活血破瘀时，如治疗闭经、子宫肌瘤、子宫内膜异位症、子宫腺肌病等时，可用至 30 g；但对于未破损型的宫外孕，用量不宜过大，因三棱、莪术破血消癥之力尤强，故用 10～15 g 即可，大量用之，恐破血太过，而导致宫外孕破裂，加重病情；而针对脾虚食积的患者，以香砂六君子汤加三棱、莪术各 10 g，意在健脾消积，每获良效。

2. 紫石英—巴戟天

【功效】温补肾阳、暖宫调经。

【主治】治疗女子阳虚宫寒所致痛经、闭经、不孕症及子宫发育不良等。

【用量】紫石英30 g，巴戟天15 g。

【临证心悟】紫石英能补督脉、温肾阳，温精益髓，《神农本草经》谓其有"主心腹咳逆邪气，补不足，女子风寒在子宫，绝孕十年无子"之功；巴戟天温肾壮阳，强固冲任，历来用治宫冷不孕、月经不调、少腹冷痛等症，而现代医学研究证明巴戟天可诱发排卵，且有类皮质激素样作用。二药伍用，相须配对，共奏补肾助阳、暖宫调经之功效，对于女子阳虚宫寒所致痛经、闭经、不孕及子宫发育不良患者效果显著。依据中医生殖轴理论，重视肝、脾、肾的调节，并结合中药人工周期用药，调整肾－天癸－冲任－胞宫生殖轴的平衡。常在经前期（黄体期）加用此药对，以达温肾阳、补冲任、健黄体的功能，故用于治疗排卵障碍性不孕效果尤佳。

3. 鹿角胶—龟板胶

【功效】补肾壮阳，滋阴填精。

【主治】治疗女子血少经闭、不孕症及男性不育症等。

【用量】鹿角胶15 g，龟板胶15 g。

【临证心悟】二药伍用，出自《医便》龟鹿二仙膏。鹿角纯阳之品，善通督脉，峻补元阳；龟板纯阴之品，善通任脉，滋阴益肾，且《历代名医良方注释》谓"鹿角得龟甲，则不虑其浮越之过升；龟甲得鹿角则不患其沉沦之不返"，二药相伍，意在助阳生阴、滋阴化阳，且用胶者，取其质地纯厚，直入任督，以峻补精血之功，且二药均烊化冲服。精血充足，任脉通，太冲脉盛，月事以时下，故有子，因此用于治疗女子血少经闭、不孕症等，还常用于治疗男性不育症。对于精子活率和有效精子密度低者，用自拟方二紫方加减配伍此药对治疗，后复查精液常规，结果多能治愈或明显改善。

4. 熟地黄—白芍

【功效】滋补肝肾、养血补血。

【主治】治疗肝肾不足，冲任虚损之月经不调、月经后期，闭经及不孕症等。

【用量】熟地黄 10 ～ 15 g，白芍 10 ～ 15 g。

【临证心悟】熟地黄滋肾益精而补任脉。白芍味苦酸、性寒，入肝、脾经，敛阴止汗，柔肝养血而补冲脉。二药相须为用，守而不走，以纯养为功，多用于精血虚馁，冲任不足之证。笔者取两药配伍之妙，正如《成方便读》所言："补血者，当求之肝肾。地黄入肾，壮水补阴；白芍入肝，敛阴益血，二味为补血之正药。"肝肾得补，冲任充盛，经孕正常。二药多在经后期应用，因经后期（卵泡期）血海空虚，肾虚精亏，为阴长阳消期，正值蓄养阴精的生理阶段，治宜滋补肝肾、养血益精为主，使阴血恢复，以促使卵泡的发育，故拟以白芍、熟地黄、当归、淫羊藿、香附、砂仁为基本方，加用黄精、菟丝子、枸杞子、女贞子等补肾填精、滋阴养血药物，以促使卵泡的发育。故可用于治疗肝肾不足，冲任虚损之月经不调、月经后期，闭经及不孕症等。因两药均为黏腻滋补之品，有碍消化，对于脾虚食少或痰湿素盛患者，用量宜小，重用久服宜与砂仁、陈皮等同用，以免黏滞碍胃。

5. 仙茅—淫羊藿

【功效】温补肾阳。

【主治】治疗肾阳虚衰之不孕、崩漏、闭经等。

【用量】仙茅 10 g，淫羊藿 15 ～ 30 g。

【临证心悟】二药伍用，出自二仙汤。仙茅温肾助阳，壮筋骨；淫羊藿甘温，归肝、肾经，有温督补肾、祛风除湿之功。《日华子本草》记载其："一切冷风劳气，筋骨挛急，四肢不仁，补腰膝。"此二味配伍，可峻补命门之火，速振督阳之衰。仙茅为大热之品，且有毒，临床用量多为 10 g，二药为助薪之剂，只宜暂用，肝肾阴虚者慎服。适用于肾阳虚衰之不孕症，崩漏、闭经等。

6. 紫河车—紫石英

【功效】补肾滋肾。

【主治】治疗多用于肾虚所致的月经不调、痛经、闭经、功血、多囊卵巢综合征、不孕症等病。

【用量】紫河车粉 2 g，紫石英 30 g。

【临证心悟】此二药为笔者自拟方二紫方中的两味主药。紫河车味甘咸，性温而不燥，药性缓和，归肺、肝、肾经，为血肉有情之品，既可补肝肾、益精血，又可补阳益气，凡阳气不足、精血亏损之不孕症皆可长期服用。《本草图经》："主男女虚损劳极，不能生育，下元衰惫。"紫石英味甘辛、性温，归心、肝、肾、肺经，质重镇降，能镇心定惊，温肺降逆，暖宫散寒。二药秉性温和，纯补不伐，对女子诸虚百证，共奏填补之效。二药配伍菟丝子、淫羊藿、枸杞子、熟地黄、丹参、香附、砂仁、川牛膝即为二紫方，纵观全方，诸药共奏补肾滋肾、理气调经助孕之功。故用治疗肾虚所致的月经不调、痛经、闭经、功血、多囊卵巢综合征、不孕症等。

7. 熟地黄—砂仁

【功效】补肾填精。

【主治】治疗肾虚经枯血少之月经后期、月经量少、闭经及不孕症等。

【用量】熟地黄 20 g，砂仁 6 g。

【临证心悟】熟地黄味甘、性微温，归肝、肾经，入血分，质柔润降，功擅补血填精益髓，适用于精血亏虚之证，且用量需大，多用至 20 g 才能取效。《本草正义》："凡经枯血少，脱汗失精及大脱血后，产后血虚，未复等症，大剂频投，其功甚伟。"若熟地黄长服，滋腻碍胃，伍以砂仁，化湿醒脾和中，缓解熟地黄滋腻碍胃之弊，又可引熟地黄归肾，一举两得。

笔者自拟二紫方中也有熟地黄、砂仁之配伍，用于治疗肾虚经枯血少之月经后期、月经量少、闭经及不孕症之症，意在补肾填精而又不滋腻碍胃。

8. 桂枝—牡丹皮

【功效】活血消癥。

【主治】治疗子宫肌瘤、子宫内膜异位症、盆腔炎性疾病、卵巢囊肿等。

【用量】桂枝6g，牡丹皮15g。

【临证心悟】子宫肌瘤、子宫内膜异位症、盆腔炎性疾病、卵巢囊肿等病在中医上均属"癥瘕"的范畴。血瘀是癥瘕发生发展的主要病机，而随着疾病的发展会出现气虚，故治疗癥瘕时应首辨虚实，分期论治，消补兼施，标本兼顾。在非经期，笔者多采用自拟丹桂消癥方，可活血破瘀、软坚消癥、佐以益气。此期用药着重于消癥，寓补于消之中，寓消于补之上。方中有桂枝、牡丹皮、茯苓、丹参、三棱、莪术、制鳖甲、生牡蛎、黄芪、川牛膝。而桂枝、牡丹皮为此方中的两味主药，桂枝辛温善行，分走气血，既能温散血中之寒凝，又可宣导活血药物，以增强化瘀止痛之力，轻用6g，意在取其温经通阳、理气化瘀之效；牡丹皮既善化凝血而破宿血，又能凉血以清退瘀久所化之热。再配以茯苓"益脾除湿……下通膀胱以利水"，并能利腰脐间之血，以助消癥之功，茯苓药性平和，既可祛邪，又可扶正。三药配伍，意在取桂枝茯苓丸之意，以活血化瘀、缓消癥块，其活血之功使消癥之力益彰，故桂枝、牡丹皮为治疗癥瘕之常用药对。

9. 浙贝母—白芥子

【功效】化痰散结消肿。

【主治】治疗未破裂卵泡黄素化综合征、多囊卵巢综合征及卵巢囊肿等。

【用量】浙贝母10g，白芥子10g。

【临证心悟】浙贝母苦寒，能化痰散结消痈，可用于治疗痰火瘰疬结核等；白芥子辛温，温通经络，善散"皮里膜外"之痰，又能消肿散结止痛。故在临证中，笔者多配伍用于治疗由痰湿所致之病证，如多囊卵巢综合征所形成的大卵巢、卵巢囊肿，未破裂卵泡黄素化综合征等。未破裂卵泡黄素化综合征在中医上多归属于"不孕症""癥瘕"范畴，本病的发生与肾、肝、脾、气血及冲任失调密切相关，以肾虚血瘀、肾虚肝郁、精血虚寒为多见。对于未破裂卵泡黄素化综合征，用此药对以破卵泡，效果显著，但需注意用药的时机，一般在排卵期即卵泡近成熟时用，因二者消散之力尤强，若从经后期始用，会导致卵泡不长或未成熟即破裂。

10. 制鳖甲—生牡蛎

【功效】软坚散结消癥。

【主治】治疗子宫肌瘤、子宫内膜异位症、盆腔炎性疾病、卵巢囊肿等。

【用量】制鳖甲 10 g，生牡蛎 30 g。

【临证心悟】制鳖甲味咸，属于软坚散结血肉有情之品，最善于消散坚积肿块，《神农本草经》谓其"主心腹癥瘕坚积"。生牡蛎味咸，长于软坚散结，适用于痰核、瘰疬、瘿瘤、癥瘕积聚，既能软坚散结，又有化痰之功。笔者取二者伍用，软坚散结之力尤强，故常用桂枝茯苓丸加用此药对治疗子宫肌瘤、子宫内膜异位症、盆腔炎性疾病、卵巢囊肿等。

11. 大黄—土鳖虫

【功效】破瘀消癥。

【主治】治疗子宫肌瘤、子宫内膜异位症、盆腔炎性疾病等。

【用量】大黄 6 g，土鳖虫 6 g。

【临证心悟】大黄味苦寒，刚直不阿，攻除血瘀、癥瘕、积聚之力强，能推陈出新，以安和五脏；土鳖虫味咸寒，为血分之品，具有破血逐瘀、消癥散结之功。两药合用，相使相助，笔者意在取"通以去闭，虫以动其瘀"之效以治疗盆腔炎性包块、子宫肌瘤等。大黄苦寒，且二者合用破瘀之力强，故用量宜小，一般均用6g为宜。在化瘀消癥的同时，时时遵守《内经》"大积大聚，其可犯也，衰其大半而止"的原则，以免过于攻伐而重伤其气，不宜长期服用。

12. 水蛭—土鳖虫

【**功效**】破瘀散结。

【**主治**】治疗痛经、闭经、子宫内膜异位症、盆腔炎性疾病等。

【**用量**】水蛭6g，土鳖虫6g。

【**临证心悟**】水蛭味苦咸，咸能走血分，苦能降泄，入肝经，破血逐瘀力强。《医学衷中参西录》曰："水蛭，为其原为噬血，故善破血；为其气腐，其气味与瘀血相感召，不与新血相感召，故有破血而不伤新血。且其色黑下趋，又善破冲任之瘀，盖其破瘀血者乃此物之良能，非其性之猛烈也。……水蛭味咸专入血分，于气分丝毫无损，并不开破。"土鳖虫咸寒入血软坚，能逐恶血，消癥瘕，通经闭，作用较为平稳。《神农本草经》曰："主血积癥积，破坚，下血闭。"故两药同用破血散结之力倍增。临床常用于治疗盆腔炎性疾病、子宫内膜异位症之包块及瘀血所致之痛经、闭经等。因二者破血之力甚强，笔者认为体质虚弱者不宜应用，以免攻伐太过而耗伤正气，且用量宜小，贫血患者禁用。

13. 白芷—皂角刺

【**功效**】消肿散结止痛。

【**主治**】治疗盆腔炎性疾病、盆腔积液等。

【**用量**】白芷10g，皂角刺10g。

【**临证心悟**】白芷辛香、温燥，辛散祛风，温燥除湿，可用于治疗妇女带下，具有消肿排脓之功，且能止痛，可疗疮疡痈疽。白芷重用可下行而燥湿止带，故用量宜大，一般用至 10 g。皂角刺辛散温通，长于攻坚。功擅托毒排脓，活血消痈，脓未成者能消，脓已成者能溃，能引脓外出。二者伍用，相须配对，协同为用，走散之力强，能直达病所而能消散痈肿止痛、化瘀排脓止带。临床应用于盆腔炎性包块、盆腔积液者效果甚佳。

14. 穿山甲—皂角刺

【**功效**】活血行气破瘀。

【**主治**】治疗输卵管阻塞所致之不孕症。

【**用量**】穿山甲 3 g，皂角刺 10 g。

【**临证心悟**】穿山甲性善走窜，功专行散，内通脏腑，外透经络，有活血行气、破瘀消癥之功。《医学衷中参西录》："穿山甲，气腥而窜，其走窜之性，无微不至，故能宣通脏腑，贯彻经络，通达关窍，凡血凝血聚为病，皆能开之。"皂角刺辛散温通，搜风拔毒，消肿排脓。二药伍用，走窜行散之力倍增，能透达攻通，直达病所，疏通经络，消散瘀滞。临床多用于输卵管阻塞所致之不孕症。因穿山甲为名贵珍稀药材，在临证中一般用 3 g 左右，嘱患者打粉冲服。

15. 海藻—昆布

【**功效**】消痰软坚散结。

【**主治**】治疗盆腔炎性疾病及乳癖等。

【**用量**】海藻 10 g，昆布 10 g。

【**临证心悟**】海藻味苦咸，苦以散结，咸可软坚，有消痰软坚，散结化癥之功效。《本草便读》："咸寒润下之品，软坚行水是其基本功，故一切瘰疬瘿瘤顽痰胶结之证，皆可用之。"昆布味咸寒，与海藻功效相似，能软坚消肿。现代药理研究表明，昆布含胶酸、昆布素、半乳聚糖等多糖类……多种维生素及无机盐等，有降压、降低血清胆固醇，提高机体免疫的功能。海藻中所含褐藻酸有抗凝血、抗血栓、降血黏度及改善微循环的作用。二药相须而用，使其软坚之效增强，抵达痰结之所，虽药力和缓。笔者认为二药可药食两用，久服可奏良效。

16. 地龙—路路通

【功效】通经活络。

【主治】治疗盆腔炎性疾病、输卵管阻塞所致之不孕症及子宫内膜异位症之痛经等。

【用量】地龙 6~15 g，路路通 15 g。

【临证心悟】地龙咸寒，主下行，有通经、清热活络之功。路路通主入下焦肝肾，善于疏通十二经之气而祛风通络，利水消肿。地龙咸寒偏入血分，路路通能走十二经气分，两药相伍，气血同治，以通为用，通经活络利水之力益彰。临证中常用于治疗输卵管阻塞之不孕症及痛经等。

17. 路路通—穿山甲粉

【功效】活血通络。

【主治】治疗输卵管通而不畅或输卵管阻塞所致不孕症等。

【用量】路路通 15 g，穿山甲粉 3 ~ 10 g。

【临证心悟】路路通性辛苦，入肝、胃、膀胱经，功擅理气调冲，活血通络，长于祛风通络。穿山甲味咸、性微寒，入肝、胃经，有活血散瘀，消肿消坚之功。《医学衷中参西录》载："穿山甲，气腥而窜，其走窜之性，无微不至，故能宣通脏腑，贯彻经络，透达关窍，凡血凝血聚为病，皆能开之。"二药相伍，可增强通经活络、祛瘀血、除积聚之功，是治疗输卵管阻塞及缺乳之要药。

18. 乳香—没药

【功效】活血散瘀止痛。

【主治】治疗盆腔炎性疾病、子宫肌瘤、痛经、宫外孕等。

【用量】乳香 10 g，没药 10 g。

【临证心悟】乳香辛苦温通，香烈走窜，能消瘀血，通滞气，虽为开通之品，然有不甚耗伤气血之特点，为活血止痛之要药。没药味苦、辛，性平，与乳香药性功能相似，而乳香偏于行气活血，没药则以活血散瘀为主，二药参合，相兼而用，相辅相成，为宣通脏腑、流通经络之要药，对胞宫、胞络瘀滞之疼痛，如子宫肌瘤、痛经、宫外孕所致之疼痛有良效。

19. 红藤—败酱草

【功效】清热解毒、活血消痈。

【主治】治疗盆腔炎性疾病、带下病等属湿热瘀阻者。

【用量】红藤 30 g，败酱草 30 g。

【临证心悟】红藤味苦、性平，偏入下焦，功擅清热解毒、消痈散结，并有活血止痛之效，常用于瘀血阻滞之腹痛、闭经及热毒痈肿。《本草纲目》谓："红藤行血，治气块。"败酱草辛以散瘀，苦能降泄，微寒清热，入气分而能清热解毒排脓，入血分则能活血散结消痈。常用于热毒疮痈及血热瘀滞之胸腹疼痛。两药相伍，相须为用，并入下焦，清热解毒，活血消痈之力倍增。临证中常用于治疗盆腔炎见有腰酸疼痛、带下、湿热瘀阻者。

20. 生薏苡仁—败酱草

【功效】清热利湿、解毒消痈。

【主治】治疗盆腔炎、带下病等属湿热瘀滞者。

【用量】生薏苡仁 30 g，败酱草 30 g。

【临证心悟】生薏苡仁味甘淡、性寒，淡渗利湿，寒能清热，功擅清热利湿、清热排脓，主清包络湿热。败酱草味辛苦、性寒，入胃、大肠、肝经。有清热解毒、消痈排脓之效，主清解血中瘀热。《本草纲目》："除痈肿，浮肿，结热，风痹不足，产后腹痛。"二药相合，清热解毒泄浊之力更著，多用于湿热瘀滞所致盆腔炎、带下病等。

21. 猪苓—车前子

【功效】利水渗湿。

【主治】治疗输卵管积水、盆腔积液、盆腔炎性疾病等。

【用量】猪苓 15 g，车前子 15 g（包煎）。

【临证心悟】猪苓甘淡渗泄，专主渗利，利水作用较强；车前子甘淡渗利，气寒清热，性专降泄滑利，具有导湿热下行从小便出的特点，下入小肠，分清泌浊，通淋开闭。二药伍用，使其利水渗湿作用增强，常用于治疗输卵管积水、盆腔积液、盆腔炎性疾病等，效果显著。

参考文献

[1] 王咪咪 . 秦伯未医学论文集 [M]. 北京 : 学苑出版社，2011.

[2] 石冠卿，武明钦 .《黄帝内经·素问》选注 [M]. 郑州 : 河南科学技术出版社，1982.

[3] 何高民 .《傅青主女科》校释 [M]. 太原 : 山西人民出版社，1984.

[4] 陈自明 . 妇人大全良方 [M]. 北京 : 人民卫生出版社，2006.

[5] 李东垣 . 脾胃论 [M]. 北京 : 人民卫生出版社，2005.

[6] 田代华 . 黄帝内经素问 [M]. 北京 : 人民卫生出版社，2005.

[7] 田代华，刘更生 . 灵枢经 [M]. 北京 : 人民卫生出版社，2005.

[8] 张景岳 . 类经 [M]. 太原 : 山西科学技术出版社，2013.

[9] 李时珍 . 本草纲目 [M]. 北京 : 人民卫生出版社，1957.

[10] 罗元恺 . 罗元恺点注《妇人规》[M]. 广州 : 广东科学技术出版社，1984.

[11] 邓本章，李民，王星光，等 . 中原文化大典 [M]. 郑州 : 中州古籍出版社，2008.

[12] 郭霭春 . 中国分省医籍考：河南卷 [M]. 天津 : 天津科学技术出版社，1984.

[13] 胡国华，罗颂平 . 全国中医妇科流派研究 [M]. 北京 : 人民卫生出版社，2012.

[14] 柯琴 . 伤寒来苏集 [M]. 北京 : 中国中医药出版社，1998.

[15] 王清任 . 医林改错 [M]. 上海 : 上海科学技术出版社，1966.

[16] 尤在泾 . 金匮要略心典 [M]. 北京 : 中国医药科技出版社，2014.

[17] 周振甫 .《诗经》译注 [M]. 北京 : 中华书局，2002.

[18] 张锡纯 . 医学衷中参西录 [M]. 石家庄 : 河北人民出版社，1957.

［19］司徒仪，杨家林．妇科专病中医临床诊治 [M]．北京：人民卫生出版社，2000．

［20］谢幸，孔北华，段涛．妇产科学 [M]．9 版．北京：人民卫生出版社，2018．

［21］马继兴．神农本草经辑注 [M]．北京：人民卫生出版社，2000．

［22］林培政，谷晓红．温病学 [M]．北京：中国中医药出版社，2017．

［23］俞瑾．实用中西医结合妇产科学 [M]．北京：北京医科大学、中国协和医科大学联合出版社，1997．

［24］曹泽毅．中华妇产科学 [M]．北京：人民卫生出版社，1998．

［25］范永升．金匮要略（2 版）[M]．北京：中国中医药出版社，2016．

［26］祝谌予，翟济生，施如瑜，等．施今墨临床经验集 [M]．北京：人民卫生出版社，2005．

［27］褚玉霞．经带胎产病的特殊治疗原则及用药规律 [J]．河南中医，2008，28（8）：1-3．

［28］褚玉霞，李晖．对闭经的认识和治疗 [J]．河南中医，2001，21（4）：59-60．

［29］褚玉霞．闭经论治八法 [J]．中医研究，2015，28（12）：48-50．

［30］褚玉霞．多囊卵巢综合征诊治经验 [J]．中医研究，2014，27（6）：47-49．

［31］褚玉霞．对崩漏治疗的思考 [J]．河南中医，2012，28（1）：34-36．

［32］褚玉霞．崩漏证治之我见 [J]．河南中医，1986，28：9-11．

［33］褚玉霞．对更年期综合征的认识和辨治 [J]．河南中医，1998，18（4）：203-204．

［34］褚玉霞．先兆流产与习惯性流产诊治经验 [J]．河南中医，2013，33（1）：90-91．

［35］褚玉霞．排卵障碍性不孕症诊治心得 [J]．河南中医，2003，23（10）：

50-58.

[36] 郭兰春，李艳青.褚玉霞教授辨治妊娠病学术思想探析 [J].辽宁中医杂志，2009，36（7）：1081-1082.

[37] 褚玉霞，靳华.傅青主女科的治郁特点 [J].河南中医，1988，6：39-40.

[38] 褚玉霞.《金匮要略》妊娠病篇学术思想浅析 [J].河南中医，2009，29（2）：111-112.

[39] 孙红.褚玉霞教授运用经方治疗妇科病经验举隅 [J].辽宁中医杂志，2012，39（2）：346-347.

[40] 冯俊丽，付晓君，付彭丽.褚玉霞教授治疗产后抑郁经验 [J].中医研究，2017，30（5）：50-51.